MARIAGE INDÉCENT

CRYSTAL KASWELL

Traduction par
ANGELIQUE MOREAU

Traduction par
VALENTIN TRANSLATION

Mariage indécent

Écrit par Crystal Kaswell.
Traduction par Angelique Moreau et Valentin Translation.
Couverture par Hang Le.

Du même auteur

Inscrivez-vous à la liste de diffusion

Français

Dirty Rich

Contrat indécent - Blake

Accord indécent - Nick

Alliance indécente - Shep

Désirs indécents - Ian

Mariage indécent -Ty

Secret indécent - Cam

Anglais

Inked Hearts

Tempting - Brendon

Hooking Up - Walker

Pretend You're Mine - Ryan

Hating You, Loving You - Dean

Breaking the Rules - Hunter

Losing It - Wes

Accidental Husband - Griffin

The Baby Bargain - Chase

Je lui tire presque un ricanement. Il est à l'aise… ou alors il est doué pour faire semblant.

On ne peut pas vraiment savoir, avec lui.

— Bien sûr.

Il se tourne vers le couloir quand son assistante se présente avec un plateau.

Une tasse de café pour lui.

Un service à thé pour moi.

Tous les deux en céramique blanche immaculée.

— Merci.

Il attend qu'elle dispose les boissons sur son bureau.

Puis elle part, et il referme la porte. Nous sommes seuls.

Mon corps a terriblement envie du sien. Il me crie *touche-le, goûte-le, embrasse-le, baise-le.*

Mais ce n'est pas réel. Ce n'est pas moi qui le baise.

C'est le contraire…

Mais plus maintenant.

On a passé un été ensemble. C'était une passade. Rien de plus.

Il ne vient pas de passer trois années à penser à moi ou à rêver de coucher avec moi.

Il ne m'a pas demandé de venir ici pour me culbuter.

Mais que souhaite-t-il de moi à part ça ? Je ne suis pas à ma place dans son monde magnifique.

Ty verse à boire et me regarde quand je pose mes lèvres sur la tasse immaculée.

C'est un thé exceptionnel. Cher, parfaitement infusé, frais. Mais je parviens à peine à discerner les notes de caramel et de figue.

Je suis trop nerveuse.

Trop en demande de sa personne.

Je m'assieds.

Il s'installe à côté de moi et tourne son corps vers le mien.

La laine de son pantalon frôle ma peau nue. Une seule couche de vêtements nous sépare. Une couche de trop.

Je ferme les yeux. Je me concentre sur la tasse de thé. J'essaye de garder le contrôle.

— Tu aimes ?

Le besoin se glisse dans sa voix. Il a envie que j'apprécie ce qu'il m'offre.

— Oui, merci.

— C'est Paloma qu'il faut remercier.

— Elle n'est pas là. Tu devras lui communiquer ma gratitude.

Il acquiesce et se tourne vers moi de quelques degrés supplémentaires.

C'est assez pour me couper le souffle.

Il a la même odeur. Un savon truculent.

Trois ans, et je le reconnais.

Trois ans, et cette odeur me ramène dans son lit.

— Tu voulais me parler. En personne.

J'essaye de garder un ton neutre.

Il me regarde sans trahir la moindre expression.

— Je suis venue.

Je n'arrive pas à trouver l'assurance de faire ma bitch distante.

— Tu as besoin de quoi ?

Si c'était une proposition normale, il me l'aurait couchée sur papier. Dans un mail. Enfin, quelque part, par écrit.

Si ce n'est pas…

Son frère est un ancien membre des services spéciaux. Ils possèdent ensemble une boîte d'information. Il sait qu'on peut trouver des secrets facilement.

Il a besoin de moi ici pour une raison.

Mais laquelle ?

Il est riche, beau et charmant.

Et puis il y a son accent britannique.

Il a des femmes riches, belles et puissantes à ses pieds.

Alors que veut-il de moi ?

— J'ai une proposition à te faire, dit-il en me regardant dans les yeux.

Je termine ma dernière gorgée et inspire, les dents serrées, me forçant à expirer profondément.

Je peux lui rendre son regard. Je peux imiter son pouvoir et sa présence.

Certes, c'est un milliardaire avec assez de contacts pour me détruire. Et je ne suis qu'une serveuse de bar à cocktails vêtue d'une robe bon marché.

Et je, euh…

Il est tellement beau !

Et tellement hors de ma portée…

— Quel genre de proposition ?

— J'ai besoin de quelque chose. Et c'est toi que je veux, Indigo.

D'accord…

— Je veux t'épouser.

Chapitre Deux

TY

Les yeux bleu foncé d'Indigo se remplissent de surprise.

Ses lèvres purpurines s'écartent.

Elle me contemple un moment, puis elle se tourne vers sa tasse.

— Tu en veux encore ? lui demandé-je. Je vais appeler Paloma.

— Si je reveux du thé ?

— Oui.

Ses yeux se braquent sur les miens.

— Tu veux m'épouser ? dis-je. Et tu me demandes si je reveux du thé ?

— Oui.

— Mais…

Elle inspire profondément.

Elle est déchirée entre son désir de coucher avec moi et son envie de m'envoyer bouler.

Pour qui est-ce que je me prends, à la convoquer ainsi après trois ans de silence radio pour lui demander de m'épouser ?

—J'ai besoin de toi.

Son regard descend le long de mon bras, vers l'endroit où mes doigts lui entourent le poignet.

Mince. Je la libère. J'inspire profondément. Je me reprends.

Même si j'ai envie de la pousser contre le mur et de la baiser.

Mais d'abord, j'ai besoin de la convaincre.

—Je n'accepterai pas que tu me dises non.

Elle secoue la tête en s'éloignant vers la porte. Mais elle n'est pas arrivée à l'ascenseur qu'elle se retourne vers moi.

Elle ne veut pas m'épouser.

Je peux le comprendre.

Mais elle ferait n'importe quoi pour sa sœur.

Et je peux le comprendre aussi.

Chapitre Trois

INDIGO

Mon corps vibre à la fréquence de Ty jusqu'à ce que je me retrouve dans le métro numéro quatre, en direction de Midtown.

J'ai envie que tu m'épouses.

C'est absurde. C'est plus qu'absurde.

Cela dit, il y a une certaine logique là-dedans. Une logique qui n'appartient qu'à Ty. Il a le cœur brisé. Sa réputation est en lambeaux.

Alors, pourquoi ne pas épouser quelqu'un avec qui il est en harmonie sexuelle ? Même s'il ne l'aimera jamais.

Je mets mes écouteurs. Amy Winehouse parviendra-t-elle à effacer Ty de mon esprit ?

Sa voix magnifique, profonde et rauque me remplit les oreilles. Puis le morceau instrumental aux sons jazz commence, et je me perds dans un monde de douleur et d'autodestruction.

La douleur causée par le départ de Ty.

L'impulsion autodestructrice de répondre oui à sa proposition.

Ou peut-être est-ce mon besoin de dire non.

Qu'est-ce qui est le plus dangereux ? Mon besoin de l'inviter dans ma vie, même s'il a failli me tuer la dernière fois qu'il m'a quittée ? Ou bien mon désir de tourner le dos à la solution à tous mes problèmes et de m'enfuir en courant ?

L'argent n'achète pas le bonheur.

Mais ne pas avoir de thunes est vraiment nul. Et je suis bien placée pour le savoir.

Quand la rame arrive à destination, j'interromps la musique. L'air froid retient mon attention. Puis il y a les bruits de la ville. Des taxis, des touristes, des hommes d'affaires en rendez-vous.

L'après-midi, il y a toujours foule à Manhattan, particulièrement à Midtown.

Il ne me reste que deux heures avant d'aller travailler, et je n'ai pas le temps de retourner à Brooklyn pour avoir un peu de calme. Alors je trouve du répit dans un café à quelques pâtés de maisons de Rick's.

Je commande un thé noir, trouve une place près de la fenêtre et essaye de caler mes pensées sur l'agencement de l'acier et du verre du gratte-ciel.

Mais je distingue ma robe bon marché dans le reflet de la vitrine.

Le café est trop bruyant.

Le thé est trop fort.

Ça n'a rien à voir avec le bureau de Ty. Rien à voir avec sa vie.

Il veut toujours ce qu'il y a de mieux. Sur tous les plans.

J'étais choquée qu'il m'accepte.

Il y a trois ans, je travaillais dans un autre bar à cocktail de luxe. Je portais des bottes noires et des robes moulantes alors que je servais des boissons à des hommes riches.

Il était client. Un habitué. Il habitait dans le voisinage pour l'été.

Il possédait déjà le même pouvoir, la même présence et intensité.

Mais il possédait également une certaine douceur qu'il essayait de dissimuler.

Pendant un moment, on en est restés là. Il se montrait amical. Ses pourboires étaient généreux. Mes sourires étaient sincères.

Je n'appréciais pas vraiment ce travail, mais ça payait bien, et j'avais du temps pour moi. Le temps de jouer de la guitare, d'écrire des chansons, d'aller à des concerts.

Ma vie était agréable. Elle n'était peut-être pas extraordinaire, mais c'était la mienne.

Puis je l'ai rencontré par hasard.

J'étais au Musée du Sexe avec une amie. Et il était là, à visiter ce que les États-Unis avaient à offrir.

C'était plus qu'embarrassant ; cet homme beau et détaché qui m'a surprise à rougir devant des photographies pornographiques. Des photos de poignets attachés et de bâillons-boules.

Puis il a fait une plaisanterie, j'ai éclaté de rire, et je me suis sentie à l'aise.

Il m'a proposé de m'acheter un thé.

Mon amie a insisté pour partir. *Il est tellement beau. Et britannique aussi. Tu penses avoir l'occasion de rencontrer un autre British super sexy ?*

J'ai accepté.

On s'est installés dans un café moderne pour déguster nos boissons et se raconter nos vies à New York.

Puis on est allés dîner. Et on a fini dans son appartement. On a parlé toute la nuit.

Et ça a suffi. J'étais sous le charme.

Notre premier baiser était digne d'un conte de fées.

mais c'était déjà difficile de ne pas tomber amoureuse de lui la première fois.

Puis-je vraiment le faire une deuxième fois ?

TY HANTE MES PENSÉES TOUTE LA NUIT.

Alors que je distribue des martinis, sers du brandy, écoute un homme se plaindre que sa femme ne le comprend pas.

C'est un soir de semaine. La salle se vide aux alentours de 23 h. On ferme à 1 h du matin. J'enregistre mes bons, compte mes pourboires, éteins la caisse.

Je trouve un mot d'un client qui a commandé une bouteille de whisky qui coûte quatre mille dollars.

Son portable, son numéro de chambre ; il me propose de passer une nuit avec lui.

C'est plus que ce que je gagne en trois semaines.

Pourquoi est-il disposé à payer aussi cher ?

Je suis attirante, mais je suis loin d'être une bombe.

C'est peut-être mon côté original. Ma coupe de cheveux asymétrique, mes tatouages visibles, mon piercing au sourcil.

Au lycée, j'étais toujours la fille artistique décalée. Trop discrète, trop maladroite, pas assez pulpeuse.

Certes, je suis grande et mince, mais honnêtement ni féminine, ni jolie.

Saisissante, peut-être.

Mais pas jolie.

Et je ne représente certainement pas l'idée que les hommes se font d'une femme sexy.

Ou alors je ne sais pas ce que les hommes considèrent comme sexy. Les mecs qui me draguent ne semblent pas dégoûtés par mes courbes discrètes ou mes traits anguleux.

Certaines de ces propositions…

Je suis fière, oui, mais je suis également humaine.

Parfois, je suis tentée.

Parfois, ces hommes m'en proposent suffisamment pour couvrir trois mois de factures.

Parfois, j'ai vraiment besoin de cet argent.

J'essaye de me convaincre d'accepter.

Sienna entrera à l'université cet automne. Il faut qu'elle reste en dehors de ce monde-là. C'est déjà assez répréhensible que les hommes la dévisagent quand elle vient me voir.

Si c'est la seule solution…

Je le ferai. Si une nuit avec un inconnu est la clé de notre bien-être, à ma sœur et à moi, je le ferai sans hésiter.

Mais jusque-là, je me suis débrouillée toute seule.

Je relis la proposition de cet homme, puis je repense à Ty. Le contact de ses mains sur ma peau. Le plaisir de son corps qui rencontre le mien. La sensation de solitude après son départ.

Je ne peux pas. C'est impossible.

Alors je jette le numéro de ce mec et vais enfiler mon manteau. Puis je prends le métro jusqu'à notre arrêt de Brooklyn.

Il est situé à une douzaine de pâtés de maisons de notre appart.

Je récupère le courrier, entre et verrouille la porte.

C'est la gamme habituelle de publicités, de factures, d'avis. Le dossier de bienvenue de Sienna à l'université de New York. Et ce rappel poli que les frais d'inscription sont dus en août.

Et je n'ai pas cet argent. Je pensais qu'on nous aurait versé sa bourse du sport-études, mais non.

Non, je devrai prendre un prêt ou bien…

Mince !

Je ne peux pas le faire.

Ça m'a déjà fait tellement mal que Ty me quitte une fois. Je suis incapable de revivre ça.

Mais je ne veux pas non plus mettre en jeu le futur de ma sœur.

Il doit bien exister quelque chose, une façon de pouvoir le faire sans me briser en mille morceaux.

Je prends mon téléphone et lui envoie un texto.

Chapitre Quatre

TY

Je les vois, sur l'écran de mon téléphone. Quatre mots qui contiennent toutes les promesses du monde.

Indigo : Que me proposes-tu ?

Un message qu'elle m'a envoyé en pleine nuit.

Après le travail. Après des heures à se faire reluquer les seins par des connards riches.

Mon ventre se serre.

Je ne veux pas qu'on la reluque, qu'on la mette mal à l'aise, qu'on la fasse se sentir utilisée.

Et je n'ai vraiment pas envie que quelqu'un la touche.

C'est ridicule. J'ai couché avec d'autres femmes. Alors pourquoi est-ce que je déteste l'idée de la savoir avec un autre homme ?

Et pourtant…

Mais je ne parviendrai pas à raisonner la jalousie qui me réchauffe les sangs.

J'ai besoin qu'elle accepte.

Pas simplement pour ma réputation.

Pas simplement pour assurer le futur de nos familles.

nulle part où me dissimuler. Aucun moyen de prétexter une soudaine fascination pour le décor.

— Et où pourrais-je rencontrer un mec ?

— Au Rick's ? plaisante-t-elle. Je n'arrive pas à croire qu'ils ont appelé ça Rick's. Est-ce que le propriétaire a vu *Casablanca* ? Cet endroit en est diamétralement opposé.

Dans *Casablanca*, le café américain appelé Rick's déborde de vie, d'énergie et de chaleur. Le Rick's de Midtown est tranquille, silencieux et froid.

Je ne sais pas si mon boss a entendu parler du film, tandis que moi, je l'ai vu un bon millier de fois.

C'était le film préféré de Maman. Papa et elle le regardaient tous les mois, pour leur anniversaire.

Ils étaient comme des ados, à fêter leur anniversaire tous les mois.

Puis il est mort, et elle a arrêté de le regarder. Et tout l'amour du foyer s'est mué en tristesse.

— Il se prend pour Bogart.

Je repousse mes souvenirs douloureux pour essayer de m'accrocher aux positifs. Lorsque *Casablanca* était un plaisir. Même si c'est un sentiment de sécurité que je ne ressentirai plus jamais.

— Ouais. Comme s'il était une icône, alors qu'il est petit et alcoolique.

Sienna secoue la tête et regarde le comptoir pour voir si sa boisson est prête.

— Oh, mon Dieu ! Ça prend un temps fou !

Mon téléphone vibre, et Sienna le remarque.

— Tu parles à une fille ?

— Non.

— Tu parles à une personne non binaire ?

— Non.

— Alors tu parles à un mec ?

— Ce n'est pas très important.

— Hum…, dit-elle en braquant les yeux sur ma poche. Alors pourquoi est-ce que tu ne réponds pas ?

— Je suis en train de te parler à toi.

— Bon, alors je vais aller chercher des serviettes en papier. Tu n'auras pas besoin de me parler pendant une minute.

Elle se dirige vers le comptoir avec un clin d'œil.

Je vérifie immédiatement mon téléphone.

Ty : C'est comme si c'était fait.

C'est comme si c'était fait.

Il va payer les études de ma sœur.

Et l'hypothèque.

C'est comme si c'était fait.

Indigo : Tu ne connais pas le montant.

Ty : J'ai déjà accepté.

Sienna revient avec une poignée de serviettes.

— C'est qui, ce mec ?

— Personne.

— Hum, ouais, personne.

Elle désigne mon rouge à lèvres, mon sautoir, mon haut décolleté.

— Tu es habillée pour lui.

— Je ne peux pas m'habiller pour moi ?

— Tu t'habilles pour toi pile le jour où tu commences à textoter quelqu'un ? Je t'en prie, dit-elle en laissant tomber les serviettes sur une petite table afin d'ajuster sa queue-de-cheval. C'est pour un mec.

Mon téléphone vibre.

J'ai envie de voir le texto de Ty. J'ai envie de baisser la garde et de retomber dans cet été parfait qu'on a passé ensemble.

Nous sommes en mai. Cela fait presque trois ans qu'on s'est rencontrés.

Trois ans, et tellement de choses ont changé.

Maman est tombée malade. Puis elle est morte. Me laissant avec des factures que je suis incapable de payer.

Moi qui gérais la moitié des choses me suis retrouvée avec l'intégralité des responsabilités.

— Indie, demande Sienna d'une voix chantante. C'est qui, ce mec ?

Mes doigts tracent les contours de mon téléphone. J'ai envie de le voir. D'entendre ce qu'il a à me proposer. De le laisser apaiser mes doutes.

— Oh, mon Dieu ! s'exclame-t-elle avec une étincelle illuminant ses yeux bleus. C'est lui.

— Qui ?

— Mister London.

Comment a-t-elle deviné ?

— C'est ça ! dit-elle en tapant des mains. Je n'arrive pas à le croire ! Au bout de trois ans… Je le savais ! Je savais qu'il verrait qu'il s'est trompé et qu'il t'implorerait de le reprendre.

Elle n'a pas tort. Elle n'a pas raison non plus, Ty cherche à obtenir ce qu'il veut, mais elle n'a pas tort.

Heureusement, la serveuse m'évite de devoir réfléchir à la question. Elle annonce notre commande. Un thé noir chaud. Un thé latte royal aux perles.

Sienna saute de son siège et se dirige vivement vers le comptoir.

Je jette un œil à mon téléphone pendant qu'elle est occupée ailleurs.

Ty : Retrouve-moi pour le dîner.

— C'est vraiment Mister London ? me demande Sienna en plaquant mon verre contre sa poitrine. Je garde ça en otage tant que tu ne me l'auras pas dit.

— Tu vas tacher ton pull.

— Je m'en fiche.

Elle pose son thé boba sur la table et tient ma tasse des deux mains.

Elle est adorable, à garder mon thé en otage. Elle essaye parfois de se la jouer dure à cuire, mais ça ne marche jamais.

Comprenez-moi bien. Elle est forte. C'est une footballeuse avec des jambes musclées et une queue-de-cheval omniprésente pour le prouver.

Mais elle a le visage le plus mignon qui existe. Des yeux noisette, un nez mutin, des cheveux châtain.

Comme Maman, avec la même petite expression douce.

Quant à moi, je ressemble plus à Papa.

Une peau pâle, des yeux bleus intenses, des cheveux sombres.

Et un air renfrogné.

Mais personne ne s'en plaint jamais chez un homme. On dit alors qu'il a l'air fort, qu'il maîtrise, qu'il est sérieux.

Mais personne ne s'en est jamais plaint. Pas quand il était vivant.

Et pas maintenant.

C'est le point positif dans la mort. On n'a que des compliments.

— Indigo…

Elle parle plus fort, assez pour que des gens dans notre file se tournent vers nous, ce qui fait rire Sienna.

— Dis-le-moi, je t'en prie, demande-t-elle en tapotant le rebord de mon verre. Ton thé refroidit.

— Et si c'était lui ?

— Alors j'ai besoin de tous les détails.

Je lui adresse un regard dubitatif.

Elle me répond par un hochement de tête.

— Je sais que tu te souviens de cet été-là. Parce que je

— D'accord. Très bien. Mais… pourquoi ne te dépêches-tu pas de répondre à Mister London ?

— Parce qu'il me plaît.

Mes épaules se détendent. C'est un soulagement de l'admettre, mais c'est également terrifiant.

— C'est une bonne chose ? demande-t-elle.

Peut-être. Cette sensation me manque. La chaleur dans ma poitrine, les palpitations dans mon ventre, cette légèreté dans mes membres.

Mais la douleur dans mon âme qui est venue ensuite… je ne peux pas revivre ça.

— C'est différent pour les hommes. Le sexe ne signifie pas toujours quelque chose pour eux. Et il… Ça ne signifiera rien pour lui.

— Comment le sais-tu ?

— Il est parti.

— Mais c'est ce que vous vouliez tous les deux, non ? demande-t-elle.

Oui. À l'époque, ça me semblait raisonnable.

Il avait sa vie à Londres. J'avais ma vie à New York. Je venais de commencer l'université. Et c'était difficile. Tout était difficile.

— Indie ? demande-t-elle.

— Ça semblait raisonnable.

— Mais il t'a manqué.

Ce n'est pas une question, alors je ne réponds pas.

— Il t'a fait jouir. Il te faisait te pâmer. Il te plaît toujours. Et maintenant, il veut te revoir. Pourquoi pas ?

— Parce que ce n'est pas pareil pour lui.

— Comment ça ?

C'est une bonne question pour laquelle je ne possède pas de réponse. Ma seule excuse est de ne pas vouloir souffrir.

— Il m'invite à dîner.

Elle serre les mains.

— À dîner ? Tu veux dire chez lui ?

— Ça va si je te laisse toute seule ?

— Oui, pas de problème, dit-elle en aspirant son thé à la paille. Et si tu veux y passer la nuit, ça va aussi, poursuit-elle avec un clin d'œil.

Je secoue la tête et je vérifie à nouveau mon téléphone.

Indigo : Oui pour le dîner. Si tu m'expliques.

Ty : Sept heures. Au resto italien.

Il y a des milliers de restos italiens à New York, mais je sais duquel il parle : de l'endroit de notre premier vrai rendez-vous.

Ce qui signifie qu'il me reste moins de trois heures avant de me retrouver face à lui.

Et face à tout ce qui me plaît chez lui.

Chapitre Six

TY

Je passe quinze minutes à m'endurcir, mais ça ne m'empêche pas de fondre à la seconde où elle entre.

C'est l'Indigo que j'ai rencontrée il y a trois ans. Les mêmes yeux bleus profonds, les mêmes traits affirmés. Mais c'est une nouvelle version d'elle : une expression hésitante, des bottes montantes, une coupe de cheveux courte et originale.

Un look décalé et asymétrique qui lui va bien.

Et ça dévoile son cou. Comme si elle demandait mes lèvres, des dents, mes mains.

Mince, j'ai envie de la toucher. J'ai toujours envie de la toucher. Chaque fois que je pense à elle.

Tout de suite…

J'ai besoin de l'étendre sur cette table, de descendre sa culotte sur ses chevilles, de lui écarter les cuisses.

Pas de négociations, de conditions, de souvenirs douloureux.

Elle est sous mon contrôle et gémit mon nom alors qu'elle jouit sur mon visage.

Elle s'arrête à notre table, pose son sac noir tout simple sur la nappe rouge, me tend la main.

Je me relève, la lui serre, lui fais signe de s'asseoir.

Elle s'exécute.

— J'ai commandé une bouteille, dis-je.

— Encore du champagne ?

Elle hausse un sourcil pour me dire *tu fêtes ça en avance ; c'est bien présomptueux*.

Est-ce de l'humour ?

Ou bien s'attend-elle au pire de ma part ?

Ça compte pour moi. Elle compte pour moi.

Attention, je ne vais pas tomber amoureux.

Et je ne veux pas qu'elle tombe amoureuse de moi.

Mais je veux qu'elle se sente à l'aise, en sécurité, chérie.

— Du vin rouge, dis-je. À moins que l'arrabiata ne soit plus ta sauce préférée ?

Elle croise les jambes.

— Tu bois du vin, maintenant ?

— Quand on est à Rome…

— Bien sûr.

Son regard se pose sur le serveur quand il nous dépose une bouteille. Il nous sert, nous salue du menton, puis s'éclipse.

Les yeux d'Indigo trouvent les miens. Ce même bleu sombre profond. Cette même curiosité.

Autrefois, elle voulait l'intégralité de mon cœur.

À présent, je n'en sais rien.

Je n'arrive pas à la lire ni à prendre mon pouls qui s'emballe.

Ce n'est pas seulement sa robe moulante ou bien le pendentif qui tombe entre ses seins parfaits. Ou alors la rougeur de ses joues.

J'ai envie de lui arracher ses vêtements et je veux tout savoir sur sa journée, son année, sa vie.

Elle referme les doigts sur la tige de son verre et avale une longue gorgée. Son rouge à lèvres laisse une marque.

— Ça te plaît ?

Elle hoche la tête.

— Je ne bois pas beaucoup de vin. Plutôt du whiskey avec des clients, au travail.

Je me hérisse en m'imaginant un connard plein aux as qui la harcèle pour qu'elle prenne un verre avec lui.

— Au même endroit ?

Elle se cale contre le dossier.

— Tu l'ignores ?

— Tu voudrais que je le sache ?

Elle fait courir son index sur le rebord de son verre.

— Tu te préoccupes de ce que je veux ?

Bien sûr.

— J'y suis allé ; je te cherchais.

Elle affiche un air surpris.

— Quand ?

— Il y a un mois. J'y suis allé tous les soirs pendant une semaine. La barmaid a fini par me reconnaître. Elle m'a demandé si je te cherchais.

— Et tu me cherchais.

— Ça ne m'était pas venu à l'idée, mais c'est vrai, oui. Tu m'as manqué.

Les mots me viennent difficilement. Ils sont vrais. Trop vrais. Elle m'a manqué. Ça ne devrait pas être le cas.

On a passé un été ensemble, puis on s'est séparés et je suis passé à autre chose.

J'étais fiancé, bon sang !

— Je t'ai manqué ? dit-elle d'une voix pleine de doute. Vraiment ?

— Je ne t'ai pas manqué ?

Ses yeux passent lentement sur moi.

— Je n'étais pas fiancé à quelqu'un d'autre.

— Tu as passé les trois dernières années seule ?

Elle prend son verre et avale une autre gorgée.

— Je n'ai pas eu beaucoup de temps pour voir des hommes. Même si je pense que tu le sais déjà.

Sa gorge se serre. Un mélange de colère (pour qui est-ce que je me prends, à mettre le nez dans ses affaires ?) et de tristesse.

— Je suis désolé pour ta mère.

— Merci.

Ses yeux se posent sur la table. Elle la regarde, cherchant quelque chose, ne le trouvant pas.

— Je suis désolée que ta fiancée t'ait quitté.

— Vraiment ?

Ses yeux tracent une ligne en travers de la table et remontent jusqu'à ma cravate bleu foncé, mon menton, mes lèvres, mon nez, mes yeux.

Je laisse le silence retomber. Je la regarde m'étudier, chercher des faiblesses.

Sont-elles visibles ? L'année dernière…

Je ne suis pas moi-même. Je ne suis pas l'homme rude et maîtrisé, impossible à déstabiliser, que j'étais autrefois.

J'ai besoin d'y parvenir. De retrouver cette personne.

L'homme qui n'est jamais distrait. Qui refuse de perdre ou d'être vulnérable.

Qui n'a jamais peur de rien.

Le serveur nous interrompt pour nous apporter deux assiettes. Des crevettes à l'arrabiata.

Son plat favori.

Elle secoue la tête et étouffe un rire.

— Tu as commandé pour moi ?

— Tu n'en veux pas ?

— Oh que si !

Elle prend sa fourchette et embroche une penne.

— Mais c'est présomptueux.

— Ça ne te faisait rien, autrefois.

— Les choses changent.

C'est vrai. Et j'ai besoin de faire un peu mieux si j'ai envie de la convaincre.

Elle a toujours ce boulot horrible. Elle rit à de mauvaises blagues, laisse les hommes reluquer ses seins, troque sa jeunesse et sa beauté.

Ils lui proposent de l'argent en échange de sexe. C'est ce qu'ils faisaient il y a trois ans. Ça ne va pas changer uniquement parce qu'elle s'est coupé les cheveux.

Elle a besoin d'argent.

A-t-elle déjà dit oui ?

Un connard qui la voit comme un gant pour sa queue…

Qui ne la mérite pas…

Cette pensée me donne mal au cœur.

Mais ne suis-je pas coupable aussi ? Ce n'est pas comme si j'avais passé l'année qui vient de s'écouler à culbuter des femmes qui percent mon âme à jour.

Et j'ai des options.

Elle est fauchée, risque de perdre son appartement, de ne pas pouvoir payer les études de sa sœur, de garder ce travail pourri jusqu'à ce qu'elle soit trop vieille pour jouer le rôle de la petite créature mignonne.

Et alors ?

Je n'aime pas l'avenir que cela lui offre.

— Bon sang ! dit-elle en gémissant de plaisir au-dessus son plat de pâtes. C'est encore meilleur que dans mes souvenirs.

Ma poitrine se réchauffe. Son bonheur me satisfait toujours. Ça me remplit toujours d'un besoin immense de prendre soin d'elle.

— C'est quand même présomptueux…

Elle avale une autre bouchée.

— … mais c'est vraiment super bon.

Mes yeux restent braqués sur elle alors qu'elle remet la fourchette à ses lèvres.

Ses yeux se ferment. Son front s'adoucit.

Pendant un moment, elle est dans un monde de satisfaction.

Puis elle ouvre les paupières, et son regard croise le mien.

— Tu vas manger ? Ou bien tu m'as invitée ici rien que pour me regarder ?

Elle caresse la tige de son verre de vin.

— C'est excitant, même pour toi.

— Même pour moi ?

Elle hoche la tête.

Je prends une bouchée et laisse la sauce épicée et piquante submerger mes papilles. Ça fait un long moment que je n'ai plus mangé d'arrabiata.

Ça me fait penser à elle. Et je ne peux pas penser à elle. Je ne pouvais pas. Ça me rendait fou.

Je mâche, avale, bois une gorgée de vin.

— Les choses changent, comme tu l'as dit.

— Vraiment ?

Elle essaye de garder une voix neutre, mais elle n'y parvient pas vraiment. Comme je ne réagis pas, elle continue :

— Tes goûts… ont-ils changé ?

Mince.

Je ne peux pas répondre à ça.

Ça fait longtemps que je n'ai pas songé à demander à une femme de se soumettre.

Pour l'instant, assis en face d'elle, à voir le rythme de sa respiration, la curiosité qui emplit son regard…

J'en ai besoin.

C'est indéniable.

— Tu te traînes une réputation, dit-elle. Mais *ça* n'en fait pas partie.

Elle me parcourt lentement du regard, s'arrête sur ma cravate.

— Aucune de tes *amies* n'a mentionné ton penchant pour les cordes, pour l'autorité ou même pour la douleur.

Ma verge se réveille, et mon sang se précipite vers la partie inférieure de mon corps. Ce n'est pas ce dont j'ai besoin. J'ai besoin de garder le contrôle.

— Ou bien tu demandes à des femmes de signer des contrats de confidentialité ou alors…

Elle hausse un sourcil, m'offrant de terminer la phrase.

Mais je n'ai rien fait.

Je n'ai pas essayé de le faire. Pas depuis que j'ai abordé cette idée avec Rory et qu'elle m'a dévisagé comme si j'étais un monstre.

— Je ne leur ai pas demandé si elles aimaient les cordes, ou les ordres, ou la douleur, dis-je.

Sa rougeur s'accentue.

— Et ta fiancée ?

— Ex-fiancée.

— Partageait-elle tes goûts ?

— Qu'est-ce que ça peut faire ?

— Je suis curieuse.

— Je ne te demande pas de baiser avec moi, Indigo.

— Alors on va se marier et ne jamais coucher ensemble ? demande-t-elle en prenant son verre de vin pour en avaler une longue gorgée. Vraiment ?

— Je ne te paie pas pour du sexe.

— Tu ne veux pas coucher avec moi ? demande-t-elle.

— Bien sûr que si. J'ai envie de baiser avec toi. Mais ce n'est pas la raison pour laquelle je suis là.

— Tu es là à cause de ta réputation, dit-elle. Vraiment ? C'est tout ?

Murmurant à mes oreilles, révélant ses secrets, me faisant des promesses éternelles.

C'est ça.

Il est là. Ne me promettant pas seulement de toujours l'être, mais m'offrant également du liquide en contrepartie.

Un rêve qui devient réalité.

Le seul hic est que ce sont des conneries.

— Que me demandes-tu, exactement ?

Je replie les mains sur mes cuisses et essaye de soutenir son regard.

Ses yeux sombres ont toujours la même intensité.

Il me lit toujours comme un livre ouvert.

Il sait exactement sur quel bouton appuyer pour me faire rire, grogner, crier.

Il sait qu'il a le pouvoir de me détruire.

— J'aimerais qu'on se marie cet été, dit-il. Mais c'est négociable. Tant qu'on annonce nos fiançailles tout de suite.

— Nous sommes en mai.

— J'en suis conscient.

— On t'a photographié avec une autre femme voilà deux mois à peine.

— J'en ai conscience également.

— Les gens vont penser que c'est un mariage forcé, dis-je.

— Pas si on le vend bien, dit-il en me perçant du regard. Ils vont croire qu'on a renoué.

C'est pour ça qu'il est venu me trouver. Parce qu'on a un passé qui convient à son histoire.

C'est sensé, logiquement parlant, mais il manque quelque chose. Un autre détail que je ne vois pas.

J'essaye de trouver la vérité dans son expression, mais je ne peux pas.

— On va vendre la chose ?

— Oui.

— Comment ça ?

— Des photographies. Des dîners. Des réceptions.

— Tu organises des rallyes ? lui demandé-je.

— Ce n'est pas dans mes habitudes, dit-il en ricanant.

— Mais c'est ton anniversaire le mois prochain.

Ses yeux s'illuminent. Il est étonné que je me m'en souvienne. Ou bien ça l'excite.

Je n'en suis pas certaine.

— Et tout ça pour ta réputation ? lui demandé-je.

Il hoche la tête.

— Alors on pourra dire la vérité à nos amis et à notre famille ?

— Non, dit-il d'un air dénué de toute joie. Il faut qu'ils y croient.

— Même ton frère ?

Il baisse les yeux vers la table.

— Il n'approuverait pas.

Je n'en sais pas beaucoup sur le frère de Ty, mais je sais qu'il est obsédé par l'honnêteté.

Généralement, c'est pareil pour Ty. Tout ça ne lui ressemble pas.

Mais je ne le connais peut-être pas. Ça fait trois ans.

— Tes amis ? lui demandé-je.

— Tout le monde, dit-il.

D'accord. Tout le monde. C'est clair, mais…

— Je ne suis pas certaine de pouvoir mentir à Sienna. Je ne sais pas si je peux accepter ça.

— C'est rédhibitoire ?

— Et si ça l'était ?

— Tu veux bien essayer ?

Je déglutis fort. Je n'aime pas l'idée de tromper ma sœur. Mais elle n'approuverait pas non plus, et je ne peux pas lui faire porter ce poids.

Je ne veux pas qu'elle se sente responsable.

C'est mon choix.

Même si c'est pour elle, c'est mon choix.

— Je peux essayer, dis-je. Mais je ne peux pas te promettre de résultats.

Il hoche la tête.

— C'est équitable.

Peut-être.

— Et pour toutes ces photographies, les dîners, les fêtes… Comment va-t-on convaincre les gens que c'est vrai ?

— On aura l'air terriblement amoureux.

— Et si on n'arrive pas à le faire croire ?

— Tu y arriveras.

Et si la limite devient floue ? Si je tombe amoureuse de lui ?

— Mais en vérité, poursuit-il, on…

— Tu soutiens toujours que tu ne vas pas coucher avec moi ?

Ma poitrine se réchauffe.

— Pas pour de l'argent.

— Comme des amis. Des amis qui couchent ensemble. Si c'est ce que tu auras décidé.

Seigneur, oui. Tout de suite. Maintenant !

— Seulement des amis ?

— Je ne veux pas te faire de mal, Indie. Je tiens à toi et ce sera toujours le cas. Mais l'amour est derrière moi.

— Tu veux que je parvienne à convaincre le monde que je suis amoureuse de toi, même si tu ne m'aimeras jamais, mais tu ne veux pas me faire du mal… Vraiment ?

— Oui.

Il prend son verre et avale une longue gorgée de vin tout en réfléchissant.

— Ce n'est peut-être pas possible, mais c'est ce que je te demande.

D'accord.

C'est ce qu'il demande.

Et pour une raison qu'il refuse de révéler, c'est à moi qu'il le demande.

— Pendant combien de temps ? demandé-je.

— Pour toujours.

Il avale une autre gorgée et pose son verre sur la table.

— Un mariage n'est-il pas censé durer éternellement ?

— C'est censé unir deux personnes amoureuses.

Il ne détourne pas les yeux de son verre.

— Combien de temps veux-tu ?

Je secoue la tête.

— Ça ne sera pas pour toujours.

— Dix ans.

— Dix ans sans amour ?

Il acquiesce et dit :

— Combien veux-tu pour dix ans ?

Dix années à être l'épouse de Tyler Hunt.

— Est-ce que je peux rester à New York ?

— Il faudra que tu viennes me rejoindre à Londres de temps en temps.

— Et qu'est-ce que je ferai pendant que tu seras à Londres ?

— Ce que tu voudras.

Sa voix reste ferme, maîtrisée, impossible à déchiffrer.

— Terminer tes études. Enregistrer un album. Vivre ta vie.

— Ma vie ? Ou bien la vie dont tu auras décidé pour moi ?

— Ta vie. Je te le demande parce que j'ai envie de toi. Si je voulais une fille de l'Upper West Side… il en existe beaucoup.

deux ans qui ne penserait qu'à s'amuser. J'oublie ma fatigue et je laisse le désir me submerger.

Mais je ne fais pas confiance aux hommes que je rencontre dans des boîtes de nuit.

Je ramène mon désir à la maison. Je me touche. Je fantasme.

Ou bien je me souviens.

C'est toujours Ty.

Pas mon copain du lycée. Pas celui qui est venu après.

La main de Ty autour de mes poignets. Ses lèvres sur mon cou. Le sexe de Ty qui me pénètre.

Dix ans aux côtés de Ty sans coucher avec lui…

C'est impensable.

— Si c'est ce que tu veux, oui, dit-il en me perçant du regard. Mais tu ne vas pas me convaincre que tu n'as pas envie de coucher avec moi.

Sa voix est neutre, exigeante.

— Si je te le demandais, tu passerais la nuit chez moi.

— Non.

Il hausse un sourcil, me mettant au défi.

— J'en ai peut-être envie.

— Peut-être ?

— D'accord, j'ai envie de coucher avec toi. Mais j'ai envie de beaucoup de choses. Je ne me les approprie pas toutes.

Il s'immobilise, m'étudie, en attente.

L'intensité de son regard fait vibrer mon corps. Ce côté de lui, patient, taquin et exigeant…

J'en ai besoin. Il me manque.

À quoi bon résister ?

Pourquoi ne pas accepter ? Aller chez lui ? Jouir dans son lit ?

— Si tu penses que j'ai envie de coucher avec toi, demande-le-moi, dis-je.

— Non. Je vais attendre que tu m'implores.

Oh, Seigneur…

— Et si je ne le fais pas ?

— Tu le feras.

— Tu en es certain ?

— Oui.

— Je n'ai même pas encore accepté. Tu crois que c'est prudent de me taquiner ?

— Non, dit-il en repliant les mains. Ce n'est pas très intelligent de ma part. Je n'ai pas toute ma tête quand il s'agit de toi, poursuit-il en faisant descendre ses yeux le long de mon corps.

— Que dit la voix de la raison ?

Il ne répond pas directement.

— Dix ans. Dix millions de dollars. On est d'accord ?

— Je veux avoir une issue si ça ne fonctionne pas, dis-je.

— Je vais payer les études de ta sœur tout de suite, dit-il. Ainsi qu'une prime de signature.

— Une prime de signature ?

Il hoche la tête.

— Cent mille dollars.

Bon sang, oui !

— Avec une clause de confidentialité. Si la chose s'ébruite, tu devras me rendre cet argent.

— Et si j'en parle à Sienna ?

— Tu la crois capable de garder un secret ?

Généralement, j'aurais dit oui sans problème, mais avec une centaine de milliers de dollars en jeu, je n'en suis pas sûre.

— À la fin de la première année, l'hypothèque. Le reste fait partie d'un contrat prénuptial standard.

— Et pendant qu'on sera ensemble ?

— Je m'occuperai de mon épouse, dit-il. Les détails ne comptent pas pour moi.

— Et ce sera uniquement nous ? Tu ne veux pas autre chose ?

— Autre chose ?

— Des enfants ? Ça n'arrivera pas.

Je ne sais pas si je veux des enfants, mais je suis sûre d'une chose :

— Je n'élèverai pas d'enfants dans un mariage sans amour, dis-je.

— C'est noté.

Il hoche la tête comme si cela ne lui faisait rien.

Il ressent peut-être la même chose.

On n'avait guère parlé d'avenir quand on s'est rencontrés. Mais il voulait devenir père. Est-il vraiment en train d'abandonner ce projet ?

Il change de sujet.

— Tu devras emménager bientôt.

— Et Sienna ?

— Je paie l'hypothèque, non ?

C'est vrai.

— Et si je veux qu'elle se rapproche ?

— Je peux lui trouver un appart dans le même immeuble.

Ça représente plusieurs autres milliers de dollars par mois. Peut-être plus.

Et il balance ça comme si cela ne représentait rien.

— Qu'en dis-tu, Indigo ? demande-t-il en tendant la main. On est d'accord ?

Chapitre Huit

INDIGO

— Oui.

Je ravale les objections qui me remontent dans la gorge. Il ne m'aimera jamais. Il va me briser le cœur.

Il est certain que je vais lui demander de me plaquer sur la table et de me prendre fort.

Mes joues s'embrasent, puis ma poitrine, mon ventre, mes cuisses.

Mon corps est largement disposé.

Cette image s'est déjà implantée dans ma tête.

La nappe rouge contre ma joue, ma robe retroussée jusqu'à ma taille, la main de Ty sur ma cuisse.

J'ai déjà tellement envie de lui.

Serait-ce si mal de l'implorer ?

À quoi me servirait ma fierté comparée à ma satisfaction ?

— Je vais le faire.

Je me force à prononcer ces paroles, alourdies par le poids de cette promesse.

Il me tend la main, et je la lui serre.

Je presse les cuisses.

— Je sais que ça va être difficile. Je sais que j'en demande beaucoup. Mais… j'ai envie de faire mon possible pour te rendre la tâche facile. Si tu préfères, je peux demander à un membre de mon équipe de s'occuper de tout. Du mariage, de ta garde-robe, de ton déménagement.

— J'ai envie de passer l'été avec Sienna. C'est mon dernier été avant qu'elle entre à l'université.

Il hoche la tête d'un air compréhensif.

— Il y a beaucoup de détails à régler. On n'est pas forcé de décider de tout aujourd'hui.

— D'accord.

Je termine mon verre de vin, savoure son goût fruité. C'est l'équilibre parfait entre la légèreté et la puissance. Assez fort pour accompagner la sauce à la tomate, mais pas assez pour en neutraliser le mordant.

C'est parfait.

Ty sait toujours ce dont j'ai besoin.

Et j'ai envie d'être là. Dans ce monde. Sans la moindre pensée, mon corps vibrant à sa fréquence.

Ce qui signifie que je dois partir. Avant que mon corps ne prenne le dessus.

—Je… euh, je devrais aller la retrouver. Il se fait tard.

Ce n'est pas vrai, mais il ne me reprend pas.

— Ton bureau ? Demain ? demandé-je. Durant la journée ?

— On déjeune ensemble. On commencera à bosser sur notre histoire.

Oui… notre histoire.

— Et on s'entraînera.

— À quoi ?

— À avoir l'air terriblement amoureux.

Je lui serre la main pour lui dire au revoir, même si j'ai envie de l'étreindre, de l'embrasser, de le toucher et de m'écrouler dans ses bras.

Je pensais que le long trajet en métro allait apaiser cette palpitation entre mes jambes, mais non.

Je vibre toujours, à cause de son contact, son regard, ses promesses.

Et du bonheur de sentir mes problèmes disparaître.

Dix millions de dollars.

C'est impensable, et c'est à moi.

Pas dans l'immédiat, certes, mais cent mille dollars me permettront d'être à l'aise pendant un long moment.

Et avec l'hypothèque payée et les études de Sienna entièrement couvertes…

— Indigo.

Sienna ouvre la porte, passe les bras autour de moi et m'attire à l'intérieur.

On est toutes les deux grandes, mais c'est une athlète, et elle est beaucoup plus forte que moi.

— Tu vas devoir expliquer beaucoup de choses, jeune femme.

— Vraiment ?

Elle hoche la tête pour dire *absolument*. Puis elle va s'asseoir à la table de la cuisine avec une expression qui affirme *il faut qu'on parle*.

— C'est sérieux ?

— Très sérieux.

Elle remplit deux verres d'eau et les apporte vers la table. Puis elle attend que je m'asseye.

Bon… je vais jouer le jeu.

— Qu'ai-je besoin d'expliquer ?

— Regarde l'heure.

Je regarde l'horloge du micro-ondes d'un geste dramatique.

— Indigo Simms ! Est-ce que tu m'écoutes ?

— Il est huit heures et demie.

— Oui.

— Je suis rentrée trop tard, Maman ?

Elle secoue la tête.

— Trop tard ? Trop tôt ! J'ai cherché le resto sur Google Maps. C'est à vingt minutes en métro.

— D'accord…

Elle se redresse et plaque les deux mains sur la table en signe de force.

— Ça a laissé combien de temps pour le dîner ?

— Qu'essayes-tu de me dire ?

— Il n'est même pas neuf heures ! À moins que tu aies passé les deux dernières heures dans une limousine, à faire des culbutes avec Mister London, j'exige d'avoir des explications.

Un rire s'échappe de mes lèvres, puis un autre, et un autre.

— C'est si drôle que ça ?

Oui, je suis pliée en deux. Je plaque une main sur mon ventre. Oh mon Dieu ! C'est parfait…

— Sienna…

— Tu es censée coucher.

— Je…

— Tu… as une explication, j'espère.

— Oh, mon Dieu !

— Non, non, non, non. N'invite pas ton Dieu dans la conversation, dit-elle en secouant la tête avec une indignation feinte. C'est entre toi et…

— Mon Dieu ?

Elle croise les bras.

— Pourquoi n'es-tu pas en train de t'envoyer en l'air ?

Mes co-équipiers sont devenus mes amis. J'étais doué pour le foot. J'avais besoin de gagner. Je n'aurais jamais triché ni compromis l'esprit sportif, mais je m'entraînais pendant des heures, mémorisais des passes, courrais jusqu'à ce que mes jambes me lâchent.

Les gens voulaient être vus avec la star du terrain.

Les filles nous tombaient dans les bras.

Et j'ai bien appris.

Comment flirter, comment charmer, comment expliquer ce que je voulais.

J'ai découvert que j'avais des goûts particuliers. Une partie de moi le savait, j'avais vu ce genre de choses dans des films ou à la télévision, mais je ne savais pas jusqu'où ils allaient.

Pendant un long moment, j'ai essayé d'ignorer mes désirs. Les filles de mon âge n'étaient pas vraiment ouvertes à l'idée d'être attachées.

À l'université, ça a été plus facile. Les femmes avaient envie d'expérimenter. On jouait pendant plusieurs semaines ou mois, puis on se séparait. Ce n'était jamais assez longtemps pour remporter leur confiance.

Jamais assez longtemps pour développer une vraie intimité.

Je n'ai pas cédé à mes désirs. Pas entièrement. Du moins, pas avant d'avoir rencontré Indigo.

Mais c'était plus facile. Plus sûr. Je n'avais pas voulu tomber amoureux de qui que ce soit. Je n'avais pas besoin de la tristesse de la distance ou de la douleur de la séparation.

Même lorsque Papa a pris sa retraite et qu'Ian est revenu à Londres…

Il était trop tard. La douleur était trop profonde. Mon cœur trop fermé.

Ce fut plus facile, avec Papa à la maison, de monter une boîte avec Ian.

Le travail me tenait occupé. Les dîners de famille effaçaient la solitude.

Ian et moi nous débrouillions très bien.

On gagnait assez d'argent pour que les femmes me perçoivent comme un portefeuille ambulant au lieu d'un bon coup pour quelques semaines.

Papa est mort.

Ian a divorcé, puis est parti s'installer aux États-Unis.

Je l'ai suivi pour l'été.

J'ai rencontré Indigo.

Je n'arrête pas de penser à cette nuit-là.

Le bar en centre-ville. Le coucher de soleil derrière nous. Ses cheveux presque noirs qui cascadaient le long de son dos.

L'aplomb et la détermination dans ses yeux bleu foncé.

Le murmure soyeux de sa voix quand elle m'a demandé ce que j'aimerais boire.

Il y avait quelque chose de spécial en elle. Je l'ai su à la seconde où je l'ai vue.

Puis je l'ai recroisée… au Musée du Sexe, rien que ça !

Et le regard qu'elle m'a lancé ! Timide, curieux, intense…

J'ai su qu'il fallait que je la possède.

Mais je ne savais pas jusqu'où allait mon désir.

À quel point j'aurais envie d'elle.

À quel point elle me manquerait après mon départ.

Si je l'aimais ? Je n'en suis pas certain.

À l'époque, ce mot ne faisait pas partie de mon vocabulaire. Du moins jusqu'à ce que je rencontre Rory et qu'elle…

C'était facile.

Je n'avais pas peur de la perdre.

Je ne sais pas pourquoi. Logiquement, ça n'a aucun sens.

Elle faisait partie de ce monde : un monde de pognon, de bonnes manières et de convenances.

Elle le comprenait instinctivement d'une façon qui m'échappait. Elle m'a aidé à m'y retrouver.

Elle m'a convaincu que je pouvais être le genre d'hommes qui désiraient cette vie.

À présent, je ne sais plus.

Mais à l'époque, j'y ai cru. J'ai cru que je pouvais appartenir à son monde de bonnes manières et de convenances. J'ai cru que je pouvais être un gentleman qui fait l'amour, pas un homme qui baise comme un animal.

Pour la première fois de ma vie, je ne ressentais pas de douleur dans ma poitrine, de tension dans mes épaules, de vide au plus profond de moi.

Puis un matin, elle s'est réveillée, et elle ne m'aimait plus.

Je ne sais pas combien de temps ça a duré, pendant combien de mois elle a essayé de retomber amoureuse de moi, d'essayer de se convaincre de rester.

Mais le jour où elle est partie…

Son regard quand elle a reposé sa bague dans la paume de ma main…

Je suis désolée, Ty, mais je ne t'aime plus.

Comme si cela lui faisait plus de mal qu'à moi. Comme si elle désirait vraiment m'aimer pour l'éternité.

Mais qu'elle en était tout bonnement incapable.

Et maintenant…

Je ne suis pas capable d'aimer. Plus maintenant.

Je ne tomberai pas amoureux d'Indigo.

Mais je peux m'occuper d'elle.

Je peux remporter sa confiance.

Je peux faire tout ce qui est en mon pouvoir pour lui offrir une vie agréable.

Mon soutien, des orgasmes et dix millions de dollars.

Ce n'est pas de l'amour, mais c'est déjà quelque chose.

J'espère simplement que cela suffira.

Je me réveille tôt. Je fais un jogging autour de Battery Park. Je m'habille. Je me douche. Je parcours à pied les cinq pâtés de maisons qui me séparent de mon bureau.

La journée est froide. De gros nuages gris, une douce lumière blanche, un air revigorant.

Le temps printanier est étrange, à New York. Certains jours, le soleil brûle. D'autres, le ciel se remplit d'une pluie épaisse.

C'est une belle journée, tempérée. Mais même dans mon bureau, je n'arrive pas à me mettre à mon aise.

Une minute, je brûle. L'instant d'après, je suis glacé.

Puis Indigo arrive, et je suis en feu.

Paloma la fait entrer.

— M. Hunt, votre fiancée est là.

Elle glousse de plaisir. Est-ce parce qu'elle aime les ragots ou bien parce qu'elle souhaite vraiment me voir heureux ?

Je n'en suis pas certain.

— M. Hunt, dit Indigo en haussant un sourcil. Je me rappelle quand je t'appelais comme ça.

Elle porte une tenue décontractée aujourd'hui. Des bottines, un jean déchiré, un petit haut moulant. Le même pendentif entre ses seins parfaits.

Je me force à la regarder dans les yeux.

— Ça te manque ?

— M. Hunt, que voulez-vous dire ?

— Tu sais exactement ce que je veux dire.

— Vraiment ?

Elle hausse un sourcil et croise les jambes.

— Ou bien vas-tu devoir me le faire comprendre ?

Mince ! Une image s'impose immédiatement à moi.

Indigo, dans mon lit, seulement vêtue de son collier, susurrant *M. Hunt, que désirez-vous ce soir ?*

Voulez-vous me prendre ?

— M. Hunt ? Je peux vous aider ou bien voulez-vous que je revienne plus tard ?

Sa voix prend un ton taquin.

Mes pensées restent en dessous de la ceinture.

Heureusement, Paloma m'empêche de céder à mes pulsions.

Elle entre dans la pièce et pose un plateau de boissons sur le bureau.

— J'ai pris la liberté de préparer un Yunnan Hong Cha quand la sécurité m'a informée de votre arrivée.

Indigo me décoche un regard qui signifie *vraiment ?*

Vraiment. C'est Paloma dans toute sa splendeur. Elle est toujours rapide et attentive, mais quand il s'agit de ma future fiancée, elle est carrément collante.

— M. Hunt vous a-t-il parlé de notre emploi du temps de l'après-midi ? dit-elle en souriant à Indigo. J'ai réservé un espace dans un magasin indépendant. C'est parfait pour vous. Audacieux, moderne, mais complètement chic.

Indigo devient très pâle.

— Vous m'emmenez faire du shopping ?

— Je ne resterai pas dans vos pattes, c'est promis.

Elle sourit et sort de la pièce d'un pas vif.

Je referme la porte.

— Je suis désolé. Elle est…

— Enthousiaste.

— Oui.

— Elle veut te voir heureux, dit Indigo.

C'est peut-être aussi simple que ça. Je ne fais peut-être pas assez confiance.

— Tu as jeté un œil au contrat ?

— Oui.

— Et ?

Elle tire une enveloppe brune de son sac noir et la pose sur mon bureau à droite de son thé.

— C'est signé.

Elle pousse le papier vers moi.

J'en retire le contrat et trouve la ligne en pointillés. J'y signe mon nom.

Elle fait pareil avec ma copie du contrat.

Puis c'est officiel.

Nous sommes fiancés.

Chapitre Dix

INDIGO

Mon sort. Sur la ligne en pointillés. Indigo Nicole Simms. Sur notre accord initial.

Une clause de confidentialité.

Un contrat prénuptial traditionnel.

Une autre clause de confidentialité.

Tous ces petits détails. Je reste à New York, mais je dois me rendre à Londres s'il me le demande. Six fois par an au minimum, après quoi je suis libre de refuser.

Un budget raisonnable.

Une carte de crédit pour les frais imprévus.

Une date butoir pour le mariage.

À la fin du mois de septembre.

Jusque-là, je suis libre de vivre avec Sienna.

Après quoi, j'irai vivre avec lui.

Dix années à répondre à tous les désirs de Tyler Hunt.

Puis on pourra alors renouveler notre accord, se séparer ou bien déchirer ce contrat et déclarer que notre amour est véritable.

Il pianote sur quelques touches, et ça se met en marche.

Mon téléphone vibre. Une alerte de mon application bancaire s'affiche à l'écran.

Nouveau dépôt sur votre compte courant.

Cent mille dollars.

Sur mon compte.

Mince !

— Indie ? demande-t-il avec une pointe d'inquiétude. Ça va ?

Je glisse mon téléphone dans mon sac et pose les mains sur mes genoux. J'essaye de singer sa décontraction.

À la seconde où mes yeux croisent les siens, je perds mon assurance.

Je lis la préoccupation dans ses yeux sombres.

Il s'inquiète pour moi.

Mais je ne vais pas m'y attarder si je veux survivre à tout ceci sans tomber amoureuse de lui.

J'essaye de trouver quoi dire. Une façon d'expliquer ma condition présente.

Je suis terrifiée.

Mais aussi extatique.

J'ai cent mille dollars sur mon compte en banque.

C'est absurde.

Paloma m'épargne d'avoir à exprimer mes pensées.

Elle frappe à la porte, entre avec un sac de nourriture à emporter et un sourire. Elle en déballe deux salades dans de grands bols en plastique.

— Je ne savais pas ce que vous aimiez, Indigo, alors j'ai commandé une César et une poulet-maïs. Si ni l'une ni l'autre ne vous conviennent…

— C'est bon, merci.

Je ne suis pas certaine de pouvoir manger. Mon estomac est en chute libre. Tout en moi est en chute libre. Le sol ? Quel sol ? Je vole.

Elle rayonne et sort de la pièce d'un pas dynamique.

Ty désigne mon bol. *Après toi.*

Je prends la César. Une fourchette. Un petit sachet de poivre.

— Ce n'est pas ce que je m'imaginais quand tu as parlé de déjeuner.

L'autocollant vert pomme porte le logo d'une chaîne de fast-food populaire. Des salades à dix dollars. Des ingrédients ordinaires. De la nourriture pour gens normaux. C'est bien pour le prix, mais ce n'est pas ce qu'il y a de mieux. Ce n'est pas digne de Tyler Hunt.

— J'ai pensé que tu apprécierais d'avoir de l'intimité.

Il appuie sur un bouton sous son bureau, et les stores descendent.

— Oui. Merci.

Les spots fluorescents du couloir se tamisent. Il ne reste que le blanc lumineux du ciel nuageux.

C'est beau. Flatteur.

Cela dit, Ty est toujours beau, d'une façon puissante et intouchable.

Il porte un costume différent aujourd'hui, bleu foncé, pas le noir d'hier, ainsi qu'une cravate violette assortie.

Bleu et violette. Indigo.

Ça doit être intentionnel, mais je ne lui fais pas la remarque.

J'ouvre ma salade, déchire le sachet de poivre et remue l'assaisonnement.

J'ignore la tension dans l'air.

J'ai déjà envie de le toucher. Je veux grimper sur le bureau, glisser sur ses genoux, faire courir mes doigts sur sa cravate.

J'ai envie de sentir ses lèvres sur mon cou, ses mains sur mes cuisses, sa verge…

— Je sais que c'est étrange, dit-il. C'est étrange pour moi aussi.

Vraiment ? Il paraît si calme et si maîtrisé.

— Je peux essayer de rendre la chose plus facile.

Je ne sais pas ce qu'il veut dire exactement. Mais je dois admettre que l'argent aide. Savoir que j'ai cet argent sur mon compte en banque, savoir que j'ai une solution à tous les problèmes qui se présenteront… c'est beaucoup.

— J'apprécie.

— Je ne veux pas te pousser en public.

Sa voix se fait légèrement plus autoritaire, mais c'est suffisant pour me faire rougir.

— Que veux-tu dire ? demandé-je.

— Dès que tu sortiras de cette pièce, tu seras ma fiancée. Les gens ne le savent pas encore, mais ils l'apprendront bientôt. On va passer le reste de la semaine à prendre soin d'être vus.

Je peux le faire.

— Il faut qu'on ait l'air d'être fous amoureux l'un de l'autre.

Bien entendu.

— Oui, je comprends la ruse.

Il hoche la tête.

— Est-ce qu'il y a une limite que tu ne veux pas que je dépasse en public ?

— Tu vas faire quelque chose qui sort de l'ordinaire ?

— On peut essayer ça.

Il se redresse et me fait signe de le suivre.

Quand je le fais, il se rapproche.

— Ça fait longtemps que je ne t'ai pas embrassée.

Ty fait un autre pas vers moi. Puis un autre. Jusqu'à se retrouver dans mon espace.

Je déglutis fort.

- On a besoin de s'entraîner ?

Il sourit à demi tout en glissant une main autour de ma taille.

— Oui.

— Je devrais en prendre ombrage ?

— Si tu veux, répond-il en traçant les contours de mon débardeur du bout des doigts. Mais ce n'est pas comme si tu ne savais pas embrasser.

— Alors pourquoi ?

— Tu es nerveuse.

Ses doigts frôlent le bas de mon dos, la bande de peau nue entre mon débardeur et mon jean.

— Je le suis aussi.

Vraiment ?

Il n'en montre rien.

Mes pensées se dissipent aux quatre vents quand il pose la main sur ma joue.

Ses doigts effleurent les contours de mon visage.

C'est vraiment bon !

J'oublie notre conversation et m'abandonne à lui.

C'est un simple réflexe ; mon corps réagit pour moi.

Il presse sa main sur le creux de mon dos. Un centimètre à la fois, mon corps fond contre le sien.

Mes jambes, mes hanches, mon ventre, ma poitrine.

Ses lèvres.

Une douce caresse. Le murmure d'un baiser.

Puis sa main se referme autour de ma nuque, et ses lèvres retrouvent les miennes.

Ses lèvres douces. Le goût du café, du miel et de Ty.

Il a tellement bon goût !

C'est bon. C'est toujours tellement bon.

Ma main se pose sur ses épaules. Son dos. Le tissu épais de sa veste de costume.

Elle est trop présente.

J'ai besoin de mes mains sur sa peau.

J'ai besoin de son corps contre le mien.

Maintenant. Ici. Partout.

Mon cœur bat alors qu'il se retire.

Je le regarde dans les yeux pendant une demi-seconde. Ils sont toujours sombres, profonds et intenses. Comme s'il avait besoin de moi par-dessus tout. Comme s'il allait me dévorer.

Puis il cligne des paupières, et la pièce se réorganise.

Il fait un pas en arrière, prenant ma chaleur avec lui. Emportant avec lui cette sensation sûre, douce, dangereuse à l'impossible.

— C'est bon ?

Mon cœur bat dans ma poitrine. J'ai encore envie de l'embrasser. Je suis terrifiée à l'idée de l'embrasser à nouveau.

Il hoche la tête.

— On recommence ?

— Encore, accepté-je.

Cette fois, c'est plus lent. Plus doux.

Il passe le bras autour de ma taille, glisse sa main dans mes cheveux.

Il me regarde comme s'il était fou amoureux de moi.

Je lui rends son regard, essayant de projeter une sorte d'affection.

Mais à quoi ressemble l'amour ?

Je garde de vagues souvenirs du bonheur de mes parents.

Ma mère qui disait *tu es ridicule* quand Papa écoutait *Purple Rain* pour la dixième fois de la semaine.

La façon dont il enroulait les bras autour d'elle quand il lui demandait de danser.

Le ton taquin de sa voix quand elle se plaignait que la nourriture qu'ils avaient commandée était trop épicée.

Et le désespoir qui l'avait envahie quand il était mort.

Des mois au lit. Immobile. Se nourrissant à peine.

Parvenant à peine à nous garder en vie, Sienna et moi.

Elle ne s'en est jamais remise. Pas vraiment.

Même au bout de dix années, elle n'a jamais récupéré.

C'est l'amour.

La douleur de perdre quelqu'un.

Je n'aimais pas mon copain du lycée.

Ni le mec avec qui je suis sortie durant ma première année d'université.

Il me faisait me sentir spéciale. Puis j'ai couché avec lui, et il m'a jetée. Comme si j'étais un jouet sans valeur.

Ty ne m'a pas jetée. Il a toujours été clair sur ses intentions. Mais il est parti.

Et il a pris une partie de moi avec lui.

Est-ce que je l'aimais ?

Je ne sais pas.

Mais j'avais envie de lui. J'ai toujours envie de lui.

Je sais comment faire croire à tout ça.

Je ferme les yeux et essaye d'apaiser mes pensées, de laisser mon corps prendre le dessus.

Mes doigts se replient sur sa nuque.

Seigneur ! Sa peau est tellement douce. Et il sent tellement bon. Un shampooing au parfum fort. Et son odeur personnelle.

Je me hisse sur la pointe des pieds.

Il attire mon corps contre le sien.

Ses lèvres trouvent les miennes, et sa langue se glisse dans ma bouche. Mes doigts effleurent le bas de son dos.

Il y a une bande de peau exposée entre mon débardeur et mon jean.

Il m'embrasse comme s'il prenait possession de moi. Et je cède complètement.

Pendant quelques secondes magnifiques, le monde est parfait.

Il ne reste que la douceur de son baiser et la sécurité de son corps contre le mien.

Le désir m'envahit.

La moindre partie de moi est éveillée et vivante.

Chaque molécule de mon corps désire une seule et même chose : lui.

Maintenant. Plus tard. Pour toujours.

— C'est parfait, dit-il.

Ça l'est.

Je parviens à respirer. Je le ressens déjà.

Mon cœur crie *aime-le, aime-le, aime-le.*

Chapitre Onze

INDIGO

Comme promis, Paloma vient me chercher dans le bureau de Ty, m'aide à grimper dans un taxi, m'emmène dans un magasin moderne.

Du carrelage et des murs blancs, des partitions noires, des lumières jaunes aveuglantes.

Elle me guide à travers des rangées de vêtements, observant ma tenue d'un œil attentif.

Je ne sais pas ce qu'elle voit dans mon débardeur noir et mon jean moulant, mais il doit bien y avoir quelque chose, car elle déborde d'enthousiasme.

— Qu'est-ce qui vous parle, Indigo ?

Elle passe les doigts sur le faux cuir de mon blouson de moto. Elle étudie mon long collier, ma coupe de cheveux précise, mon maquillage dramatique.

— Qu'est-ce qui me parle ?

— Votre tenue. Pourquoi l'avez-vous choisie ?

— Elle est confortable.

— J'aimerais pouvoir porter des jeans, confesse-t-elle en désignant sa jupe droite tout en secouant la tête. Mon cul est génial, mais est-ce que je peux courir pour aller prendre le métro ? Jamais.

Elle me regarde à nouveau et s'arrête sur mes cheveux.

— Vous êtes musicienne ?

Je ne revendique pas ce statut. Plus maintenant. Cela fait des années que je n'ai plus pris ma guitare. Je ne chante même plus en écoutant la radio.

Pas depuis que Maman est morte.

Mais je vis toujours entièrement pour la musique… du moins jusqu'à ce que ça devienne douloureux et que je sois forcée de m'arrêter.

— Je joue de la guitare, dis-je.

— Et vous chantez ?

Je hoche la tête.

— Vous écrivez des chansons ?

— Autrefois, oui.

— C'est ce que vous voulez faire ?

— Je ne sais pas. Je n'ai guère eu le temps de rêver, récemment.

J'écris toujours des chansons, parfois. Des paroles. Mais elles sont trop torturées, trop sombres.

Personne ne voudra entendre ma douleur à vif.

Et je ne voudrais l'imposer à personne.

Elle est à moi.

Paloma émet ce petit *hum* qui oscille entre la pitié et la sympathie.

— Que faites-vous pour le plaisir ?

— Quel plaisir ?

— Vous avez vingt-deux ans.

— Et vous êtes bien plus vieille que moi ?

Le compliment la fait sourire. Elle a l'air d'avoir vingt-cinq ans, mais entre son enthousiasme démesuré et son attitude maternelle, son âge est difficile à déterminer.

— M. Hunt m'a un peu parlé de votre vie.

Je déglutis difficilement. Je n'aime pas qu'elle connaisse mon histoire, mais il faudra que je m'y habitue. Ça fait partie de la vie d'une fiancée de magnat de l'informatique.

— Je suis désolée, dit-elle. Pour votre mère. Je n'arrive pas à me le représenter… Si je perdais mes parents, je ne suis pas certaine que je continuerais à vivre.

C'est bien tourné.

— Mais vous devez bien lâcher la pression de temps en temps. Sans quoi vous exploseriez.

— Je vais toujours à des concerts. Je vais danser.

— Et votre sœur ?

— Oui, dis-je en souriant involontairement. On regarde des classiques, ou bien de la téléréalité. Ou encore du foot. Elle joue.

— Elle est bonne ?

— Géniale.

— C'est suffisant. Vous ne vous sentez pas… réprimée ?

Parfois. Mais j'essaye de ne pas y penser. Et je ne veux pas lui en parler.

Paloma a l'air gentille, mais elle n'est pas mon amie. C'est l'assistante de Ty.

— Qu'est-ce que ça a à voir avec les vêtements ? lui demandé-je.

— Ça s'appelle une conversation. Vous connaissez ? dit-elle en riant. Vous ressemblez beaucoup à Ty.

— Comment ça ?

— Vous n'aimez pas qu'on vous fasse perdre votre temps.

C'est exactement Ty !

— Je suis surprise qu'il tolère mon enthousiasme, poursuit-elle.

— Il a besoin d'un peu d'enthousiasme.

— C'est vrai, sourit-elle en me dévisageant à nouveau.

Il y a quelque chose en vous… Je vois que vous avez ça en vous.

— De l'enthousiasme ?

Elle hoche la tête.

— Une réserve de passion que vous partagez avec les gens en qui vous avez confiance.

Elle regarde un portant de robes noires.

— Vous ne me faites pas confiance. C'est bon. Mais j'espère… que vous partagerez cela avec lui un jour.

Peut-être. Ou bien c'est elle qui se projette.

— Quoi qu'il en soit, les gens vont vouloir connaître votre histoire, dit-elle. Que vont-ils dire si vous continuez à travailler dans ce bar horrible ?

— C'est mal d'être serveuse ?

— Absolument pas. Mais ce n'est pas vous. Et ce n'est pas…

Digne de quelqu'un de mon standing. Je sais. C'est dans le contrat aussi. Je dois démissionner avant mon prochain service.

— Vous en voulez plus, je le sens. C'est juste là. C'est peut-être votre…

— Air naturellement renfrogné ?

Elle éclate de rire.

— Je voulais dire vos traits dramatiques. Vous êtes très angulaire. Et votre coupe de cheveux…

— Je vous apprécie jusque-là, Paloma, mais si vous insultez mes cheveux…

— Non, sourit-elle. Elle vous va à ravir. Mais c'est un style qui demande des efforts.

— Et alors ?

— Vous devez vous faire un brushing. Vous portez toujours des traits d'eyeliner. Vous avez peut-être choisi cette tenue parce qu'elle est confortable, mais c'est aussi intentionnel. Parce que vous voulez avoir une certaine apparence.

— C'est-à-dire ?

Elle pose les yeux sur mes bottes noires, le jean qui épouse mes hanches, mon débardeur moulant.

— Vous voulez rendre M. Hunt fou.

— Ce n'est pas vraiment…

— J'organise l'emploi du temps de M. Hunt. Je programme ses dîners, envoie ses cadeaux, annule ses rendez-vous du matin s'il est indisposé. Je le saurais si vous vous étiez vus.

Oh.

— Ça ne me regarde pas, et je ne vais pas chercher à fureter. Même si j'avais envie d'en parler à quelqu'un, avec la clause de confidentialité que j'ai signée, je devrais probablement sacrifier mon premier-né.

Elle me regarde dans les yeux.

— Vous couchez ensemble ?

— Pas pour le moment, dis-je, écarlate.

— Mais avant, oui ?

— Il y a quelques années. On a passé l'été ensemble.

Ça lui dit quelque chose.

— Bien sûr ! La fille du bar. J'en ai entendu parler.

Puis elle ajoute dans un murmure :

— Vous savez ce que c'est quand on travaille pour des hommes riches. On reste invisible. Ils oublient que vous êtes là. On entend des choses.

J'acquiesce.

— J'entends beaucoup de choses au bar.

— Assez pour vous faire coffrer pour délit d'initiée ?

— Si j'avais l'argent pour.

Elle sourit.

— Maintenant, vous l'avez, dit-elle en me guidant dans

une des mini-boutiques. Et les gens vont parler. Ils verront votre ambition. Si vous n'avez pas d'histoire pour expliquer vos motivations, ils penseront que vous en voulez à son argent.

— Et c'est quoi le problème ?

— Vous voulez que les gens vous prennent pour une femme vénale ?

— Ne le feront-ils pas de toute façon ?

Elle plisse le front et perd toutes ses couleurs.

— Les gens vont se demander pourquoi Ty vous épouse. Si vous vous en tenez à votre histoire de pauvre serveuse…

La réponse est toute faite : je l'épouse pour son argent. Ou bien parce qu'il m'a mise enceinte.

Mais c'est pire. L'idée que j'aie réussi à le manipuler, à le prendre au piège…

Ce sont des conneries. Il faut deux personnes pour coucher, particulièrement quand le sexe n'est pas protégé. Mais il est difficile de m'énerver contre Ty pour quelque chose qu'il ne s'est pas passé.

Ça n'aurait jamais pu arriver…

Il insistait pour qu'on se protège.

Est-ce toujours le cas ? Est-il sain ? Il a couché avec beaucoup de femmes.

Je sais que je ne devrais pas le juger, mais c'est difficile de ne pas me sentir sans intérêt.

Je n'ai connu que deux hommes depuis Ty. Un avec lequel j'essayais de sortir et l'autre qui était un ex du lycée, après les funérailles de ma mère.

J'ai pensé que ça m'aiderait à ressentir quelque chose, mais au lieu de ça, je me suis sentie encore plus seule.

— Mademoiselle Simms ? Ça va ?

Paloma retire une combinaison du présentoir. C'est un long vêtement noir avec un décolleté en V plongeant. C'est sexy. Dominateur.

— Vous avez pensé à la façon dont vous voulez vous présenter ?

— Une rock star, dis-je. Je veux ressembler à une rock star.

— C'est parfait, sourit-elle.

FORCE EST DE RECONNAÎTRE QUE PALOMA A DU STYLE. Elle m'envoie dans la cabine d'essayage. Choisit des tenues. Me demande de les essayer.

Je la laisse me vêtir de jeans, de chemisiers, de t-shirts et même de quelques robes légères.

Une fendue très haut en tissu noir soyeux avec un col carré.

Une courte en mousseline émeraude.

Une en percale de satin blanc.

Puis des vêtements pour les réceptions. Elle trouve les combinaisons parfaites. Formelles, mais rebelles. Un *allez vous faire voir* lancé aux hommes riches qui s'attendent à ce que les femmes portent des robes pour toutes les occasions.

J'en enfile une fuchsia avec un col haut et un dos nu.

Elle est en soie, sophistiquée.

Assez chère pour couvrir deux mois de loyer.

Me convient-elle ? Je ne sais pas. Paloma saura si ça correspond au monde de Ty, mais elle ne me connaît pas. Pas vraiment.

Je sors mon téléphone et prends une photo pour Sienna.

Elle me répond immédiatement.

Sienna : Oh, mon Dieu, Indie ! Explique-toi.

Indigo : Ça me va ?

Sienna : Mister London t'habille. C'est un fétiche malsain.

Indigo : Euh, oui.

Sienna : C'est pas mal, comme fétiche. Pour toi. Tu peux en tirer pas mal de trucs gratuits ! Combien ça coûte ? Non, ne me le dis pas. Pas avant qu'elle ne soit dans notre placard et qu'on puisse la vendre sur Le Bon Coin.

Indigo : Depuis quand connais-tu Le Bon Coin ?

Sienna : Depuis toujours. Tu crois qu'on vit où ? Et oui ! Tu es magnifique. Il te faut simplement un maquillage qui claque pour aller avec. Et des chaussures. Et, ne te vexe pas, Indie, mais tu sais marcher avec des talons ?

Indigo : J'en porte au travail.

Sienna : Et tu t'es foulé la cheville.

Indigo : Une seule fois.

Elle a raison, bien sûr. J'ai vraiment du mal à marcher avec des talons.

Mais ce n'est pas comme si j'avais l'intention de me balader dans ces vêtements.

Ou de les porter longtemps, bien sûr.

Indigo : Je me débrouillerai.

Sienna : Il l'a vue ?

Indigo : Pas encore.

Sienna : Tu le revois ?

Indigo : Oui.

Sienna : Je veux que tu rentres demain à l'aube. Pas une seconde plus tôt.

Indigo : J'ai peut-être envie de le faire attendre.

Sienna : Carpe diem, Indie. Tu risques de mourir demain. Tu préfères mourir satisfaite ou frustrée ?

Je laisse échapper un rire. Seigneur, je l'aime tant. Elle est juste… Sienna. Expansive, impertinente et complètement sûre de ce qui compte dans la vie : le foot, le sexe et le soda, dans cet ordre.

Quand je lui parle, je m'imagine que Ty est un homme riche qui me plaît.

Je peux peut-être m'y raccrocher. Ressentir un

minimum de normalité.

Quelque chose.

Je veux que cela soit une surprise. Mais je veux aussi l'allumer.

Je me tourne vers le miroir et brandis mon téléphone.

J'essaye plusieurs angles. Click. Click. Click.

Voilà. La photo est parfaite. La courbe de mon épaule. Le contour du tissu qui tombe sur mes reins.

J'appuie sur « Envoi ».

Il répond immédiatement.

Ty : Magnifique.

Je rougis.

Je suis contente d'être là, dans l'intimité de ce petit vestiaire, la porte bloquant le regard curieux de l'assistante de Ty.

Mais voilà…

J'ai envie qu'il soit là. À me déshabiller. À faire courir ses mains sur mon corps. À me donner des ordres salaces.

Ty : Tu me la montres ce soir ? Ou bien autre chose ?

Indigo : C'est une surprise.

Il n'en demande pas assez. Il n'est pas aussi désespéré que moi.

J'ai besoin qu'il soit désespéré.

Alors je retire la combinaison et essaye la lingerie que Paloma m'a choisie. Je prends en photo la dentelle noire transparente.

Ce n'est qu'un fragment de ma peau. De mon nez au sommet de mon sein. La bretelle noire. Un soupçon de dentelle. La citation en latin sur mon épaule.

Alis volat propris.

Elle vole de ses propres ailes.

Inversée dans le reflet du miroir.

Voilà.

Je ne réfléchis pas et je l'envoie.

Je rougis davantage, et mon sexe se contracte.

Je serre mon téléphone encore plus fort.

Il vibre à nouveau contre mes doigts, communiquant du désir dans toutes les molécules de mon corps.

Ty : Tu essayes de m'allumer, bébé ?

Ce petit nom m'excite. Je peux l'entendre sur ma langue. Je sens ses mains sur ma peau.

Indigo : Et alors ?

Mon cœur bat dans ma poitrine. Je ferme les yeux et je m'imagine la scène.

Il enroule sa cravate autour de mes poignets, pose ses lèvres sur mon cou, sa main sur mes fesses.

Ty : C'est la seule mise en garde que je te ferai, Indie. Si tu ne veux pas jouer à ce jeu-là, arrête immédiatement. Parce qu'une fois que tu auras commencé, je ne m'arrêterai que lorsque tu hurleras mon nom.

Chapitre Douze

TY

Tout l'après-midi, je ne fais que penser à Indigo.

Le rouge pourpre foncé de ses lèvres. La longue courbe de son cou. La bretelle délicate de son soutien-gorge.

Est-ce qu'elle le porte maintenant ? Sous son fin débardeur noir ?

Une culotte assortie sous son jean déchiré.

Ou peut-être sous cette magnifique tenue dos-nu ou une robe créée spécialement pour me rendre fou.

À quoi bon me mentir ? Je suis déjà fou. C'est tout ce plan, toute cette idée. C'est fou !

Une seule peine de cœur, et tu abandonnes l'amour ? Tu es plus fort que ça, Ty.

Il y a un an, j'aurais levé les yeux au ciel. J'aurais demandé à mon frère pour qui il se prenait à me donner des conseils, puisqu'il avait réagi à son divorce en déménageant de l'autre côté de l'Atlantique et en mettant une date d'expiration sur chacune de ses aventures.

Puis il a rencontré Eve, est tombé amoureux, a

commencé à vanter les louanges de la confiance et de la dévotion.

C'est terriblement irritant.

Cela dit, elle est parfaite pour lui. Vive, meurtrie, assez intelligente pour lui tenir tête.

Elle ressemble beaucoup à Indigo. Elles ont la même attitude revêche des New-Yorkais de souche. Seulement, c'est plus profond ; elle influence leur vision du monde, leurs goûts en matière d'art et de musique.

Eve est passionnée de mots, de livres, et particulièrement de *La Servante Écarlate*. Elle est à la fois fan et critique. Elle se comporte plus comme une femme de trente ans qu'une fille de dix-neuf, mais l'adolescente se laisse entrevoir quand elle discute de son livre favori.

Je connais ses goûts. Sa vie. Sa routine.

Je connais la petite amie de mon frère mieux que je connais ma fiancée.

Mais j'ai envie de la connaître.

De lui préparer son petit déjeuner préféré tous les matins, de la regarder savourer son thé, l'écouter chanter avec son album favori.

Est-ce que c'est toujours *Back to Black* ?

Ou bien est-ce qu'elle a trouvé quelque chose de nouveau au cours des trois dernières années ?

Je ne connais pas sa vie. Pas assez.

Je sais qu'elle aime la nourriture épicée. Qu'elle n'aime pas les bonbons. Qu'elle ne vit que pour la musique.

Qu'elle aime sa sœur plus que tout.

Assez pour regarder des matchs de foot en entier.

Ce n'est pas assez. J'en veux plus. Chaque parcelle de son monde.

J'en ai envie comme j'ai envie de lui retirer ses sous-vêtements.

Ça embrume ma raison, floute mes pensées.

Je termine mon travail et textote Paloma en me rendant au restaurant.

Ty : Vous avez terminé ?

Paloma : Presque. Je vous l'enverrai quand elle sera prête. Nourrissez-la bien. La journée a été longue.

Ty : Vous pensez que je ne sais pas prendre soin de ma fiancée ?

Paloma : Vous avez quelque chose d'autre à l'esprit. Avant de manger.

Un rire s'échappe de mes lèvres. Elle se montre rarement aussi directe avec moi. Ça doit être à cause d'Indigo.

Non, il y a quelque chose chez Indigo.

J'ai besoin de la protéger. Même si elle est grande, dure et forte.

Particulièrement parce qu'elle est grande, dure et forte.

Elle a raison, bien sûr.

Cette photo. Elle est toujours là, dans mon téléphone, retenant toute mon attention.

Mais elle n'a pas encore répondu.

Et je joue selon les règles.

La victoire est douce seulement si elle est méritée.

J'ai envie de remporter ce jeu. Mais d'abord, j'ai besoin qu'elle accepte de jouer.

J'ARRIVE TÔT ET CHOISIS UNE TABLE DANS LE COIN. ELLE offre assez d'intimité pour pouvoir parler, mais assez de visibilité pour que tout le monde nous voie.

Ce restaurant n'est pas mon préféré, mais la nourriture y est bonne, les boissons corsées, la vue magnifique.

Même moi, j'apprécie la douce luminosité du soleil couchant.

New York n'est peut-être pas Londres, mais ça reste beau.

Je vois déjà la passion dans les yeux d'Indie, je l'entends gémir, sens le tremblement de son excitation…

Mince, il faut que je reste concentré.

Je commande un Manhattan et remercie la serveuse quand elle revient.

Elle sourit, bat des cils, s'attarde à la table pour discuter un peu.

Parce qu'elle veut un meilleur pourboire ou bien parce qu'elle a envie de coucher avec moi ?

Généralement, je le devine. Mais aujourd'hui, je suis trop branché sur Indie. Je me contrefiche de ce que me veut cette femme.

Elle attire toute mon attention quand elle apparaît dans l'entrée.

Des jambes longues. Du cuir. Un épais bracelet argenté autour de son poignet délicat.

Indigo s'avance dans le restaurant, vêtue d'une petite robe noire et de bottes qui montent au genou.

Mince. Je n'arrive plus à respirer.

Le décolleté descend entre ses seins, se terminant sur le haut de son ventre en un V marqué.

Elle ne va pas porter cette tenue bien longtemps.

Elle va finir par terre.

Et Indie sera sur mes genoux.

Le monde a besoin de faire sens. Et c'est la seule chose qui a du sens.

La serveuse se tourne et suit mon regard.

Elle en reste bouche bée. Ou bien soupire.

Je ne sais pas. Et je m'en fiche.

Mon univers entier tourne autour d'Indigo. Ses yeux bleu foncé. Ses lèvres purpurines. Ses longues jambes.

Elle me voit et m'adresse le sourire le plus éblouissant du monde alors qu'elle traverse la pièce.

— Ty.

Elle pose son sac, un petit objet rectangulaire, sur la table.

— Tu es magnifique.

— Magnifique ? Encore ?

Elle hoche la tête pour dire *bien sûr*. Elle regarde la serveuse, ne sachant pas pourquoi cette femme est là.

Mais Indigo est intelligente ; elle endosse immédiatement son rôle.

— Un Manhattan, commande-t-elle en souriant. La même chose que lui.

Puis elle la remercie d'un hochement de tête.

La serveuse s'éclipse en faisant la moue.

Je me relève et prends Indie dans mes bras.

— Et moi qui pensais être classe.

Elle me lâche et sourit.

— Tu es juste trop belle.

— Pas comparé à toi.

Elle regarde la serveuse partir.

— Elle flirtait avec toi.

— Les femmes flirtent toujours avec moi.

— Je devrais être jalouse ? demande-t-elle en se dirigeant vers la chaise.

Je secoue la tête et lui désigne la banquette.

Elle hoche la tête et s'assied.

Je m'assieds à côté d'elle, assez près pour que mon genou frôle le sien. Assez près pour sentir la chaleur de sa peau. Même à travers le tissu épais de mon pantalon.

Je glisse ma main autour de sa taille et commence à l'embrasser lentement.

Elle met la main sur ma poitrine. Ses doigts s'enfoncent dans ma chemise, pressant le tissu délicat contre ma peau.

J'ai la tête qui tourne. Mes pensées s'embrument.

J'ai besoin d'elle.

Je parviens presque à croire que je l'aime.

Mais ce n'est pas le cas. Je n'en suis pas capable.

Elle se retire avec un soupir, puis parcourt le restaurant du regard avec une timidité soudaine.

— C'est tranquille, ici, dis-je. On peut parler de tout.

Elle acquiesce, comprenant ce que je veux dire.

— De quoi est-ce qu'on parlerait ? Si quelqu'un pouvait nous entendre ?

C'est une bonne question. Nous dînerons bientôt avec des amis et des collègues. Nous assisterons à des événements plus importants.

Ce n'est pas ça qui m'inquiète.

Un dîner avec sa sœur, Ian, ou même mon cousin Cam…

Ils nous connaissent, sauront reconnaître si nous sommes heureux.

Mieux vaut éviter qu'ils nous surprennent en train de mentir.

Ou si on perd leur confiance.

— Cela fait plusieurs mois qu'on se voit en secret, dis-je.

— Vraiment ?

Je hoche la tête.

— Ça doit être des souvenirs heureux.

— Ah oui, acquiesce-t-elle. J'ai aimé ce jour-là, en avril. On s'est pris la pluie. On s'est réfugié au chaud dans un coffee shop. Mais on n'a pas pris le temps de se sécher. On est rentrés chez toi pour faire l'amour.

— Faire l'amour ? dis-je en haussant un sourcil.

— On est allés chez toi pour baiser, dit-elle en me regardant dans les yeux. Pour que tu puisses me baiser.

Mes bourses se contractent.

— C'est plus approprié ?

— Plus juste.

— Ça n'est jamais arrivé.

— Ça aurait pu.

Elle regarde successivement mes lèvres, mon menton, mes épaules, mes cuisses.

— C'est la réputation que tu veux ? demande-t-il.

— Celle d'un homme qui satisfait sa femme ?

— C'est ce que les gens diront ?

Non. Bien sûr que non.

Peu importe ce qu'elle pense, ce qu'elle souhaite, à quel point elle a envie d'un contact ferme…

Les gens tireront leurs propres conclusions.

Quand quelqu'un comme Shep, un responsable financier de bonne famille, qui était aussi la copie conforme du Prince Éric, se fait une réputation de brute du sexe, on en fait des gorges chaudes.

Mais quand c'est quelqu'un comme moi…

Ça reste un ragot croustillant, mais au lieu d'être *vous connaissez les hommes*, c'est plutôt *vous savez comment ils sont, ce sont des animaux.*

Elle a raison, mais je ne vais pas dire que je *fais l'amour*. C'est ridicule.

— Comment dirais-tu ? demandé-je.

— Qui va te poser la question ?

— Ta sœur ?

— Sienna est obsédée par le sexe.

— Alors tu vas lui en parler ?

— Bien sûr que non.

Elle porte le verre à ses lèvres, le marque avec son rouge à lèvres.

— Et si une amie te le demandait ?

— Meghan… une fille au bar. C'est quasiment ma meilleure amie. On va danser après le travail, parfois. Mais je ne lui confierais jamais une chose pareille.

— Quel genre de musique ?

— N'importe quoi.

— Tu aimes toujours tout ?

— Oui. Mais tu connais mes préférences.

— Des auteures-interprètes blessées par la vie ?

— Elles sont toutes blessées. On ne peut pas y couper, dit-elle. Ou alors on les pousse à faire de la pop. Si les femmes ne déversent pas leurs émotions, elles racontent leur existence hédoniste.

— Les hommes sont-ils différents ?

— Probablement pas.

— Mais ils ne t'émeuvent pas.

Elle sourit.

— Tu vas me reparler des Kinks ?

— Un groupe iconique.

—J'apprécie. Pour ce que c'est.

Son expression se fait enthousiaste.

Elle adore toujours la musique.

Mince, ça me fait quelque chose. Quelque chose que je n'ai pas ressenti depuis longtemps.

— J'ai découvert plusieurs nouveaux favoris, depuis, dit-elle. Je n'écoute plus *Back to Black* que deux fois par jour.

— Ça me fait toujours penser à toi.

— Tu écoutes Amy Winehouse ?

— Elle est britannique.

— Vraiment ? me taquine-t-elle.

— On est fiers de nos chanteurs.

— Même si vos paparazzi les poussent à se détruire ?

— Particulièrement. Qui est plus aimé que la princesse Diana ?

Elle me regarde, feignant d'être confuse.

—Je sais. C'était avant ta naissance.

— Tu me l'avais expliqué, sourit-elle. Je comprends. Un peu.

La serveuse nous interrompt pour lui apporter son verre.

— Un autre ?

Quand je hoche la tête, elle se tourne vers Indigo :

— Et vous allez dîner avec nous ce soir ? Ou bien c'est seulement pour boire ?

Indigo me cherche du regard et hausse un sourcil.

— Tu n'as pas encore commandé.

— Je ne voulais pas paraître présomptueux.

Elle affiche un sourire sournois.

— Apportez-nous un menu quand vous en aurez l'occasion. Et de l'eau. Merci.

La serveuse hoche la tête et disparaît.

Indigo désigne son verre.

— Je te dois bien une gorgée.

— J'ai toujours la moitié de celui-ci.

Elle hoche la tête pour dire *toi aussi* et referme les doigts autour de son verre. Puis elle avale lentement une autre gorgée.

— Et que fais-tu ? Quand tu n'es pas en train d'écouter de la musique ?

— Ou de danser avec des inconnus ?

— Ça t'arrive ?

— Ça te rend jaloux ?

Comme je ne réponds pas, elle sourit et dit :

— Quel hypocrite !

Certes, mais je n'ai pas envie de m'y attarder.

— Que fais-tu d'autre ?

— La plupart du temps, je passe du temps avec Sienna. Elle me fait faire du jogging. Même durant sa saison de foot.

Elle tire la langue d'un air dégoûté.

— Mais elle fait la cuisine après. Et elle fait des pâtes géniales.

Je ne peux m'empêcher de sourire.

Quelqu'un s'occupe d'elle.

Quelqu'un l'aime.

Elle en a besoin.

J'ai besoin qu'elle en ait besoin.

— Puis on regarde la télé, continue-t-elle. Parfois une redif de quelque chose de trash. *Mon incroyable fiancé* ou *Top-Model*. Mais c'est surtout du *soccer*, rit-elle. Enfin, je sais que tu appelles ça du foot. J'avais oublié ce détail sur toi.

— Tu avais oublié que le reste du monde appelle ce jeu football ?

— Non, que tu y jouais par le passé, dit-elle en avalant une autre gorgée tout en soupirant. Bon sang, c'est super bon !

— C'est toujours ta boisson préférée ?

— Oui. Mais je suis toujours… comment dirais-tu ?

— Irrésistible ?

Elle rougit.

— Dénuée d'un palais raffiné. Je trouve que tous les bourbons ont le même goût. Même les bouteilles qui coûtent plus cher que ton costume.

— Tu sais ce que tu aimes. Il n'y a pas de honte à ça.

— Non, dit-elle en coulant un regard vers ma cravate. Pas de honte.

Sa voix trahit une certaine intention.

Nous ne parlons plus de bourbon.

Nous imaginons tous les deux cette cravate autour de ses poignets.

Mais elle ne dit rien, se contentant d'avaler une autre gorgée avant de reposer son verre sur la table.

— Nous devrions aller voir un match, dis-je. Tous les trois.

— Ça lui plairait. Elle t'appréciera. Non pas que ce soit difficile.

— Ah, mon ego.

Je plaque ma paume contre mes côtes comme si j'étais touché en plein cœur.

Ça la fait sourire.

— Ton ego est suffisamment grand comme ça.

— Vraiment ?

Elle confirme.

— Tu peux jouer bien des rôles à la perfection, Ty. L'homme qui ne sait pas qu'il est beau n'en fait pas partie. Sienna n'aura qu'à te voir pour donner son approbation.

— Je suis assez sexy pour ta sœur ?

Elle éclate de rire.

— C'est ce que je viens de dire, non ?

— Oui.

Son expression reste détendue.

— C'est vrai. Elle a dix-huit ans.

— Et elle est obsédée par le sexe ?

— Très. Elle aime les hommes s'ils sont attirants. Et tu lui plais déjà. Enfin, l'idée qu'elle se fait de toi.

— Qu'est-ce qu'elle sait sur moi ?

— Que j'ai eu une aventure avec un riche londonien. Et maintenant, que je le revois. Elle ne connaît pas plus de détails.

Elle rougit ; elle me taquine.

Ça m'incite à faire pareil.

— Que lui dirais-tu ? Si ce n'était pas ta sœur ?

Son regard descend sur ma cravate.

— Je ne lui dirais rien. Je veux garder ces détails pour moi.

Je sens que je bande.

— Je n'ai… J'ai couché avec deux autres hommes, après toi. Mais ils ne comptaient pas pour moi. Aucun des deux n'a pris ta place.

— Ma place ?

— L'homme à qui je pense… quand je me touche.

Ses doigts effleurent ma cuisse.

— Tu penses à moi aussi ?

— Bien sûr, dis-je en refermant mes doigts autour de son poignet. Je garde sa main où elle est, contre ma cuisse.

Je ne veux pas qu'elle me touche. Pas encore.

Je resserre les doigts. Pas assez pour lui faire mal, mais suffisamment pour qu'elle sache que je suis en mesure de la maîtriser… si elle le désire.

Pas encore.

Une fois que j'aurai remporté sa confiance.

La serveuse nous interrompt avec notre tournée suivante et elle s'éclaircit la gorge.

— Je peux revenir si vous n'êtes pas prêts.

Sous la table, je lâche le poignet d'Indigo.

— Je suis prêt, et toi ?

Elle hoche la tête, toujours un peu éblouie.

— Je meurs de faim.

Je commande le bar braisé et lui désigne le plat qu'elle aimera le mieux. Des pâtes aux fruits de mer épicés.

Elle répète ces mots et rend le menu avec un sourire. Puis elle attend que la serveuse soit trop loin pour nous entendre.

— Je suis jalouse, dit-elle en portant son verre à ses lèvres afin d'avaler une longue gorgée. Mais pas maintenant. Avant. Et quand tu étais avec elle.

Elle repose son verre sur la table.

Il y a eu beaucoup d'autres femmes. Je suis resté un bon moment avec Rory.

Les autres femmes n'ont pas compté, mais Rory…

Je ne sais pas quoi dire pour apaiser Indigo. Quoi dire d'honnête. J'étais amoureux de Rory. Je voulais passer le reste de ma vie avec elle.

J'aurais tout fait pour que ça arrive.

Puis elle m'a brisé le cœur, l'a emporté avec elle.

— Tu l'aimais. Je le sais, dit-elle en me regardant dans les yeux. Et tu ne m'aimeras jamais. Je le sais aussi.

Elle marque un moment de silence.

— Mais ça, poursuit-elle en frôlant ma cravate du bout des doigts. Tu ne le fais pas avec tes *amies*. Et avec elle ?

— Je t'ai dit…

— Je t'ai posé la question. Tu n'as pas répondu.

Elle fait courir ses doigts le long de ma cravate, sur le nœud, puis mon cou.

— Je t'ai dit la vérité. Que tu étais le seul. C'est tout ce que je veux de toi. La vérité.

— La vérité ?

— Oui, acquiesce-t-elle. Tu savais ce que tu faisais quand on s'est rencontrés. Tu savais ce que tu voulais.

C'est vrai.

— Alors, dis-moi. Étais-je la première ? La dernière ? Ou bien une fille parmi des dizaines d'autres ?

Elle s'humecte les lèvres du bout de la langue avant de poursuivre :

— Est-ce que ça signifiera quelque chose pour toi, dit-elle en me caressant doucement la cuisse, si je ferme les yeux et te promets de t'obéir ? Ou bien serai-je une conquête de plus que tu auras attachée à ton lit ?

Chapitre Treize

TY

Mince. Elle prend le dessus sans effort.

Je repasse mentalement les détails. Il y a eu des femmes avant elle… et après.

Rory était la seule qui comptait.

Et je la désirais.

Vraiment. J'avais envie de la posséder de toutes les façons imaginables.

C'était une bonne fille de bonne famille. Obligeante, douce, prête à faire des efforts.

Mais pas désireuse de sortir de l'ordinaire.

— Il y en a eu plusieurs autres avant toi, dis-je.

— Combien ?

— Ça compte ?

Indie soutient mon regard.

— Quelques-unes. Ça m'a toujours intéressé, mais ça me fait peur, aussi.

J'en ai toujours peur. De l'homme que j'étais avec elle. Rude. Brutal. Prêt à tout faire.

— Et ça lui a fait peur.

— Rory ?

Je hoche la tête. Je repousse les souvenirs de la peur dans son regard. Le tremblement de sa poitrine. Le tremblement dans sa voix.

— On a trouvé un terrain d'entente.

— Et ça t'a suffi ?

— Oui.

C'est ce que j'avais cru. Je l'aimais. Et j'aimais la faire jouir.

Alors qu'elle n'appréciait pas ma brusquerie.

Je n'appréciais pas le ballet.

On a fait tous les deux des compromis.

C'est ce que font les adultes.

Ça suffisait. Je me disais que ça suffisait. Je l'ai cru.

Mais maintenant…

Je ne sais pas. Il manquait peut-être quelque chose.

C'est peut-être pour ça qu'elle est partie.

— Ça me manquait, dis-je. Mais j'étais satisfait.

Les mots ne sonnent pas juste, mais c'est ridicule.

Je n'ai jamais songé à la quitter.

Je n'allais pas être cet homme. Celui qui, tous les dix ans, échange sa femme pour une nouvelle mannequin plus jeune et plus aventureuse.

J'étais sérieux avec elle.

Et ça comptait plus que tout.

Être là. À respecter les promesses que je lui avais faites.

À être ce dont elle avait besoin.

La voix d'Indigo est douce.

— Et depuis Rory… tu as… ?

— Non.

— Et si je te disais que je n'étais pas intéressée ?

— Tu vas me mentir ?

— Hypothétiquement, rougit-elle.

— Tu ne le ferais pas.

— Mais si je le faisais ? Et si on restait mariés pour toujours et que je refusais de coucher avec toi ?

— Que me demandes-tu exactement ?

— Eh bien, dit-elle en pinçant les lèvres. Y aurait-il quelqu'un d'autre ?

— Non. Jamais.

Elle me regarde dans les yeux.

— Je te crois. Tu nierais cette partie de toi, même si ça te tuerait.

— J'ai une main.

Elle ne peut s'empêcher d'éclater de rire.

— Oui, j'en ai fait l'expérience, dit-elle en avalant une longue gorgée. Je n'ai pas accepté de baiser avec toi, tu sais.

— Si, tu l'as fait.

— Je n'ai pas accepté d'obéir.

— Tu sais ce qu'il se passe quand je dois me répéter.

— Je… euh, commence-t-elle en dépit de sa rougeur. Tu n'as jamais été tenté ? Avec Rory ?

Je secoue la tête.

— Même si elle ne comblait pas tes besoins ?

Mince, comment peut-elle dire aussi franchement ?

J'arrive à peine à admettre cette idée. Et on dirait qu'elle parle de la pluie et du beau temps. Comme si c'était évident pour n'importe quel idiot.

— Je pense que… Je ne sais pas ce qu'on ressent. Je n'ai jamais été amoureuse. Avec toi, presque, dit-elle. Et je n'ai jamais ressenti ça. Seulement avec toi.

— Tu as besoin que ce soit brutal ?

— Je ne sais pas. Je n'ai jamais fait assez confiance à quelqu'un d'autre pour vraiment essayer.

— Mais tu as aimé coucher avec d'autres hommes ?

— Tu vas être jaloux si je dis oui ?

— Bien sûr.

— C'était mieux avec toi, si c'est ce que tu me

demandes, répond-elle d'un ton plein de défiance. Ça a toujours été mieux avec toi. Mais tu le savais déjà.

Quand on était ensemble il y a trois ans, oui. Mais je ne sais pas ce qu'elle a fait depuis.

Avec qui elle a couché.

Si elle a joui fort.

— Ça t'a plu ? lui demandé-je.

— Oui, répond-elle. Mais pas autant que j'ai aimé coucher avec moi.

Mes veines palpitent. Elle me met au défi.

Elle ne recule devant rien pour me faire réagir.

— Ces autres hommes ? demandé-je. Que voulais-tu d'eux ?

— Lesquels ?

Mince.

— Le dernier ?

— Un ex… c'était une fois. Précipité. Pas satisfaisant.

— Et avant ça ?

— Je suis sortie avec un mec pendant un moment. Noah.

— Il était comment ?

— Gentil. Drôle. Grand.

— Grand ?

— Oui, rit-elle.

— Ça devait être un homme fascinant si grand est le troisième adjectif que tu as choisi.

— Tu es toujours jaloux, sourit-elle. Ça me plaît.

Moi aussi, je suis jaloux. J'ai envie de le tuer.

Parce qu'il l'a touchée.

Parce qu'il a grogné son nom.

Parce qu'il a été capable de l'aimer.

Elle sourit.

— J'aurais dû en profiter à fond. Puisque je n'ai qu'un seul ex-copain.

— Et ces autres mecs.

Elle hoche la tête.

— Je ne pensais pas que tu serais jaloux.

Moi non plus, mais voilà…

— Je ne devrais vraiment pas te dire la vérité, dit-elle. Mais je vais le faire. Parce que… ça nous facilitera la tâche d'être honnêtes quand on sera seuls.

Certes… ou bien la vérité risque de la blesser.

— C'est une promesse ?

— Laquelle ? Que je ne mente jamais ? Ça me semble déraisonnable.

C'est vrai.

— J'essayerai d'être honnête. Et toi aussi ; fais de ton mieux.

— Même si c'est douloureux ?

Elle baisse les yeux sur la table un moment et garde le silence en y réfléchissant. Puis elle hoche la tête.

— Si c'est important.

— Si c'est important, dis-je en tendant la main.

Elle la serre et dit :

— Le petit ami… ça n'a pas duré. Il était gentil. Trop gentil. Quand je lui ai demandé d'aller plus dur, plus fort, il en a été incapable. Et ça s'est fini.

— Tu as rompu sur-le-champ ?

Je me représente immédiatement la scène.

Indigo dans son appartement, dans un petit lit jumeau, vêtue de sous-vêtements noirs. Un jeune américain typique l'embrasse tout en glissant sa main entre ses jambes.

Faisant un bond en arrière quand elle lui demande de lui donner la fessée, de la gifler ou de l'attacher. Il se rhabille et part.

— Non, dit-elle. Mais on ne s'en est jamais remis. Il m'a regardée différemment.

— Comme si quelque chose n'allait pas chez toi ?

Elle hoche la tête.

— C'est ce qu'il s'est passé ? Avec Rory ?

Non, c'était pire. La peur dans sa voix. Le dégoût dans ses yeux. Comme si j'étais un monstre.

— Ça lui a fait peur.

— Oui, tu me l'as dit. Tu sais, ça me monte à la tête, dit-elle en tapotant le verre.

— Tu devrais manger quelque chose.

— On a déjà commandé.

Peu importe. Je me sens submergé par le désir de prendre soin d'elle. De passer mes bras autour d'elle. De la porter jusqu'à mon lit. De veiller à sa sécurité.

— Tu aurais pu trouver quelqu'un qui partage tes intérêts, insiste-t-elle. Même une professionnelle.

— Je t'ai invitée ici, n'est-ce pas ?

Ses yeux s'illuminent.

— C'est ça ? C'est la raison pour laquelle tu m'as choisie ?

— En partie.

Je ne l'ai pas admis, même en mon for intérieur, mais c'est la vérité.

Je ressens cette envie depuis longtemps, sans pouvoir la satisfaire.

Elle soutient mon regard jusqu'à ce que la serveuse vienne nous servir notre nourriture.

Je termine ma dernière gorgée.

— Tu me plais. J'apprécie ta compagnie.

— Ma compagnie ? dit-elle en haussant un sourcil alors qu'elle prend sa fourchette. J'imagine.

— Je n'en doute pas.

Elle sourit à demi.

— Je t'aime bien aussi, dit-elle en enroulant des pâtes autour de sa fourchette et en la portant à ses lèvres. Quoi que cela puisse signifier.

Je ne sais pas ce que ça signifie. Ni si ça signifie quelque chose.

Ça fait longtemps que je n'ai pas apprécié une femme, que je n'ai pas pensé à apprécier une femme.

Et à présent, c'est Indie. La femme que je vais épouser.

On s'est engagés à passer dix ans ensemble et on en est encore à *je t'apprécie*.

Mais c'est tout ce que j'ai à lui offrir. Ce n'est pas juste d'en demander plus.

Ou de promettre davantage.

J'ENGAGE LA CONVERSATION SUR DES TERRAINS PLUS sûrs. Sa sœur. Son dégoût du jogging. Son amour pour Carole King.

Les pâtes lui tirent un gémissement de plaisir. Elle accepte quelques bouchées de mon poisson braisé et de mes épinards sautés. Elle me taquine de me voir commander quelque chose d'aussi sain.

— Toujours maîtrisé, dit-elle en terminant la dernière gorgée. Toujours contenu.

Elle me parcourt lentement du regard.

— Jusqu'à ce que tu cesses de l'être.

Mes bourses se contractent.

Elle me met au défi. Mais elle sait qu'elle ne devrait pas.

Alors je la taquine aussi quand on commande du thé et un dessert.

Indie n'aime pas les douceurs, pas vraiment, mais cette savoureuse tarte au chocolat lui tire un nouveau gémissement.

Elle en avale quelques gorgées tout en buvant son thé de Chine noir roulé à la main.

Le meilleur. Pour elle.

Toujours.

Une fois qu'on a fini, je paie, j'aide visiblement Indigo à se redresser, l'accompagnant jusqu'à la porte, jusqu'à la voiture que j'ai réservée.

— Une limousine, dit-elle en croisant mon regard et avant de faire un demi-pas vers moi. Tu pensais vraiment que ça allait m'impressionner ?

— Non.

Je passe un bras autour d'elle et la serre contre moi pour qu'elle ne s'écroule pas.

— Mais je dois bien faire quelque chose pour m'assurer que tu rentres à la maison en sécurité.

— Tu penses que je ne pourrai pas me débrouiller ?

— Je sais que si, dis-je en lui ouvrant la porte. Mais comme ça, je peux te proposer de t'accompagner.

— Oh.

— C'est ce que tu veux ?

Sa poitrine se soulève.

— Tu veux rentrer chez toi toute seule ? je demande en la regardant dans les yeux. Ou bien tu veux que je vienne avec toi ?

Chapitre Quatorze

INDIGO

Tu veux que je vienne avec toi ?

Quelle question !

Bien sûr. Je veux qu'il vienne avec moi. J'ai envie qu'il me plaque contre cette limousine, descende ma culotte sur mes chevilles et me prenne là, dans la rue, devant tout le monde.

Peu m'importent les conséquences, les risques ou les détails.

Seule compte la satisfaction de son corps sous le mien.

Mais qu'est-ce qu'il avait dit ?

Une fois qu'il commence, il ne s'arrête pas. C'est valable pour tous les deux.

Mon corps me prie déjà de céder. Il se fiche du fait qu'il va me briser le cœur. C'est déjà assez difficile de l'embrasser en public sans tomber amoureuse de lui.

Au bout de trois verres, mes inhibitions sont floues.

La voix dans ma tête, celle qui est censée dire *sois intelligente, protège ton cœur et tiens-le très loin de Tyler Hunt…*

C'est un murmure. Rien comparé à mon corps qui crie *oui, plus, tout de suite !*

J'ai envie de lui. Vraiment. Et je suis fatiguée de dire non à ce dont j'ai envie.

— Oui, j'en ai envie, dis-je en enfonçant mes doigts dans sa veste.

Il presse sa paume sur mes reins, attirant mon corps contre le sien.

Il ferme les paupières. Ses lèvres trouvent les miennes.

Il a le goût du bourbon, du chocolat et de Ty. Et mince, j'en ai besoin.

J'ai besoin de lui.

Je me retire avec un soupir.

Il me rend mon regard.

— Tu te souviens de ce que je t'ai dit ?

Il ne couchera pas avec moi avant que je l'implore.

Pour le moment, je suis prête à me mettre à genoux. À plaider, m'écraser, promettre la lune. Ça ne fait rien. Tant que son corps rejoint le mien.

Ça veut dire qu'il a gagné ?

Ce sont ses règles. J'ai les miennes.

Je gagne s'il me culbute.

— Je m'en souviens, dis-je.

Il m'aide à grimper à l'intérieur.

C'est la première fois que je monte dans une limousine. C'est plus petit que ce que je pensais, mais aussi plus grandiose et raffiné.

Il y a une longue banquette en L. Le plancher est couvert d'une moquette moelleuse. Le toit ouvrant est fermé, mais il est assez transparent pour laisser entrer la douce lumière bleue du ciel.

C'est le bleu parfait de New York.

Ty se glisse à côté de moi. L'espace est trop petit pour lui. Il fait au moins un mètre quatre-vingt-cinq et a une carrure d'athlète. Sa tête frôle presque le toit, et ses genoux sont trop hauts.

Quelque part, il parvient à rester imposant et pas maladroit, peut-être simplement parce que c'est lui.

Mon Dieu, il est tellement sexy ! Mon corps se souvient de la sensation de ses mains, du goût de ses lèvres, de la pression de sa verge dans mon intimité.

J'en ai envie. De tout. De ce qu'il nous donnera.

— Tu veux allumer ? demande Ty en touchant un interrupteur près de la portière.

— Non, dis-je en désignant le toit ouvrant. Ça me plaît comme ça.

— La lumière de la ville.

Je hoche la tête.

Il suit mon regard, et la voiture démarre. Les contours des gratte-ciel deviennent flous. Ils sont en acier bleu, jaune et gris.

— Tu as toujours aimé la vue depuis mon appartement.

Bien sûr. Et je veux la revoir.

Mais il ne m'a pas invitée dans son appartement, et j'ai peur de demander.

Je ne suis pas prête à être là, dans son espace, dans sa vie. De voir s'il vit dans le même appartement ou bien dans un endroit plus impressionnant. De voir si la pièce est remplie de petites touches de son ancienne fiancée ou complètement dénudée. Pour voir s'il m'a préparé une chambre séparée ou s'il s'attend à ce que je dorme dans son lit.

— La partition bloque le son, mais si tu veux plus d'intimité…

Il désigne la stéréo.

Je hoche la tête.

Il pianote plusieurs fois sur l'écran. L'endroit se remplit d'une mélodie électronique familière.

Depeche Mode.

L'album que j'avais choisi la première fois qu'il m'avait prise.

Il s'en est souvenu.

Ma poitrine se réchauffe. J'ai des papillons dans le ventre. Ma tête se remplit d'idées. Des idées que je ne peux pas me permettre.

Ce n'est pas de l'amour.

C'est du sexe.

Rien d'autre.

J'inspire profondément et me tourne vers lui pour que mon genou frôle l'extérieur de sa cuisse.

— Ça fait longtemps pour moi.

Il hoche la tête, compréhensif.

— Tu m'avais dit quoi il y a trois ans ? Que tu me ferais oublier les autres hommes.

Il écarquille les yeux. Il a oublié, ou bien il ne pensait pas que j'allais m'en souvenir.

— Tu avais raison.

Je cambre le dos, poussant ma poitrine en avant. Mes seins pointent contre le tissu rigide de ma robe. Ce n'est pas un décolleté fait pour le mouvement. Son but principal semble plutôt de faire glisser les bretelles sur mes épaules.

— Personne ne sera jamais à ta hauteur. Personne ne le sera jamais.

Il m'étudie, tout en douceur et en curiosité, puis il déglutit, et la douceur disparaît. Il se transforme en cette autre version de Ty.

La seule que je connaisse.

Celle que j'imagine quand je me caresse jusqu'à l'orgasme.

— Retire ta culotte.

Sa voix change aussi. Toujours ferme et contrôlée. Mais elle exprime à égale mesure le besoin et l'autorité.

Je presse les genoux, lève mes hanches, retire ma culotte de mes pieds.

— La robe aussi, dit-il du même ton autoritaire. Tout de suite.

— Aide-moi.

Je tourne le dos vers lui.

Ses doigts effleurent ma fermeture éclair, puis il la descend jusqu'au creux de mes reins.

Il fait ensuite remonter son index le long de mon dos, puis le fait descendre, encore plus doucement. Si doucement que je ressens à peine son contact.

Bon sang, c'est bon. Trop bon !

Il est doux avec moi.

Trop doux.

Je ne le supporte pas. Je ne peux supporter les implications romantiques.

J'ai besoin que ce soit rude afin de pouvoir garder la tête sur les épaules.

J'ai besoin qu'il garde le contrôle.

Comment puis-je lui donner plus de contrôle ?

Tout dans ma vie est dicté par quelqu'un d'autre. L'hypothèque que mes parents ont signée. Les bourses que les universités offrent. Le code vestimentaire au travail.

Mais ceci est différent.

Je n'exige pas que les connards de la banque me contrôlent.

Je ne leur en donne pas la permission.

Mais avec Ty…

Je le fais.

Ty retrace cette ligne. Seulement plus fort. Bien plus fort. Jusqu'à ce qu'il ne reste plus de tendresse.

Seulement des promesses.

— Tu te souviens de ton mot de sécurité ? demande-t-il.

Ma respiration se noue dans ma gorge.

— J'en aurai besoin ?

— Tu en auras toujours besoin.

Parce que c'est plus sensé d'être prête à s'arrêter ? Ou bien parce qu'il me pousse constamment ? Je n'en suis pas certaine.

— Indigo, dit-il d'une voix impatiente. Tu t'en souviens ?

Bien entendu.

— Azur, dis-je dans un murmure.

En réponse, il referme les doigts autour de la bretelle de ma robe et la fait glisser le long de mon épaule.

La droite. Puis la gauche.

Mes seins s'échappent du tissu. Ses mains les trouvent immédiatement, et il me fait m'asseoir sur ses genoux afin que mon dos se retrouve contre sa poitrine, mes fesses contre sa verge.

Il bande. Je le sens à travers son pantalon. Ça réveille quelque chose en moi, une sensation primaire que j'avais oubliée.

J'ai besoin de lui. J'ai tellement besoin de lui.

— Ty, dis-je dans un souffle. Je t'en prie.

Il pose ses lèvres sur mon cou et y dépose un tendre baiser.

C'est doux, tellement doux que je le sens à peine.

Puis plus fort.

Il me mordille.

— Tu as les cheveux plus courts, maintenant.

Ses dents frôlent mon cou.

— Est-ce que je dois prendre garde aux bleus ?

Quoi ? J'essaye de retrouver le fil de mes pensées, mais elles sont enchevêtrées. Je ne suis qu'une flaque de désir.

Mon cou. Des bleus. Devrait-il s'inquiéter de laisser une marque ?

Non. Je ne veux pas m'inquiéter de quoi que ce soit, seulement obéir à ses ordres.

— J'ai du maquillage, dis-je.

— C'est suffisant ? Ta peau marque facilement.

— Tu te souviens de ça ?

— Je me souviens de tout.

C'est trop gentil. C'est trop. Trop proche d'un *je t'aime*.

— Envoie-moi un foulard, alors. Je me débrouillerai.

Il me mordille à nouveau le cou, doucement.

— J'ai eu envie de le faire depuis que je t'ai revue.

Il replace une mèche de cheveux derrière mon oreille, traçant du doigt la ligne qu'elle laisse contre mon menton.

— Ta coupe de cheveux me rend complètement fou.

Il me mord encore un peu plus fort.

— Comme si tu m'offrais ton cou.

— Ty…

Il glisse sa main autour de mon cou, prend mon menton dans sa main. Le tient en place tandis qu'il m'effleure la peau du bout des dents.

— Tu veux que je te morde, bébé ?

— Oui.

— Oui, Monsieur.

Mon sexe se contracte. On n'a encore jamais fait ça, mais sur l'instant, c'est la seule chose dont j'ai envie.

— Oui, Monsieur.

Il le fait. D'abord doucement. Puis plus fort. Et encore plus fort.

Assez pour me tirer un gémissement.

Mes paupières se referment. Ma tête tombe sur le côté, dans sa main.

Il s'occupe de moi.

Je lui fais confiance.

Ça me terrifie tout autant que ça m'excite. Je suis assise sur ses genoux, à moitié nue, grognant quand il fait courir ses dents sur ma peau, et j'ai seulement envie d'en avoir davantage.

Il fait glisser l'autre bretelle de mon épaule et rabaisse la robe sur ma taille.

Je hausse les hanches pour l'aider, puis elle disparaît. Elle n'est qu'une pile par terre. Et je suis sur ses genoux, seulement vêtue de mes bottes, ma peau nue contre le tissu soyeux de son costume.

Il garde mon corps contre le sien et incline assez les hanches pour que je sente sa verge contre mes fesses.

— Je t'en prie, ne puis-je pas m'empêcher de dire. Je t'en prie, Ty. Je t'en prie, prends-moi.

— Pas ce soir.

Il referme sa main autour de mon poignet et plaque ma paume sur l'arrière de la banquette, à côté de son torse.

— Elle reste ici. Tu comprends ?

J'acquiesce.

Il fait la même chose pour mon autre main, puis ses lèvres trouvent mon cou. Des baisers légers, puis plus forts. Le raclement de ses dents.

Une douleur vive. Seulement assez pour que je la ressente. Seulement assez pour qu'elle se mêle avec l'anticipation qui envahit mon corps. Seulement assez pour que j'aie davantage besoin de lui.

— Je t'en prie.

Je ne sais pas ce que je demande, seulement que j'en ai envie.

Il me mord alors qu'il pose les mains sur ma poitrine, prenant mes seins dans ses paumes. Puis il grogne quand il fait courir ses pouces sur mes mamelons.

— Tu es tellement magnifique.

Je laisse mes paupières se refermer. Je laisse mon corps se remplir de ce mélange parfait de douleur, de plaisir, de besoin et d'anticipation.

Il joue avec moi. Des cercles délicats, des zigzags plus appuyés, la pression à peine discernable de son index.

J'ai un léger hoquet quand il fait courir son doigt sur mon mamelon.

— Oh, Ty !

J'essaye de me raccrocher à quelque chose et je trouve sa veste de costume.

Instantanément, sa main se referme sur mon poignet.

— Il va falloir que je t'attache pour que tu saches te tenir ?

Mon sexe se contracte.

— Oui.

— Mauvaise fille !

Il fait rouler mon mamelon entre son pouce et son index, assez fort pour me faire mal, mais ça ne fait que m'exciter davantage.

Il me lâche afin de défaire le nœud de sa cravate et lève les bras au-dessus de ma tête. Puis il l'enroule autour de mes poignets et l'attache à l'appuie-tête.

Ce n'est pas le nœud le plus professionnel du monde. Il n'est pas assez serré pour être vraiment en mesure de m'entraver, mais c'est suffisant pour me rappeler que je suis sous sa coupe.

Il teste la résistance du nœud. Quand je grogne, il ronronne :

— Gentille fille.

Mon sexe se contracte. C'est mal de désirer à ce point ce compliment réservé à un enfant ou un animal de compagnie. Mais je n'arrive pas à me forcer à m'en préoccuper. Pas pour le moment.

Encore une fois, Ty tient mon corps contre le sien et pose ses lèvres sur mon cou, descend jusqu'à mon épaule.

Puis il remonte jusqu'à mon visage.

Il me tourne pile assez la tête pour que sa bouche

trouve la mienne. J'écarte les lèvres pour laisser entrer sa langue.

Il m'embrasse fort, faisant tourner sa langue autour de la mienne, me faisant sienne.

Et pour l'heure, je le suis.

Après, je ne sais pas. Mais pour l'instant, je suis exactement là où je suis censée être.

Il racle les dents contre ma lèvre inférieure. Puis il me libère et fait descendre une série de baisers sur ma mâchoire, le long de mon cou et sur mon épaule.

Il presse sa paume contre mon pelvis, et je sens sa verge contre mes fesses.

— Je t'en prie, dis-je dans un grognement.

J'en ai besoin, j'ai besoin de lui, sans attendre.

Il réagit en pressant plus fort.

J'ondule des hanches, frottant mes fesses contre son entrejambe. Il y a trop de tissu entre nous, mais c'est quand même tellement bon.

Il grogne contre mon cou.

— Tu veux jouir ?

— Oui.

— Oui ?

— Oui, Monsieur.

— Alors, arrête d'essayer de me titiller. Je ne vais pas te prendre ce soir, Indigo. C'est compris ? dit-il alors que ses doigts effleurent ma cuisse.

Je hoche la tête.

— Maintenant, bébé, tu veux jouir sur ma main ?

— Oui, Monsieur.

— Dis-le.

— Je vous en prie, Monsieur, dis-je en inspirant profondément. Faites-moi jouir, je vous en prie.

Il murmure *oui* dans mon cou et garde une main sur ma cuisse, posant l'autre sur mon sein. Il joue avec moi, son pouce venant effleurer mon mamelon.

Il bande toujours contre moi. Et j'en ai toujours terriblement envie.

Non, j'en ai plutôt besoin.

J'ai besoin de ses mains sur mon corps.

Je ferme les yeux. L'implore à nouveau. Laisse ma tête retomber sur le côté.

Il fait courir son doigt le long de l'intérieur de ma cuisse. Une ligne douce.

Plus près. Plus près. Plus près.

Là.

Son index frôle mon clitoris. Le majeur, l'annulaire, l'auriculaire, le pouce.

J'écarte un peu plus les jambes.

Il racle les dents contre mon cou.

— Ouvre les yeux.

Je m'exécute. La douce lumière bleue envahit mes sens.

— Regarde.

Mes yeux se posent sur notre reflet, bien sûr. La limousine a des murs couverts de miroirs.

Notre image est déformée, mais il peut quand même me voir étendue devant lui. Moi, seulement vêtue de mes bottes. Lui dans ce costume bleu marine.

Sa main entre mes jambes.

Mes poignets ligotés par sa cravate.

Je manque de jouir immédiatement. Ce n'est pas la première fois que je vois notre reflet ; son appartement était couvert de miroirs et de fenêtres. Mais c'est la première fois qu'il me demande de regarder.

La première fois que je suis complètement à sa merci.

Avant, nous étions deux personnes qui cherchaient à se satisfaire. Oui, il était riche et j'étais fauchée, mais il n'y avait aucune attente.

À présent, nous avons fait des promesses, signé sur la ligne en pointillés.

À présent, si je lui tiens tête, il risque d'utiliser son pouvoir pour me détruire.

Le nœud à l'intérieur de moi se serre.

Il me touche à peine, et je suis déjà si près, désespérément proche du précipice.

Il me connaît, sait comment jouer avec moi.

Mais je le connais aussi.

— Je vous en prie, dis-je en accrochant son regard dans le miroir. Je vous en prie, Monsieur. Faites-moi jouir.

Ses pupilles se dilatent. Sa prise sur ma gorge se resserre. Assez pour me tirer un petit hoquet.

Puis deux doigts investissent mon clitoris, et je ne peux que grogner.

Bon sang !

Il ne me titille pas. Ne joue pas. Ne m'explore pas comme il le faisait autrefois.

Il trouve l'endroit où j'ai besoin qu'il soit et trace des cercles lents sur ma chair tendre.

Encore et encore.

M'entraînant de plus en plus haut.

C'est trop. Mes yeux se referment. Je me force à les garder ouverts. Je le regarder tracer ces cercles lents, le regarde passer ses dents contre mon cou.

Je le regarde me maintenir en place. Par la gorge. La partie la plus vulnérable de mon corps. Je suis entièrement à sa merci.

Et c'est tellement bon.

Un gémissement sort de mes lèvres. Puis un autre.

Il me caresse plus fort.

Et plus fort encore.

Là.

— Ty, murmuré-je. Bon sang !

Ces mêmes cercles lents. Encore et encore.

Puis il enfonce ses dents dans mon cou, et je bascule. La tension dans mon ventre se dissout, répandant le plaisir jusque dans mes doigts et mes orteils.

La jouissance me submerge, et mon monde devient blanc. Puis il est de ce bleu parfait et doux. Le ciel nocturne de New York.

Chaud, pur et parfait.

Ty me caresse durant tout mon orgasme, puis il me libère. Il défait le nœud qui retient mes poignets. M'aide à renfiler ma robe.

Pas la culotte. Il la laisse sur le sol.

Je reprends lentement mes esprits. La musique joue toujours. La voiture est immobile.

Nous sommes devant mon appartement.

Depuis combien de temps sommes-nous là ? Quand nous sommes-nous arrêtés ?

Je ne sais pas, et peu m'importe.

Je vibre toujours.

— Tu es arrivée.

Il prend mon sac et ouvre la portière.

— Tu veux que je t'accompagne jusqu'à la porte ?

Il arque un sourcil pour demander *ou bien ça soulèvera trop de questions ?*

Je n'en suis pas certaine, mais je parviens à peine à aligner deux phrases. Je ne suis pas prête à l'expliquer à ma sœur. Pas la vérité, en tout cas. Mais je ne veux pas lui mentir non plus.

— La prochaine fois.

— Non, dit-il en pressant ses lèvres contre les miennes. La prochaine fois, tu viendras chez moi.

Chapitre Quinze

INDIGO

Sienna secoue la tête quand elle me voit rentrer et désigne la pendule.

— Il n'est même pas encore minuit.

— Merci de t'en préoccuper.

C'est vrai. Il n'est pas encore demain, mais il est tard, et…

— Tu as cours demain. Va te coucher.

Elle fait la moue.

— Je sais, je sais. Je ne suis pas Maman. Tu n'as pas à faire ce que je te dis.

Elle plisse le front comme l'adolescente qu'elle est. *Comment savais-tu ce que j'allais dire ?*

— Tu as raison. Tu n'as pas à le faire. Et je n'ai pas à te parler de mon rendez-vous avec Mister London non plus.

— J'ai vu la limousine. Et la combinaison que tu portes.

Elle se redresse, prend son téléphone, tourne l'écran vers moi. La voilà, ma combinaison rose vif, sur le site de la Maison, avec son prix qui se chiffre à plusieurs milliers de dollars.

— Alors il est vraiment riche ?

— Oui.

— Fais-toi épouser, ma grande.

— Il y a autre chose que l'argent dans la vie.

— Oui. Le foot et le sexe débridé. Et manifestement, sur ce dernier point, tu es bien équipée.

Mes joues s'empourprent.

— Vous avez baisé. Je le savais ! dit-elle en pouffant et en traversant la pièce. Je suis fière de toi.

— Oh, mon Dieu !

— C'était bon, non ?

Elle s'écarte de moi et avise mon expression en souriant.

— Oui. Je le vois bien.

— Au lit, tout de suite.

— C'est ce que tu lui as dit ?

— Tout de suite.

— Ou alors c'est ce que *lui* t'a dit ?

Seigneur ! Voilà que je rougis.

Ça doit être évident, parce que son visage s'illumine et qu'elle bat des mains. Puis elle dit *touché* en faisant un geste de victoire.

— Je suis fière de toi, ma grande. Continue comme ça.

J'essaye d'adopter une attitude maternelle, mais je n'ai pas ça en moi.

J'ai envie de lui parler. J'ai envie de me sentir comme sa grande sœur, et non sa mère.

Comme avant que Papa ne meure et que je doive endosser la majeure partie de ces responsabilités.

Avant que Maman ne meure et que je doive les endosser en entier.

— Je vais aller me coucher, dit Sienna en faisant un autre pas en arrière. Mais il faut que tu saches une chose, Indie.

— Que tu m'aimes ?

— Oui. Et que tu commences déjà à avoir un bleu.

Elle me fait un clin d'œil, tourne les talons et se dirige vers sa chambre. Puis, à travers sa porte fermée, elle me crie :

— Passe une bonne nuit, dors bien, ne te fais pas mordre par des hommes riches pendant la nuit !

Cette fois, je laisse ma rougeur me submerger. Je laisse l'alcool dissoudre mes inhibitions. Je laisse ma tête se remplir des beaux fantasmes de moi et de Ty.

Ce soir.

Il y a trois ans.

Toutes les possibilités du futur.

C'est peut-être l'enfer de tomber amoureuse de lui, d'essayer d'ouvrir le coffre-fort qu'il garde autour de son cœur.

Mais le sexe…

Cette partie-là est le paradis.

Pour la première fois depuis une éternité, je dors profondément. Je ne fais pas de cauchemar de Sienna qui déménage en Floride grâce à une bourse d'études. Je ne rêve pas de factures d'électricité impayées.

Seulement du corps ferme de Ty, de la chaleur de sa peau, de l'odeur de son après-rasage.

Je me réveille en paix, à l'aise.

Surprise par les cadeaux dans le salon.

Sienna les a récupérés avant de partir au lycée. Elle m'a laissé un mot.

Je n'ai pas regardé. Pour cette fois.

Je t'aime.

Sienna

PS : Je me suis bien comportée, alors tu me dois des détails croustillants.

Je souris malgré moi. Sienna est égale à elle-même. Et c'est excitant.

Ma tête se remplit d'idées. Mon corps vibre. Le temps que je finisse ma routine du matin, je tremble. Je ne prépare pas le petit déjeuner. Je vais droit vers les paquets cadeaux blancs.

Il y en a trois, avec des nœuds violets sophistiqués et une carte assortie.

Profite de ta matinée. Ça devrait t'aider.

Je viendrai te chercher ce soir à huit heures.

Porte ça.

Ty

Ça sent son après-rasage. En a-t-il répandu sur le papier ? Ou bien suis-je en osmose avec l'odeur de sa peau ?

Ce soir.

Il vient me chercher ce soir.

J'aurai autre chose ce soir.

Il est trop loin. J'ai besoin de lui tout de suite. J'ai besoin de ses mains sur ma peau et de ses lèvres sur les miennes.

J'ai besoin qu'il grogne mon nom quand il jouit.

Est-ce qu'il va me le donner ce soir ?

Je ne sais pas. Je ne sais jamais ce qu'il va faire. Seulement qu'il va découvrir ce que je veux et me le donner.

C'est le début.

J'ouvre la plus grande boîte et trouve une bouilloire électrique de qualité, un service à thé en céramique et un sachet du Yunnan Hong Cha que j'ai bu à son bureau.

Il prend soin de moi.

J'ai des papillons dans le ventre.

Ça fait trembler mes cuisses.

Est-ce de l'amour, du désir ou bien tout autre chose encore ? J'ai besoin que ça reste charnel. J'ai besoin que ça ne concerne que l'envie qu'il a de moi.

Il ne va pas tomber amoureux de moi.

J'ai besoin de le comprendre.

Je défais le paquet suivant.

De la lingerie. Un body transparent. Une résille noire légère avec un décolleté plongeant et un dos échancré.

C'est incroyablement sexy.

J'ai besoin de le porter tout de suite.

J'ai besoin de le titiller tout de suite.

Je branche la bouilloire. On en a déjà une, mais celle de Ty est tellement mieux. Je vais dans ma chambre, me déshabille et enfile la lingerie.

Mon regard se pose sur le miroir contre la porte du placard. C'est la chambre principale. C'était celle de Maman. Sienna et moi en partagions une. Mais maintenant que Maman est morte…

La pièce est grande, pour Brooklyn. Et le placard vitré qui longe le mur est sa caractéristique la plus impressionnante.

Généralement, il me nargue. Il me rappelle que je troque mon intégrité pour quelques centaines de dollars de plus en pourboires tous les soirs.

Mais maintenant…

J'ai du mal à respirer. Je n'ai l'air ni maladroite ni plate. Je ressemble à un mannequin pour sous-vêtements. Et de savoir que Ty m'a envoyé ça, de savoir qu'il m'imagine dedans…

Mince…

Je sors mon téléphone, me tourne vers la lumière, prends une photo, puis une autre, et encore une autre.

Voilà.

Je m'arrête sur une photo. Mon reflet, de mon nez à

ma taille. C'est clairement moi. La citation en latin sur mon épaule est entièrement dévoilée.

Mes seins sont visibles à travers le tissu transparent.

C'est dangereux de l'envoyer. Mais je sais que Ty ne la montrera à personne. Et puis…

S'il veut me détruire, il existe des moyens bien plus faciles.

Là.

J'envoie l'image. Pas de contexte. Juste de la résille et de la peau nue.

La bouilloire fume. Je vais à la cuisine, me fais un thé, commence à me préparer le petit déjeuner. Des œufs avec des toasts et une bonne dose de sriracha. Je ne suis pas particulièrement bonne cuisinière, Sienna est bien meilleure, mais je sais préparer des œufs. Et puis tout est délicieux avec de la sauce piquante.

Des œufs au plat, sur une tranche de pain grillé beurrée. J'apporte mon assiette à table et prends le troisième paquet. Il est de la taille de deux mains.

Un sex toy, peut-être.

Du thé ?

Une autre surprise ?

Je défais le nœud parfait et ouvre la boîte.

Du fond de teint.

À fort pouvoir couvrant. Pour dissimuler les tatouages, les cicatrices, les bleus. Il y a deux teintes, toutes deux se rapprochant de ma couleur de peau.

Il m'a envoyé du fond de teint. Parce que je marque facilement. Parce qu'il a envie de me marquer.

Mon cou est couvert de suçons, en effet.

Les autres implications font se contracter mon sexe.

La brûlure de la corde sur mes chevilles. Des marques de main sur mes fesses. Des bleus sur mon poignet.

Est-ce là ce qu'il me promet ? Ou bien est-ce à cause de sa sollicitude d'hier soir ?

Je n'en suis pas certaine.

C'est attendrissant, d'une façon illicite, qu'il m'offre du fond de teint.

Et Sienna n'a pas ouvert la boîte. Et si elle l'avait fait ?

Je ne veux pas qu'elle le sache.

Je ne veux pas qu'elle sache ce que j'aime.

Et je ne veux pas qu'elle se fasse des idées sur Ty. Je connais ma sœur. Elle pensera à du sexe olé olé avant d'envisager des violences conjugales.

Mais ça ne la regarde quand même pas.

Ma sonnerie de téléphone m'interrompt. Mince. Je lui ai envoyé cette photo. Maintenant…

Je bondis vers ma chambre pour aller répondre.

— Allo ?

— Tu me taquines, bébé ? demande-t-il d'une voix basse et autoritaire.

Mes cuisses tremblent.

— Que voulez-vous dire, M. Hunt ?

— Tu sais ce que tu fais ?

— Oui.

— Tu en es bien certaine ?

Non, pas du tout.

— Oui.

— C'est bien.

Mon sexe se contracte.

— Tu es seule ? demande-t-il.

— Si je suis seule ?

— Ce n'est pas une question piège.

Bon. Il me demande si je suis seule parce qu'il veut d'autres photos, ou bien il veut m'entendre jouir.

Quelque chose dans ce genre.

Quelque chose de vraiment super excitant.

— Je suis à la maison, dis-je. Toute seule.

— Tu hésites.

— Ce n'est rien.

— Au contraire.

Bon, d'accord.

— Les cadeaux. C'est gentil.

— Gentil ?

— Ils me plaisent. Mais je, euh… la prochaine fois, pas là où Sienna pourra les trouver ! Je ne voudrais pas qu'elle se fasse des idées.

— Oh.

Sa voix perd toute son espièglerie.

— Je suis désolée, Ty.

— Ne le sois pas. Tous les détails comptent.

— Je sais que tu ne voudrais pas…

— Non, dit-il. Ça fait trois ans. Tu ne sais pas si tu peux me faire confiance.

— Je te fais confiance.

— Complètement ?

Non. Bien sûr que non. Il y a trop d'implications. C'est trop compliqué.

Et je mets trop de temps à répondre.

Il sait que je vais dire non. Je l'entends à son soupir.

— Je respecte que tu ne le fasses pas.

— C'est simplement que…

— Tu n'as pas à te justifier, Indigo. Ta sécurité compte plus que mes sentiments personnels.

— Ce n'est pas ce que tu crois…

— Si. Et ce n'est que justice.

Mais ce n'est pas vrai. Je ne pense pas que Ty soit capable de me faire du mal. Pas physiquement. Pas comme il l'envisage.

Il est aux petits soins avec mon corps.

Mais avec mon cœur ?

Ce plan… devoir vivre à ses côtés, à accepter ses cadeaux, sa tendresse et ses attentions sexuelles, sans tomber amoureuse de lui… ça va finir par me briser le cœur.

Ou bien il ne peut pas le voir, ou alors il s'en fiche.

Et cela veut dire que je ne peux pas lui faire confiance entièrement.

— Non, dis-je. Ce n'est pas ça. Ce n'est pas ce que je pense de toi. J'ai besoin que tu le saches.

— Tu n'as pas à te justifier de ton appréhension.

Peut-être, mais…

— La plupart des hommes ne font pas aussi attention. Je… j'ai besoin que tu saches que je le vois bien. Que j'apprécie le fait que tu prennes ton temps avec moi.

— Indie, tu n'as…

— Si, dis-je en prenant une inspiration sifflante. J'apprécie ta sollicitude. Ta patience. Ta tendresse et ta brusquerie.

Mais je ne veux pas qu'il sache que ça me donne des papillons dans le ventre.

C'est un détail qui n'appartient qu'à moi.

— J'ai besoin que tu le saches, dis-je à nouveau.

Il reste silencieux un instant, puis dit merci d'un ton que je n'arrive pas à déchiffrer.

D'accord…

Merci.

Je prends ça pour une reconnaissance.

Je n'arrive pas à me forcer à dire *de rien*, alors je laisse le silence retomber.

Je laisse les bruits de la ville remplir l'espace. Une voiture qui passe. Une conversation sur le trottoir. Un klaxon.

Puis la voix de Ty dans mon haut-parleur.

— Il y a une photo. J'allais t'en parler ce soir.

Sa voix adopte ce même ton impossible à cerner.

— Au restaurant. Elle est floue. Même moi, je ne saurais pas dire que c'est toi, et je sais que tu étais là. Tout ce que je vois est un tissu noir et une peau claire.

— Oh.

— Je reconnais à peine ta robe. Mais tout ce que je sais est que j'ai envie qu'elle se retrouve par terre.

Sa voix affiche une petite note d'espièglerie.

La tension dans mes épaules s'apaise. C'est… compliqué. Mais on peut s'en sortir.

— Mon cousin Cam a vu la photo, dit Ty. Il m'a posé des questions dessus. Sur toi.

— Oh.

— Il veut qu'on dîne ensemble samedi.

— Oui. Bien sûr.

— J'avais réservé un photographe pour ce soir, mais puisque la photographie a été publiée… j'ai pensé que tu voudrais avoir le temps de tout expliquer à Sienna.

Il annule ce soir !

Parce qu'il est contrarié ?

Ou bien parce que c'est pratique ?

— Oui, on peut faire ça, dis-je. On dîne ensemble samedi.

— Tu vas rencontrer Cam, dit-il.

— Rien que lui ? lui demandé-je.

— Tu peux inviter Sienna, mais c'est un séducteur.

— Elle aussi.

— Exactement.

Oh. D'accord. Je n'ai pas besoin de voir son cousin flirter avec ma sœur de dix-huit piges.

— Elle sera diffusée bientôt, dit-il. Les gens sauront.

— Les gens ?

— Tout le monde. Ian voudra te rencontrer.

— Il m'a déjà rencontrée.

— Comment as-tu dit ? Comme une subordonnée ?

— Mais il est au courant, non ? demandé-je.

— Il sait que j'ai eu une aventure avec une fille que j'ai rencontrée dans un musée. Mais il ne sait pas que c'est toi.

— Oh.

Ça ne correspond pas à l'image que j'ai de Ty. Ou de Ty et de son frère.

— Tu vas lui plaire.

— Parce que je suis chaude ?

— Parce qu'il pense que tu me rends heureux.

Sa voix reste neutre.

Mais j'en perçois quand même la douleur.

Ty ne croit pas qu'il puisse être heureux avec qui que ce soit. Il tente désespérément de convaincre la terre entière, ainsi que ses confidents les plus proches, qu'il est capable d'aimer quelqu'un.

Tente aussi peut-être désespérément de s'en convaincre lui-même.

— D'accord, dis-je. On pourra s'accorder sur les autres détails à ce moment-là.

— Je viendrai te chercher à huit heures, dit-il. Porte la lingerie sous tes vêtements.

L'intention refait son apparition dans sa voix. Pas assez pour me convaincre qu'il a tourné la page sur notre conversation, qu'il va bien, qu'il ne pense qu'à mon orgasme.

Mais assez pour que mon cœur s'emballe et que mes orteils se recroquevillent.

Samedi à huit heures.

Samedi, nous officialiserons la chose.

Mais après ?

Va-t-il me déposer ici ?

Ou bien m'emmener dans son lit, comme il l'a promis ?

Chapitre Seize

INDIGO

J'ai toute ma journée pour moi.

Normalement, je travaille à seize heures. Sienna a déjà prévu quelque chose pour l'après-midi.

Je n'ai envie de voir personne d'autre. Envie de n'appeler personne d'autre.

J'ai l'habitude de passer du temps seule, je travaille de nuit, après tout, mais ça fait longtemps que je n'ai pas eu une journée entière uniquement pour moi, et encore moins l'espace mental pour utiliser ce temps-là.

Je n'ai pas à m'inquiéter pour le loyer, la nourriture ou l'avenir de Sienna.

Certes, j'ai encore des choses à déterminer, mais à présent, j'ai l'espace pour le faire.

C'est étrange. Nouveau. Comme si je venais de me délester d'un sac à dos pesant.

Mes épaules me font toujours mal, mais je me sens plus légère.

Plus souple.

Libérée d'un poids.

Il y a cent mille dollars sur mon compte en banque.

Je peux faire n'importe quoi. Tout ce dont j'ai envie.

Mais de quoi est-ce que j'ai envie ?

Après une longue matinée dans un nouvel endroit, un café qui vend du thé à dix dollars la théière avec des scones délicats à la confiture de fraises, je retourne dans mon appartement vide.

Je sors ma guitare du placard.

Je ferme les yeux, presse mes doigts sur les cordes.

C'est comme de rentrer chez soi.

Un chez moi que je ne retrouverai plus jamais.

Je joue une gamme. Doucement. Puis plus vite.

Mes doigts se réchauffent.

Puis j'entame une chanson que j'avais écrite il y a des millions d'années.

Je joue quatre accords et suis obligée de m'arrêter.

Je ne peux pas le faire. C'est trop douloureux.

Ça ouvre un trou dans mon cœur. Tous ces souvenirs de Papa qui m'a appris à jouer. De Maman qui s'extasiait sur une chanson.

Ces journées après sa mort, à passer la nuit assise dans le salon à essayer de rassembler mes pensées alors que j'écrivais des paroles brouillonnes.

C'est trop.

Je ne peux pas le supporter. Pas maintenant.

Bientôt.

J'y reviendrai bientôt. Mais pas encore. Pas alors que je dois protéger mon cœur aussi férocement.

Samedi matin, Sienna et moi brunchons dans notre endroit habituel.

On marche jusqu'à son café préféré du Village (elle est chipoteuse, pour une fille qui boit tout ce qui est sucré). On admire les drapeaux violets de l'université de New York qui parsèment le quartier. On parle de tout à part de notre vie qui s'apprête à changer du tout au tout.

Elle entame ses études en août.

Et je vais épouser Ty, emménager avec lui.

Commencer ma vie.

J'attends qu'on soit rentrées, que je sois habillée, que Ty ait déjà envoyé un message pour me dire qu'il arrive (un message pas nécessaire, puisqu'il se présente toujours avec quelques minutes d'avance, quelles que soient les circonstances).

Je parfais mon trait d'eyeliner, courbe mes cils, applique une autre couche de mascara.

Là. J'enfile mes bottines et entre dans la pièce principale.

Sienna est installée sur le canapé ; elle regarde une téléréalité où les gens ont trois mois pour décider s'ils veulent se marier ou bien ne plus jamais se revoir. Elle se tourne vers moi et en reste bouche bée.

— Bon sang, Indie !

— C'est trop ?

— Seulement si tu rencontres ses parents.

Elle étudie ma robe moulante. Le décolleté plongeant, le tissu noir sophistiqué, la jupe courte.

— Tu vas les rencontrer ?

— Non.

Est-ce que je le saurais, si c'était le cas ?

— C'est seulement lui.

— Tu ne travailles pas les samedis ?

— J'ai démissionné.

— Et tu ne m'en as pas parlé avant ?

Je hausse les épaules comme si ce n'était pas important.

Elle hausse un sourcil.

— Eh bien… c'est bon. Tu as tes secrets, maintenant. Et ça craignait vraiment, là-bas, même si Meghan me filait à boire en douce. Tu le savais, non ? ajoute-t-elle en plissant les narines.

— Je m'en doutais.

Meghan s'assure toujours que les autres filles passent un bon moment. Alors bien sûr, elle file à boire à Sienna.

— Je ne voudrais pas que tu bosses là-bas si j'étais lui. Mais est-ce qu'il… euh… te compense ?

— Ne t'inquiète pas pour ça.

Elle me décoche un regard qui signifie *redescends sur terre.*

— Écoute, j'aime bien ce truc genre *Pretty Woman* auquel tu joues avec Mister London. Et je suis contente que tu aies des secrets à garder. Mais je ne suis pas une enfant. S'il se passe quelque chose, tu peux me le dire.

Peut-être. J'ai promis d'essayer de garder le secret, mais je peux lui révéler une partie de la vérité.

— Parce que si tu couches avec lui, ça me va. Respect, parce que tu décides de ce que tu veux faire de ton corps. Particulièrement puisque tu as enfin l'air satisfaite.

Oh, mon Dieu. Je ne peux pas m'empêcher d'éclater de rire.

— Je sais que des mecs t'ont proposé ce genre de chose, à Rick's. Mais tu n'as jamais… tu n'as jamais accepté, non ?

J'y ai pensé. Il y a des fois où j'ai failli accepter. Particulièrement après la mort de Maman. Quand j'avais du mal à payer les factures et que j'étais épuisée. Mais j'ai toujours trouvé des moyens de m'en sortir. Un autre moyen.

— Jamais.

— Ça ne me dérange pas si tu veux dire oui. Mais fais-le pour toi et ton amour du thé de luxe. Je peux m'occuper de moi, dit-elle. Je suis bonne en maths.

— Tu es bonne en maths ?

— Oui. Ne te vexe pas, Indie, mais c'est une vraie compétence. Enfin, charmer les hommes riches aussi, mais la musique… ce n'est pas très rentable.

— Merci de croire en moi.

— J'y crois. Tu es à deux doigts de te choper une alliance.

C'est vrai.

— Et je m'en sors. Sans ton aide. Et si ça ne marche pas avec Mister London et que tu n'arrives pas à te dégoter un autre homme riche, c'est moi qui t'aiderai à payer tes factures.

— Tu penses qu'épouser un homme riche est ma seule perspective d'avenir ?

— C'est l'histoire tout entière de la civilisation : épouser un homme riche a été la seule perspective pour la plupart des femmes, la plupart du temps.

— C'est perspicace.

— Et tu es grande et mince. Ça plaît aux hommes.

— Tu sais vraiment faire de la lèche. On te l'a déjà dit ?

— Tu lui plais, dit-elle. Laisse-le t'acheter des trucs.

— J'apprécie tes conseils en matière de relations.

Mon téléphone vibre. C'est Ty. Il est là.

Et ma sœur pense qu'il est là pour m'offrir quelques milliers de dollars pour une nuit. Ce qui en vrai, ne serait pas si mal. Si c'était Ty.

C'est peut-être mieux que ça.

Ou peut-être un million de fois pire.

Mon téléphone se remet à vibrer. Ce n'est pas un texto, cette fois. Un appel.

— Il monte ? demande-t-elle.

— Allo, dis-je. Je… euh, je suis en train de discuter avec Sienna. Je viens dans une minute.

— Bien sûr, répond-il.

— Dis-moi… Tu crois que tu peux la rencontrer tout de suite ?

— Tu veux que je la rencontre ce soir ?

— Oui ? C'est possible ? S'il te plaît.

Chapitre Dix-Sept

TY

J'inspire profondément. Inhale l'air chaud.

Le soleil s'est couché, le ciel affiche cette teinte de bleu délicate qu'aime Indigo, mais il fait chaud comme en plein après-midi. Le mélange d'humidité, de béton et d'acier retient la chaleur.

Un bleu de New York. Un temps de New York.

Deux des choses qu'aime Indigo.

Elle dit toujours que ce bleu n'existe qu'ici, mais comment le sait-elle ?

Elle n'a pas beaucoup voyagé. Quelques trajets dans la périphérie pour aller voir sa famille. Un voyage en Floride : une visite à Disney World. Elle a détesté, d'ailleurs, mais Sienna a aimé.

Deux séjours aux Caraïbes, avant la mort de son père.

Elle n'en garde guère de souvenirs. Uniquement l'eau chaude et le sable fin.

Malgré son style new-yorkais, j'imagine bien Indie à la plage.

Étendue sur une chaise longue dans un bikini noir, elle

écoute de la musique tout en regardant les vagues, m'invitant dans une cabane privée.

Aurait-elle aimé le club que Rory avait choisi pour notre lune de miel ?

Ça ne lui ressemble pas, trop BCBG, mais on ne passerait pas assez de temps à l'extérieur de notre chambre pour que ça compte vraiment.

À présent, je ne sais pas ce qu'elle veut. Si elle veut partir à Hawaii, à Paris ou dans la banlieue de New York.

Je sais seulement que j'ai envie de passer la semaine à la faire jouir.

Avec Rory, c'était différent. Elle a choisi ce club parce que sa mère l'avait recommandé, parce que c'était un endroit où les riches pouvaient éviter la populace.

Elle reprochait à sa famille son snobisme, mais elle n'a jamais été à l'aise en dehors de ce monde.

Elle ne comprenait pas ce que ça faisait d'avoir soudain tout que l'on voulait.

Mais c'est le cas d'Indie.

Rory n'abaissait jamais la garde comme le faisait Indie.

Ce sont les raisons pour lesquelles je l'ai contactée, mais comptent-elles vraiment, comparées à l'envie que je ressens de coucher avec elle ?

Je ne peux pas le nier quand je suis avec elle. Je ne peux pas nier à quel point j'ai envie de la plaquer contre le mur, de lui ligoter les poignets, de la faire basculer sur mes genoux et de lui donner la fessée.

Elle ne me fait pas encore confiance.

C'est bon…

C'est intelligent.

C'est pratique.

Mais ça m'arrête net. Ça amplifie toujours la voix dans ma tête.

Quel genre de monstre a envie de faire du mal à la femme qu'il aime ?

— Ty ? demande Indigo. Hé, c'est toi ?

Elle se tient devant sa porte, offrant un spectacle magnifique dans sa robe noire courte et avec son maquillage appuyé.

Ses yeux s'illuminent quand elle m'aperçoit.

— Tu es magnifique.

— Magnifique, encore ?

Elle hoche la tête et fait un petit pas vers moi.

Je vais la rejoindre et passe les bras autour de sa taille pour l'attirer dans un baiser lent et profond.

Elle ondule des hanches contre moi et écarte les lèvres afin de laisser entrer ma langue.

Je l'embrasse fort, comme pour la posséder.

Elle me rend mon baiser de toute sa force et pousse un soupir quand elle me libère.

— Tu as vraiment besoin de venir rencontrer Sienna ?

— Tu m'as invité.

— Et j'ai vraiment besoin de voir ton cousin ?

— Je peux lui dire d'aller se faire voir.

— Tu le ferais ?

— Tu vas me le demander ?

Elle lève vers moi des yeux bleus pleins de désir.

— Non, je, euh… j'ai vraiment envie que tu la rencontres.

J'ai envie de la rencontrer aussi. Je veux connaître sa vie, et c'en est un pan important.

— Mais d'abord, je… je veux dire quelque chose. À propos de notre conversation téléphonique.

— Tu as été claire.

— Peut-être. Mais je veux te regarder quand je te le dis.

Ses doigts s'enroulent autour de mon cou.

— J'ai envie d'y arriver, poursuit-elle. Qu'on se fasse confiance complètement. Je sais que ça prendra du temps, mais j'ai envie d'y arriver.

C'est la seule chose que je veux.

— Moi aussi.

— Et je serai honnête avec toi. Même si ça fait mal. Je le promets, dit-elle en plaquant ses lèvres contre les miennes. Mais c'est la dernière fois que je te parlerai de mon désir de…

— De sentir ma main autour de ta gorge.

Elle rougit.

— Parce que Sienna… elle, elle ne va pas te rater, sourit-elle. Tu as un peu de…

Elle fait courir son pouce sur ma lèvre inférieure.

— Tu portes mon rouge à lèvres.

— Ça me va ?

— Oui, le pourpre te va bien, sourit-elle. Et ça va plaire à Sienna qu'on se soit embrassés dans le couloir.

— Vraiment ?

Elle acquiesce.

— Je te l'ai dit. Elle est obsédée par le sexe. Et elle va poser tant de questions, alors…

— Tu doutes vraiment de ma retenue ?

Elle rougit plus profondément.

— Non, je veux simplement que tu sois préparé.

Mes épaules se détendent ; je desserre les dents.

Elle ne trouve pas que je suis un monstre.

Elle en a aussi envie que moi.

Même plus.

— Elle se laisse facilement distraire, alors parle de foot. Elle est vraiment à fond sur un joueur, dit-elle.

— Un joueur en particulier ?

— Ses cuisses. Elle parle toujours des cuisses de ce footballeur, dit-elle en baissant les yeux vers mes jambes. Tu as de jolies jambes.

— Et c'est *elle* qui veut toujours parler de sexe ?

Elle fait le geste de garder les lèvres fermées, puis elle désigne la porte. *Tu es prêt ?*

Ma poitrine est toute légère. Mes membres aussi.

Je suis nerveux. Je ne m'attendais pas à être nerveux.

Est-ce vraiment difficile de charmer une ado qui aime le foot et les hommes attirants ?

Mais ce n'est pas une stagiaire cherchant mon approbation à tout prix. Ni une serveuse en recherche de pourboires. Ou même une femme qui cherche une connexion avec un homme.

C'est la sœur d'Indigo.

La personne la plus importante de sa vie. La seule personne qu'elle aime.

Je connais Indigo. Si sa sœur lui demande de mettre un terme à ça…

C'est une bataille que je ne remporterai pas. Ce n'est pas une bataille que je souhaite mener.

J'ai besoin de l'impressionner, tout de suite. De la convaincre que mes intentions sont honorables.

Elles le sont.

Je me suis engagé auprès d'Indie.

C'est mieux que quelque chose d'aussi capricieux que l'amour. Je ne partirai pas si mes sentiments changent. Je ne vais pas me réveiller un matin et décider que je vaux mieux que ça.

Je ne l'abandonnerai pas.

— Ty ? dit Indigo d'une voix radoucie. Tu es prêt ?

J'acquiesce, et elle me tend la main.

Quand je la prends, elle inspire profondément. Puis elle ouvre lentement la porte.

— Sienna, voici Ty.

Elle s'écarte, et je m'avance dans l'encadrement de la porte.

Une grande adolescente en pull-over gris me regarde fixement. Elle est bouche bée et écarquille les yeux.

Elle a le nez marqué d'Indigo et sa haute taille, mais le reste de ses traits est plus doux. Des cheveux clairs, des yeux noisette, une tenue décontractée.

— Bon sang, Indigo ! dit-elle en me reluquant ouvertement. Et moi qui croyais qu'il avait pris du bide…

— Oh, mon Dieu ! dit Indigo en secouant la tête. Désolée, elle…

— Il est super sexy, dit-elle en pinçant les lèvres. Je veux dire, euh, oui. Je suis Sienna, dit-elle en tendant la main. Ty ? C'est un diminutif ? Ou bien un surnom coquin ?

Indigo éclate de rire.

— Ah oui. Elle m'a demandé de bien me comporter et de ne pas parler de sexe. Mais, bon… dit Sienna en regardant sa sœur. Ça faisait longtemps qu'elle n'avait rien fait et, soudain, elle se balade avec un air satisfait et des suçons ? Je ne suis pas une idiote.

— Ravi de te rencontrer, Sienna, dis-je en lui tendant la main.

— Est-ce qu'il l'a mise…

Sienna désigne la robe courte d'Indigo.

— Oh, mon Dieu ! dit cette dernière en se cachant derrière sa paume.

— Pas encore, non, dis-je avec un petit rire.

Sienna s'avance pour lui serrer la main.

— Mais plus tard ?

— Si j'ai de la chance.

— Bon, on a bien parlé, dit Indigo. Maintenant, on va partir, et…

— Euh, je ne crois pas, non, dit Sienna en regardant sa

sœur. Je n'ai pas rencontré un seul de tes copains depuis Noah. Et honnêtement, il était sexy, mais un nul complet. Tu connais ce genre de mecs, Ty ?

— Je n'en suis pas certain, dis-je.

Sienna lui jette un regard incrédule, mais elle s'explique quand même.

— Gentil. Centré sur la famille. Super en théorie, mais vraiment… ennuyeux. En plus, ils n'avaient pas grand-chose en commun. Mais je crois que je ne sais pas ce que vous deux avez en commun à part…

Elle fait un *o* avec une main et y enfonce deux doigts.

— Sienna ! dit Indigo, écarlate. Je te prie de ne pas discuter de ma vie sexuelle.

— Mais tu en as une, maintenant. Une vie sexuelle ? dit-elle en me regardant. Il faut que je te fasse boire d'abord ? Ou bien tu me révéleras tous les désirs secrets de ma sœur si je te le demande ?

— Tu peux essayer. Si tu penses que ça va fonctionner, dis-je.

— J'y songerai.

Elle me dévisage une fois des pieds à la tête, puis elle se tourne vers sa sœur.

— Je ne suis pas censée émettre de commentaires sur ton apparence.

— Ah non ? demandé-je.

Elle hoche la tête.

— C'est malpoli de féliciter ma sœur d'avoir un copain sexy devant lui.

— Tu es en train de m'objectiver, dis-je.

— Oui, mais bon… Un homme ne t'a-t-il jamais félicité d'avoir une copine séduisante ?

Elle arque un sourcil comme le fait Indigo.

— Vraiment ?

— Pas devant elle, dis-je.

— Mais tu l'as entendu dire, dit-elle en se tournant vers Indigo. Tu vois. C'est comme ça que les hommes se comportent. Pourquoi est-ce qu'on ne peut pas se comporter comme ça, nous aussi ?

— Que veux-tu dire ? demandé-je. Peut-être *félicitations, Indie. Ton copain a un cul fantastique ?*

Sienna hoche la tête.

— Ça me semble raisonnable, oui.

— Et si j'allais trouver mon frère et que je lui disais *Eve a des seins fantastiques dans cette robe. Tu as de la chance ?* demandé-je.

Sienna fait un petit *hum* et elle plisse le front tout en réfléchissant.

Indigo me décoche un regard pour dire *désolée, elle est ridicule.*

— Peut-être… ça sonne vraiment impoli, comme ça, dit Sienna. Mais je n'étais pas spécifique. Je n'ai pas dit, « bien joué, Indie, ton copain a des abdos. J'espère que tu les lèches ».

— Tu le ferais ? demandé-je.

Elle rit.

— Peut-être. Si j'étais à la plage, peut-être. Ou… tu joues au foot, non ?

— Oui, dis-je.

— Tu n'es pas un peu vieux pour ça ? demande-t-elle.

Je ris fort, honnêtement.

— Vous les New-yorkais êtes tellement abrupts. C'est charmant.

— On est des connards. Mais ça fait gagner du temps d'aller droit au but. La vie serait plus facile si tout le monde allait droit au but. Tu ne crois pas ? demande-t-elle.

C'est une bonne question. Intelligente.

Une honnêteté sans compromis rendrait la vie plus facile, oui.

Mais elle serait également douloureuse.

Et la plupart des gens ne sont pas assez honnêtes envers eux-mêmes pour l'être avec d'autres personnes.

J'ai promis à Indigo que j'essayerai d'être honnête avec elle, même si c'est douloureux. Et je le ferai. Vraiment.

Mais ce n'est pas aussi facile que ça en a l'air.

Sienna oublie sa question philosophique.

— C'est Tyler Hunt, c'est ça ? Je chercherai quand vous serez partis.

— J'ai trente ans, dis-je en me rapprochant d'Indigo pour passer un bras autour de sa taille. J'étais dans une ligue à Londres. Maintenant, je joue un match dans le parc à l'occasion. Pour m'amuser. Avec des amis.

— Tu es bon ? demande Sienna.

— Pas autant que lorsque j'étais à l'université, dis-je.

— Tu jouais à l'époque ?

Sienna nous regarde alors successivement, sa sœur et moi.

— Et je vous empêche de coucher ? Je peux partir. Il est encore tôt. Et j'ai des partiels la semaine prochaine, alors…

— On va y aller.

Indigo lève la tête vers moi, ses yeux bleus exprimant autant l'embarras que l'approbation.

— Ou bien vous voulez parler de foot pendant un moment ? Je peux… Je vais me remettre du rouge à lèvres. Juste une minute.

Elle me souffle *c'est bon ?*

J'acquiesce et l'embrasse délicatement avant de la laisser partir.

Sienna regarde sa sœur sortir de la chambre.

— On ne va pas vraiment parler de foot, n'est-ce pas ?

Non, bien sûr que non.

— Tu me parais honnête, Ty, mais j'ai assez d'expérience avec les hommes pour ne pas être naïve.

Elle baisse la voix et poursuit dans un murmure :

— Indie ne parle pas beaucoup de toi. Elle ne parle pas de ce qu'il s'est passé il y a trois ans. Quand elle le fait, elle insiste pour dire que c'est mieux que tu sois parti. Que c'était la seule chose qui ait du sens. Je sais que vous étiez d'accord, mais ça lui a brisé le cœur.

Vraiment ?

— Le semestre entier après… elle n'était pas elle-même. Et le temps qu'elle se remette, Maman… Elle a fait beaucoup de choses. Elle a pris la responsabilité de s'occuper de moi. Et elle a perdu beaucoup de choses. Elle a besoin de quelqu'un qui va rester, qui va prendre soin d'elle.

— J'y compte bien.

Elle me regarde dans les yeux, pesant mes paroles.

— Je te crois. Mais c'est… Elle n'est pas la même qu'il y a trois ans. Mais je vois les mêmes choses. Le même vertige. Ne lui refais pas de mal.

— Je n'en ai pas l'intention.

— Tu en avais l'intention la première fois ?

Non, bien sûr que non.

— Tu ne me le pardonnes pas ?

— Certainement pas. Mais ce n'est pas à moi de pardonner. Peu m'importe que tu aies le monde sous ta coupe, Ty, dit-elle d'une voix plus forte. Je me fiche que tu puisses m'écraser comme ça, dit-elle en claquant des doigts. Si tu lui fais du mal, je te détruis. Même si ça doit me prendre des années. Même si ça me prend tout ce que j'ai.

Elle regarde vers la chambre quand on entend Indigo, et elle se dirige vers la porte.

Sienna se tourne vers moi et me tend la main.

— C'est compris ?

— J'apprécie ta loyauté.

Je lui serre la main.

Elle me sourit, lâche ma main et se retourne vers sa sœur.

— Alors, on passe à autre chose, d'accord ? Tu pousses les gens à courir aussi ? Je crois qu'Indigo va me tuer si je l'emmène courir une autre fois. Cela dit, honnêtement, elle est tellement lente que ce n'est même pas de l'exercice.

— Vous parlez de moi ? dit Indigo en traversant la pièce.

Elle prend sa sœur dans ses bras et lui murmure quelque chose à l'oreille.

Sienna éclate de rire.

— Bien entendu. J'ai demandé la taille exacte.

Indigo devient cramoisie et elle lâche sa sœur.

— On ira dîner. Tous les trois, après tes partiels.

— Pourquoi ne viendrais-tu pas avec nous ? demandé-je. Ce soir.

Indigo m'interroge du regard.

— Si tu es d'accord, Indie, dis-je.

— Oh, une invitation impromptue, rit Sienna. Ça ne me semble pas être ton style, Ty.

— Je sais quand je rencontre quelqu'un que j'aimerais mieux connaître.

Elle me sourit comme pour me dire *ah, on peut être deux à jouer à ce jeu-là*.

— Je n'ai pas encore dîné.

— Il est tard, dit Indie.

— Juste un dîner, dis-je. Puis on ira prendre un verre. Nous deux. Un endroit privé.

Ses yeux pétillent de désir.

— Ce n'est pas aussi discret que tu penses que ça

l'était, rit Sienna. Mais oui, pourquoi pas ? dit-elle en joignant les mains. Je vais même enfiler une robe.

— Ton cousin va-t-il beaucoup flirter avec elle ? demande Indie.

— Il y a un cousin sexy ? dit Sienna avec un geste de victoire. Oui, je viens.

— Est-ce que j'ai dit qu'il était sexy ? demandé-je.

— Hum… oui, il est peut-être laid. Moi aussi, je présente les membres de ma famille laids en premier, dit-elle. Cela dit, ajoute-t-elle en se tournant vers sa sœur. Si tu préfères que je ne reste pas dans vos pattes, je comprendrais.

Indie sourit.

— Non, c'est bon. Elle a le temps de s'habiller ? demande-t-elle en se tournant vers moi.

— Un quart d'heure, dis-je.

Sienna hoche la tête pour dire *oui, super !*

— Pourquoi n'allez-vous pas, euh, attendre dans la limousine. Je vous rejoins vite, achève-t-elle avec un clin d'œil.

Indigo lui décoche un regard.

— Tu n'as pas besoin d'aide ?

— Absolument pas.

Elle serre sa sœur dans ses bras et lui murmure quelque chose à l'oreille. Puis elle m'adresse un clin d'œil avant de disparaître dans sa chambre.

Indie me presse la main.

— Elle t'aime bien.

— Vraiment ?

— Je le vois, dit-elle en me guidant hors de l'appartement et en bas des escaliers. Ton cousin est sexy ?

— Il se débrouille bien avec les femmes.

— As-tu de la famille qui ne soit pas sexy ?

Je secoue la tête.

Elle sourit.

— C'est l'impression que j'avais.

Elle s'arrête sur le trottoir et se tourne vers moi pour m'embrasser profondément.

— Quinze minutes ne suffiront pas.

— Tu en es certaine ?

Chapitre Dix-Huit

INDIGO

Nous avons peut-être assez de temps.

Quinze minutes.

C'est dix minutes de plus que lorsque je suis seule.

Et j'ai déjà connu des relations qui se sont terminées plus vite.

Jamais avec Ty.

Mais si je lui grimpais sur les genoux et le priais de coucher avec moi tout de suite…

Peut-être.

Il m'aide à grimper dans la limousine.

Je croise les jambes.

Mon téléphone vibre contre ma cuisse.

Sienna.

Cela fait rire Ty.

— Elle est vraiment en train de te textoter ?

— Oui.

Sienna : Putain ! Il est vraiment super sexy !

Indigo : Habille-toi.

Sienna : Je sais faire plusieurs choses à la fois.

Indigo : Que portes-tu ?

Sienna : Garde ça pour lui.

Indigo : Je te rappelle que tu ne sais pas marcher avec des talons.

Sienna : J'ai des chevilles fortes.

Je laisse échapper un rire.

— Elle a envie de parler de toi tout de suite. Sans quoi elle sera obligée d'attendre plus tard.

— Qu'est-ce qu'elle veut savoir ? dit-il.

— Je crois qu'elle est centrée sur la taille de ton sexe.

Il ricane.

— Tu peux la lui dire.

— Je ne crois pas, non, dis-je en rougissant.

Il s'approche, et son genou frôle ma jambe. Je sens la laine rude de son pantalon contre ma cuisse nue.

— Donne-moi son numéro ? Je vais lui envoyer un texto.

— Vraiment ? dis-je.

Il hoche la tête.

— Je répondrai à ses questions.

— Pas de détails.

Il arque un sourcil.

— Sur le sexe.

— Tu ne veux pas que ta sœur sache que tu portes ma lingerie sous ta robe ?

Certainement pas ! Je secoue la tête.

— Ou bien que je vais te chevaucher jusqu'à ce que tu me supplies ?

Et je vais le supplier. On le sait tous les deux.

Il me titille.

Mais je suis capable de le titiller aussi.

— Non. Je ne veux pas qu'elle sache que je me suis touchée en pensant au goût de ton sexe.

Ses pupilles se dilatent.

— J'ai pensé à nous glisser dans un endroit isolé du restaurant, à me mettre à genoux et à te sucer.

Je pianote sur mon écran de téléphone pour afficher le numéro de ma sœur et je le lui montre.

Le désir s'empare de son expression, mais il reste fort. Il maintient son masque impassible.

— Tu veux courir le risque d'être surprise ?

— J'y pense.

Il copie le numéro dans son téléphone. Compose un texto.

Mon téléphone vibre instantanément.

Sienna : Ton copain vient de m'envoyer un texto.

Indigo : Je sais. Je suis ici aussi.

Sienna : Et tu vas te mettre en colère si je lui demande des détails ?

Indigo : Je vais te demander de ne pas le faire.

Sienna : Tu es chiante !

Indigo : C'est un non ?

Sienna : Non. Je serai une gentille sœur. Si tu me donnes un seul détail. Quelque chose de croustillant.

Croustillant.

Qu'est-ce que je tolérerais qu'elle sache ?

Sienna : Je viens de vérifier sa fortune, et putain ! Tu vas te faire épouser, d'accord ?

Il ricane quand son téléphone vibre.

Oh, mon Dieu !

— Qu'est-ce qu'elle a dit ?

— Rien d'important.

Il glisse son portable dans sa poche et pose sa main sur ma joue.

Je le regarde dans les yeux.

— Tu n'arrêtes pas de me défier de t'implorer comme si ça signifiait que tu avais le dessus, quelque part.

— Vraiment ?

J'acquiesce.

— Mais ce n'est pas ce que je ressens, dis-je en pressant ma main sur sa cuisse. Si je continue comme ça…

Je fais courir mes doigts le haut de sa cuisse.

Il me saisit le poignet.

Mon sexe se contracte.

— Si je dis, Ty, s'il te plaît… Baise-moi. Jouis dans ma bouche. Renverse-moi sur cette banquette et baise-moi jusqu'à me faire crier. Je vous en prie, Monsieur, je prendrai tout ce que vous voulez bien me donner.

Il pose la main sur sa verge qui se durcit.

Mince ! Je risque de le pousser trop loin, mais peu m'importe. J'en ai besoin.

— Ça me fait mouiller.

Quelque chose change dans sa posture. Un peu de sa réserve s'estompe.

— Pourquoi penses-tu que je te demande de me supplier ?

— Parce que tu penses que ça te fait remporter un jeu auquel on est en train de jouer.

— C'est fait.

Il me fait signe de me redresser. Quand je m'exécute, il me fait asseoir sur ses genoux et glisse sa main sous ma robe. Puis il presse sa paume contre mon sexe.

— On l'emporte tous les deux.

— Et si c'est toi qui me supplies ?

— Je ne vais pas le faire.

— Et si tu le fais ?

— Je ne le ferai pas.

Il m'embrasse profondément alors qu'il me caresse par-dessus ma lingerie.

Je lui rends son baiser.

Il me frotte plus fort, pressant la dentelle contre mon clitoris. C'est plus doux que sa main, mais aussi plus rude.

Je suis déjà à cran. Je suis certaine que je vais jouir, là, tout de suite.

— Ty…

Ses lèvres trouvent mon cou. Un léger baiser. Puis un petit mordillement.

— On a le temps ?

— Non.

Il garde sa main où elle est, trace un autre cercle autour de mon clitoris, fait glisser ses dents contre mon cou.

Il me défie.

Me met toujours au défi.

Et ça marche bien…

Je peux lui dire d'arrêter ou le prier de terminer.

Est-ce que ça compte si j'ai le temps ? Sienna peut attendre.

Mon téléphone vibre contre la banquette.

Mince.

— Pourquoi l'as-tu invitée ?

— Tu vas me demander d'arrêter ?

Je devrais. Ce serait plus prudent, raisonnable.

Mais je ne veux pas être raisonnable.

— Non, murmuré-je.

— Gentille fille.

Il glisse ses doigts sous ma lingerie.

Mon corps s'enflamme.

Oui.

Cent fois oui !

Mille fois oui !

Je suis déjà tellement tendue. J'ai déjà si désespérément besoin de lui.

Quelques cercles encore, et je vais basculer.

Je suis tellement, tellement près du but.

Puis ses dents raclent mon cou et j'y suis.

Je grogne son nom alors que je jouis sur sa main.

Il m'accompagne durant mon orgasme, ajuste ma robe, se rassied.

Puis il porte ses mains à ses lèvres et suce ma saveur sur ses doigts.

— J'ai quelque chose pour toi.

Il pianote plusieurs fois sur son écran et me montre quelque chose. C'est un test de dépistage récent.

C'est une promesse.

Et j'ai envie de l'avoir entièrement. Tout de suite.

Peu m'importe que l'arrivée de Sienna soit imminente. Peu m'importe de rencontrer bientôt la famille de Ty.

Je ne pense qu'à ma satisfaction.

Je suis pire que ma sœur.

Ou que n'importe quel homme.

— Tout est négatif de ton côté ? demande-t-il.

Je hoche la tête.

— J'ai fait un test durant mon dernier contrôle annuel.

— Tu prends la pilule ?

— Non, dis-je. Mais je peux le faire.

— C'est ce que tu veux ?

— Si ça veut dire que tu vas jouir en moi, dis-je en refermant mes ongles contre la paume de ma main. Je ne l'ai jamais fait avant.

Je sais qu'il l'a fait, avec son ancienne femme, alors je ne pose pas la question.

— Tu le feras ? demandé-je.

Il hoche la tête.

— Après.

— Le week-end prochain ?

Il rit un peu et dit :

— Qu'est-ce que tu vas faire ?

— Pour la contraception ?

— Oui.

Sa posture change. Il n'est pas exactement sérieux, mais direct. Il ne joue plus avec mon désir.

— Tu ne veux pas avoir des enfants avec moi, dit-il.

— Je voulais simplement dire que…

— Je sais ce que tu voulais dire. Je ne me suis pas vexé.

Je ne suis pas certaine de le croire.

— Même si tu pensais différemment, si notre accord était différent, dit-il en déglutissant fort. Il faudra que j'attende.

C'est vrai. C'est raisonnable. Et je ne vais pas m'attarder sur le sous-texte de sa phrase. Sur le fait qu'il aurait toujours envie d'avoir des enfants avec moi si jamais je pensais différemment.

Sur le fait que c'est toujours ce qu'il désire.

Je nage dans mes hormones.

Mes pensées ne sont pas claires.

Inutile ! demande-t-il. C'est ton corps. C'est à toi de choisir. Mais je ne vais pas coucher avec toi sans capote si tu ne prends pas de contraception.

D'accord…

— C'est mon choix.

— Je suis un peu…

— Distraite en pensant à ma queue ?

— Oui. Un peu. Mais peut-être… un stérilet. Puisqu'il n'y aura que nous. Et ça fonctionne longtemps. Et…

— Tu as essayé de prendre la pilule quand tu étais étudiante, et ça t'a rendue malade.

— Oui.

Mince, on va coucher sans capote ! C'est… J'en ai trop envie.

— Tu vas jouir dans ma bouche maintenant ?

— Tout de suite ? rit-il, toujours à l'aise.

Il n'est pas tendu à la mention de la grossesse, de contraception, d'enfants.

Ce n'est pas comme mes conversations avec les autres hommes.

Ils sont terrifiés d'aborder le sujet. Même les gentils qui commencent à se plaindre d'utiliser des capotes au bout de quelques mois.

Je n'ai jamais fait aussi confiance à personne.

Mais avec Ty…

J'ai envie de le faire avec Ty.

— Ce soir, dis-je.

— Peut-être.

— Peut-être ?

Il se décale, recommençant à jouer avec moi.

— J'ai dit peut-être. Ne me force pas à me répéter.

Mince…

Mon téléphone vibre contre la banquette.

Puis on tape à la portière de la limousine.

Sienna.

Bon sang !

— Vous voulez que je vous donne encore quelques minutes ? dit-elle. On peut se retrouver au restaurant. Mais je ne vais pas marcher dans ces chaussures. Et tu me paieras le transport, Ty.

Il sourit.

— On va lui dire ?

— Non.

Je prends mon téléphone et le glisse dans ma poche.

Il se décale et tapote sur la vitre du chauffeur.

Sienna entre et nous lance un regard qui signifie *je sais ce que vous étiez en train de faire.*

— Indie, le sexe te fait vraiment rayonner.

Je deviens écarlate, et il éclate de rire.

— Mais sérieusement, Ty, ça a été rapide, dit-elle. Fais preuve d'un peu de classe, la prochaine fois.

Chapitre Dix-Neuf

INDIGO

Durant les vingt minutes de trajet, Ty et Sienna passent en revue tous les joueurs de foot que je connais, ainsi qu'une bonne dizaine d'autres.

Elle secoue la tête, faisant de grands gestes tout en expliquant pourquoi les joueurs dont ils parlent sont les meilleurs ou les pires.

Il écoute avec attention, répondant avec quelques mots bien pesés.

Ils campent tous les deux sur leurs positions.

Ils ne prennent pas de pincettes. Ils ne se retiennent pas. Ils sont juste… amicaux. Comme si ça faisait une éternité qu'ils se connaissaient.

Je m'émerveille de leur entente, et de l'air adulte qu'a Sienna dans sa robe crème. Le style est simple, moulant et évasé en bas, mais entre ses chaussures à talon dorées et son chignon (je n'arrive pas à croire qu'elle connaisse une autre façon de se coiffer), elle a l'air élégante.

Toujours douce et innocente, mais pas comme une petite fille.

Elle entre à l'université dans trois mois.

Je devrai la laisser filer dans trois mois.

Tout va changer dans trois mois.

Je vais gérer.

J'en suis parfaitement capable.

— Bon sang !

Les doigts de Sienna s'enfoncent dans mon avant-bras alors qu'elle pile net.

— C'est ton cousin ?

Elle désigne une table au milieu du restaurant.

C'est la seule table occupée par un seul invité.

Ou plutôt, un invité qui ressemble à Ty.

Mais ce n'est pas ce que Sienna est en train de demander.

C'est parce que ce mec est également le mec le plus sexy du restaurant.

Certes, la compétition n'est pas difficile. Seuls une douzaine d'hommes sont présents, et la plupart sont plus vieux. Mais il y a un barman hipster mignon. Et l'un des hommes riches est accompagné d'un toy boy craquant.

Les autres tables sont diverses. Deux couples bien habillés qui dînent. Trois hommes qui parlent affaires. Un homme âgé avec une femme assez jeune pour être sa petite-fille.

Et un beau noir vêtu d'un costume gris foncé, au milieu du restaurant.

— Pourquoi me poses-tu la question ? la taquine Ty.

Celui que je devine être son cousin Cam remarque Ty et le salue du menton.

Sienna me presse le bras plus fort et saisit celui de Ty.

— Tu es vraiment sérieux ?

— Comment sais-tu qu'il est sexy ? demande Ty. Il porte un costume trois-pièces.

— De la même façon que je vois que *tu* l'es… Je t'en prie.

Elle lui libère la main pour s'éventer.

— Je le sais toujours, dit-elle en regardant Ty. En plus, des épaules et des abdos ne suffisent pas à rendre un mec sexy.

— C'est la première fois que j'entends cette théorie, dis-je.

— Il y a le visage et le cul aussi, dit-elle.

Je laisse échapper un rire.

Ty aussi, et il me décoche un regard qui paraît dire *ah, ta sœur ! On la connaît tellement bien. Elle est toujours comme ça.*

Ça me réchauffe de partout.

— Ça fait partie de la personnalité, dit Sienna. Il y a un mec à mon école que toutes les filles trouvent sexy. Physiquement, il est attirant, mais il est bête comme une paire de tongs. Et ça, c'est rédhibitoire !

Sienna ne nous attend pas et elle entre dans la pièce, se dirigeant droit vers la table.

— C'est ton cousin ? demandé-je.

— Qu'est-ce qui t'a mise sur la piste ? ricane-t-il.

— Je sais que tu plaisantes, mais il a la même posture que toi.

— La même posture ?

— Oui. Tu t'assieds comme si la pièce tout entière était sous ton commandement.

Il presse la paume contre le bas de mon dos.

— Dis à Cam que tu l'as remarqué. Il va adorer.

— Il est comment ? Je croyais que tu allais me donner quelques indications, mais…

Notre problème de confiance avait un peu pourri l'ambiance. Est-ce qu'on a tourné la page ? Je ne sais pas.

La confiance est une chose fragile. La construire prend du temps, et nous…

Nous avons besoin de plus de temps.

Ses épaules se contractent, mais il ne mentionne pas notre conversation maladroite.

— C'est un dragueur, mais c'est plus pour s'amuser.

— Il ne les tombe pas toutes ?

— Si c'est le cas, il ne m'en parle pas.

— Tu es trop vieux pour être cool, dis-je.

— Vraiment ?

Mon regard se pose sur Sienna et Cam. Ils sont déjà en train de flirter.

— C'est un bon gars. Amical. Britannique.

— Qu'est-ce que ça veut dire ?

— Il a un masque social. Il est très doué pour dire aux gens d'aller se faire voir d'un ton qui dit *ravi de vous rencontrer*. Il est footballeur.

— Oh non, dis-je.

Ça le fait rire.

— Donne-moi une minute. Je dois aller me laver les mains.

Oh… En effet…

— Je… je devrais aller me remaquiller.

Il me précède le long du couloir qui mène aux toilettes.

Elles sont luxueuses, bien sûr. Des comptoirs en marbres, de la porcelaine, une lumière tamisée.

Je fais pipi, me lave les mains et me remets du maquillage.

Ce n'est rien. Un dîner avec le cousin de Ty. Pendant que Sienna flirtera sans honte.

Alors que mon cœur m'implore de laisser tomber la moindre de mes inhibitions et de faire le plongeon.

Aucun problème. Sincèrement.

Je retrouve Ty dans le couloir et le suis à l'intérieur du restaurant.

— Devrais-je m'inquiéter ? Que ton cousin ne nous croie pas ?

— Il n'est pas d'un naturel soupçonneux. Pas comparé à Ian. Mais tout ça est soudain.

— Il faudra qu'on lui vende la chose.

Ty hoche la tête et me précède jusqu'à la table. Il désigne Sienna puis son cousin.

— Sienna, Cam ; Cam, Sienna.

— On s'en était occupé, dit-elle. Mais je sais que tu as envie de rouler des mécaniques.

Il a le sourire plus facile que Ty, mais est aussi plus provocateur.

— Vous devez être Indigo.

Il se redresse et me serre la main d'une poigne ferme.

— Absolument, dis-je.

— Vous n'êtes pas le type habituel de Ty, dit-il.

— Il a un type ? demandé-je.

— Ty n'a-t-il pas eu plein d'aventures, l'année dernière ? dit Sienna d'un ton détaché comme si ce n'était pas grave du tout. Il n'a pas couché avec tout ce qui bouge ?

Cam éclate de rire.

— Et ça lui a rapporté quoi ?

— Euh, vous n'avez pas vu ma sœur ? Elle est super sexy. D'une manière un peu biatch.

— C'est censé être un compliment ? demande-t-il.

— Bien sûr, dit Sienna en cherchant mon soutien. Je veux dire… cette coupe de cheveux ne la rend pas particulièrement douce et approchable.

— Merci, Sienna, dis-je.

Cam éclate de rire.

— Je ne suis pas certain d'être d'accord, dit-il en me

regardant. Qu'en pensez-vous, Indigo ? Vous voulez être sexy façon biatch ?

— On ne va pas s'arrêter à des détails mineurs. Ce que je veux dire est qu'elle est sexy, dit Sienna.

Cam hoche la tête pour dire que c'est vrai.

— Et intelligente, douce, grande. Regardez comme elle est grande, dit Sienna.

— Elle sait vraiment faire la réclame, dis-je, faisant rire Cam et Ty.

— Vous êtes grande aussi, n'est-ce pas ? demande Cam

— Seulement un mètre soixante-dix. Elle fait un mètre soixante-quinze.

Sienna nous regarde.

— Regardez. Grande, belle, intelligente. Ty se débrouille visiblement bien.

Ty me serre davantage contre lui.

— J'ai de la chance.

— Oui, beaucoup. Indigo a de nombreux admirateurs, dit Sienna.

— Mon acolyte, dis-je.

Les yeux sombres de Cam se posent successivement sur Ty et moi.

— Tu ne m'avais pas prévenu que tu avais besoin d'un acolyte. Tu sais qu'Ian est plus doué pour ça.

— Tout le monde n'est pas fait pour partager les feux de la rampe, dit Ty en tirant ma chaise et me faisant signe de m'asseoir.

Je m'exécute.

Les garçons m'imitent.

Sienna les observe avec attention. Elle est assise en face de moi, à côté de Cam.

Bien trop près de cet homme très attirant qui est bien trop âgé pour elle. Quel âge a-t-il ? Je sais qu'il est plus jeune que Ty, mais je n'en sais pas plus.

Un sourire canaille.

Un accent britannique.

Des épaules puissantes.

Et il est footballeur…

Il remplit tous ses critères, et plus encore.

Cela étant, je ne suis pas là pour défendre ma sœur. Je suis là pour convaincre le cousin de Ty que nous sommes terriblement amoureux.

Sienna est une adulte.

Je suis capable de l'encaisser.

Je suis capable d'encaisser qu'elle soit en train de flirter avec le cousin très attirant de Ty, riche, athlétique et de dix ans son aîné.

Ça ne me dérange pas.

Et si je la laisse voir que ça me dérange, elle redoublera d'efforts.

Alors, détente absolue. Oui.

Un serveur nous interrompt pour déposer une bouteille de vin sur la table.

Sienna me demande la permission du regard.

Je lui décoche un *certainement pas*.

— Pourrait-on avoir de l'eau minérale ?

Elle me lance un regard implorant de petit chiot éperdu.

J'ai vraiment envie de dire oui. J'ai envie d'être une sœur.

Alors j'accepte et lui souffle *un seul*.

Elle me décoche un pouce en l'air, et son sourire s'élargit quand notre serveur remplit nos verres.

— J'ai déjà vu un échange de ce genre, dit Cam. Vous n'avez pas vingt et un ans ?

— Peut-être, répond Sienna. Seulement si cela ne se met pas en travers de notre future aventure.

— On a une aventure future ? demande-t-il.

— Oh oui. Regardez comme ça les dérange, dit-elle en nous désignant de la main, Ty et moi. On dirait qu'ils vont imploser, non ?

Il me regarde, puis se tourne vers Ty.

— Un peu.

— Honnêtement, c'est trop facile, dit-elle en soulevant son verre de vin avec un sourire enchanté. Je t'aime, Indie. Si tu me le demandes, je suis même capable d'arrêter de flirter avec Cam.

— J'espère que non, répond ce dernier.

Je me mords la langue.

Ty le remarque et émet un petit rire.

— Tu es pire qu'Ian.

— Ce n'est pas vrai, dis-je en croisant les bras. En quoi suis-je pire ?

— Plus super-protectrice, dit-il.

— Ian ne veut pas laisser paraître qu'il est hyper protecteur, dit Cam. Il voulait être le frère aîné cool de Ty. Le mec qui lui file sa première pinte et lui enseigne l'importance du cunnilingus.

Sienna garde les yeux braqués sur lui.

— Allez-y.

— Que peut-on en dire ? Un gentleman s'assure toujours que sa partenaire soit prête, dit Cam. C'est une question d'éducation.

— Êtes-vous un gentleman ? demande Sienna.

— Non, mais j'ai de bonnes manières, répond Cam en m'adressant un clin d'œil. Votre petit ami m'a enseigné ça.

— L'importance du cunnilingus ? demandé-je en rougissant.

— La réplique sur le fait de ne pas être un gentleman, répond Cam.

— Tu n'apprécies pas l'importance de… te montrer à

la hauteur ? demande Sienna en regardant Ty. Vraiment, Ty ; d'abord le coup rapide, et maintenant ça.

— Vraiment, Ty ? demande Cam en prenant son verre de vin. Ce serait la première fois que j'entends dire qu'il manque de générosité. Mais on ne peut jamais être certain de rien.

— Ty a la réputation d'être généreux ? demande Sienna en trinquant contre son verre. On porte un toast ?

— Au fait de faire jouir une femme ? Absolument, répond-il en trinquant aussi.

Avant que Ty et moi ne puissions réagir, ils trempent déjà des lèvres.

Ty se penche pour murmurer :

— C'est un toast qui me plaît.

Ma rougeur s'accentue, et je jette un œil à ma sœur, puis à son cousin.

— Au véritable amour.

— Ce n'est pas aussi bien, boude Sienna en portant tout de même un toast. Mais je crois que vous deux avez déjà couvert la question du sexe.

— Comment le savez-vous ? demande Cam.

— Dans la limousine. Je n'ai rien vu, mais quand je suis montée dans la voiture, ils avaient cette expression sur le visage, comme si leurs parents les avaient surpris.

— C'est horrifiant quand ça se produit, dit Cam. Mais j'imagine que vous resteriez là à leur donner des conseils techniques, Sienna.

— Je ne resterais pas pour regarder, rit-elle.

Il arque un sourcil.

— Bon, peut-être une minute, alors. Pour m'assurer que Ty la traite correctement. Mais je ne veux pas voir ma sœur faire l'amour. Ne te vexe pas, Indie, ajoute-t-elle en me regardant.

— Dieu merci, dis-je.

— Vous regarderiez vos frères ou sœurs ? demande-t-elle en se tournant vers Cam.

— Non, dit-il.

— Ty ? demande-t-elle.

— Pas exprès, dit Cam. Une fois. Quand il était à l'université. Nos familles étaient en vacances, et il a ramené une fille dans la maison qu'on avait louée.

— Continuez…, dit-elle.

— Ah non, rit Ty. Ne lui raconte pas ça.

— Ça ne fait que souligner ton esprit généreux, dit-il en se tournant vers Sienna. J'ai fait la grasse matinée, ce jour-là. Et quand je suis sorti de ma chambre, Ty était sur le canapé avec cette fille. Il était habillé, et elle était nue.

— Ah ? demande Sienna en haussant un sourcil.

— Et elle avait les jambes autour de sa tête, rit Cam. C'est la première fois que je voyais une femme jouir, et j'ai été incapable de détourner le regard.

Incroyablement, Ty rougit.

C'est tellement sexy !

J'ai envie de lui sauter dessus sans attendre, mais aussi de dire à son cousin d'arrêter de raconter des histoires de sexe à Sienna. Mais il est exactement comme elle ; il le fait pour mettre Ty en rogne.

Sommes-nous vraiment si prévisibles que ça ?

— Ça s'est vraiment passé ? demande Sienna.

— Qu'est-ce que vous en pensez ? dit Cam en désignant Ty d'un geste. Son expression vous convint-elle ?

— Ty me paraît honnête.

Elle étudie son expression et se retourne vers Cam.

— Mais vous… pas tant que ça.

— Aux femmes perspicaces.

Cam lève son verre et porte un autre toast.

Elle trinque avec lui.

— Vous êtes un menteur invétéré ?

— Comment dites-vous par ici ? Une légende urbaine. Ce n'est pas forcément vrai, mais ça révèle une vérité plus importante, dit-il.

Elle éclate de rire.

— Alors vous avez surpris Ty en train de donner du plaisir à une femme ?

— Oui. Mais c'était pendant une fête, et j'ai immédiatement quitté la pièce, dit-il.

— Alors c'est la vérité importante ? demande-t-elle. La générosité et les talents sexuels de Ty ?

— Exactement, dit-il.

— Oui, je crois que j'avais déjà ma petite idée là-dessus, dit-elle en me désignant d'un geste. Ma sœur n'avait pas couché depuis longtemps, et c'est évident qu'elle est soudain satisfaite.

— Mais c'est peut-être simplement parce que cela faisait longtemps ? demande-t-il.

— Et pas à cause de ses talents ? dit Sienna en regardant Ty. Tu vas tolérer d'entendre ça ?

— J'ai confiance en mes capacités, dit Ty.

— Jolie échappatoire, lui lance-t-elle.

— Il faudra mettre les bouchées doubles pour arriver à le prendre au piège, dit Cam. Il a grandi avec moi.

— Hum… Que suggérez-vous ? demande-t-elle.

— N'êtes-vous pas son acolyte ? souffle Cam dans un murmure dramatique.

Sienna hoche la tête.

— Quelque chose comme le fait qu'il ne parviendra jamais à la faire jouir quatre fois pendant la même nuit, dit Cam.

Sienna éclate de rire.

— Tu en serais capable, Ty ?

Il hausse les épaules, l'air parfaitement détaché.

Sienna me regarde et me surprend à rougir.

— Je crois qu'il y est déjà parvenu.

— Il faut quand même qu'il me prouve qu'il est capable de le refaire, dit Cam.

Ty se penche pour murmurer :

— Je devrais ?

Même s'ils peuvent entendre ce qu'il dit, c'est forcé, je hoche la tête.

Oui. Bien sûr.

Je prendrai tout ce qu'il a à offrir.

Chapitre Vingt

TY

Sienna est exactement comme sa sœur. Elle est douée pour titiller les gens.

Elle ne rate pas la moindre occasion de flirter avec Cam. Elle taquine Indie à propos du sexe, assez pour la faire rougir. Puis tous les quarts d'heure, elle me décoche un regard qui signifie *je sais que tu penses que c'était pour plaisanter, mais j'étais sérieuse en parlant de te détruire si tu fais du mal à ma sœur.*

Cam assume son rôle d'acolyte. Ça lui vient naturellement, en tant qu'athlète tête brûlée. Sur ce point-là, il ressemble à Sienna.

Il aime provoquer une réaction chez les gens.

D'ordinaire, j'aurais été horrifié de les voir flirter. Cam est bien trop vieux pour Sienna, et Indie ferait n'importe quoi afin de protéger sa sœur.

Mais je connais Cam. Il ne couchera pas avec elle.

Malgré tout, je me mords la langue pendant qu'ils flirtent. Ça ne me plaît pas. J'ai envie de protéger Sienna aussi. Mais s'ils savent qu'ils me mettent en rogne, ils insisteront encore davantage.

Et puis ils oublieront pourquoi ils flirtent et finiront par coucher ensemble.

Alors je trinque aux conseils sexuels et à la promesse d'orgasmes à venir. J'embraye la conversation sur les footballeurs alors qu'on commande à dîner.

Je commande les mêmes pâtes aux fruits de mer épicés que prend Indie. C'est parfait avec le vin rouge au goût profond. Des pâtes fraîches, des tomates acidulées, des crevettes parfaitement cuites, le mordant des poivrons rouges braisés.

Encore du vin.

Un dessert au sambuca. De la liqueur parfumée à l'anis. Goûteux, sucré, unique.

Indie pouffe en terminant son verre. Elle est pompette, heureuse, à son aise.

Mais Sienna…

Elle en est à son second limoncello.

— Vous trahissez votre âge en commandant tout ce qui est sucré, murmure Cam.

— J'aime les desserts, dit-elle. Je soutiens Ty quand il disait qu'à Rome, on fait comme les Romains. Alors nous voilà à manger de la bonne nourriture italienne et à profiter de la traditionnelle liqueur d'après-dîner.

— Mais…, proteste Cam en arquant un sourcil.

— Ce n'est pas un dessert.

— Mais un peu plus comblerait vos envies ? demande-t-il d'une voix séductrice.

— Possible, sourit-elle. Ou j'ai peut-être besoin d'autre chose.

Je la fais taire d'un regard, ce qui ne sert qu'à la faire sourire.

— Je ne veux pas avoir à le dire, mais il se fait tard. Devrais-je vous escorter jusque chez vous, Mademoiselle Simms ? Pour offrir à nos amis un peu de temps seuls ?

Les yeux de Sienna s'illuminent.

— Bonne idée.

— Il faudra me passer sur le corps, dit Indie en s'éclaircissant la gorge. Je veux dire. C'est une proposition très généreuse. Merci, Cam.

— Mais il faudra vous passer sur le corps ? rit-il. Vous pensez que je vais essayer de séduire votre sœur ?

— Non. Je sais que c'est elle qui tentera le coup, répond Indie en adressant à sa sœur un regard que je ne parviens pas à déchiffrer.

Sienna hoche la tête.

— Ou alors… on pourrait rentrer ensemble. Tu peux me déposer et faire ce que tu veux de Ty une fois que je serai couchée.

Cam ricane.

— Vous venez de réaliser que vous n'êtes pas une très bonne acolyte ?

— C'est vraiment la honte d'être toujours l'excuse, acquiesce-t-elle.

— La prochaine fois, tu t'arrêteras après un verre.

Indie se redresse et fait signe à Sienna de la suivre.

— Viens. On passe aux toilettes, puis on y va.

— Ce n'est pas un peu cliché ? Les filles vont aux toilettes ensemble pour une réunion, rit-elle. Ça me plaît.

Sienna se redresse et me dit bonsoir du menton avant d'envoyer un baiser à Cam.

— À bientôt, répond-il en attrapant le baiser et en le plaquant sur son cœur.

Indie éclate de rire, mais elle entraîne rapidement Sienna vers les toilettes. Elles partent en pouffant.

Heureuses.

À l'aise.

Comme si nous étions amis, tous les quatre.

Comme si c'était réel.

Cam termine son verre de vin.

— Ça ne sert à rien que je propose de payer ?

Il éclate de rire quand je secoue la tête.

— Tu devras bien me laisser payer un jour.

— Le jour où Ian me laissera payer pour lui, dis-je.

Cam regarde les filles disparaître dans le couloir.

— Je ne pense pas que tu parviennes à coucher ce soir.

Un rire s'échappe de mes lèvres.

— Tu crois que je t'aurais invité si c'était mon intention ?

Il sourit.

— C'est si dur d'être entouré par des hommes plus beaux que toi ?

— Douloureux.

Il tourne les yeux vers moi.

— Elle est drôle. Comme toi.

— Comme moi ? demandé-je.

— Oui. Sérieuse en apparence ; qu'on doit faire sortir de sa coquille.

— Le contraire de toi ?

— Bien entendu. Toutes mes plaisanteries ne sont qu'un masque pour dissimuler la douleur dans mon âme.

Sa voix reste taquine, mais il y a une part de vérité dans ce qu'il dit.

On sait tous les deux que son numéro de playboy n'est qu'un simulacre.

— Elle est ravissante, dit-il. Mais pas aussi jolie que Rory. Elle est dure, angulaire.

— C'est un compliment ou bien une insulte ? demandé-je.

— Qu'est-ce qui te contrarierait davantage ? demande-t-il.

— Que tu impliques que tu aies envie de coucher avec elle.

Ça le fait rire.

— Ce serait le cas si ce n'était pas aussi ridicule. Elle n'a d'yeux pour personne d'autre que toi. Je le vois.

C'est bien.

— Elle n'est pas comme Rory, dit-il.

Ça pourrait signifier beaucoup de choses.

— Comment cela ?

— Elle ne sort pas avec toi pour le standing, tout en risquant de se tailler quand elle se rendra compte de ce que ça signifie exactement.

— Rory ne…

— C'est ta vie. Tu es bien placé pour le savoir.

— Je suis resté avec elle pendant deux ans.

— Et tu l'aimais, je sais. Mais je ne vais pas faire semblant que j'aimais vous voir ensemble, dit-il. Elle ne voulait pas faire partie de ton monde, Ty. Elle voulait que tu fasses partie du sien.

Certes, mais c'était aussi ce dont j'avais envie. Je voulais renvoyer une image parfaite.

— Elle était ravissante, cela dit. Je ne peux pas te reprocher d'être resté.

— Oui, c'était exactement ça. Ses seins. Deux ans, parce que j'aimais ses seins.

— Tu ne serais pas le premier homme à rester pour une jolie paire de lolos, rit-il.

C'est une triste vérité sur le sexe masculin.

— Nous sommes tous dirigés par nos queues.

Il lève son verre.

— Je trinque à ça.

Je ricane tout en levant le mien.

— Et vous êtes compatibles sur ce point-là ? demande-t-il en avalant une gorgée.

— Tu es exactement comme sa sœur.

— Sienna ? sourit-il pour me contrarier. Elle est mignonne, tu ne trouves pas ?

— Adorable.

J'essaye de dissimuler le ton qui dit *n'y pense même pas*, mais je n'y parviens pas.

Il rit. *C'est trop facile.*

— Et elle est drôle, aussi.

— Elle a dix-huit ans, je proteste.

— Et alors ?

— Non.

Il émet un rire détendu.

— Tu pourrais essayer de me distraire en répondant à ma question.

— Oui, j'aime coucher avec ma copine.

— Est-ce qu'elle partage tes goûts ?

— Et pourquoi est-ce que je te raconterais ma vie ?

Il désigne la bouteille de vin posée sur la table.

— Va te faire voir.

— Va te faire voir toi-même. Tu crois que je ne sais pas pourquoi tu m'as invité ?

— Pourquoi ? demandé-je.

— Je suis ton tour d'essai, dit-il. Avant de présenter ta copine à Ian.

— Ce n'est pas vrai.

— J'ai l'habitude. Tout le monde sait que tu l'idolâtres, dit-il en se tournant vers le couloir. Et c'est un point important. Il a été soulagé quand Rory a rompu.

— Il a des problèmes avec le mariage.

— Il est complètement barré.

— Des paroles fortes, venant de toi, dis-je.

Il acquiesce d'un haussement d'épaules.

— Mais c'était plus que ça. C'était parce qu'elle n'était pas idéale pour toi. Et tout le monde le savait aussi.

— Vraiment ?

— Oui. Mais Ian pensait qu'il était aveuglé par son propre mariage. Il ne se rendait pas compte qu'il voyait parfaitement.

— Ah, Tu n'es donc pas un connard de me dire que tu détestais ma fiancée ? C'est Ian qui était aveugle ?

Il hoche le menton.

— Parfois, la vérité fait mal. C'est toi qui m'as enseigné ça, Ty.

— Dieu merci, tu me le rends bien.

— Et tu m'en vois ravi, rit Cam. Maintenant tu sais que je suis sincère quand je te dis qu'elle me plaît bien.

Touché ! Et j'ai envie d'une sincérité totale, mais je me rends également compte que c'est vraiment difficile.

— Et je vois bien qu'elle te convient. Même si on t'a photographié avec une autre femme il y a deux mois.

— On se connaissait déjà d'avant, dis-je. Il y a trois ans…

— La fille du Musée du Sexe ! dit-il comme s'il avait une épiphanie. Celle qui t'a bousillé le cerveau. Tu n'as plus pu apprécier des choses normales après. Bien sûr. C'est encore mieux.

— Tu es vraiment un connard. Tu le savais ?

Il lève à nouveau son verre. Quand je porte un toast, il continue :

— Je te félicite, Ty. Tu penses avec ton sexe. Tu fais la fierté générale de la gent masculine.

Les filles reviennent à table.

— Bon, dit Indie en se mordant la lèvre. Je vais la ramener à la maison.

— Je peux me ramener toute seule, dit Sienna. Ou bien Cam pourrait m'aider.

— Non.

Elle me presse la main et me donne un léger baiser.

— Appelle-moi demain matin. Tu pourras remplir tes

promesses.

— Oh, mon Dieu ! On sait tous qu'ils parlent de sexe ! rit Sienna. Allez le faire tout de suite. Arrêtez de faire semblant d'être discrets.

Elle me fait signe de venir avec elle.

— Allez, Ty, reviens avec nous dans la voiture, puis ramène Indie chez toi. On sait tous que tu en as envie.

Cam hausse un sourcil.

— Un plan qui me semble parfait.

— Demain.

Je donne un autre baiser d'adieu à Indie.

Sienna fait la moue, mais elle suit quand même sa sœur hors du restaurant.

Cam me décoche un regard curieux.

— Tu es cruel, de la titiller comme ça.

— Elle aime quand je suis cruel.

— Bon sang ! Alors, j'espère que tu ne vas pas la laisser filer. Tu ne trouveras jamais personne qui te correspond mieux.

Une fois que j'ai payé, Cam insiste pour m'inviter à prendre un autre verre.

Il veut aller danser, pour rencontrer d'autres femmes, pour me rappeler que je suis enfin monogame.

Je devrais accepter, aller dans un endroit où il ne pourra pas m'interroger. Mais je ne le fais pas.

On se rend dans un bar tranquille à quelques pas de là. Je le laisse m'offrir la première tournée.

Puis je lui en raconte un peu trop sur Indie, à quel point je la désire, et combien je me sentais dépravé avec Rory. La façon dont elle me regardait me donne toujours l'impression de l'être.

Il trinque à ça, bien sûr. *On est tous un peu dépravés, Ty. Tant qu'elle est satisfaite, quel est le problème ?*

Je me raccroche à cette pensée alors qu'on se sépare.

Puis je rentre à la maison et envoie un texto à Indie.

Ty : Sienna va bien ?

Indigo : Elle est pompette, mais oui. Elle s'est endormie pendant notre deuxième épisode de Mon Incroyable Fiancé.

Ty : Comment fais-tu pour regarder ce programme ?

Indigo : C'est super dramatique.

Ty : C'est ridicule.

Indigo : Toi aussi.

Ty : Je ne vois pas le moindre rapport.

Indigo : C'est amusant de regarder ça avec elle. Je n'arrive pas à l'expliquer. On se moque de quelque chose, mais on l'apprécie aussi. C'est agréable.

Ty : Je suis contente que tu l'aies.

Indigo : Merci.

Ty : Même si tu tuerais mon cousin pour la protéger.

Indigo : Tu n'essayerais pas de m'arrêter ?

Ty : Je voulais qu'il ait conscience de ton pouvoir de destruction. Il connaît les risques.

Indigo : Tu penses qu'il en serait capable.

Ty : Honnêtement, je ne sais pas. Il est comme Sienna. Il tarabuste pour le fun.

Indigo : Tu fais pareil avec moi.

Ty : Et toi pas, peut-être ?

Indigo : C'est ce que tu es en train de faire. Tu me tarabustes. Ou bien c'est un appel coquin ?

Ty : Tu laisserais ta sœur qui a bu toute seule ?

Indigo : Bien sûr que non.

Ty : Tu crois que je ne te connais pas assez bien pour le savoir ?

Indigo : Tu cherches peut-être à te faire inviter ici.

Ty : Non. J'aime te faire attendre.

Indigo : Alors tu le feras ? Demain ?

Ty : Faire quoi ?

Indigo : Jouir dans ma bouche.

Non ! J'ai trop bu pour me maîtriser.

J'ai envie d'aller la rejoindre, de lui ordonner de se mettre à genoux, de lui tirer les cheveux pendant qu'elle referme les lèvres sur ma verge.

J'ai envie de la jeter sur le lit, de grimper entre ses jambes, de la lécher jusqu'à ce qu'elle crie mon nom.

Ty : Peut-être.

Indigo : D'accord, très bien. J'y penserai ce soir.

Ty : Tu y penseras ?

Indigo : Quand je me toucherai.

Mes bourses se contractent.

Ty : Tu es en train d'y penser ?

Indigo : Oui.

Ty : Montre-moi.

Indigo : Comment ça ?

Ty : Envoie-moi une photo. De ton visage.

Indigo : Mon visage ?

Ty : Ça ne me dérangerait pas si tu incluais tes seins. Mais ce n'est pas ça que je recherche.

Indigo : Que recherches-tu ?

Ty : Le besoin dans ton expression.

Indigo : Je ne sais pas si je devrais être flattée ou insultée.

Ty : Tes seins me plaisent.

Indigo : Bravo. Tu t'es bien rattrapé.

Ty : Tu es saoule aussi ?

Indigo : Juste un peu.

Mon téléphone vibre quand je reçois un MMS.

Indigo, étendue sur les draps violet foncé, ses cheveux tombant sur ses yeux bleus, ses lèvres écartées sur un soupir.

Puis une autre.

De sa tête à son nombril.

Elle ne porte que son collier et elle est magnifique, enroulée dans ces draps sombres.

J'ai besoin d'être là, à regarder le plaisir déborder de son expression.

Ty : Fais-le tout de suite.

Indigo : Faire quoi, Monsieur ?

Ty : Te toucher.

Indigo : Si tu promets.

Ty : Ce n'est pas une négociation. Fais-le tout de suite. Ou je ne te donnerai pas ce que tu désires.

Indigo : Tout de suite ?

Ty : Oui.

Indigo : Ça veut dire que si je le fais, j'aurai ce que je veux ?

Oui, et elle le sait.

Elle sait trop bien comment me manipuler.

Ty : Ne me force pas à le redemander.

Indigo : Oui, Monsieur.

Ma verge réagit.

Je ne reçois rien pendant quelques minutes. Puis un nouveau message fait vibrer mon téléphone.

Indigo : Ce n'est pas aussi bon que la réalité. Du moins, pas selon mes souvenirs. Bonne nuit, Ty.

Ty : Bonne nuit.

Elle est vraiment douée pour ce petit jeu.

Toute la nuit, je ne pense qu'à elle.

Le coin de ses lèvres purpurines. La rougeur de ses joues. Son rire mélodieux.

J'ai hâte d'être demain soir.

Et j'ai besoin de trouver une réserve de patience.

C'est moi qui la fais attendre.

Pas le contraire.

Même si elle sait parfaitement comment me faire réagir.

Chapitre Vingt-Et-Un

INDIGO

Toute la matinée, Sienna me demande successivement d'éteindre le soleil et de baisser la musique.

Je la taquine en augmentant le volume de la stéréo. Mais je me restreins aux albums qu'elle aime.

Ou plutôt des albums qu'elle ne déteste pas. Lorde, Fiona Apple, Amy Winehouse.

Elle menace de détruire mon ordinateur si je joue *Back to Black* une fois de plus, mais on sait toutes les deux qu'elle ne le fera pas. C'est rare que je ne l'écoute pas deux fois par jour, et elle marque toujours la mesure du pied en entendant *Tears Dry on Their Own*.

En plus, j'ai besoin que sa gueule de bois la fasse souffrir, afin qu'elle y réfléchisse à deux fois la prochaine fois qu'elle aura l'occasion de boire.

J'avais voulu l'arrêter après un verre, mais c'est peut-être mieux comme ça. Elle a dépassé les limites dans un endroit sûr, pendant que j'étais là pour la surveiller. Et maintenant, si elle se sent terriblement mal, ça l'encouragera à se modérer à l'avenir.

Elle rentrera bientôt à l'université.

Bientôt, elle vivra sa vie…

Et je cesserai de la voir tous les jours.

Je suis fière d'elle. J'ai envie qu'elle réussisse. J'ai envie qu'elle reste la femme forte et indépendante qu'elle est…

Mais elle va terriblement me manquer.

Alors je savoure la moindre de ses complaintes et je l'entraîne prendre un café dans l'après-midi. Puis je lui raconte même quelques détails sur Ty.

Rien d'important. Rien que j'aie besoin de garder pour moi.

Seulement assez pour que toutes mes pensées restent braquées sur lui.

Il m'a envoyé un texto. Il vient me chercher à huit heures. Il ne me pose pas exactement la question. Mais je sais que je suis libre de dire non.

Je sais qu'il respectera ça.

Mais il n'y a pas une seule partie de moi qui souhaite lui refuser quoi que ce soit.

J'ENFILE UN AUTRE BODY.

Une petite robe courte. Des sandales en cuir à talons. Un rouge à lèvres pourpre.

Voilà. J'ai l'air bien. Je me ressemble.

Ou du moins est-ce ma version « déesse du sexe ».

Sienna cuve toujours sa gueule de bois sur le canapé, mais elle parvient à se redresser pendant suffisamment longtemps pour me dire que j'ai l'air hot… et m'ordonner de ne pas revenir avant l'aube.

Je lui promets de faire de mon mieux. Puis je retrouve Ty en bas, devant une autre limousine de location.

Il m'aide à grimper dans la voiture, me jette un regard qui me met au défi d'en demander davantage.

Mais je ne le fais pas. Pas encore.

— Tu es magnifique, dit-il.

— Toi aussi.

Il sourit.

— C'est exactement l'effet que je recherchais.

— Je sais.

— J'ai réengagé le photographe, dit-elle. Il ne va pas mettre beaucoup de temps. Rien qu'une demi-heure. Puis on aura le balcon pour nous.

— Que pour nous ?

— Oui, il y a une banquette privée.

— Oh.

— Ce n'est pas le Pentagone, comme vous le dites ici, mais ça devrait être isolé.

Mon sexe se contracte.

— Tu avais promis.

— Absolument pas.

C'est vrai. Il ne promet jamais rien.

Il m'allume toujours.

Me pousse dans mes retranchements.

Me défie d'en demander davantage.

— Tu vas le faire ? demandé-je.

Il me regarde dans les yeux.

— Si je vais faire quoi ?

Il soutient patiemment mon regard et attend que je développe.

Il sait que c'est plus difficile, à présent que je suis à jeun.

Mais je…

Je vais surmonter ce blocage.

— Tu vas jouir dans ma bouche ? dis-je en inspirant profondément. Je t'en prie.

Ses pupilles se dilatent.
— Peut-être, dit-il.
— Peut-être quoi ?
— Tu veux vraiment me faire me répéter ?

Il explique la configuration du balcon, les détails des photographies qu'on prendra, l'idée derrière ce plan.

Mais je n'en absorbe pas le moindre mot.

Mes pensées sont sous la ceinture.

Quand on sort de la limousine, je remarque à peine qu'on nous mitraille de photos, qu'un petit homme nous suit à l'intérieur, monte avec nous dans l'ascenseur, jusqu'au balcon.

On est censés avoir l'air amoureux.

C'est peut-être le cas. Je ne sais pas.

Je sais simplement que j'ai envie de toucher Ty.

Alors je me rapproche et l'embrasse comme si je n'en aurais jamais assez.

Quand il me rend mon baiser comme si j'étais la seule chose dont il avait besoin, j'y crois.

Je ne possède peut-être pas son cœur.

Mais j'ai son corps.

Et c'est déjà quelque chose.

C'est beaucoup.

Je n'enregistre rien d'autre jusqu'à ce que Ty parte pour raccompagner le photographe à l'extérieur.

Puis je percute enfin et je regarde où je me trouve.

Bon sang !

Cet endroit est magnifique.

Le restaurant est constitué d'une grande pièce ouverte, avec des fenêtres qui partent du sol et montent jusqu'au plafond très élevé.

Les convives peuvent nous voir là où nous sommes. Ici, mais pas dans l'alcôve semi-privée dans le coin. Pas vraiment.

Elle a un dossier haut et des rideaux transparents.

C'est isolé, mais exposé tout à la fois.

Ty me met à nouveau au défi.

Pourquoi est-il aussi doué pour me défier ?

J'entre dans l'alcôve et observe l'endroit.

Un canapé bas qui convient plus à un verre qu'à un dîner.

Un verre…

Ou bien du sexe.

Elle fait à peu près la taille de ma chambre, avec de la moquette au plancher, une table basse, des bougies qui ondulent.

C'est ravissant.

Mais trop loin de la vue extérieure.

Je n'ai qu'un aperçu du ciel nocturne. Des immeubles gris acier et jaune fluorescent qui se détachent sur une mer de bleu. La lune argentée est immense.

C'est tellement beau. Particulièrement dans l'obscurité. Une ville de nuit a vraiment quelque chose. Ce pouvoir ; cette paix.

Ça me coupe le souffle.

J'ai bien dû contempler le spectacle un moment, car je suis toujours assise, les yeux braqués sur le paysage, quand Ty revient, un Manhattan dans chaque main.

Il entre dans l'alcôve et s'assied à côté de moi.

— Merci, dis-je en prenant mon verre pour avaler une gorgée et laisser le goût familier du bourbon et du vermouth envahir mes sens. Tu commandes toujours un Manhattan.

Il arque un sourcil.

— Ça fait partie de ton crédo de « faire comme les Romains » ?

— Généralement, je le bois directement.

— Mais…

— J'aime goûter tes lèvres.

Il fait passer sur tout mon corps un regard empli de désir.

Je ne suis pas prête à répondre à son défi, pas encore. Je me redresse et dirige l'espace ouvert. *Après toi.*

Il me suit sur le balcon jusqu'à la rambarde.

J'avale une longue gorgée et laisse le bourbon réchauffer mes lèvres et dissoudre mes inhibitions.

Connaissant Ty, il s'agit d'un bourbon cher. Et c'est bien. Le mélange parfait de douceur, de saveur et d'épices.

Ty me regarde scruter la ville.

— Ça fait vingt-deux ans, et tu es toujours amoureuse.

— Je ne m'en lasserai jamais.

Comment serait-ce possible ? Il y a quelque chose dans le jaune délicat qui se détache contre le ciel d'un bleu profond. Tous ces bâtiments, ces bureaux, ces maisons, ces gens, qui sont tous éveillés et vivants.

Existe-t-il quelque chose de mieux que la ville de nuit ?

Si oui, je ne l'ai encore jamais vu.

L'admiration se glisse dans sa voix.

— C'est une des choses que j'aime à ton propos.

Aime. Un mot lourd de sens que j'essaye d'ignorer.

— Merci.

On reste ici en silence alors que ce mot s'attarde entre nous.

Lentement, on termine nos verres.

Ty me retire mon verre vide et se tourne vers le restaurant, puis vers l'alcôve.

— Tu as faim ? demande-t-il.

— Non.

— Si.

— On le fait d'abord. Je t'en prie.

— Je devrais te faire attendre, dit-il avec un demi-sourire.

— Peut-être.

Je pose ma main sur sa poitrine et enfonce mes doigts dans le tissu soyeux de sa chemise.

— Mais tu n'es pas aussi cruel que ça, dis-je.

— Oh que si, dit-il en se penchant pour presser ses lèvres contre les miennes. Mais je suis d'humeur généreuse.

Puis il dépose les verres sur une table vide et dit :

— Alors, Indie. Dis-moi ce que tu veux. Tout de suite.

— Ce que je veux ?

— N'importe quoi. Dis-le-moi, et je verrai si je peux te le donner ou pas.

Chapitre Vingt-Deux

TY

Ses yeux restent braqués sur les miens.

Ses joues rougissent.

Elle est timide, mais aussi impatiente.

— Tu sais ce que je veux, dit-elle. Tu le sais toujours.

Oui, mais j'ai quand même besoin qu'elle l'exprime.

— Dis-moi.

— Ce que j'ai dit hier.

— C'est-à-dire ?

Je fais courir mon pouce sur sa lèvre inférieure.

— Ty…

— Dis-le.

— Je veux que tu baises ma bouche, dit-elle en haussant le ton. S'il te plaît.

— S'il te plaît ?

— S'il vous plaît, Monsieur.

Oh, mes bourses se contractent. J'ai envie d'elle. J'ai envie d'elle de toutes les façons possibles. Et ça…

Je l'étudie. Son regard intense. Ses lèvres entrouvertes. Sa respiration saccadée.

Elle est là et elle est en accord avec moi.

C'est ce que je veux.

La seule chose que je veux.

— Je ne vais pas être doux avec toi, dis-je.

— Je ne voudrais pas que vous le soyez, Monsieur, dit-elle, les pupilles dilatées.

Mince…

— Assieds-toi. Attends-moi.

Elle entre dans l'alcôve.

J'ai besoin de la faire attendre… et j'ai besoin de me reprendre.

Je me glisse à l'intérieur du restaurant pour aller à la salle de bains. Pisser. Me nettoyer. Inspirer profondément.

Elle me fait confiance.

Mais pas complètement.

Il faut que je fasse attention avec elle.

J'ai besoin de remporter toute sa confiance.

Je traverse le restaurant, sors sur le balcon et retourne vers l'alcôve.

Indigo est assise au milieu du canapé rouge, les genoux serrés, la mine boudeuse.

— Lève-toi.

Je me rapproche, franchissant les rideaux diaphanes.

Elle se redresse.

— Quelqu'un pourrait nous voir, dis-je en désignant le balcon derrière nous. La serveuse peut être curieuse. Quelqu'un qui travaille tard risque d'avoir un show, dis-je en lui montrant le bâtiment de l'autre côté de la rue.

Son regard pétille.

— C'est ce que tu veux, ma belle ? demandé-je en faisant un autre pas vers elle. Tu veux que quelqu'un me voie baiser ta jolie bouche ?

— Oui.

Mes pensées s'entrechoquent : nous deux dans un club

bondé, Indigo à genoux, les lèvres refermées autour de ma verge.

— Tu veux que quelqu'un voie comme tu sais bien sucer ?

— Oui, Monsieur, dit-elle en faisant un petit pas vers moi. Seulement si c'est toi et si ça n'a aucune conséquence. Alors oui, j'ai envie qu'on nous regarde. Je veux que quelqu'un te voie faire ce que tu veux de moi, ajoute-t-elle en me regardant dans les yeux.

Mon sexe réagit, et j'inspire profondément pour essayer de m'éclaircir les idées. Elle est prête à basculer. Elle est au bord du précipice.

Indigo est en train de me prier de la laisser me sucer. Alors pourquoi est-ce que j'hésite ?

Je souffle et laisse ma voix descendre d'une octave.

— Viens ici.

Elle pose ses mains sur ma taille, et je lui donne un baiser lent et profond.

Elle est douce, souple. Ses lèvres écartent ma langue. Ses doigts s'enfoncent dans le tissu de ma chemise. Son corps fond contre le mien.

Je mordille doucement sa lèvre inférieure, et elle grogne contre ma bouche, s'accrochant plus fort, fondant davantage.

Je la lâche, mais elle ne bouge pas, sa main refermée sur ma taille, son regard dans le mien.

Une fois encore, je caresse sa lèvre inférieure avec mon pouce. Cette fois, je glisse mon doigt dans sa bouche.

Ses paupières se referment, et ses lèvres se courbent autour de moi. Elle suce fort.

Je ne lis aucune peur dans son expression. Pas d'hésitation, pas d'inquiétude.

Elle est là, perdue dans le moment.

— Gentille fille, dis-je dans un ronronnement.

Elle grogne contre mon pouce, et je retire ma main.

Elle soupire et me regarde. Elle est prête.

— Retire ta robe.

Je laisse ma voix adopter un ton illicite et autoritaire.

Elle hoche la tête et saisit la fermeture éclair sur le côté. Puis elle me regarde dans les yeux tout en la faisant descendre, faisant passer le tissu noir sophistiqué en dessous de ses hanches.

Le clair de lune tombe sur sa peau pâle, ses cheveux sombres, ses yeux bleus. Elle fait un pas vers moi, dans cette parfaite lumière bleue.

Bon sang, elle est magnifique. Un mélange parfait de courbes longues et minces, et de lignes dures.

Des lèvres pourpres et de la résille transparente.

— Tellement belle ! dis-je.

Elle s'illumine et tourne les talons, montre son cul parfait.

Mes bourses se contractent. J'ai besoin que ce tissu disparaisse. J'ai besoin de la plaquer sur le canapé, de lui attacher les poignets derrière le dos, de la prendre par-derrière.

Lui ordonner de grogner mon nom alors qu'elle jouit sur mon sexe.

Tout ça me dépasse…

Le désir que j'ai d'elle.

Le désir que j'ai de la contrôler. De la faire plier à ma volonté.

Elle se tourne vers moi, son corps entier tremblant d'anticipation.

Elle a besoin de ça.

Et j'ai besoin de lui donner ce dont elle a besoin.

Je laisse la dernière note de douceur disparaître de ma voix.

— Mets-toi à genoux.

Elle se laisse quasiment tomber sur le tapis.

— Supplie-moi, dis-je en lui prenant l'arrière de la tête dans la main.

— Je vous en prie, Monsieur, dit-elle d'une voix ferme. Je vous en prie, baisez ma bouche.

Mince. J'enfonce les doigts dans ses cheveux.

— Descends ma fermeture.

Elle pose la main sur mon pantalon. L'espace d'une seconde, elle plaque sa paume sur moi à travers le tissu.

Mes yeux menacent de se fermer. C'est vraiment trop bon, la pression de sa paume, la chaleur, le besoin.

Puis sa main se pose sur ma fermeture. Elle la descend et inspire profondément quand elle libère ma verge.

— Je peux ? dit-elle en tenant sa main à un centimètre de mon sexe. S'il vous plaît ?

— S'il vous plaît quoi ?

— S'il vous plaît, je peux vous toucher, Monsieur ?

J'acquiesce.

Elle referme les doigts autour de ma verge. Elle m'explore avec sa main douce. Elle fait courir son pouce autour de mon gland. Elle glisse sa main jusqu'à la base.

— Garde-la là.

Elle ne l'a pas fait depuis longtemps, et j'ai besoin d'y aller doucement.

Elle referme sa main autour de moi et lève les yeux vers moi, me demandant la permission.

Encore une fois, je hoche la tête, et elle me prend dans sa bouche.

Le plaisir envahit mes sens. Elle est douce, chaude et mouillée. Et c'est Indigo.

Sa main sur ma peau, elle à genoux, ses lèvres pourpres autour de ma verge.

Je lui donne un moment pour m'explorer. Puis je presse la paume de ma main à l'arrière de sa tête.

— Si c'est trop…

Je prends sa main libre et la place sur ma ceinture. Un signal pour s'arrêter, puisqu'elle ne peut pas utiliser un mot de sécurité.

— C'est moi qui contrôle, bébé, maintenant, tu comprends ?

Elle répond d'un grognement contre ma chair.

Bon Dieu… Je conserve ma main à l'arrière de sa tête. Je la tiens en place alors que je la pénètre lentement.

Jusqu'à ce que ses lèvres se retrouvent collées contre sa main.

Puis je me retire et recommence.

Encore.

C'est divin, mais ce n'est pas suffisant. Ce n'est pas ce que nous aimons tous les deux, et nous le savons bien.

Je la teste une nouvelle fois puis je me retire.

— Tu arrives à rester en place avec les mains derrière le dos ?

Elle essaye et secoue la tête.

— Les mains sur le côté alors.

Elle hoche le menton.

— Redresse le dos.

Elle s'exécute.

— Je ne vais pas me retenir uniquement parce que ça fait longtemps, dis-je en refermant ma main sur ses cheveux. Je vais baiser ta jolie bouche jusqu'à ce que je tu ne puisses plus le supporter.

Elle gémit quand je lui tire les cheveux.

— Oui, Monsieur.

— C'est ce que tu veux, bébé ?

— Oui, Monsieur, dit-elle en faisant glisser sa main sur ses lèvres. J'ai envie de vous goûter, j'ai envie d'avaler la moindre goutte.

Elle sait vraiment comment jouer avec moi ! Elle est

toujours douée pour ce petit jeu. Meilleure, même, parce qu'elle ne se rend pas compte qu'elle est en train de jouer.

— Recouvre tes dents avec tes lèvres.

Elle s'exécute.

— Gentille fille.

Sa rougeur s'accentue.

— Viens ici.

Je n'attends pas sa réponse et l'attire sur ma verge pour entrer dans sa bouche.

Puis je le refais.

Et encore.

Je garde une main sur sa tête, la tenant en place alors que je baise sa bouche. Je pose l'autre sur ses épaules, ses clavicules, sa poitrine.

Mon pouce frôle son sein. Je la caresse par-dessus sa lingerie, pressant la résille contre sa peau tendre.

Elle grogne contre ma verge.

Je joue avec elle tout en lui donnant des coups de boutoir.

Encore et encore.

Jusqu'à ce qu'elle grogne assez fort pour ne plus le supporter.

Mince, c'est tellement bon.

Pendant un moment, mes paupières se ferment. Mes autres sens prennent le dessus. Le son de ses gémissements, la douceur de sa bouche, la résille rugueuse contre son mamelon.

Puis je baisse les yeux vers elle et contemple le spectacle parfait d'Indigo Simms à genoux, grognant contre ma verge.

Je lui tire les cheveux.

Mon corps prend le dessus. Plus fort. Plus rapide. Plus profond.

Elle s'étrangle sur ma verge, mais elle m'accepte.

Encore et encore, je m'enfonce en elle alors que je fourre la main sous son body, traçant des cercles autour de son mamelon.

Encore et encore.

Jusqu'à ce que j'y sois.

Le plaisir submerge mes sens. Chaque partie de moi vibre sur toute sa fréquence.

Le monde est un endroit beau et parfait où tout est à sa place.

Et tout est parfaitement bon.

J'ondule pendant mon orgasme, déversant la moindre goutte dans sa jolie bouche.

Elle me prend, accepte tout, se retire pour avaler, s'essuie les lèvres avec la main.

Elle lève les yeux vers moi comme si elle ne voulait qu'une seule chose : davantage.

Et je ne veux qu'une seule chose.

Lui en donner davantage.

Chapitre Vingt-Trois

INDIGO

On commande à dîner.

C'est de la torture.

Tout est délicieux, de la roquette pimentée au bar frais, mais ce n'est pas la nourriture dont j'ai envie.

C'est de lui.

En aurai-je jamais assez de lui ?

Ty sait me faire jouir, oui. Il va me faire jouir.

Et mince, imaginer son corps sur le mien, son sexe à l'intérieur de moi, ses lèvres sur mon cou…

J'en ai si terriblement besoin !

Pour toujours.

Je n'en aurai jamais assez.

J'essaye de concentrer mes pensées sur la table. Sur ses yeux sombres, ses lèvres douces, sa voix profonde. Il raconte une histoire. Un voyage qu'il a fait avec Ian. Un endroit où il aimerait m'emmener.

Il a envie de baiser avec moi là-bas.

Ce n'est pas que moi. Lui aussi est distrait. Il y pense aussi. Il en a envie aussi.

On termine. Il signe le chèque. J'essaye de me recomposer dans la salle de bains, mais à la seconde où j'applique mon rouge à lèvres, je me replonge dans les souvenirs de Ty.

Le goût de sa peau. La sensation de son toucher rude. La félicité de son orgasme.

Je peux toujours le goûter.

Je n'ai jamais autant désiré quelqu'un d'autre. Seulement lui.

Avec Ty…

Je veux tout. J'ai envie de tout avoir pour toujours.

Je le retrouve près de l'ascenseur et je lui prends la main.

— Tu crois que quelqu'un nous a vus ?

— Non, répond-il en me regardant dans les yeux. Tu es soulagée ? Ou bien déçue ?

— Les deux, dis-je en rougissant.

Je ne l'ai jamais admis, même en privé, mais c'est vrai. J'ai envie que quelqu'un nous regarde.

— C'est… qu'est-ce que tu avais dit ? Les détails pratiques sont importants.

Il acquiesce.

— Et que quelqu'un te surprenne à sucer des verges en public…

Ma rougeur s'approfondit.

— … l'argent ne peut pas tout arranger.

— Tu le ferais ?

Il me précède dans l'ascenseur et appuie sur le bouton du rez-de-chaussée.

— De quoi ?

— Inviter quelqu'un à regarder ?

Les portes argentées se referment.

— Tu as quelqu'un à l'esprit ?

— Et si c'était le cas ?

— Je serais jaloux, dit-il en m'attirant plus près de lui. Alors ?

— Non.

— C'est quelque chose à quoi tu penses ? demande-t-il en passant les bras autour de moi et en pressant les lèvres sur mon cou. Quand tu te touches ?

— Parfois.

— Dis-moi.

— Je…

Il glisse sa main sur ma hanche. Mon autre cuisse. L'ourlet de ma robe.

— Comme ça ? Tu veux jouir dans un ascenseur ? demande-t-il en glissant sa main sous ma robe. Avec la sécurité qui regarde ?

— Ty…

— Oui, bébé ?

Ses doigts frôlent l'intérieur de ma cuisse, l'ourlet de mon body, la résille transparente.

Bon sang ! Mes paupières se referment. Mes inhibitions sont oubliées. L'alcool les a dissoutes. Ou peut-être est-ce lui. Je n'en suis pas certaine.

— C'est vraiment ce que tu veux ?

Il fait courir son doigt sur la résille, pressant le tissu contre mon clitoris.

— Jouir alors qu'un inconnu nous regarde ?

— Tu le ferais ?

Il réagit en me caressant plus fort.

Ma tête bascule sur le côté.

Ses dents trouvent mon cou, et il me mordille doucement.

Puis plus fort.

Suffisamment pour envoyer des ondes de désir au plus profond de moi.

L'ascenseur bipe, et les portes s'ouvrent. Mais il ne

bouge pas d'un cil, me caressant par-dessus mon body, faisant courir ses dents sur mon cou.

— Je ne te partagerai pas, dit-il en me mordillant l'oreille. J'ai mes propres limites.

— Je sais. Je ne veux pas… Je ne veux pas que quelqu'un d'autre me touche.

— Alors à quoi penses-tu exactement quand tu te touches ?

— Je…

Oh… il a toujours la main sur mon clitoris, et je n'arrive pas à invoquer d'autres fantasmes. Rien d'autre que ce beau moment, ici, maintenant.

Une porte s'ouvre. Des pas se rapprochent.

Il me lâche instantanément, se redresse, renfile son masque d'impassibilité.

Il m'entraîne hors de l'ascenseur, et nous dépassons un couple d'âge moyen en tenue de soirée. Du genre BCBG.

La femme nous décoche un regard, comme si elle savait qu'on s'apprêtait à baiser dans l'ascenseur. Ou alors, elle aurait aimé pouvoir le faire.

Je ne le sais pas.

On les dépasse, et Ty nous entraîne à l'extérieur.

Puis nous nous retrouvons sur le trottoir, dans l'air frais de la nuit.

À l'intérieur du bâtiment, le couple grimpe dans l'ascenseur. Les portes argentées se referment, et ils disparaissent.

Ils nous jugent en silence.

Ou bien eux aussi se paluchent dans l'ascenseur.

C'est ce qu'il nous arrivera si on reste mariés. Il restera dévoué à l'idée de me faire jouir.

C'est une offre qui me tente.

Une vie entière de bonne nourriture, de sécurité financière, de sexe qui déchire.

Et tout ce que j'ai à faire est renoncer à l'amour.

C'est la même limousine, mais j'ai l'impression qu'elle est différente, comme si elle était à nous.

On s'installe de la même manière, sur la banquette parallèle à la porte de la voiture, nos jambes collées, les yeux tournés vers le miroir qui recouvre la paroi.

Le reflet. Mes lèvres pourpres. La couleur qui s'est répandue sur les siennes. Les suçons sur mon cou. Depuis la dernière fois.

Ou peut-être cette fois.

— Indigo ? demande Ty en me caressant du pouce.

C'est tellement bon. Trop bon.

— Oui ?

Il sourit.

C'est rare, chez lui. Un vrai sourire. Et il est tellement réel, large et séduisant.

J'en ai tellement envie.

— Je suis un peu distraite, dis-je en croisant son regard dans la glace. Quelqu'un est en train de me titiller.

— Quelqu'un de cruel.

— Très.

Son sourire s'élargit.

— Je pensais ce que j'ai dit.

— Je pensais… que ça englobait le fait de me faire supplier.

J'arrête de respirer.

— Pour le moment.

Bon sang !

Il se tourne vers moi et me regarde dans les yeux.

— À quoi penses-tu ? Quand tu te touches ?

Mes joues rougissent.

— Tu es timide, maintenant, bébé ?

— Un peu.

Il pose sa main sur ma joue et frotte son pouce contre ma tempe.

C'est plus doux que charnel, mais ça me réchauffe quand même.

— Je n'aimerais pas te renvoyer chez toi seule, dit-il.

— Tu le ferais ?

Il hoche la tête.

— Ça ne semble pas juste. Je te dis tout. Tu ne me dis rien.

— Tu veux faire un deal ?

Je hoche la tête.

— Un fantasme pour un fantasme ?

— On va continuer jusqu'à ce que quelqu'un jette l'éponge ?

Ses yeux se posent sur mes lèvres, mes seins, mes cuisses.

— Seulement si tu commences.

J'en suis capable. Et j'en ai envie. J'ai envie de le lui dire, de le rendre fou.

— Je pense à toi. Tu viens à mon appartement pour me surprendre, dis-je. Je porte une robe de chambre en soie. Tu frappes à la porte, et je réponds. Tu ne dis rien. Tu entres. Tu me plaques contre le mur, écartes ma robe, joues avec mon sein. Tu m'embrasses. Tu me touches. Tu me baises.

— Je peux m'arranger.

— Sienna serait à la maison.

— Quand elle n'est pas là.

Mon sexe se contracte. Cette image menace de consumer mon cerveau. Je lutte pour me raccrocher à ma raison qui s'effiloche.

— Ça ne restera pas mon appartement pendant bien

longtemps.

— Non. Mais il l'est encore.

— Peut-être.

Pendant un moment, je me l'imagine. Moi dans une longue robe de chambre violette, lui dans un costume noir, me plaquant contre le mur, suçotant mon mamelon alors qu'il me pénètre. Je sens la pression de sa main, son savon, le goût de sa peau.

Mince !

J'inspire profondément et me force à le regarder dans les yeux.

— C'est à ton tour.

— N'importe quel fantasme ? Ou bien un avec toi ?

— Tu penses à d'autres personnes ? dis-je en me mordant la langue. Non, ne réponds pas. Je suis sûre que oui… Que tu penses à elle.

Son sourire disparaît.

— Mais je ne veux pas te l'entendre dire. C'est simplement que… Je veux entendre quand il s'agit de moi. Ou bien de personne en particulier.

— Je pense à toi.

— Quand était-ce pour la dernière fois ?

— Hier soir.

Bien entendu. Je le taquinais hier soir, et il me taquinait aussi.

— Et avant ça ?

— J'ai pensé à te ramener à la maison, à t'ordonner de retirer ta robe, de t'asseoir sur mes genoux et de te palucher devant moi.

— Et ?

— Puis je t'ai jetée sur le lit, sur le ventre, et je t'ai prise jusqu'à ce que tu cries mon nom.

Une fois encore, le désir envahit mes sens.

— Quoi d'autre ?

— Ça ne suffit pas ?

— Vraiment ? dis-je en posant la main sur sa cuisse, au-dessus de son genou. Ou tu veux que j'y aille plus fort, plus vite ?

— C'est à ton tour.

C'est vrai.

— Si tu me le demandais, je prendrais le contrôle. Je grimperais sur tes genoux et je te chevaucherais. Ça me plairait aussi. Je n'ai pas besoin d'y aller fort pour pouvoir jouir. Mais j'en ai envie.

C'est étrange de l'admettre à haute voix. D'admettre que je poursuis mes désirs pour la première fois depuis longtemps.

D'admettre que je suis complètement folle.

Ai-je vraiment accepté pour l'argent ?

J'ai besoin d'argent, certes, mais il existe d'autres façons d'en gagner.

C'est lui. La sensation de sa présence, son contact, ses baisers.

Sa façon de faire l'amour.

Je me force à le regarder dans les yeux.

— Je veux que tu aies le contrôle. Je veux que tu me plaques au lit, me ligote les poignets et m'ordonne d'accepter ta queue comme une gentille fille.

Ma poitrine rougit, mais je continue.

— C'est à ça que je pense. À la sensation de ta main autour de ma gorge. La rugosité de ta voix quand tu as murmuré « jouis pour moi, bébé ».

Ses yeux ne lâchent pas les miens.

— Pendant un long moment, j'ai essayé de ne pas penser à toi. J'essayais de ne pas y penser. Mais j'y revenais constamment. Je pensais toujours à toi pendant que je me branlais.

— Tu te souviens ?

— Oui. Ou bien j'enjolive dans mes fantasmes. C'est plus fort, plus rude, plus risqué.

Ses pupilles se dilatent.

— Et quelqu'un regarde ?

— Parfois.

— Il nous regarde ?

— Oui, nous, dis-je en inspirant profondément. Quand j'ai vu cette photo de toi à Paradise.

— Ce n'était pas…

— Ça l'était.

Il essaye de rester impassible, mais ses yeux le trahissent. On connaît tous les deux la vérité. Un paparazzi a surpris la fille du moment de Ty à l'exciter sous la table.

— J'étais en colère. Tu es tombé amoureux de Rory. Je l'ai compris, même si je détestais ça. Mais elle est partie, et tu es venu ici, mais tu ne m'as pas appelée. Et tu étais avec une fille que tu connaissais à peine… J'étais en colère et jalouse. Et je n'arrêtais pas d'y penser. J'imaginais que c'était nous. Dans un bar bondé, à danser au rythme de la musique électronique. Puis on a trouvé un endroit tranquille sur le balcon pour avoir un peu d'intimité…

— On pourrait.

— Vraiment ?

Il me transperce du regard.

— Je pourrais faire jouer mes contacts, minimiser les conséquences potentielles.

Je hoche la tête.

— Mais ce n'est pas ce que tu veux, dit-il en faisant remonter ses doigts sur ma cuisse de plus en plus haut. Tu veux du danger.

Il se rapproche de plus en plus.

— De l'excitation, poursuit-il en plaquant sa paume contre mon sexe à travers la résille, mais très près de l'endroit où j'ai besoin de lui. Du risque de se faire surprendre.

Je déglutis difficilement.

— Dis-moi, demande-t-il en posant son autre main sur ma joue et en inclinant ma tête pour qu'on se regarde dans les yeux. Tu veux courir le risque, bébé ? Tu veux que le monde tout entier voie comme tu me suces bien ?

Euh…

— Ce n'est qu'un fantasme.

— Mais tu en as envie.

— Oui. Mais il y a des… détails pratiques.

— Au diable les détails pratiques.

— Ty…

— On va chez moi. Les détails pratiques ne comptent pas. Pour le moment.

Mais plus tard.

— Maintenant… je veux savoir exactement ce que tu désires. Chaque fantasme coquin. Et j'ai envie de tous les exaucer.

Mon sexe se contracte.

— C'est à ton tour.

— C'est vrai.

Il frotte sa paume sur moi, pressant le tissu délicat contre mon clitoris.

La friction est divine, tellement différente de sa main. Plus douce et plus rude à la fois.

Le plaisir envahit mes sens. Cela dit, mon corps souhaite désespérément qu'il me touche. J'ai besoin qu'on retire ce tissu. J'ai besoin qu'on efface tout le reste.

Tout le reste est compliqué.

Mais le sexe ?

C'est parfaitement sensé.

— Mais je préférerais te montrer, dit-il en retirant sa main alors que la voiture s'arrête. Si tu es disposée à jouer.

Je déglutis fort.

— Vraiment ?

Chapitre Vingt-Quatre

INDIGO

Suis-je prête à jouer ?

C'est une bonne question. Simple et énormément complexe.

C'est une chose de l'inviter à me prendre.

Mais céder le contrôle ? Lâcher complètement prise ?

Ty attend ma réponse… alors qu'il descend de la limousine, me précède dans son immeuble, passe devant un gardien au regard entendu et grimpe dans l'ascenseur.

Ce petit espace qui n'appartient qu'à nous.

Les murs argentés qui brillent. La clé qui tourne. Le bouton du penthouse qui s'illumine.

Au premier regard, on ressemble à un couple normal qui rentre chez lui. Il porte son costume, n'a pas un cheveu de travers, pas de tatouage visible ; aucun signe de l'amant agressif et dur que je connais.

Et je suis appuyée contre la paroi, ma veste en cuir couvrant ma robe de cocktail, mon rouge à lèvres estompé, mes cheveux légèrement décoiffés.

Une apparence normale après une soirée.

Je ne donne aucun signe de m'être mise à genoux pour l'implorer de me donner son sexe.

Aucun signe d'avoir été si tendue que je suis prête à me briser.

Aucun signe qui trahit que je m'apprête à lui céder la moindre parcelle de contrôle.

J'en ai envie. Vraiment.

Mais je ne suis pas certaine de pouvoir le tolérer.

Les portes de l'ascenseur s'ouvrent. Ty presse sa paume dans mon dos et me mène vers un petit couloir. Il fait tourner la clé dans la serrure.

— Après toi.

Sa voix est douce, tendre.

Il sait que je suis nerveuse.

Il me donne le temps.

Ou alors son accent masque ses intentions. Je n'ai peut-être aucune idée de qui est Tyler Hunt ou de ce qu'il veut.

Il m'offre dix millions de dollars pour dix ans de mariage.

Il me paie pour l'épouser.

Je le crois. Je crois que sa réputation est écornée, moi aussi, j'ai lu les blogs de potins. Je pense que c'est la solution la plus simple.

Je crois qu'il est certain d'en avoir fini avec l'amour.

Mais il m'a choisie moi.

J'aimerais penser que c'est à cause de ma force, de mon intelligence ou même de ma discrétion.

Mais ce n'est pas le cas. C'est autre chose.

Dix ans, parce qu'il a envie de coucher avec moi.

Je prends une inspiration sifflante et m'avance à l'intérieur.

Il me suit et referme la porte, la verrouillant derrière nous.

— Un verre ?

Je hoche la tête.

Il se dirige vers la cuisine. Elle est située à droite de l'immense salon/salle à manger/pièce à vivre.

C'est immense ! Magnifique !

Ça fait au moins quatre-vingt-dix mètres carrés. Du plancher. Des fenêtres de plain-pied. Une table basse en verre placée devant un canapé en cuir cossu.

Un panorama d'angle vers le sud-ouest. L'Hudson, d'un bleu profond presque noir, reflète le croissant de lune et la lumière jaune de la ville.

Et là. Une porte coulissante qui mène vers le balcon.

Je n'attends pas, ne pose pas de questions et ne lui dis rien. Je traverse la pièce, passe la porte et sors sur le balcon qui fait l'angle.

La nourriture de gourmet est une chose ; les vêtements de marque en sont une autre.

Mais vivre dans un endroit comme ça ?

L'argent peut acheter tellement de choses !

Mes genoux s'entrechoquent, et je veux me rattraper à la rambarde pour ne pas tomber.

On est haut. Quarante étages, peut-être. Et l'air est clair et chaud.

— Tu préférerais une vue sur la ville ?

La voix de Ty coule dans mes oreilles.

— C'est beau, dis-je en me tournant vers lui. Parfait.

Il me tend un verre. Un autre Manhattan.

Mes doigts frôlent les siens quand je le prends.

— Merci.

Un simple petit contact, mais qui me réchauffe quand même.

Il glisse sa main autour de ma taille et me fait signe de le suivre.

Quand je m'exécute, il me guide jusqu'à l'angle du

balcon, en haut d'un petit escalier de pierre, et jusqu'à une terrasse sur le toit.

Elle est simple. Un petit canapé en tissu imperméable, une console, quelques plantes en pot.

Une vue panoramique de Manhattan.

J'en lâche presque mon verre.

— Ty… ça déchire !

Il observe mon air ébahi.

— Ça te plaît ?

— Si ça me plaît ?

Il hoche la tête.

— Bien sûr.

Je fais un tour entier sur moi-même et m'arrête en face de lui.

— C'est parfait. C'est… tu… je… Tu possèdes tout ça ?

— Oui.

— Depuis…

— Une année environ. Plus ou moins.

Je me tourne vers l'Empire State Building. Aujourd'hui, les lumières sont violettes. Est-ce déjà le jour de la remise des diplômes à l'université de New York ? Ou bien est-ce un hasard ?

— Alors c'était après que…

Il suit mon regard.

— Comment les gens appellent ça ? Le shopping émotionnel ?

— La plupart des gens achètent des vêtements ou bien du maquillage.

— Des accessoires de bondage ?

— Probablement, dis-je en rougissant et en me tournant vers lui. Vraiment ? Tu as acheté un appart après ta rupture ? Et pourquoi pas simplement une coupe de cheveux ?

— Tu crois que je peux les couper encore plus court ?

— Tu aurais pu te raser la tête.

Il arque un sourcil interrogateur auquel je réponds par un hochement de tête.

Il se rapproche et caresse mon cou du bout des doigts, avant de les refermer à l'arrière de ma tête.

Ses paupières se ferment alors que j'accepte sa caresse.

Ce n'est pas notre dynamique habituelle. C'est doux, romantique, tendre.

C'est moi qui lui montre de l'affection.

Pas…

Je ne sais même pas comment le décrire.

— Ou bien te teindre en rouge, dis-je.

Il ouvre les paupières, et ses prunelles brunes expressives se remplissent d'intensité. L'affection… le besoin… ou bien l'exigence.

Ou alors tous les trois à la fois.

— Ça me plaît comme ça, dit-il en glissant son bras autour de ma taille et en serrant mon corps contre le sien. Mais tu as raison. J'aurais pu.

— J'ai coupé les miens après que Maman…

— Ça te va bien.

— Et ça te va bien, dis-je en désignant la terrasse.

— Merci.

— Toi aussi. La prochaine fois, je pourrai peut-être me permettre cet appartement, dis-je en regardant le balcon en contrebas.

Sa posture se raidit, et il me lâche pour se tourner vers la rivière.

— Un jour.

Il s'écarte.

Il ne veut pas en parler. De la fin ? Ou bien de la nature financière de notre arrangement ?

Ou alors du fait qu'il a acheté son appartement parce que sa fiancée l'a largué ?

Je ne suis pas prête à entendre la réponse.

Je suis à peine prête à me trouver dans son espace.

— Tu as passé beaucoup de temps ici ?

Je désigne l'escalier, et on descend à l'étage inférieur.

Il me suit dans la pièce silencieuse et propre.

— C'était cinquante-cinquante pendant un moment. Puis on a lancé une nouvelle division, et c'était plus logique pour moi d'être ici.

Il referme la porte coulissante et fait cliqueter la serrure.

C'est bête. Une serrure sur la porte du balcon. Comment quiconque pourrait accéder à la terrasse ?

Mais c'est Ty.

Toujours sur ses gardes.

— Tu étais ici, la moitié du temps, durant toute l'année dernière ? demandé-je en me dirigeant vers le canapé.

— Oui, dit-il.

— Et à plein temps ces derniers mois.

— Tu veux me demander quelque chose.

J'avale une gorgée de ma boisson. J'aurais aimé que les choses soient moins compliquées, mais ce n'est pas le cas.

— Pourquoi n'as-tu pas appelé ?

— Quoi ?

— Ma mère est morte, et tu n'as pas appelé. Tu devais bien le savoir. Tu le savais et tu n'as pas appelé, envoyé des fleurs ou vérifié si j'allais bien.

— Si.

— Quoi ? dis-je en déglutissant fort. Tu l'as fait ?

— J'ai envoyé des fleurs, confirme-t-il. J'aurais voulu faire plus, mais je ne pensais pas pouvoir me contrôler si je te voyais. Et je ne voulais pas être ce type de mec.

— Tu pensais réellement que tu allais coucher avec moi ?

— Je ne voulais pas tenter le sort.

Il avait peur de tromper sa fiancée.

Je ne sais pas si j'ai envie de le frapper ou bien de le féliciter pour sa retenue.

— Et après ? Quand ta fiancée t'a quitté ? demandé-je.

— Ma réponse ne va pas te plaire.

— Essaye quand même.

Ses yeux croisent les miens.

— J'avais envie de coucher avec toi.

— Et qu'est-ce qu'on fait maintenant ?

— On se marie.

— Alors tu pouvais seulement coucher avec moi si je t'épousais ?

Ça n'a aucun sens.

— Je ne peux pas coucher avec toi et te laisser partir.

— Et si j'annule l'accord tout de suite ?

— On n'a pas encore couché ensemble.

— Techniquement.

— C'est différent, dit-il. Ne fais pas semblant que ça ne l'est pas.

C'est vrai. Et ce n'est pas simplement le fait qu'il n'a pas été en moi.

Il ne s'est pas encore montré rude. Pas de la façon dont il peut l'être.

Pas assez pour me faire peur.

— Alors tu ne vas me baiser que si j'accepte de passer dix ans sans un autre homme ? demandé-je.

— Tu as déjà accepté. Tu es en train de changer d'avis ?

— Non.

— Mais ça te met en rogne que je n'aie pas appelé.

J'acquiesce.

— C'était égoïste, dit-il. Je savais que si je te voyais, je coucherais avec toi. Puis ça aurait pris fin. J'ai besoin que tu sois à moi.

— Même si tu ne m'aimeras jamais ?

— Oui.

Ou bien il passe sa vie à me prendre.

Ou alors il m'ignore.

C'est presque compréhensible, d'un certain point de vue.

Mais pas d'envisager qu'il ne tombera jamais amoureux de moi. Ty est possessif, certes, mais pas autant que ça.

Personne ne l'est.

Il ne prendrait pas possession de moi rien que pour pouvoir coucher avec moi, non ?

Suis-je folle d'accepter ?

— Tu as raison. J'aurais dû appeler. J'aurais dû m'assurer que tu allais bien. Je suis désolé.

Il fait courir son pouce sur l'espace entre mon pouce et mon index.

— Tu méritais mieux.

Ces mots sont tellement étranges dans sa bouche. *Je suis désolé.* C'est nouveau qu'un homme me présente ses excuses, mais particulièrement Ty. Généralement, il fait tout bien du premier coup.

— Merci.

— Si tu veux partir…

— Non.

— C'est bien.

Sa prise sur mon poignet se resserre.

Il m'embrasse. C'est fort. Rapide. Avide.

Et sous-tendu de tendresse.

Comme s'il avait désespérément envie de me donner quelque chose de lui.

Et je suis disposée à tout accepter.

J'écarte les lèvres, et il glisse sa langue dans ma bouche, la faisant danser avec la mienne.

Je ne sais pas comment l'expliquer autrement.

Il m'embrasse comme s'il prenait possession de moi.

C'est peut-être le cas.

Ici…

Il peut me prendre ici.

Non, *je* suis libre de m'offrir à lui ici. J'ai tout autant de pouvoir que lui.

Il desserre son étreinte, puis la resserre. Pas assez pour me faire mal ou me couper la circulation, mais suffisamment pour que je comprenne que c'est lui qui a le dessus.

Il pose ma main sur sa verge, et je le prends en coupe par-dessus son pantalon. Il y a trop de tissu. J'ai besoin de lui. Tout de suite.

Pendant un moment, je presse ma paume contre lui. Le tissu est doux contre sa chair dure. Je sens sa chaleur et sa pression contre moi.

Je l'embrasse plus fort.

Il me lâche le poignet et pose les deux mains sur ma fermeture Éclair.

Là. D'un geste rapide, il la fait descendre le long de mon dos.

Il retrace la ligne du bout des doigts. Une légère pression. Douce, tendre, même.

Il s'y attarde pour un moment léger, suave et attentionné.

Puis il fait descendre ma robe sur mes épaules et attire mon corps contre le sien, refermant sa main autour de ma gorge.

Bon sang !

Le désir envahit mes sens.

Il incline les hanches afin que sa verge frotte contre mes

fesses. Il y a pas mal de tissu entre nous, son pantalon, ma lingerie, mais la friction n'embrase pas moins mes sens.

J'ai besoin de lui.

De tout de lui.

De toutes les façons dont je peux le posséder.

De toutes les façons dont je peux l'avoir.

Ça me consume, ce besoin de posséder chaque centimètre carré de sa chair.

Il me tient en place alors qu'il glisse sa main entre mes jambes et me frotte par-dessus mon body, pressant la résille contre mon clitoris.

C'est doux et rude à la fois.

C'est trop et insuffisant à la fois.

J'ai besoin de sa main.

J'ai besoin de sa main sur moi.

Tout de suite.

Mais il m'empêche toujours de bouger alors qu'il me caresse. Encore et encore. Des cercles lents et parfaits.

Un grognement me tombe des lèvres.

Il me serre la gorge davantage.

Cette pression manque de me faire jouir, sachant que je suis complètement à sa merci.

Pourquoi ai-je besoin d'être à sa merci ?

Je l'ignore.

Je m'en fiche.

Rien d'autre ne compte, rien qu'obéir à ses ordres.

Il va me donner ce dont j'ai besoin.

Il va me donner tout ce dont j'ai besoin.

Il me frotte encore et encore. Cette résille transparente, terriblement fine, mais toujours bien trop épaisse…

Cette friction parfaite. Rude. Intense.

C'est trop et pas assez.

Mes paupières se referment.

La tension dans mon sexe croît de plus en plus.

J'y suis presque, mais il ralentit.

Il trace des cercles très légers contre mon clitoris, encore et encore.

Il me rapproche de plus en plus…

Presque…

J'y suis…

Il glisse sa main sous ma lingerie, et son index contre mon clitoris. Cette pression douce et parfaite !

Un cercle parfait.

Je sens la tension à l'intérieur de moi se resserrer de plus en plus.

C'est tellement fort que j'ai du mal à le supporter.

Puis je bascule et gémis son nom en jouissant.

La tension se délite, et l'orgasme fait pulser mon sexe. Le plaisir se répand dans mon pelvis, mon ventre, mes cuisses.

Il me caresse pendant tout mon orgasme, puis me lâche et pose ses mains sur mes hanches.

— Penche-toi sur le canapé.

— Ici ?

— Ici.

Je place mes mains sur l'accoudoir, baisse le torse et frotte mon sexe contre son entrejambe.

— Entièrement.

— Oui, Monsieur.

Ça lui coupe le souffle. Ça le rend fou, lui aussi.

Et ça m'excite encore plus de savoir que ça le rend aussi fou que moi.

Je pose mes mains sur le coussin et enroule mon corps sur l'accoudoir.

— Gentille fille, ronronne-t-il.

Ce compliment m'arrache presque un orgasme.

C'est trop sexy. Je suis à sa merci. Je parviens à peine à remuer. Je ne peux rien faire d'autre que le prendre.

Il écarte mon body et glisse deux doigts en moi.

Fort et profond.

Assez pour que ce soit douloureux.

Je laisse échapper un petit hoquet.

Il le refait. Plus fort.

Comme s'il me mettait au défi de lui demander de s'arrêter.

De poser mon mot de sécurité.

D'implorer sa pitié.

Mais je ne veux pas de sa pitié.

Il enfonce à nouveau ses doigts en moi.

— Mince, dis-je dans un souffle.

Puis il se retire et recommence.

Encore.

Puis avec trois doigts.

— Tu es à moi. Tu comprends ?

— Oui, Monsieur.

— C'est à moi, dit-il en se retirant puis en me pénétrant à nouveau de ses doigts. C'est moi qui décide si c'est doux ou fort.

Je hoche la tête contre le canapé.

— Tu sais comment j'en ai envie, bébé ?

— Fort.

— Gentille fille.

Il retire sa main de mon sexe et porte ses doigts à ses lèvres. Puis il en lèche mon goût.

Enfin, il retire quelque chose de sa poche.

Un préservatif.

Mon cœur bat fort dans ma poitrine.

Chaque molécule de mon corps vibre sur sa fréquence. J'en ai besoin. J'ai besoin de l'avoir en moi. Terriblement besoin.

Il descend sa fermeture et déroule le préservatif sur sa verge. Puis il se rapproche de plus en plus.

D'un mouvement rapide, il me pénètre.

Oui !

Le plaisir s'empare de mes sens.

Et cette sensation déroutante de plénitude. Comme si j'étais enfin complète. Comme si j'étais exactement là où j'avais besoin d'être.

C'est fort. Brusque. Assez pour être douloureux.

Mais ça ne fait que m'exciter davantage.

Ty referme la main autour de ma cuisse et me tient en place pendant qu'il me baise.

Il n'y a aucun autre moyen de le décrire.

C'est dur, rapide, intense.

C'est trop.

Et pas assez.

Mes yeux se referment.

Mon corps vibre à sa fréquence. La sensation de ses ongles sur ma peau. Le tiraillement de la capote. La pression de sa verge en moi.

Notre respiration saccadée.

Ses grognements bas.

Le battement de mes cuisses sur le cuir mou.

Il me pénètre encore et encore.

M'excitant de plus en plus.

De plus en plus près…

Puis son pouce se pose sur mon clitoris. Il me caresse avec des mouvements rapides et brusques.

Cette fois, je jouis rapidement. La tension à l'intérieur de moi adopte une chaleur effrénée. Encore un coup de boutoir, et tout se délite. Mon sexe palpite.

C'est trop dur. Bien trop. Tellement que je suis certaine que je vais le pousser hors de mon corps.

Mais je ne fais que l'aspirer davantage.

Plus profondément.

Il pose la main sur mon dos et me plaque sur le canapé

alors qu'il me pénètre.

Sa respiration s'accélère, puis ses coups de reins.

Il me prend fort, vite. Puis il jouit, grognant mon nom, ne cessant d'onduler pendant son orgasme, me possédant complètement.

Quand il a fini, il se retire et se débarrasse de la capote.

Il revient vers moi, toujours étendue sur le canapé, le souffle encore court, couverte de sueur et baignant dans la félicité.

Puis il m'aide à me relever et m'embrasse.

Et pendant une seconde parfaite, je suis une femme qui embrasse l'homme qui sait exactement ce dont elle a besoin.

Rien de plus.

Rien de moins.

Il adopte cette autre version de lui-même. Celle d'un protecteur tendre.

Il m'aide à grimper dans la baignoire.

Il ne m'y rejoint pas, mais reste assis, les manches roulées jusqu'aux coudes, doux et tendre alors qu'il me savonne, me shampooine, me rince et m'habille.

Il a des vêtements ici. Mes vêtements. Ceux que j'ai choisis avec Paloma. Et d'autres.

Je crois que c'est elle qui les a choisis. Elle a un certain flair pour les vêtements dramatiques. Ce pyjama en soie bleu nuit…

Ça lui ressemble complètement.

Et cette chambre, avec ses murs vierges et ses draps en coton égyptien…

C'est entièrement Ty.

Un côté qu'il essaye d'ignorer. Un garçon effrayé qui a peur de tout perdre, qui en a déjà bien trop perdu.

Il m'étend sur le lit et remonte les draps jusqu'à mes épaules.

Puis il se penche et me souhaite bonne nuit d'un baiser.

Comme si c'était sincère.

Comme s'il en voulait plus, pas seulement du sexe.

Comme s'il avait vraiment envie de passer le reste de sa vie à prendre soin de moi.

Chapitre Vingt-Cinq

TY

À part la robe noire sur le plancher et les verres à cocktail sur la table basse, la pièce n'a pas changé depuis ce matin.

Le même cuir souple.

La même vitre transparente.

La même rivière.

Et l'impression qu'Indigo a tout changé.

Y compris moi.

Je ferme les paupières et goûte ses lèvres, hume son shampooing, sens son corps souple.

Je la sens céder, l'entends implorer, vois son regard de soumission…

Je nettoie les verres et suspends ses vêtements sur un cintre.

Je me déshabille, prends une douche et enfile un pyjama.

Elle est dans mon lit, profondément endormie.

Elle a l'air d'y être à sa place, ses cheveux sombres se mêlant aux draps noirs, le corps souple et immobile, l'expression sereine.

Elle a l'air à sa place dans mon lit, dans mon espace, dans ma vie.

Ça ne devrait pas être une révélation. Je lui ai demandé de m'épouser, alors oui, elle va faire partie de ma vie.

Mais ceci…

Cette légèreté dans ma poitrine…

Cette chaleur qui remplit mon corps tout entier…

C'est familier.

Ce danger chaud, doux et tendre qui se termine dans la douleur.

Je ne peux pas tomber amoureux d'elle. C'est hors de question.

Cela étant, je me glisse dans le lit à côté d'elle.

Puis j'attire son corps contre le mien.

Je la serre fort alors que je bascule dans le sommeil.

Chapitre Vingt-Six

INDIGO

Le soleil filtre à travers les fenêtres, projetant une lumière matinale sur les draps noirs et le plancher.

Je ferme les yeux et tourne la tête vers l'oreiller. Du coton soyeux et frais. Et il a l'odeur de Ty. Son savon, son shampooing, sa sueur…

Un mélange parfait qui est entièrement lui.

Je roule sur le dos et étire les bras au-dessus de ma tête, m'imprégnant de la chaleur du soleil.

L'ai-je rêvé ?

Ou bien était-il vraiment là hier soir ?

Ai-je vraiment eu l'impression qu'il m'aime ?

Non, pas qu'il m'aime. Il ne m'aimera jamais. Mais il doit y avoir un mot qui corresponde. Quelque chose entre la douleur du mot « apprécier » et la douce promesse du verbe « aimer ».

Je me lève pour aller à la salle de bains, celle qui est là, attenante à la chambre à coucher.

Elle est déjà prête pour moi.

Des affaires de toilette violettes. Une brosse à dents, un rasoir, un peigne, un set de serviettes.

Violet foncé. Ma couleur.

Les a-t-il choisies pour moi ? Ou bien est-ce Paloma qui s'est occupée de tout ? Le violet foncé lui correspond parfaitement.

C'est peut-être sa vie. Il laisse peut-être ses assistants gérer sa maison. Mais j'ai du mal à imaginer Ty cédant autant de contrôle.

C'est lui qui a choisi ça.

Il a fait de la place… pour moi.

Il est clairement prêt à s'engager avec moi pour la vie, même s'il ne m'aimera jamais.

C'est étrange, mais je peux le comprendre, d'une façon qui ne ressemble qu'à lui.

Je me brosse les dents, me lave le visage et passe un peigne à travers mes mèches emmêlées alors que je me rends dans la pièce principale.

Bon sang, cet endroit est tout aussi magnifique la journée ! Le soleil se reflète sur la rivière, jetant des reflets délicats sur le cuir et le plancher.

Ty n'est pas là, et tout est silencieux.

Selon mon téléphone, il est tôt. Et Sienna est fière de moi, que je sois restée toute la nuit. Elle va courir en mon honneur.

Je ne peux m'empêcher de sourire. Cette situation est terriblement compliquée, parfois. Mais si je peux aider ma sœur à avoir une vie meilleure…

C'est tout bon !

Je pianote une réponse timide et me rends à la cuisine.

Bien entendu, elle est nickel chrome. Une cafetière à piston et un moulin à café contre le mur. Près d'une bouilloire électrique. Et dans le cabinet sophistiqué au-dessus…

Bingo.

Du café noir corsé et une rangée bien propre de boîtes

de thé en métal. Du thé vert japonais, un mélange de chai épicé et le thé noir que j'avais aimé à son bureau. Du Yunnan Hong Cha.

Je règle la bouilloire à 90 degrés et prends une cuillère. Puis je dépose des feuilles dans un mug blanc coûteux.

Pendant que l'eau bout, je cherche des signes de sa présence dans l'appartement. La pièce au bout du couloir est un bureau.

C'est exactement ce à quoi je m'attends de la part de Ty. Un bureau moderne à hauteur réglable seulement équipé d'un ordinateur. Pas de décorations, d'objets personnels, de photos de famille. Du travail. Un travail ergonomique, certes, mais il n'y a que le travail et la vue.

Si c'était mon bureau, la vue suffirait. L'Hudson d'un côté. Uptown de l'autre. De la beauté partout où je tourne la tête.

Mais il est difficile d'imaginer Ty assis à son bureau, à regarder la rivière ou l'Empire State Building.

Non, il baisse probablement les stores sophistiqués et presque invisibles afin que la lumière ne l'empêche pas de voir son écran. Il y a une autre pièce similaire à sa chambre, mais clairement conçue pour quelqu'un d'autre. Les draps violets et le bureau noir sont révélateurs.

Puis il y a la guitare dans le coin.

Le modèle que j'ai à la maison. Celle dont je lui avais parlé il y a trois ans.

Plus une stéréo chère et une étagère remplie de vieux albums cultes.

C'est censé être ma chambre.

C'est peut-être mieux comme ça. La sensation de ses bras autour de moi, de sa poitrine qui pousse contre mon dos…

J'en ai encore envie.

Je ne parviendrai pas à m'endormir à ses côtés pendant dix ans sans tomber amoureuse de lui.

Je vais à la stéréo et connecte mon téléphone.

J'enclenche *Back to Black.*

La voix rauque d'Amy remplit l'espace. Je ferme les yeux, m'imprègne de la chaleur du soleil, de la fraîcheur de l'air conditionné, du doux son de la musique.

J'ai l'impression d'être chez moi.

C'est déjà chez moi.

Ça me fait peur, plus que tout. Mais c'est un endroit cool où passer les dix années qui viennent. Une grande chambre, une vue magnifique, un dressing.

Les cintres sont couverts par mes vêtements : des trouvailles de ma séance shopping avec Paloma et une commode remplie des choix de Ty.

De la lingerie.

Des menottes.

Des harnais.

Mes cuisses tremblent alors que je fais courir mes doigts sur le cuir souple. Les deux menottes délicates sont jointes par une fine chaîne de métal.

Elle est prête à être attachée au mur, au bureau, au lit, au harnais.

Il y en a d'autres dans le tiroir suivant. Une cravate. Une raquette pour fessées. Un joli vibrateur neuf dans un écrin de velours.

Est-ce qu'il a acheté tout cela la semaine dernière ?

La lingerie est à ma taille. Tout. Du soutien-gorge en nylon noir pratique, mais sexy, au modèle transparent.

— Ton eau est chaude.

Sa voix m'interrompt. Baigné d'une lumière douce, il se tient dans l'encadrement de la porte, vêtu d'un short et d'un de ces débardeurs qui laissent s'évaporer la sueur.

— Je ne t'ai pas entendu.

— Tu écoutes la musique fort.

— Trop fort ?

— Non. Ça me plaît.

Il est grand, large d'épaules et sexy.

Il est beau dans son costume, mais comme ça…

Avec de la sueur qui dégouline de ses épaules puissantes, le long de ses cuisses musclées, sur ses bras tatoués…

Et si je jetais le harnais sur le lit ? Lui demandais de l'essayer tout de suite ?

Se mettrait-il nu avec moi ?

J'ai envie de le voir nu. J'ai envie de toucher chaque centimètre de sa peau, chaque bosselure de ses muscles, et de tracer tous ses tatouages.

Il en a un nouveau sur sa poitrine. Et un autre, sur son bras, au-dessus de la rose géométrique qu'il partage avec son frère.

— Tu veux que je te prépare ton thé ? demande-t-il.

— Tu es allé courir ?

Il hoche la tête et dit :

— Je peux t'inviter la prochaine fois.

— Non, merci.

Ça le fait rire.

— Ta sœur, alors. Si elle emménage dans l'immeuble.

Si. C'est beaucoup pour lui. Un si, pas un quand. C'est pratiquement une promesse de compromis.

— Elle est rapide.

— Moi aussi.

Probablement. Vraiment, Sienna ne m'invite qu'à cause d'un mélange de pitié et d'obligation sororale. Elle dit que j'ai besoin d'exercice. Une fois qu'elle a fait quelques tours avec moi, elle me laisse faire le reste du chemin en marchant et se met à filer comme une gazelle.

— Ça lui plairait. Elle t'apprécie.

— Parce que je suis sexy ?

— Principalement, dis-je sans pouvoir m'empêcher de sourire. Elle a texté ses félicitations.

— Oh ?

— Sur le fait de m'être fait troncher.

— Tu le lui as dit ? sourit-il.

Je secoue la tête.

— Elle a deviné. Puisque je ne suis pas rentrée.

— Mon ego.

— Oui, ton ego… tu dois être terriblement blessé que je n'aie pas dit à ma sœur que tu m'as fait passer un moment extraordinaire. Tu n'auras besoin d'acheter qu'un seul harnais, la prochaine fois, dis-je en brandissant une paire de menottes en cuir.

— Ça ne te plaît pas ? dit-il d'une voix défiante.

Je relève son défi.

— N'est-ce pas évident ?

— Si, dit-il en lâchant l'encadrement de la porte. Tu pourras en porter un la prochaine fois.

La prochaine fois. J'en ai déjà envie.

Je veux être là, dans son appartement magnifique, à le chevaucher toute la journée.

Et je veux vite rentrer à la maison, pour pouvoir m'imprégner de ce qui est à *moi* dans cette vie pendant aussi longtemps que je le veux.

Il y a un bip dans la cuisine, la bouilloire.

— Je vais préparer le petit déjeuner.

Il sort dans le couloir.

Je reste avec ma lingerie. Un symbole de ma nouvelle vie. Magnifique, chère, luxueuse, érotique.

L'endroit parfait pour un beau jouet dont on s'occupe.

Une partie de moi en a envie. Terriblement envie.

Être le jouet de Ty. Sa chose, qu'il peut faire plier, briser ou baiser jusqu'à ce qu'il en ait fini avec moi.

J'imagine déjà des scénarios. Nous deux dans son bureau. Il m'ordonne de retirer ma robe. Il m'attache les mains avec ces menottes. Les ligote au harnais autour de ma taille.

Il me fait basculer sur ses genoux et me donne la fessée.

Il me baise avec ses doigts.

Il me renverse sur son bureau et me pénètre.

Je mouille déjà ; je n'ai pas besoin de plus. Simplement de penser à lui.

J'en ai envie. De ça. Même si c'est complètement dévoyé.

Mais quand nous ne serons pas seuls, dans notre appartement, à céder à nos désirs illicites ?

Quand nous serons en public ?

Nous restons deux personnes qui ont envie de coucher ensemble.

Mais nous ne sommes pas terriblement amoureux, pas comme nous faisons semblant de l'être.

Sommes-nous amis ? Amis avec avantages ?

Je ne sais pas.

Je ne sais pas ce qu'il veut faire quand nous sommes habillés.

Mais j'ai envie de le découvrir.

J'ai envie de le connaître. De savoir tout de lui. Autant que je le peux.

Je ne suis pas certaine que ce soit de l'amour, mais ça y ressemble. C'est dangereusement proche.

Assez proche pour que ce soit une certitude : il va me briser le cœur.

Chapitre Vingt-Sept

INDIGO

Je m'attarde le temps de quelques chansons encore, puis je suis l'arôme du café jusqu'à la cuisine.

Il me rappelle les matinées avec mon père.

Il était pompier et travaillait pendant plusieurs jours d'affilée.

Il m'avait dit que son travail était sûr, mais une partie de moi avait peur de me réveiller et qu'il soit parti.

Quand je me réveillais et que je sentais le café, je savais qu'il était à la maison. Je savais qu'il était en sécurité.

Je savais qu'il allait m'emmener au parc, me raconter des histoires, m'apprendre à jouer de la guitare.

On restait assis dans le salon à faire des gammes jusqu'à ce que je sois épuisée. Puis il passait ses albums préférés. Même ceux qu'il avait promis à Maman de ne pas me faire écouter.

Il avait de tout, des vieux classiques, de la punk britannique, du ska, de la pop des années 80, des auteurs-compositeurs. Je me souviendrai toujours du jour où il avait oublié de mettre la stéréo en sourdine pendant *You Oughta Know*.

Je lui avais demandé ce que ça signifiait de baiser avec quelqu'un.

J'étais assez vieille pour avoir une vague idée de ce qu'était le sexe, mais il m'a quand même prise entre quatre yeux pour me parler de ce que ça signifiait vraiment. Il m'a dit que c'était une belle chose dont je ferai un jour l'expérience, et que je ne devrais jamais avoir honte de ce que je désirais, tant que j'étais avec quelqu'un en qui j'avais confiance.

Que penserait-il de mon accord avec Ty ?

Serait-il terrifié à l'idée que je désire quelqu'un qui me fait du mal ? Ou fier que je sois capable d'assumer mes désirs ?

Je ne lui en parlerais pas ; je n'en parlerai même pas à Sienna.

Mais j'aimerais en parler à quelqu'un. J'aimerais que quelqu'un soit fier de moi. Fier de quelque chose.

Comme l'était Papa quand j'apprenais un nouveau riff, écrivais une nouvelle chanson ou bien avais 20 à un contrôle.

J'aimerais que quelqu'un me dise *bon travail, Indie. Tu as survécu aux deux années qui viennent de s'écouler avec style et grâce. Tu as gardé la tête sur les épaules.*

Je sais que c'était très difficile.

Je suis fier de toi.

Même si tu as dû remiser ta passion. Même si tu refuses ton talent. Même si tu n'es pas prête à affronter ta douleur.

— Tu aimes toujours les œufs au plat ?

Ty dépose un mug de thé parfaitement blanc sur la table de la cuisine.

— Oui, merci.

Je referme les doigts sur la tasse et le porte à mes lèvres. J'inhale l'odeur chaude et familière. Le mélange de thé de marque et de café de luxe. Puis uniquement le thé noir fort.

Hum. Figue et caramel.

Chaleur et force.

— Tu veux que je t'aide ? dis-je en avalant une autre gorgée. Ou bien es-tu horrifié à l'idée que je puisse mettre du bazar dans ton espace parfait ?

— J'ai envie de t'avoir ici, dit-il.

— Je veux dire…

— Je sais ce que tu veux dire, dit-il en déposant une casserole sur la cuisinière et en allumant un feu. J'ai perdu la moitié de ma caution à cause de tes traces de rouge à lèvres.

— Vraiment ?

— Et du plancher raclé.

— Oh.

Ce souvenir fait rougir ma poitrine. Il m'a prise tellement fort que son lit a éraflé le sol.

— J'aurais dû dire que c'était de l'usure normale, dit-il avec un demi-sourire. Mais quelques milliers de dollars valent bien le fait de pouvoir se vanter.

Pour lui, oui.

— Quel exploit !

Il acquiesce.

— J'aimais trouver des traces de toi. Un fard à paupières sur un comptoir. Du rouge à lèvres sur un col de chemise. L'odeur de ton shampooing dans ma douche. C'était comme si j'avais quelque chose de toi.

— Tu as pensé à moi ?

— Bien sûr.

— Mais tu étais… avec elle.

— Ce n'est pas comme si elle était ma première, dit-il avec un petit rire. J'aurai trente et un ans le mois prochain.

— Vieux mec.

— Qui court plus vite que toi.

Je souris involontairement. C'est tellement bon. Tellement… normal.

Je m'assieds et bois mon thé. Je le regarde casser les œufs dans la poêle, glisser du pain dans le grille-pain, tirer de la sauce piquante du garde-manger.

Il cuisine comme il fait tout le reste : avec précision et grâce.

Ça pourrait être notre vie. Notre routine du matin. Seulement…

— Tu ne travailles pas aujourd'hui ?

— Si.

— Ça a déjà commencé.

— Vraiment ? demande-t-il d'une voix taquine. Je n'avais pas remarqué.

— Tu prends ta journée ?

Il acquiesce, et je souris.

Il prend une journée de congé, pour moi.

Peut-être parce qu'il veut coucher avec moi ; probablement.

Mais ce n'est pas comme si j'avais envie d'autre chose.

— C'est bien, dis-je en avalant une autre gorgée. Que va-t-on faire de notre temps libre ?

— Tu n'es pas douée pour faire ta mijaurée.

Un rire m'échappe.

— Tu ne peux pas me baiser toute la journée.

— C'est un défi ?

— Et si ça l'était ?

— Ça l'est ?

Il me lance un regard qui me supplie de dire oui.

Mais je ne lui fais pas ce plaisir.

J'ai envie de coucher avec lui pendant toute la journée. Mais j'ai aussi envie du reste ; de ce matin normal passé ensemble.

Ty prépare le petit déjeuner.

Il cuisine bien. Je crois que c'est parce qu'il s'est occupé de sa mère.

J'ai fait pareil, mais je suis un désastre. C'est Sienna qui sait cuisiner.

Je le regarde à l'œuvre. Il s'est douché et habillé pendant que j'étais dans ma chambre. Il porte un jean et un t-shirt blanc.

Des vêtements normaux.

Enfin, un costume est normal dans le quartier de la finance. Et partout à New York, pour être honnête. On attache beaucoup d'importance à notre tenue.

C'est le Ty que j'aurai le week-end et pendant les vacances.

Le Ty qui est à moi, et à moi toute seule.

Y a-t-il une partie de lui qui n'est qu'à moi ? À part celle qui me culbute ?

Et si c'est tout ce que j'ai…

Ce n'est pas rien.

C'est beaucoup.

Mais…

— Tu penses à elle ? lui demandé-je. Quand tu es avec moi ?

— Ce n'est pas ce que tu crois.

— Tu penses que je veux dire quoi ?

— Je ne pense pas à coucher avec elle.

Je déglutis fort.

— Mais sur d'autres points ?

— Je suis resté avec elle pendant deux ans. J'ai beaucoup de souvenirs.

Bon, c'est vrai. Mais ça n'aide pas à dénouer le nœud dans mon ventre.

— C'est tout ? Des souvenirs ?

— Tu essayes de me dire quoi ?

— Tu ne parles pas d'elle.

Il n'y a rien à dire.

Peut-être.

— Mais tu pensais à moi, quand tu couchais avec elle ?

— J'étais dans une relation engagée.

— Mais tu l'as fait.

— Oui, dit-il avec une expression sombre. Quand on a essayé de le faire à ma façon. Puis après. Quand j'ai réalisé qu'elle ne l'accepterait jamais.

— Tu m'imaginais à sa place ?

— Je n'en suis pas fier.

Je ne sais pas si j'ai envie de le gifler ou de lui grimper dessus. J'ai pensé à lui, parfois. Toute seule. Avec Noah.

— Mais tu allais t'engager avec elle, même si elle n'avait pas les mêmes goûts ? Même si tu devais penser à moi ?

Son regard soutient le mien.

— J'ai cru pouvoir trouver un compromis.

— Et c'est le cas ?

— Non. Mais je me suis dit que ça ne comptait pas.

— Et ce n'était pas vrai.

Il confirme.

— Personne n'a toutes les capacités du monde.

— Peut-être.

— Tu fantasmes que quelqu'un nous regarde, dit-il.

Mes joues s'empourprent.

— Il nous rejoint ?

— Parfois.

— Ça n'arrivera pas. Je ne vais jamais te partager.

— Je sais.

— Mais tu es toujours satisfaite ?

— Jusque-là.

Il ricane.

— Tu me mets au défi.

— Je te réponds honnêtement.

— Et si tu n'étais pas satisfaite ? Si tu en avais besoin et que je ne voulais pas te le donner ?

— C'est différent. C'est une chose précise. Un scénario très spécifique.

— Mais c'est la même idée.

Je hoche la tête.

— Tu partirais parce que je ne te donnerais pas une chose que tu désires ?

— Non. Mais ça n'arriverait pas. Tu trouverais un moyen de me le donner.

Il secoue la tête.

— Si ! Tu n'inviterais peut-être pas quelqu'un à regarder. Tu ne me partagerais peut-être pas. Mais tu trouverais un moyen de remplir ce besoin. Le miroir. Un endroit semi-public. Une vidéo.

Ses pupilles se dilatent.

— Tu es en train d'y penser. Tu vas vraiment soutenir le contraire ?

— Non.

— C'est différent.

— Oui, admit-il. Mais je me suis dit que ça ne l'était pas. Je me suis dit beaucoup de choses… Elle s'en est peut-être rendu compte. Elle a peut-être réalisé que je ne serais jamais satisfait. Je ne sais pas.

— Et c'est là que tu pensais à moi ? demandé-je. Quand ce que vous faisiez n'était pas… suffisant ?

— Pas à chaque fois.

— Alors parfois, c'était suffisant ?

— Je suis capable, dit-il, d'être doux, tendre et aimant. Et parfois, c'est même ce dont j'ai envie.

— Vraiment ?

— Tu as besoin que je t'en fasse la démonstration ?

Le défi filtre dans sa voix, et ma rougeur s'accentue.

— Si c'est ce dont tu as envie tout de suite.

— Non.

— C'est ce que tu veux ?

— Je veux que tu manges ton petit déjeuner.

— Après.

— C'est une invitation ?

— Et si ça l'était ?

— Ça l'est ? demande-t-il de sa voix autoritaire.

Je presse les cuisses. Ça l'est ? Je ne sais pas. J'ai envie de lui. Mais est-ce que je peux supporter de coucher avec lui, puis de partir ?

Est-ce que je peux jouir sans avoir plus de sentiments ?

Non. C'est une cause perdue. S'il va finir par me briser le cœur quoi qu'il arrive, alors je peux m'autoriser à apprécier le processus.

— Oui.

Ma poitrine se soulève quand j'inspire.

— Après le petit déjeuner.

Je dois être en train de faire la moue, car il éclate de rire et m'adresse le sourire le plus éblouissant du monde.

Il est tellement beau ! Et sa joie…

C'est rare et magique. J'ai envie de la mettre en bouteille, de la serrer contre moi, de la boire quand j'ai le blues.

— Mais tu as promis que tu ne penserais jamais à elle quand on est ensemble. Jamais, dis-je.

— Je ne penserai jamais à quelqu'un d'autre.

— Mais avec elle…

— Je ne le ferai pas. Pas avec toi. Et tu ne penseras à personne d'autre quand tu es avec moi.

Mon corps tout entier vibre. Qu'est-ce qui ne va pas chez moi ? Pourquoi est-ce que j'attends qu'il me dise ce que je suis en droit de penser ?

— D'accord.

— Je suis jaloux rien que d'y penser.

— Au fait que je pense à quelqu'un d'autre ?

— Oui, dit-il en me passant la sauce piquante. Je ne peux pas te promettre de nombreuses premières expériences, Indie. Mais ça… Je ne me lâche avec personne d'autre. Je n'achèterais à personne d'autre un tiroir plein de harnais. Je ne ferais confiance à personne d'autre.

Je prends la sauce piquante et trace des cercles sur mes œufs. C'est de la sriracha de marque, du genre sans additifs ou colorant.

La même chose, mais différent, plus cher.

Les œufs sont plus frais que les miens ne le sont jamais.

Je n'arrive pas à réprimer un soupir de plaisir.

Sa posture change immédiatement, et il devient cet autre Ty. Celui qui est attentif à chacun de mes désirs.

Pendant un moment, il m'étudie, puis il redevient normal.

Et nous sommes deux personnes qui discutent à la table du petit déjeuner.

Comme des amis.

Ou peut-être des amants, je n'en suis plus certaine.

J'ai besoin de coucher avec lui. Tout de suite. Mais je connais Ty. Même si je me mets nue et que je passe sous la table, il s'en tiendra à sa résolution…

Après le petit déjeuner.

Et il n'a toujours pas fini sa première tranche de pain.

J'avale une bouchée d'œufs et essaye d'éviter de penser au cul, de me concentrer sur autre chose que mon désir de l'avoir en moi.

— Qu'est-ce que tu ferais ? Si tu allais au travail ?

— Ce n'est pas si intéressant que ça.

— Je ne te crois pas.

J'avale une autre bouchée et je déglutis, me concentrant sur l'intensité de son regard.

— Je ne crois pas que tu puisses faire quoi que ce soit qui t'ennuie.

— Ce ne serait pas intéressant pour toi.

— Essaye quand même.

Il laisse échapper un petit rire.

— Je fais des recherches, vérifie des chiffres, négocie. Ian fait la majeure partie des enquêtes, et je m'occupe de tout ce qui est pratique et de la plupart des négociations.

Les négociations ? Je l'imagine bien.

— C'est la partie du travail que tu préfères ?

— Oui.

— Pourquoi ?

Son regard croise le mien.

— Que préférais-tu quand tu travaillais dans ce bar horrible ?

— Les pourboires.

— Ça ne compte pas, dit-il

— La façon dont les hommes attendaient quelque chose de moi.

— Les hommes ont toujours envie de toi.

— Peut-être, dis-je en rougissant. Mais c'était différent. Ils essayaient de me séduire. Je détestais ces hommes qui me regardaient comme si j'étais un morceau de viande. Je détestais devoir être obligée de rire de leurs blagues. Ou de les entendre se plaindre que leurs femmes ne les comprenaient pas. Mais il y avait aussi un certain pouvoir, là-dedans. Et j'aimais ce pouvoir.

Il me regarde dans les yeux.

— C'est la raison pour laquelle que je te plais ?

— Je n'ai aucun pouvoir sur toi.

— Tu le crois vraiment ?

Non.

— Pas exactement.

Mais c'est lui qui a le plus de pouvoir dans cette situation. Il est riche comme Crésus. Je ne suis plus une serveuse fauchée dans un bar à cocktails, mais j'ai quand même des millions de dollars de moins que lui.

— Tu ne réalises pas, commence-t-il d'une voix douce, à quel point tu aurais pu m'influencer si tu en avais eu envie. Cela aurait été facile pour toi d'avoir le dessus, ajoute-t-il avec un demi-sourire. Tu n'es pas une bonne négociatrice. Je peux t'apprendre.

— Maintenant que j'ai signé ton contrat ?

Son rire est doux.

— Tu n'es pas satisfaite des conditions ?

Cette question de ne pas être amoureux, non. Mais ce n'est pas ce qu'il veut dire. Ce n'est pas quelque chose qu'on peut négocier.

Il va tomber amoureux de moi ou il ne le fera pas.

Aucune somme d'argent ne changera ça.

— J'aurais accepté pour bien moins que ça, dis-je. Peut-être simplement l'hypothèque et la bourse d'études de Sienna.

— Je t'en aurais proposé davantage.

— Alors on y perd tous les deux ?

— On y gagne tous les deux. C'est juste.

— Alors pourquoi devrais-je accepter des conseils de ta part en matière de négociation ?

Il ricane.

— Je perds mon latin quand il s'agit de toi.

— Tu penses avec ton sexe.

— Oui.

— Oh, dis-je en rougissant davantage.

— Ce n'est généralement pas un problème au travail. Même si je traite avec une belle femme, une femme que j'ai envie de me faire.

— New York est plein de belles femmes.

— Mais il n'y a qu'une seule Indigo Simms.

Est-ce que je compte autant que ça pour lui ? J'ai du mal à le croire.

Mais il m'a offert dix millions de dollars.

Et on se comprend. On a quelque chose de spécial. Même si ce n'est pas de l'amour.

— La négociation est un échange de pouvoir, continue-t-il. Toutes les parties impliquées ne savent pas exactement combien les autres en ont. Même si tout est transparent. Disons que j'investis dans une société, une à prix fixe. Les autres investisseurs l'ont rachetée pour six millions de dollars. J'ai l'opportunité d'en acheter vingt pour cent. C'est facile de faire le calcul. Vingt pour cent de six millions. Un million deux.

— Alors tu achètes à un million deux ou pas ?

— En théorie. Mais si la propriétaire a besoin de l'argent tout de suite ? Et si elle ne peut pas risquer un non ? Et si la société est la seule qui convienne ?

C'est de nous qu'il parle.

— Personne ne saurait dire ce que ça coûte, dit-il. Personne ne saurait dire qui a l'avantage. Et il existe toujours des facteurs humains. Une chose à laquelle la personne tient plus qu'à l'argent.

— Et tu exploites ça ?

Il trempe le coin de son toast dans le jaune d'œuf. Sans sauce piquante. Rien que le carré parfait d'un toast au jaune d'œuf.

— J'utilise cette influence pour obtenir ce que je veux.

— Et nous… c'est un échange de pouvoir.

— Certes. Mais je ne le prends pas. Tu me le donnes.

Je n'arrive plus à respirer.

— Tu attends. Parce que je t'ai demandé d'attendre. Parce que *je* décide quand je coucherai avec toi.

Sa posture change, il devient cet autre Ty. Cet homme impitoyable qui obtient exactement ce qu'il veut.

— Et tu attends parce que tu as envie d'attendre. Tu veux être sous mon contrôle.

— Oui.

— Tout de suite ?

Sa voix n'est pas un défi. C'est une question honnête.

Et c'est à moi de répondre.

Suis-je prête à me retrouver complètement sous son contrôle ?

Chapitre Vingt-Huit

INDIGO

— Oui, dis-je dans un souffle. Tout de suite. S'il te plaît.

Il m'observe pendant un moment puis hoche la tête, compréhensif.

Sa posture change.

C'est l'autre Ty, celui qui savoure la moindre parcelle de son pouvoir.

Sa voix descend d'une octave.

— Viens ici.

Je fais le tour de la table.

Il fait tourner sa chaise vers moi, puis me fait signe de m'approcher d'un mouvement des doigts.

Je m'exécute.

Il pose les mains sur mes hanches et m'attire sur ses genoux. Je me retrouve à califourchon sur lui, mes jambes autour de ses cuisses, mes pieds touchant le sol.

Il pose une main sur ma joue et m'attire dans un baiser lent et profond.

C'est doux pendant un moment, puis plus ferme.

Sa main descend le long de mon cou. Lentement, il trace les contours du col de mon haut de pyjama.

Lentement, il défait le premier bouton.

Puis le deuxième.

Puis le troisième.

Puis le dernier.

Les pans s'ouvrent, révélant mes seins, me laissant le torse nu sur ses genoux.

Il fait descendre des baisers le long de mon cou jusqu'à ma poitrine.

Ses lèvres frôlent mon mamelon. Doucement.

Puis plus fort.

Le raclement de ses dents.

— Mince.

Je pose ma main sur sa poitrine, je tire sur sa chemise.

Il me mord à nouveau, plus fort. Assez pour que ce soit douloureux.

— Ty…

Et encore.

Je passe le bras autour de son cou et laisse mes ongles trouver sa peau.

Encore une fois.

Mes hanches ondulent contre les siennes. Je le sens bander sous moi, se rapprocher de l'endroit désiré. Il ne reste que ce tissu stupide entre nous.

Encore.

— Oh !

Puis plus fort…

Et plus fort…

Il me pousse dans mes retranchements.

Me met au défi.

Celui de lui demander d'arrêter.

Mais je ne veux pas qu'il arrête. J'aspire à cette douce douleur parfaite.

Il fait à nouveau courir ses dents contre moi.

Et encore.

Plus fort.

Plus fort.

Sa morsure imperceptible fait palpiter mon intimité. Un mélange parfait de douleur et de plaisir. Ça fait mal, mais ça ne fait que m'exciter davantage.

Attiser mon désir.

Il me fait monter dans les airs, encore et encore.

De plus en plus fort.

Jusqu'à ce que ça devienne trop.

Je ferme les yeux et tente de le supporter, de me concentrer sur la sensation de sa verge contre mon sexe. Ses jambes entre mes cuisses. Ses mains autour de ma taille.

Encore.

Et encore.

Oh…

— Azur…

Il s'arrête immédiatement et lève les yeux vers moi. Il patiente en étudiant mon expression.

Je prends une inspiration sifflante.

— Je…

— Je sais.

— Mais tu…

— Je devrais vérifier ? Rouge, jaune ou vert ?

— Non.

— Tu en es certaine ?

— Oui.

Il soutient mon regard pendant un long moment, puis il me donne un long et profond baiser.

Une fois encore, il fait courir ses lèvres le long de mon cou. Sur mes clavicules. Mes seins.

Il me mord doucement.

Puis plus fort.

Plus fort.

Jusqu'à ce que je laisse échapper un grognement qui exprime la douleur tout autant que l'extase.

Puis il ne bouge plus.

Il joue avec moi avec cette même pression parfaite, envoyant des ondes de douleur et de plaisir sur chaque centimètre carré de ma peau.

Mon corps tout entier vibre à sa fréquence.

La douceur de ses lèvres. Le tranchant de ses dents.

Sa verge, durcie, entre mes jambes.

Mes hanches ondulent toutes seules.

Il grogne contre ma chair. Mais il n'en joue pas moins avec moi avec une lenteur impitoyable, encore et encore.

Jusqu'à ce que je ne sois plus certaine de pouvoir en supporter davantage.

Et pourtant, il joue encore.

— Je t'en prie, dis-je en ondulant contre lui. Je t'en prie, prends-moi, continué-je. Je vous en prie, Monsieur.

Ses ongles s'enfoncent dans ma peau. Ça le rend fou, lui aussi.

Mais il reste patient et se retire pour me regarder dans les yeux.

— Relève-toi.

J'obéis, et il fait descendre mon bas de pyjama sur mes hanches, avant de me retirer ma culotte noire.

Je me tiens dans sa cuisine, nue, à côté des assiettes sales du petit déjeuner. Une collation parfaite, normale, et voilà qu'il m'ordonne d'ôter mes vêtements.

C'est absurde.

C'est absurde à quel point j'en ai envie.

Envie.

Besoin.

— Tu es belle, bébé. Je te l'ai déjà dit ?

Sa main se referme autour de ma hanche.

— Oui.

— Je ne l'ai pas assez dit.

Ses doigts s'enfoncent dans la chair de mes fesses.

Il me dévisage lentement des pieds à la tête, dans l'attente, se délectant de la moindre parcelle de son pouvoir.

Il n'a pas besoin d'un costume, d'une limousine ou d'un restaurant de luxe. Peu importe ce qu'il porte ou bien l'endroit où il va, Ty sait exactement comment jouer avec moi.

Il garde une main sur ma hanche et glisse l'autre entre mes jambes.

Sa paume frôle mon sexe.

— Tu mouilles.

— Tu es dur.

— Tu penses que ça va me faire céder ?

Non.

— Bien vu.

Il me taquine avec deux doigts puis les retire pour les porter à ses lèvres.

— C'est une des choses qui me plaît chez toi.

— Merci.

Ses yeux trouvent les miens.

— Tu vas jouir sur mon visage.

J'en ai le souffle coupé.

— Tu veux le faire ici ? Ou bien dans le lit ?

— Tu vas me prendre après ?

— Peut-être.

Oh, mon Dieu !

— Je t'en prie.

— J'ai dit peut-être. Ne me force pas à le répéter.

— Oui, Monsieur.

— Ici ? Ou bien sur le lit ?

— Ici.

— Assieds-toi, dit-il en plaçant la main sur la table. Et écarte les jambes.

Je me tourne et me glisse sur la table.

— Oh, dit-il dans un souffle. Tu es belle.

Il se lève et écarte sa chaise, place son corps entre mes cuisses.

Je referme instinctivement les jambes autour de lui.

Il pose ses mains sur mes cuisses et les tient en place.

Il m'embrasse, même si je ne suis pas certaine de pouvoir appeler cela un baiser. Ses lèvres sont contre les miennes, oui. Sa langue est dans ma bouche, oui.

Mais ce n'est pas un baiser.

C'est un ordre.

Et je ne songe pas à lui désobéir.

Je saisis son haut et le fais passer par-dessus sa tête.

Il me lâche et m'allonge sur le dos.

Puis il se met à genoux entre mes jambes.

Il est agenouillé devant moi, mais c'est lui qui a tout le pouvoir.

Cela étant, tout ce que je veux est de lui en donner davantage.

Je laisse mes paupières se clore.

Ses doigts se referment sur mes cuisses. Puis je sens sa paume. Il pousse plus fort, jusqu'à ce que mes cuisses s'enfoncent sur la table.

Jusqu'à ce que j'aie mal.

Jusqu'à ce que je sache que je lui appartiens.

Puis il pose les lèvres sur l'intérieur de ma cuisse. Un baiser léger, et sa bouche se retrouve sur moi.

Ses lèvres sur mon clitoris.

Sa langue contre ma vulve

Il me lèche de haut en bas, goûtant lentement au moindre centimètre de ma personne.

Je passe les mains sur ses épaules et essaye de me

rattraper à quelque chose, ne parvenant qu'à agripper le rebord de la table.

Il pose sa langue sur mon clitoris.

Il me lèche doucement.

Puis plus fort.

De droite à gauche.

De haut en bas.

Là…

Exactement l'endroit où j'en ai besoin.

— Oh, Ty !

Mes talons s'enfoncent dans son dos, et il pousse mes cuisses contre la table assez fort pour que ce soit douloureux.

Assez pour que je me retrouve entièrement à sa merci.

Assez pour que mon sexe soit douloureux.

Puis je sens ses ongles qui raclent contre ma peau. Cette sensation de douleur aiguë parfaite.

Il le refait. Ce même tiraillement alors qu'il me lèche exactement où j'ai besoin qu'il le fasse.

Sans discontinuer.

La tension à l'intérieur de moi se fait de plus en plus présente.

Jusqu'à ce que ce soit trop. La douleur, le plaisir et le contrôle.

Encore un coup de langue, et je jouis.

Mon sexe palpite, et le plaisir se répand à travers mon corps tout entier. Jusqu'à mes doigts et mes orteils.

Il m'accompagne durant mon orgasme puis se redresse. Il retire quelque chose de sa poche arrière.

Une capote.

— Ne bouge pas.

Il me regarde alors qu'il défait le bouton de son jean, puis il le descend sur ses hanches.

C'est la première fois que je vois autant de lui à la lumière du jour.

Ces épaules larges, cette poitrine puissante, le tatouage qui ondule autour de ses côtes. Celui-ci est nouveau. Et il y a quelque chose sur sa hanche.

Et il…

Bon Dieu !

Il déroule le préservatif sur sa verge et pose les mains sur mes cuisses. Il me tient en place alors qu'il me donne des coups de boutoir.

Oh ! La sensation de son sexe à l'intérieur de moi…

Je suis entière, comblée, en osmose.

Ty me lève les jambes et les tient contre sa poitrine.

Je ne suis pas attachée, pas vraiment retenue, mais je n'en reste pas moins à sa merci. Je parviens à peine à bouger, ou alors seulement pour saisir la table et onduler des hanches.

La table tressaute alors qu'il me pénètre.

Ma tête cogne contre le bois. Mon dos. Mes fesses.

Mais il me tient toujours alors qu'il me donne des coups de boutoir.

Chacun de ses coups de reins étire les parois de mon sexe.

C'est intense.

C'est dur.

Rude.

Profond.

Mes yeux se referment. Ma tête roule sur le côté.

Chaque coup de boutoir intense m'excite davantage.

Encore et encore.

Tellement proche.

Ses ongles griffonnent doucement mes mollets.

Puis plus fort.

C'est presque assez.

Je suis presque…

— Touche-toi.

Sa voix est parfaitement dure.

Mes yeux s'ouvrent et croisent les siens.

Oh, son expression. Il est complètement en contrôle, totalement sauvage.

Je glisse ma main entre mes jambes.

Il me plaque là, me regardant frotter mon clitoris.

J'y suis presque. Je vais…

— Je t'en prie, Ty !

Ses ongles raclent ma peau.

— Je vous en prie, Monsieur. Prenez-moi.

Il reste en place pendant un moment et baisse les yeux vers moi, me contemplant avec une attention intense alors que je m'excite de plus en plus.

Presque…

Presque…

Sans prévenir, il me donne un coup de reins.

Je jouis instantanément, mon sexe pulsant contre sa verge, l'attirant plus près et plus profond.

Ça le fait basculer.

Il enfonce les ongles dans mes cuisses, grognant mon nom alors qu'il jouit.

Il ne cesse de donner des coups de reins pendant son orgasme, puis il baisse mes jambes. Il me laisse haletante sur la table alors qu'il se débarrasse de la capote.

Puis il m'aide à me relever et m'entraîne vers la douche, celle dans sa chambre, où il fait couler de l'eau chaude.

Il y grimpe avec moi.

Et il reste là, dans cet espace parfait, alors que nous sommes tous les deux nus, vidés et complètement sans défense.

Chapitre Vingt-Neuf

TY

Une fois que nous nous sommes lavés et habillés, on regarde un film sur le canapé. *Sabrina.* Un de ses préférés.

Elle reste le temps de déjeuner et de boire une autre tasse de thé.

Puis elle part pour aller retrouver sa sœur à son lycée et la ramener à la maison.

C'est mignon de voir qu'elle tient tant à elle, de voir qu'elle serait prête à tout faire pour sa Sienna.

Indigo insiste pour prendre le métro. J'insiste pour l'accompagner jusqu'à la station. Puis je lui donne un dernier baiser sur le trottoir en béton tranquille.

Le district financier grouille de monde, nous sommes presque à l'heure de pointe, mais je ne ressens pas le besoin de me presser.

Peu m'importe de n'être pas assez habillé ou d'avoir manqué un jour de travail.

Je me dis simplement qu'elle est partie.

Je rentre chez moi, mais mon appartement est différent sans elle. Pas bien.

Je lui donne du temps et vais faire une séance de gym en bas. Je prépare le dîner, je regarde un vieux thriller.

Mon contact m'envoie les épreuves. Nos photos seront publiées à minuit sur un site de célébrités.

Je la préviens et lui demande de me retrouver au bureau.

Je lui dis quoi porter sous sa robe, mais pas ce que je vais faire avec elle. Je garde cette pensée pour moi, et elle réchauffe l'espace jusqu'à ce que ça devienne trop chaud pour le supporter.

Jusqu'à ce qu'il faille que je me déshabille entièrement.

Pensant à elle.

Résistant à l'envie de me baiser.

C'est plus amusant de me délecter de la douce torture de l'anticipation.

Toute la nuit.

Alors que je me prépare à aller travailler et me rends au bureau.

J'y trouve mon frère qui m'attend.

Avec le journal ouvert à la page six et une expression qui crie *et tu t'attends vraiment à ce que je croie à ces conneries ?*

Chapitre Trente

TY

Ian se tient dans le vestibule, vêtu d'un costume noir de marque et d'une cravate fuchsia, se contrôlant absolument.

Il désigne une tasse à café en carton posée sur le comptoir. Infusé à froid. Noir. Portant l'étiquette de la boutique du coin.

Mon préféré.

Ça ne doit pas être aussi terrible que ça s'il m'apporte du café et pas le thé English Breakfast trop sucré et crémeux que notre mère préfère.

Mais ce n'est pas très bon non plus. Le thé au lait est une offre de paix. La promesse d'avoir pitié. Même lorsque le destinataire refuse d'admettre qu'il en a besoin.

Il y a cinq ans, il a divorcé. Je lui ai apporté un English Breakfast au lait tous les jours.

Une fois qu'il s'est enfui pour s'installer aux États-Unis, ne revenant que pour nos réunions trimestrielles, je lui en apportais une tasse à chaque fois.

Il devait voir son ex-femme. Une tasse de thé était le moins que je pouvais faire pour apaiser la douleur.

Laura a pris une portion de la société en divorçant. Et quand elle a finalement vendu le reste, proposant de rompre ce dernier lien qui les unissait…

Ça ne veut peut-être rien dire. Certes, il préfère sa boisson sans lait ni sucre, mais il boit quand même du thé la plupart du temps.

— Tu as l'air épuisé.

Il lève sa propre tasse en carton et affiche un sourire de satisfaction.

Il porte sa cravate fuchsia, celle qui est assortie aux cheveux bleus de sa copine.

C'est une marque d'honneur pour lui. *Je suis amoureux et je fais jouir ma femme.*

Je détesterais si je ne l'aimais pas autant.

S'il n'était pas aussi évident qu'ils sont terriblement amoureux.

D'ailleurs…

— Tu as ton air suffisant.

Je prends ma tasse et désigne mon bureau de la main.

Il accepte d'un geste et me suit.

Le bureau est bondé, mais c'est tranquille. À cette heure-ci, tout le monde attend que sa première tasse de café fasse effet.

La plupart des gens nous ignorent. Quelques-uns nous regardent à deux fois. La présence d'Ian est assez rare pour attirer l'attention.

Je le fais entrer dans mon bureau et referme la porte, puis j'avale une gorgée du café glacé.

C'est bon. Savoureux, fort, noir. C'est une fraîcheur dont j'avais besoin.

J'ai envie de lui dire d'aller se faire voir et de s'occuper de ses propres affaires.

Et j'ai envie de le remercier de veiller sur moi.

Je veux le prier de rester à un seul endroit pour que je sache où le trouver, pour ne plus faire de cauchemars.

C'est ridicule. Ça fait quasiment dix ans qu'il est redevenu civil. Mais mon système nerveux ne veut pas entendre raison.

— Je t'en prie, dit-il en désignant la tasse que j'ai à la main.

Puis il passe devant moi et va s'installer sur le canapé en cuir.

Il s'assied, pose le journal sur le coussin près du sien et attend.

Comme s'il avait tout le temps du monde.

— Merci, dis-je. Si c'est tout… j'ai une bonne journée qui m'attend, je poursuis en désignant la porte.

— J'imagine, oui.

— Ne fais pas ça.

Ça le fait rire.

— Je ne suis pas certain d'avoir le choix.

Il tire son téléphone, affiche la page d'un célèbre site de nouvelles et montre la photo.

Indigo et moi au restaurant, nous embrassant comme si nous étions follement amoureux, l'alcôve privée derrière nous.

— Je sais ce que j'aurais fait après. Tu…

— C'est un concours pour voir qui est le plus dépravé ?

— C'est dur de jouer avec quelqu'un qui ne veut pas participer.

Il glisse son téléphone dans sa poche et s'installe sur le canapé, sirotant son thé.

Il me passe un savon.

Mais c'est son boulot, même si on a tous les deux la trentaine, à présent.

Mais ne sont-ce que des taquineries fraternelles ?

J'essaye de déceler l'inquiétude dans son regard, ou bien le soupçon.

Il n'y a rien. Ou alors je ne suis pas doué pour le lire.

— Comment va Eve ? lui demandé-je.

— Bien, sourit-il. Elle dort.

— Tu l'as épuisée ?

— Bien sûr, dit-il avec un large sourire. Mais tu sais que je n'aime pas me vanter.

— Est-ce si difficile que ça de ne pas parler des orgasmes de ta copine ?

— Oui, dit-il en avalant une autre gorgée. Merci d'avoir soulevé le sujet.

— Quand tu veux.

Une fois encore, il ricane.

— Tu es tendu pour un homme qui vient de passer le week-end avec sa nouvelle conquête.

— Comment le sais-tu ?

— Tu viens de me le confirmer.

Oh… j'aurais dû faire plus attention pour ne pas tomber dans un piège aussi évident.

— Tu *es* tendu.

— C'est la surprise.

J'essaye de trouver une meilleure réponse, et il m'adresse un petit *hum*.

— Oui ?

— Tu es sorti avec Cam la semaine dernière.

— Et ?

— Tu pensais qu'il n'allait pas relayer la nouvelle ?

Je hausse les épaules comme si je n'y avais pas songé.

— Tu me caches quelque chose.

— Tu es trop suspicieux.

— Probablement, dit-il en étudiant mon expression. Je crois quand même que tu caches quelque chose.

Son regard tombe sur les photos du journal.

— Elles sont très… prudentes.

— Oui.

— Comme si tu les avais choisies.

— Les gens sont peut-être las de me traiter de playboy.

— Peut-être.

Il me regarde et attend que je poursuive.

— Je crois que c'est ce que tu as ressenti quand j'ai déménagé à New York.

— C'est-à-dire ?

— Tu savais que je me mentais, à poursuivre quelque chose que je ne désirais pas vraiment.

— C'était vrai, dit-il.

— Et toi aussi ! Tu le fais peut-être encore. Tu n'as jamais été…

— Dévoyé ?

— Ça ne te va pas, sourit-il.

— J'apprécie tes remarques.

Encore une fois, il ricane.

— Je ne suis pas là pour t'interroger, Ty.

— Non ?

— Ce n'est pas un interrogatoire.

J'arque un sourcil, et il hausse les épaules d'un air d'excuse.

— Les habitudes ont la vie dure.

— Espion un jour, espion toujours ?

Il hoche la tête, même si nous savons tous les deux qu'il n'a jamais été espion. Pas de la façon dont les gens se l'imaginent.

Il n'était pas James Bond, à voyager dans des destinations tropicales, à coucher avec des femmes dangereuses (du moins pas pour très longtemps).

Il restait au bureau, à diriger l'agent sur le terrain, à rechercher des informations de façon moderne…

Sur son ordinateur.

Mais ce n'est peut-être pas ce qu'il veut dire. Ian n'avait jamais été l'emblème de la confiance, c'est ce qui a fait de lui un bon candidat pour le Mi6, mais depuis qu'il avait découvert que sa femme le trompait, il n'avait plus jamais fait confiance.

Et je ne suis pas entièrement innocent dans cette histoire.

Je m'étais douté qu'elle couchait ailleurs et je n'avais rien dit.

Même lorsqu'une nuit, elle avait trop bu et s'était confiée à moi, je n'avais rien dit. J'ai pensé qu'il valait mieux que ce soit elle qui le lui avoue.

Je l'ai crue quand elle a promis qu'elle le lui dirait bientôt.

Mais elle ne l'a pas fait.

Pendant un mois.

Deux.

Six.

Même quand elle lui a donné les papiers du divorce…

Il a compris ; il n'est pas idiot. Une partie de lui le savait, mais il est parvenu à l'ignorer.

La facilité avec laquelle les gens parviennent à se mentir est déconcertante, même ceux qui ne jurent que par l'honnêteté.

— J'admets, dit-elle. J'ai demandé à ton assistante si tu voyais quelqu'un. Elle a prétexté le secret professionnel, bien sûr, mais à la façon dont elle a pouffé…

— Elle a le béguin pour toi.

— Ce n'était pas ce genre de rire.

— Tu es un expert ?

— Pour comprendre si une femme a envie de moi ? Oui.

— Ça doit être pénible d'être aussi irrésistible.

— Effectivement. Merci de l'admettre.

Mon rire apaise la tension de mon visage. On n'est pas en train de parler de Laura. Il n'est pas là pour me reprocher d'avoir gardé son secret.

Il ne sait pas que j'ai gardé son secret.

C'est une culpabilité qui n'appartient qu'à moi.

Son incapacité à faire confiance, son besoin d'éviter l'intimité…

Je n'en suis peut-être pas complètement responsable, mais je ne lui ai pas vraiment apporté mon aide non plus.

Je m'éclaircis la gorge et avale un peu de café froid, essayant d'oublier le nom de son ex-femme.

Ian est heureux, à présent.

Il est amoureux.

Et il fait confiance à sa copine.

Cette erreur que j'ai commise, garder le secret de son ex-femme…

J'ai cru que c'était pour le mieux. Que c'est ce qui lui ferait le moins mal. Ce n'était pas égoïste du tout.

N'est-ce pas ?

Mon frère place sa main sur l'accoudoir. Il me donne une occasion de me confesser, de le taquiner, de me vanter de faire jouir Indigo.

Comme je reste silencieux, il poursuit :

— Si tu veux que je parte, je le ferai. Je dirai à Maman que tu vas bien. Je dirai à Eve que tu couches avec des stagiaires dans la salle de pause…

— Non.

— Tu veux qu'elle ait une bonne impression de toi ?

— J'apprécie sa compagnie.

Sa copine est passionnée, pleine de verve et intelligente. Elle peut discuter de littérature classique ou de punk rock pendant des heures.

Et elle sait.

Je lui ai révélé que j'avais gardé le secret de l'ex-femme d'Ian.

J'avais pensé que ça l'aiderait à comprendre pourquoi Ian ne parvient à faire confiance à personne. Pourquoi il en demanderait plus qu'il n'était juste.

Ça a marché. Forcément, puisqu'elle est toujours là.

Mais…

J'écarte cette pensée, j'essaye de le titiller aussi.

— Elle est intelligente. Trop pour toi.

— Je n'en doute pas, dit-il. Mais ce n'est pas pour mon intellect qu'elle m'apprécie.

Mon rire contribue à apaiser la tension dans mes épaules. Il n'est peut-être passé que pour dire bonjour. Ce n'est peut-être pas une inquisition.

Il n'a pas besoin de savoir. Ça ne lui ferait que davantage de mal.

Malgré tout…

Ian n'approuvera pas l'accord que j'ai passé avec Indigo. Et s'il découvre que je lui ai caché une partie de la vérité…

Même si j'ai terriblement envie de le lui dire, j'en suis incapable.

— Qu'est-ce qu'elle a dit à propos des photos ? demandé-je.

— Il est neuf heures. C'est l'été. Je doute qu'elle les ait vues.

— Et quand elle le fera ?

— Tu l'as vue il y a trois semaines.

Et quand Ian était dans la salle de bains, elle a dit que les relations détachées ne me convenaient pas, qu'elle me soutenait dans ce que je voulais. Mais j'avais l'air épuisé, usé. Comme si j'étais las de tourner en rond.

Elle a raison, bien entendu.

C'est une femme intelligente.

Comprenez-moi. Je n'approuve pas. Elle a dix-neuf ans, à présent ; elle en avait dix-huit quand Ian lui a offert un demi-million de dollars pour sa virginité.

Tout ceci est très compliqué. Il est tombé amoureux d'elle à travers son journal en ligne. Il ne savait pas quel âge elle avait avant de se retrouver complètement sous le charme.

Il n'avait pas l'intention de la rencontrer, voulant simplement lire ses articles postés de façon anonyme. Mais quand il a découvert que quelqu'un d'autre essayait de l'acheter, il s'est interposé.

Je n'approuve pas, mais c'est difficile de lui en faire le reproche.

Si j'avais découvert que quelqu'un essayait d'acheter Indigo pour du sexe…

Je ne sais pas si j'aurais pu proposer de doubler la mise à la façon d'Ian, mais j'aurais fait quelque chose pour l'arrêter.

— Maman s'inquiète pour toi, dit-il. Mais je suis certain qu'elle te l'a dit.

Je hoche la tête.

— Elle croit toujours que je suis un gentleman.

— Tu l'es. À ta façon.

Ian tourne les yeux vers le bureau bondé. Il se redresse et s'approche de moi.

— Tu as été honnête avec toutes tes conquêtes.

— Mes conquêtes ?

— Comment les désignes-tu ?

— Ce sont des partenaires.

Il rit comme s'il ne me croyait pas.

— Envoie-moi bouler si tu veux, Ty. Dis-moi que tu gardes ça pour toi. Sans quoi… tu sais que j'aime les détails.

— Va te faire voir.

Ça le fait rire à nouveau.

— Elle te plaît.

— Bien entendu.

— Non. Elle te plaît.

— Je ne coucherai pas avec quelqu'un qui ne me plaît pas.

— Certaines de tes… partenaires t'ont peut-être plu. Mais pas la plupart. Je sais à quoi tu ressembles quand tu couches avec quelqu'un qui te plaît.

— Comment le saurais-tu ?

— Ai-je tort ?

Pas exactement. J'ai connu de nombreuses femmes. Mais après, je n'étais pas fier de moi. Ça a changé les choses.

— Oui, elle me plaît.

— C'est sérieux ?

— Ça l'est.

— Et tu ne m'en as pas parlé. Saligaud.

Je lui fais un doigt, ce qui ne fait que l'amuser.

— Sérieux… à quel point ?

— Sérieux.

— Cam l'aime bien.

— Cam aime tout le monde.

— Cam déteste tout le monde, ricane Ian.

— Sa sœur joue au foot.

— Il a parlé d'une sœur qui est mignonne, dit Ian. J'imagine qu'il a voulu te convaincre qu'il a des vues sur elle.

Peut-être. Je ne suis certain de rien, avec lui.

— C'est le cas ?

— Qui saurait le dire, avec Cam ? dit-il avant de baisser la voix. Je me rends compte que tu baisais avec quelqu'un d'autre il y a deux mois.

— Et ?

Ian hoche la tête pour dire *comme tu veux*.

— C'est un changement abrupt.

— C'est toi qui me dis ça ?

Il concède d'un hochement de tête.

— Comment elle s'appelle ?

— Indigo.

— Indigo comment ?

— Indigo, et je ne veux pas que tu fasses ton enquête sur elle.

— Et si je promets de bien me comporter ? ricane-t-il.

— Alors tu ne vas enquêter qu'un petit peu ?

Il sourit comme s'il admettait qu'il était pris au piège.

— Elle est comment ?

— Forte.

Je jette un œil à ma montre. Elle est censée arriver bientôt. Paloma lui fait visiter plusieurs salles de réception. On doit réserver longtemps à l'avance, à New York.

— Forte ?

— Oui, forte.

Il hoche la tête, compréhensif.

— Et qu'est-ce qu'elle aime ? Hors de ton lit ?

— Baiser dans des endroits qui ne sont pas mon lit.

Il sourit d'une façon que je vois rarement. De la fierté fraternelle.

Comme il l'avait fait lorsque je lui avais dit que j'avais perdu ma virginité.

Ian se tourne vers le couloir et regarde Paloma qui vient à notre porte d'un pas guilleret.

Elle toque.

— M. Hunt, mademoiselle Simms arrive. Dois-je lui préparer son thé ?

— Oui, merci, lui dis-je.

Ian sourit.

— Indigo Simms. Pourquoi ai-je l'impression de déjà connaître ce nom ?

— Je n'ai pas envie de savoir ce que tu penses.

Quelque chose se répand sur son visage. Une réalisation.

J'essaye de le distraire avec quelques questions sur la société, mais il est à moitié présent, à moitié occupé à piocher dans ses souvenirs.

Puis elle entre dans le couloir, et son regard s'illumine.

— La fille du bar, dit-il. Bien sûr.

— Il n'y a pas de « bien sûr ».

Il secoue la tête.

— Qui aimait tellement que ce soit brutal que ça t'a bousillé la tête.

— Va te faire voir.

— Tu n'as pas…

— Ne lui dis rien.

— Tu m'as déjà surpris à dire quelque chose ?

Indigo descend le couloir. Elle remarque Ian et le salue du menton, puis entre sans frapper.

Il l'étudie avec le regard qui pétille. Il ne reconnaît pas seulement son nom. Il la reconnaît, *elle*.

Et toutes les choses que je lui ai dites sur elle.

La façon dont je l'ai prise.

La façon dont je voulais la prendre.

Les vacances durant lesquelles j'avais trop bu et lui avais dit que je n'arrêtais pas de penser à la culbuter.

Même si j'étais avec Rory.

Même si j'étais satisfait.

Même si je ne voulais pas être l'homme qui part à cause du sexe.

— Salut, dit-elle en faisant un geste du menton avant de se tourner vers Ian. On s'est rencontrés. Je ne sais pas si vous vous en souvenez…

— Indigo Simms, bien sûr. Ty n'arrêtait pas de parler de vous, dit Ian en lui tendant la main. Ravi de vous revoir.

— Moi de même.

Elle me regarde, cherchant une explication.

J'essaye de la jouer nonchalant.

— J'ai beaucoup entendu parler de vous, dit-elle.

— En mal, j'espère ? demande-t-il.

— Bien sûr. Mais votre copine… Je crois qu'elle est ce que Ty préfère à New York, dit-elle.

— Avant vous ? demande-t-il.

— Je suis presque jalouse quand il parle de ses cheveux, dit Indigo en désignant son carré asymétrique. C'est menaçant.

— Elle aura envie de vous rencontrer, sourit-il.

— Ça veut dire qu'il a envie de la peloter devant toi, dis-je.

— Avec votre consentement, bien sûr, dit il en lui adressant un clin d'œil.

— Je suis plutôt exhibitionniste, rit-elle. Mais merci.

Il me décoche un regard auquel je réponds par un autre. *Non !*

— Si vous m'aviez rencontré il y a plusieurs années, je me serais invité, dit-il. Ty m'aurait massacré, bien sûr. Mais je vous l'aurais quand même proposé.

Elle rit encore plus fort.

— Et j'aurais découvert plus tard que vous aviez orchestré toute cette histoire afin qu'il puisse défendre mon honneur ?

— C'est mon devoir en tant que frère aîné, dit Ian en se tournant vers moi. Vendredi ? Huit heures ?

Je hoche la tête.

— Si ça vous convient, Indigo.

— Bien sûr, dit-elle. Si ça ne vous fait rien de voir Ty et moi nous peloter.

— C'est un défi ? demande-t-il.

Elle hoche la tête.

Il tend la main pour qu'elle la lui serre.

— À bientôt.

Il nous salue du menton et s'en va.

Elle tourne la tête vers lui, le regarde faire semblant qu'il ne nous observe pas.

Puis elle se tourne vers moi, réduit la distance entre nous.

Elle place une main sur ma poitrine et l'autre sur ma taille.

Ses yeux se referment.

Ses lèvres trouvent les miennes.

Elle m'embrasse comme si j'étais la seule chose dont elle avait besoin.

Pendant un moment, je la crois.

Pendant un moment, elle me convainc qu'on va se marier parce qu'on est follement amoureux l'un de l'autre.

Chapitre Trente-Et-Un

TY

Paloma frappe à la porte, nous interrompant pour apporter un thé dans une tasse en carton.

— Yunnan Hong Cha, annonce-t-elle en souriant à Indie. Vous êtes prête à y aller ?

— Je devrais probablement, oui, répond celle-ci en me regardant. Sans quoi je serai tentée de rester.

— M. Hunt aura une longue journée. On ne veut pas le distraire.

Paloma me décoche un regard qui signifie *pas de coucheries*.

Indie adresse un signe du menton à mon assistante et se tourne vers moi. Puis elle me donne un autre baiser long et profond.

— Bien entendu.

Elle me fait un clin d'œil et suit Paloma hors du bureau.

Quelques minutes plus tard, un nouveau message fait vibrer mon téléphone.

Une photo. La lingerie que je lui ai demandé de porter.

Une culotte noire transparente qui se courbe autour de sa hanche.

Elle émerge de son jean noir.

Celui qu'elle porte aujourd'hui.

Indigo : Je ne voudrais pas trop te distraire.

Ty : Ah non ?

Indigo : Si tu devais passer toute la matinée à te demander si j'avais suivi tes instructions… je suis certaine que ça aurait occupé beaucoup de place dans ton esprit.

Ty : Tu me tentes, bébé ?

Indigo : Non, Monsieur. Je vous informe simplement que j'ai suivi vos ordres.

Mes bourses se contractent.

Elle parvient trop facilement à me faire réagir.

Ty : Tous mes ordres ?

Indigo : Bien entendu.

Ty : Montre-moi.

Indigo : Je suis dans la voiture avec ton assistante.

Ty : Et ?

Indigo : Tu veux qu'elle se rince l'œil ?

Ty : Elle a signé un contrat de confidentialité.

Indigo : Oui. Elle m'a dit que c'était très strict.

Ty : Alors ?

Indigo : Je ne suis même pas censée imaginer que quelqu'un d'autre nous regarde.

Mince.

Indigo : Sauf si c'est ce que vous voulez, Monsieur.

Ty : Dès que tu auras une seconde d'intimité.

Indigo : Bien sûr.

Elle m'envoie une autre photo prise dans son appartement. Le miroir en face de son lit. Le même tissu noir tendu sur ses hanches et ses fesses.

Et voilà qu'elle me met au défi, celui de lui demander de se déshabiller devant mon assistante.

Ou un autre membre de l'élite new-yorkaise.

Si elle croit que je vais me défiler…

C'est mal me connaître.

Pendant une demi-heure, je travaille. Mon esprit est tiraillé entre Indie et ma recherche d'informations, mais je ne suis pas vraiment en mesure de me plaindre de mes circonstances.

Enfin, un texto fait vibrer mon téléphone.

La bretelle de son soutien-gorge, jusqu'au sommet de son bonnet. Elle a écarté son haut court.

Elle est contre un mur blanc nu, mais je ne discerne d'autres détails.

Indigo : C'est à votre goût, Monsieur ?

Ty : Tu sais ce qu'il se passe quand tu me mets au défi.

Indigo : Tu vas continuer à me poser cette question ?

Ty : Est-ce que je vais devoir te dire de retirer ta culotte ?

Indigo : Ça dépend de ce que tu vas dire après.

Un autre MMS fait vibrer mon téléphone. Il est aussi de ce matin. Indigo, de son nez à la pointe de ses orteils, ses seins et ses fesses à peine couverts par la lingerie noire transparente.

Dans sa chambre.

Prête pour la journée. Ses lèvres sont peintes en bordeaux, ses cheveux sont parfaits.

Puis une autre photo.

Paloma et elle dans un jardin sur un toit, sous un treillis blanc.

Elle est là, dans un jean noir et un haut assorti, à la place de la mariée.

Elle n'est pas tournée vers Paloma. Elle regarde la caméra.

Et c'est loin d'être une tenue de mariée…

Mais ça me coupe quand même le souffle.

Cela fait naître dans mon esprit une série d'images mentales entièrement différentes. Indigo, vêtue d'une magnifique robe blanche, qui me regarde dans les yeux comme si elle était follement amoureuse de moi.

Elle me prend la main. Elle sourit alors qu'on danse sous les étoiles.

On rit tout en se fourrant mutuellement du gâteau dans la bouche.

Puis tout change. Et c'est Rory.

Et j'ai besoin de sortir de ce foutu bureau.

J'ignore le bruit de mon téléphone. Je sors de la pièce, verrouille la serrure.

Prends l'ascenseur jusqu'en bas.

Passe devant la demi-douzaine d'immeubles qui me séparent de Battery Park.

Il fait chaud, aujourd'hui. Trop chaud pour un costume trois-pièces.

Mais je me dirige quand même vers l'eau ; je regarde le soleil se refléter sur les vagues minuscules.

Une fois que j'ai repris mon souffle, je sors mon téléphone.

Indigo : Ce n'est pas ainsi que je m'imaginais choisir l'emplacement de ma cérémonie de mariage.

Ty : Qu'avais-tu imaginé ?

Indigo : Rien. Pas vraiment. Je n'ai jamais eu l'intention de me marier.

Ty : Même quand tu étais jeune ?

Indigo : Je suis jeune.

Ty : Quand tu étais petite.

Indigo : J'ai assisté au mariage d'une cousine dans la salle de bal d'un hôtel. C'était très cul pincé. Tu connais ce genre d'endroits, avec tous tes voyages. Ça ressemblait vraiment à une salle de bal d'hôtel.

Passée de mode. Étouffante. Avec ces nappes et ces décorations extravagantes qui essayent de faire oublier le fait que c'est une salle de location.

Ty : Tu es proche de ta cousine ?

Indigo : Je la vois à Noël.

Ty : Ils sont toujours mariés.

Indigo : Avec deux enfants.

Ty : Ils sont heureux ?

Indigo : Je ne sais pas. Elle voulait être actrice. Mais quand elle est tombée enceinte, elle a arrêté d'essayer. Elle a peut-être abandonné. Elle s'est peut-être rendu compte qu'elle désirait autre chose.

Ty : Et toi ?

Indigo : Et moi ?

Ty : Tu as toujours voulu être musicienne.

Indigo : Oui.

Ty : Tu joues toujours ?

Indigo : Pas souvent. Pas depuis la mort de ma mère. C'est trop douloureux.

Mon cœur se serre pour elle. Quand on s'est rencontrés il y a trois ans, elle aimait deux choses plus que tout : sa famille et la musique.

Ça m'attriste de voir qu'elle a perdu autant de choses.

Ty : Tu as essayé récemment ?

Indigo : Non, j'étais occupée.

Ty : Plus maintenant.

Indigo : Si. Mon fiancé me fait parcourir la ville entière pour voir des salles de mariage. Je suis occupée toute la semaine.

Ty : Je peux choisir moi-même si tu préfères.

Indigo : Non. C'est moi qui choisis la salle. Et la robe. Tu peux t'occuper de tout le reste.

Ty : C'est fait.

Indigo : C'est fait ? Tu as déjà engagé un coiffeur et une maquilleuse ?

Ty : On n'a pas encore décidé d'une date.

Il faudra qu'on voie ce qui est possible à l'endroit qu'elle aura choisi. Ils ont tous des jours disponibles pendant l'automne. Et la plupart connaîtront des annulations de dernière minute.

Mais quelque chose me dit qu'Indigo va vouloir attendre la toute fin du mois de septembre.

Indigo : Nous n'avons pas encore annoncé nos fiançailles.

Ty : On va le faire. Vendredi.

Indigo : Au dîner avec ton frère ?

Ty : Oui.

Indigo : Tu as une bague ?

Ty : J'ai commandé quelque chose pour toi.

Indigo : Tu connais ma taille ?

Ty : Je connais tout.

Quelqu'un me bouscule. Une ado qui prend une photo de son amie. Elles portent des vêtements trendy, des jeans larges et les sacs à dos Fjallraven que tout le monde porte en Europe, mais elles se comportent comme des touristes.

C'est mignon de voir qu'elles regardent le quartier de la finance comme un grand et beau mystère qu'elles ont envie de résoudre.

Ce ne sont peut-être pas des touristes. C'est comme ça qu'Indie regarde New York. Comme si elle n'arrivait pas à croire qu'elle avait la chance de vivre dans cette grande ville magnifique.

— Désolée, me dit l'adolescente en rougissant. Vous travaillez ici ?

— Oui, dis-je.

— Vous savez comment aller à la statue du taureau ? demande-t-elle en rougissant davantage. Mon amie a envie de l'attraper par les bourses.

— Vous ne serez pas les premières.

Je lui explique comment s'y rendre.

Elle me remercie et court rejoindre ses amies. Elle leur murmure quelque chose.

Sur ce vieux mec en costard ? Ou bien autre chose ?

Je ne me préoccupe pas souvent de l'opinion des lycéennes. Seulement de la sœur d'Indigo. Et elle ne sera plus lycéenne pour très longtemps.

Mon téléphone vibre à nouveau.

Indigo : Je veux que tu me fasses ta demande.

Ty : Et qu'est-ce que j'ai fait dans mon bureau il y a trois semaines ?

Indigo : Avec une bague.

Ty : Agenouillé ?

Indigo : Un seul genou suffira

Ty : Et tu seras à genoux après ?

Indigo : Peut-être. Si c'est ce que vous voulez, Monsieur.

J'inspire à nouveau profondément. J'essaye de trouver une sensation de paix.

Mes pensées refusent de se laisser contrôler. Elles tourbillonnent trop dans ma tête. Toutes les possibilités d'une vie avec Indigo.

La vie que j'imaginais autrefois.

Les chemins que je ne peux plus emprunter.

Indigo : Tu abordes le sujet du sexe quand tu essayes d'éviter un certain sujet.

Ty : T'ai-je demandé de m'appeler Monsieur ?

Indigo : Oui. Tu m'as demandé si j'allais me mettre à genoux après. Ou alors tu pensais qu'on allait suivre des cours de yoga ensemble ?

Ty : C'est une nouvelle façon de fêter des fiançailles.

Indigo : Si tu ne veux pas en parler, c'est bon. On est déjà dans le taxi, prêtes à nous rendre à l'endroit suivant. Paloma peut m'aider. Elle est probablement en train d'essayer de lire ce texto. Elle déteste se sentir rejetée.

Ty : Elle est payée pour l'accepter.

Indigo : Elle m'espionne quand même.

Mon assistante ne dira rien à personne. Mais Indigo ne veut pas qu'elle le sache. Je ne veux pas qu'elle le sache.

C'est à nous. Rien qu'à nous.

Ty : J'ai envie d'en parler à Ian vendredi.

Indigo : Il te reste donc trois jours pour me faire ta demande.

Ty : Tu as quelque chose en tête ?

Indigo : À part toi à genoux, avec une bague ?

Ty : Oui.

Indigo : Je veux que tu me surprennes.

Ty : Pendant les trois jours que tu me donnes ?

Indigo : C'est trop difficile pour toi ?

Ty : Tu sais qu'il ne vaut mieux pas me mettre au défi.

Indigo : Je sais exactement ce qu'il se passe quand je te mets au défi, Ty. C'est pour ça que je le fais.

Cette fois, c'est elle qui ramène la conversation au sexe. Je ne vais pas m'en plaindre, mais j'ai besoin d'avoir les idées claires. Particulièrement si je dois lui demander de se soumettre.

Et pour l'instant, ce n'est pas le cas.

Je glisse mon téléphone dans ma poche, puis je vais dans mon café préféré. Je commande un café froid et retourne travailler.

L'air conditionné me rafraîchit. Les bienséances, les gens qui me regardent comme s'ils attendaient quelque chose de moi…

C'est assez pour que je reprenne le contrôle de mes pensées.

Quasiment.

J'attends d'être seul dans mon bureau pour jeter un coup d'œil à mon téléphone.

Elle est dans l'endroit suivant. Une salle de bal d'un grand hôtel. BCBG et élitiste. Trop étouffant pour elle.

Mais Paloma avait insisté pour lui offrir un éventail d'options.

Indigo : J'ai envie d'en parler à Sienna. On peut le dire à ton frère en premier, mais je veux lui dire juste après.

Ty : Elle va probablement te dire de fêter ça en me faisant l'amour à mort.

Indigo : Probablement.

Ty : Comment on annonce les choses aux ados ? Par Instagram ?

Indigo : Je crois que c'est Tik-Tok, dernièrement. Mais elle ne le remarquera que s'il y a un ballon de foot dans le cadre.

Ty : Je peux l'écrire sur un ballon et lui demander de jouer.

Indigo : Ou l'écrire sur ta poitrine et enlever ta chemise.

Ty : Elle t'a encore répété qu'elle me trouvait sexy ?

Indigo : Elle a demandé des détails.

Ty : Des détails ?

Indigo : Tu sais… des détails.

Ty : Non. Lesquels ?

Indigo : Ce que tu aimes. Combien de temps tu dures. Si tu remplis bien ton boxer.

Ty : Je ne porte pas de boxers.

Indigo : Elle ne le sait pas.

Ty : Tu le lui as dit ?

Indigo : Que tu te balades tout nu ? Bien sûr que non. C'est déjà assez qu'elle me demande la taille de ton sexe. J'ai toujours pensé que c'étaient seulement les hommes qui étaient obsédés, mais elle a beaucoup de questions.

Ty : Vraiment ?

Indigo : Je crois qu'elle veut que je sorte un mètre-ruban.

Ty : Qu'est-ce que tu lui as dit ?

Indigo : Ça ne la regarde pas.

Ty : Indie…

Indigo : Ton ego ?

Ty : Mon ego va bien.

Indigo : Tu t'inquiètes seulement qu'elle reçoive les bonnes informations ?

Ty : Elle n'arrêtera pas de demander si tu ne lui dis rien.

Indigo : Je sais.

Ty : Tu aimes quand elle te pose des questions ?

Indigo : Tu aimes que ton frère te pose des questions sur moi ?

Ty : Il n'en a peut-être rien fait.

Indigo : Bien sûr que si. J'ai vu la façon dont il m'a regardée. Comme s'il avait entendu une histoire très explicite et très cochonne.

Ty : C'est possible.

Indigo : Oh ?

Ty : Je ne suis pas très discret quand j'ai bu.

Indigo : J'ai besoin de te faire boire ?

Ty : Pour profiter de moi ?

Indigo : Non. Je vais bien me tenir. Je garderai mes mains pour moi.

Ty : Oh ?

Plus rien pendant plusieurs minutes.

Puis mon téléphone vibre quand je reçois un texto de Paloma. Elle me dit d'arrêter de flirter et de la laisser faire son travail.

Indigo : Paloma insiste pour que je range mon téléphone. Elle pense que je suis trop distraite…

Ty : Dis-lui qu'on est en train de parler de la demande en mariage.

Indigo : Elle ne pense pas déjà qu'on est fiancés ?

Ty : Les gens se fiancent tout le temps sans demande formelle.

Indigo : Peut-être.

Ty : Je ne pensais pas que tu en voudrais une.

Indigo : Moi non plus. Et pourtant si.

Ty : Pourquoi ?

Indigo : J'ai envie de ce moment. De te regarder dans les yeux, d'avoir envie de dire oui à l'idée de passer le reste de ma vie avec toi.

Est-ce qu'elle dirait oui si on n'avait pas de contrat ? Si on était deux personnes qui se désirent mutuellement ?

Je ne peux pas lui poser la question. Pas maintenant. Pas alors que je suis aussi triste en pensant à ce qu'elle a perdu.

Si elle dit non…

Je pourrais tout annuler, là, maintenant.

Et je ne peux pas.

J'ai besoin d'elle.

Ty : Et le sexe endiablé après ?

Indigo : Te connaissant, ce sera peut-être au beau milieu d'une partie de jambes en l'air.

Ty : Ne me tente pas.

Indigo : Que voulez-vous dire, Monsieur ?

C'est une proposition.

Non, c'est une requête. Elle veut que la taquine. Elle veut que je relève son défi.

Mon corps gémit, sachant parfaitement ce qu'il désire.

Elle. De n'importe quelle façon.

De toutes les façons possibles.

Ma tête est embrumée. Mon cœur est une cause perdue.

Mais ceci…

Ceci est très clair.

Je la fais attendre pendant quelques minutes supplémentaires, puis je réponds.

Ty : Retire ta culotte.

Indigo : Maintenant ?

Ty : Où es-tu ?

Elle m'envoie une photo. Un autre bar sur un toit, plus moderne que le premier. C'est parfait pour elle.

Ty : Va à la salle de bains. Retire ta culotte. Montre-moi.

Indigo : Et si je ne suis pas seule ?

Ty : Trouve un endroit privé. Tu es intelligente. Tu trouveras bien.

Indigo : Paloma va poser des questions.

Ty : Ça te fait quelque chose ?

Je lui donne le temps de répondre.

Plusieurs minutes passent.

Elle m'envoie une photo. L'extrémité de sa hanche nue, son jean écarté, son absence de culotte.

Je n'attends pas sa réponse.

Je l'appelle.

Elle répond à la première sonnerie.

— Ty, dit-elle d'une voix rauque et essoufflée.

— Où es-tu ?

— La suite nuptiale.

Mince ! Ça ne m'aide pas à m'éclaircir les idées.

— Montre-moi.

— Donne-moi une minute.

Elle écarte son téléphone, tâtonne et m'envoie une photo de la petite pièce blanche.

Elle est parfaite. Une commode blanche. Un miroir qui va du sol au plafond. Une méridienne en cuir.

Puis un selfie devant le miroir. Elle porte toujours ses vêtements… à part la culotte qu'elle tient d'un doigt.

— C'est assez de détails, Monsieur ?

Sa voix se fait plus basse, un mélange parfait d'impertinence et d'obéissance.

— Enlève ton haut.

Je l'entends remuer un instant.

— C'est fait.

— Le soutien-gorge.

— Paloma va…

— Je me chargerai d'elle.

— Mais, Monsieur…

— Mais quoi ?

— C'est juste que… je sais que tu t'inquiètes de ta réputation.

— Elle ne dira rien.

— Et le reste des employés ?

— Je m'en occuperai, dit-il. Ne me pose plus la question.

— Tu en es certain ?

— Absolument.

Elle murmure son accord.

— Enlève le soutien-gorge et montre-moi.

— Ty…

— Tu vas jouir pour moi, maintenant. Ou bien tu ne vas pas jouir du tout.

— Du tout ?

— Jusqu'à ce que j'aie décidé que tu en as récupéré le droit.

— Mince, dit-elle dans un souffle. Ty…

— C'est ton choix, Indigo. Alors ? Tu vas jouir pour moi ? Ou bien tu vas me désobéir ?

Chapitre Trente-Deux

TY

Elle me taquine aussi.

Me fait attendre.

Cette minute me fait l'effet d'une éternité. J'ai besoin d'elle. J'ai besoin de ses gémissements, de son plaisir, de sa soumission.

Tout de suite.

Mon corps gémit.

Il est impatient.

Mais ça fait longtemps que j'attends ça. Que je l'attends.

J'ai largement l'habitude de tester mon impatience.

Mon téléphone vibre quand je reçois un MMS. Indigo, de son nez à ses hanches.

La ligne droite de ses cheveux noirs.

La moue de ses lèvres purpurines.

Le pendentif en argent qui pend entre ses seins parfaits.

La courbe délicate de sa poitrine, de sa taille, de sa hanche.

La ceinture de son jean.

Mince.

— Ty ?

Sa voix est douce. Elle sort de son personnage. Elle est nerveuse.

— Oui.

— Il va falloir que ce soit rapide.

— C'est à moi de décider si tu vas vite ou lentement.

Elle a le souffle coupé.

— C'est compris ?

— Oui, Monsieur.

— Mets ton téléphone sur haut-parleur.

— Je le garde à la main ?

— Pose-le sur la commode. Mets-toi à côté. Le dos contre le mur.

— Oui.

Il y a du mouvement de son côté, puis j'entends le grésillement qui sort de son haut-parleur.

— C'est fait.

— Comment tu te sens ?

— Exposée.

— Quoi d'autre ? demandé-je.

— Dévoyée.

— Ça te plaît ?

— Oui, souffle-t-elle.

— Tu aimes savoir que quelqu'un est derrière ta porte, à se demander ce que tu fais ?

— Oui.

— Déboutonne ton jean.

Elle tire sur la fermeture.

— C'est fait.

— Tu mouilles ?

— Beaucoup.

— Tu aimes me titiller.

— Oui, Monsieur.

— Tu penses que tu peux le faire sans conséquence ?

— Non, Monsieur.

Elle a envie des conséquences. J'ai besoin de lui donner cette opportunité. Celle de me désobéir et d'être punie en réaction.

Mes bourses se contractent en me représentant Indigo courbée sur mes genoux, poussant un léger cri quand j'abats ma main sur ses fesses.

Alors que je la pénètre de mes doigts, la fais s'allonger sur mon bureau, la baise jusqu'à ce qu'elle crie.

Bon sang ! Je suis peut-être patient, mais mon corps ne l'est pas. Je bande trop fort. Je suis trop prêt.

Ce n'est vraiment pas l'endroit.

Mais je n'en ai rien à faire.

Je baisse les stores et presse mon dos contre la vitre qui couvre le mur.

— Descends ton jean sur tes cuisses, dis-je. Puis laisse-le là, pour qu'il t'entrave les jambes.

Elle s'exécute en retenant son souffle.

— Montre-moi.

— Oui.

Le téléphone frotte contre le bureau. Sa respiration s'accélère, se fait plus essoufflée.

Mon téléphone se remplit de l'image. Le reflet d'Indie.

Ses yeux bleus magnifiques, ses douces lèvres purpurines, ses courbes délicates offertes à mes yeux, jusqu'au jean qui lui entrave les cuisses.

Qu'ai-je fait pour avoir autant de chance ?

— C'est beau, dis-je.

J'entends sa respiration dans le haut-parleur.

— Regarde-toi dans le miroir

— D'accord, dit-elle d'une voix qui trahit sa nervosité.

Est-ce la situation ou bien une certaine insécurité ?

Ça défie toute explication. Comment pourrait-elle croire qu'elle n'est pas parfaite ?

Mais je ne veux pas la pousser dans ses retranchements. Pas maintenant, alors que je ne suis pas en mesure de lui montrer à quel point je la désire.

— Regarde ton visage, dis-je. La façon dont ton expression change quand tu t'approches.

— Me regarder jouir ? demande-t-elle.

— C'est un problème ?

— Non, c'est simplement… différent.

— Essaye. Regarde-toi dans les yeux. Puis touche-toi.

— Comment ?

— Comment est-ce que tu te masturbes, généralement ?

— En posant les doigts sur mon clitoris. L'index.

— Quelle main ?

— La droite.

J'ai envie d'exiger qu'elle me montre, mais nous n'avons pas le temps. Et je ne peux pas l'arracher à nouveau à ce moment.

— Touche-toi.

— Comme si j'étais seule ?

— Comme si je te regardais.

— Oui, Monsieur.

Sa respiration se ralentit pendant un moment.

Puis elle s'accélère.

Se fait plus sonore.

Elle s'approche de plus en plus.

Puis laisse échapper un petit gémissement.

Puis un plus fort.

— Mince, soupire-t-elle. Ty… Je ne peux pas… Je ne peux pas regarder. C'est trop.

— Essaye.

— Mais…

— Essaye. Ou bien raccroche tout de suite.

Je prends soin de garder une voix ferme. C’est ce dont elle a besoin pour l’instant. Elle a besoin des règles, de la structure, d’être libérée de ses pensées.

— Oui.

— Oui ?

— Oui, Monsieur.

Sa voix s’éteint. Elle plonge déjà dans ce monde parfait de pure extase.

Elle halète.

Encore et encore.

Je perçois son gémissement comme de la musique. La plus belle que j'aie jamais entendue.

Puis ses gémissements ne font plus qu’un, et elle est la seule chose qui reste dans mon univers. Ses inspirations brusques, ses grognements bas, son expression d’extase à l’état pur.

Ses grognements se succèdent alors qu’elle jouit.

Puis il y a un petit bruit sourd.

Elle cherche à se rattraper quelque part, ou alors elle plaque son dos contre le mur.

Je l’imagine, là, sur mon canapé, les jambes écartées, les yeux posés sur moi. Une main entre ses jambes et l’autre s’enfonçant dans le cuir.

Ou bien penchée sur mon bureau. La tête tournée. Les mains ligotées derrière le dos. Ses ongles s’enfonçant dans les paumes de ses mains alors qu’elle jouit.

Elle ralentit une minute, puis sa respiration s’accélère. Ses grognements gagnent en intensité. Elle jouit rapidement.

En trente secondes ; une minute max.

Son orgasme retient la moindre parcelle de mon attention.

Pendant un moment, le monde est en parfaite harmonie.

Je sais exactement ce que je fais.

Je sais exactement ce qu'elle veut.

Et exactement comment le lui donner.

— Mince, dit-elle, le souffle court. C'était… Tu es…

— Magnifique !

— Ah oui ?

J'entends sa rougeur dans sa voix.

— Oui.

— Tu es… tu vas y aller maintenant ?

— Non.

— Et si je t'implore ? demande-t-elle.

— Non, dis-je.

— Tu bandes ?

— Notablement.

— Alors tu vas… rester comme ça ? demande-t-elle.

— Oui.

— Je peux t'aider ? Plus tard ?

— Plus tard ?

— Jeudi. J'ai un rendez-vous tout à l'heure, pour le stérilet.

Bon sang.

— Tu veux que je vienne avec toi ?

— Avec moi ?

— À ton rendez-vous ?

— Non. Je gère. Mais merci.

— De rien.

Elle pousse un soupir creux.

— Je… j'ai oublié ce que je voulais dire.

Ma poitrine se réchauffe. Je l'ai épuisée, et c'est une réussite.

— Tu veux coucher avec moi jeudi.

— J'ai envie de coucher avec toi tout de suite. Mais

jeudi est plus sûr. Tu peux venir. Ou bien je peux passer. Sienna étudie à la bibliothèque toute la semaine.

— Appelle-moi après ton rendez-vous, dis-je. Pour me dire comment tu te sens.

— Tu vas me demander d'attendre si c'est douloureux.

— Tu veux attendre quelques jours de plus ?

— Non.

— Alors, tiens-moi informé, je t'en prie.

— D'accord, dit-elle d'une voix redevenue normale. C'est un véritable talent de faire passer de la compassion pour un ordre cruel.

— Je te remercie.

— De rien.

— Passe après le travail. Et porte un harnais, dis-je.

— Oh…

— N'importe lequel. Et ne porte rien d'autre sous tes vêtements. Sans quoi, je devrai te punir.

Ça lui coupe le souffle.

— Je ne te taquinerai pas et ne te mettrai pas en garde. C'est compris ?

— Oui.

Je lui donne l'opportunité de me désobéir.

La décision est dans son camp.

Chapitre Trente-Trois

TY

Tout l'après-midi, je ne pense qu'à Indigo.

Je songe à textoter Sienna pour demander des nouvelles. Peut-être lui offrir quelques détails dépravés en échange d'infos sur la condition d'Indie.

Mais je me ravise.

Même si j'ai vraiment envie de tout savoir sur elle, je dois attendre qu'elle prenne l'initiative de m'en parler.

J'ai fait la moitié de mon jogging quand elle me texte.

Indigo : C'est fait. Ça fait mal, mais c'est fait.

Ty : Je peux passer, te préparer à dîner.

Prendre soin d'elle.

Indigo : Non. Si tu viens, je te saute dessus. Et je suis censée attendre vingt-quatre heures.

Ty : Tu doutes de mon self-control ?

Indigo : Non. Mais je ne veux pas en faire l'expérience.

Ty : Tu es seule ?

Indigo : Je dirais que j'aime le tour que va prendre cette conversation, mais je devine que non.

Ty : Ta sœur est là pour te préparer à manger ?

Indigo : Elle étudie avec une amie.

Ty : Je vais te faire livrer quelque chose.

Indigo : Tu vas m'envoyer à dîner ?

Ty : Absolument. Ou bien je peux venir. C'est toi qui vois.

Indigo : Viens et ne couche pas avec moi.

Ty : Ok.

Indigo : Je peux te sucer ?

Ty : Non.

Indigo : Non ?

Ty : Je n'ai pas été clair ?

Indigo : Je n'ai jamais connu d'hommes qui refusent une pipe.

Ty : Tu ne me distrairas pas en me rendant jaloux.

Si. Facilement. Mais elle ne s'en rend peut-être pas compte.

Indigo : Ce n'est pas ce que je voulais dire.

Ty : Ah non ? Tu veux que j'imagine un autre homme jouir dans ta bouche ?

Indigo : Je n'ai jamais laissé un autre homme jouir dans ma bouche.

Mes bourses se contractent.

Elle essaye de remporter ce petit jeu. Mais pas de la façon que j'imaginais.

Indigo : Si j'en ai envie et que ça te plaît aussi, pourquoi pas ?

Ty : Parce que j'ai envie de jouir en toi la prochaine fois que je te toucherai.

Indigo : Tu me taquines.

Ty : Je t'aurai prévenue.

Indigo : Je ne parviendrai pas à te convaincre, n'est-ce pas ?

Ty : Tu peux toujours essayer.

Elle garde le silence pendant quelques minutes, puis elle répond.

Indigo : C'est bon. Fais-moi livrer à dîner. Uniquement un dîner.

Je téléphone à Paloma pour lui donner des instructions. Le restaurant italien. Son plat préféré. Le vin qu'on avait partagé.

Ty : Ça mettra quarante-cinq minutes.

Indigo : Est-ce que jeudi est vraiment dans un jour et demi ?

Ty : Oui.

Indigo : Tu en es certain ? On peut annuler mercredi ?

Ty : Non.

Indigo : Tu vas te masturber ?

Ty : Tout de suite ?

Indigo : Tout de suite.

Ty : Qu'est-ce que j'ai dit ?

Indigo : Tu ne me touches pas.

Elle a raison sur ces détails.

Ty : J'ai envie de jouir en toi la prochaine fois qu'on se verra.

Indigo : Oh.

Ty : Il faudra que tu attendes.

Elle m'envoie un texto afin de me remercier pour la nourriture.

Puis elle m'informe de sa condition ce mercredi matin. Elle se sent bien. Elle voudrait que je passe ce soir.

Mais elle évite de me le demander.

Je pense à elle toute la journée. Pendant que je prépare tout pour notre rendez-vous. Pendant que je me tourne et me retourne toute la nuit.

J'abandonne l'idée de dormir peu avant l'aube.

Le bleu profond du ciel cède la place à une teinte plus douce.

Le soleil se lève, et le ciel se barre de rouge, d'orange, de jaune.

La douce lumière de l'aube.

Puis le bleu clair de la matinée.

Une autre journée brûlante.

Et les pensées qui s'embrouillent dans ma tête…

Indigo se tenant près de l'autel avec Paloma.

Puis à côté de sa sœur, dans une robe ivoire magnifique, me regardant dans les yeux comme si elle n'avait jamais rien désiré d'autre que moi.

Étudiant l'anneau à sa main gauche.

Me murmurant *je t'aime*.

Puis mes pensées changent, et c'est Rory, et je perds tous mes repères.

Je vais courir. Prends une douche. Prépare le petit déjeuner.

Je prépare les menottes pour ce soir.

Cette image me remplit l'esprit : ses mains sur le mur, ses fesses en l'air, les jambes tremblantes alors qu'elle attend sa punition.

Je reprends instantanément le contrôle de mes pensées embrouillées.

Pourquoi s'attarder sur ce qu'il s'est passé avec mon ancienne fiancée ?

Ou sur le fait de savoir si je suis oui ou non capable d'aimer ?

Pourquoi perdre mon temps à penser à autre chose ?

Je laisse cette pensée consumer toute ma matinée. Puis je prépare tout pour la soirée.

Je patiente jusqu'à ce que cela devienne insupportable.

Puis je lui donne l'opportunité de changer d'avis.

Ty : Mon appartement. Six heures. Porte seulement le harnais sous tes vêtements. Sans quoi, il faudra que je te punisse.

Chapitre Trente-Quatre

INDIGO

Elle est toujours là. Dans mon téléphone.

La proposition de Ty.

Je pourrais dire que c'est beaucoup de choses :

Un défi.

Une promesse.

Une mise en garde.

Mais nous connaissons tous les deux la vérité.

J'ai envie qu'il me punisse.

Il a envie de me punir.

Parce que ça lui donne un plaisir sadique. Ou bien parce qu'il veut que je reste sous son contrôle. Ou parce qu'il a promis de me donner ce dont j'ai besoin.

Je ne sais pas.

Je m'en fiche.

Mon corps tout entier vibre. Depuis qu'il a commencé à me titiller, je n'ai cessé de vibrer.

Durant la visite de salles de mariage, les plats de pâtes et trop d'épisodes de *Mon Incroyable Fiancé.*

À part durant l'heure que j'ai passée chez le gynécologue et les quelques heures de maux de ventre qui ont suivi, je vibre de désir.

Un être de pur désir.

La visite de salles d'aujourd'hui, une luxueuse et l'autre intime, ne m'a pas aidée.

Nous avons des dates possibles. En juillet, en août, en septembre.

C'est notre délai.

Trois mois.

Trois mois, et je serai mariée.

C'est fou. Ce qui l'est encore plus est que je m'habitue à cette idée.

J'ai hâte.

Je ne veux pas mentir à ma sœur ou à la famille de Ty, mais ceci n'est pas un mensonge.

Nous sommes fiancés.

Et m'imaginer me tenir à l'autel dans une robe noire audacieuse, à l'embrasser comme si c'était notre dernier jour sur cette terre…

Une partie de moi en a envie.

Une réalité.

Une véritable demande, de vraies fiançailles, un vrai mariage.

Il tombe réellement amoureux de moi…

Non, je ne peux pas avoir ça.

Mais ma sœur qui m'accompagne à l'autel, souriant fièrement, se redressant pour m'embarrasser en portant un toast aux prouesses sexuelles de Ty…

C'est possible.

Une nuit passée à danser dans ses bras.

Une semaine à Fiji, Paris, Maui ou Naples.

Une chambre dans son grand appartement magnifique.

Un espace dans sa vie de luxe.

Et avoir tout le temps du monde pour gérer ma douleur et retrouver ma passion.

J'ai vu ce qu'il arrive aux riches désœuvrés pendant que je travaillais à Rick.

Je dois y faire face, ou alors je finirai avec un problème de drogue, une bouteille d'alcool par jour ou une lame sur mon poignet.

Un moyen de me détruire. Cela finira bien par me prendre.

Mais je sais reconnaître les symptômes. J'ai touché le fond avant. Protéger Sienna a été la seule chose qui m'ait permis de garder la tête sur les épaules.

À présent qu'elle est adulte, avec son propre avenir rayonnant…

Je déglutis fort. C'est un problème pour plus tard. Demain. La semaine prochaine. L'année prochaine.

Ou c'est peut-être exactement ce dont j'ai besoin pour le moment.

Ty a un prétexte pour me punir, mais il existe une raison pour laquelle j'en ai envie. Quelque chose qui dépasse le simple désir intense de me soumettre.

Est-ce la raison pour laquelle je désire si ardemment la douleur et la punition ?

J'ai été une mauvaise fille, à fuir ma douleur, mon don, ma passion.

Je suis désolée.

Je ne mérite aucune pitié.

C'est vrai.

C'est ridicule, mais c'est vrai.

Je relis son message.

Ty : Mon appartement. Six heures. Porte seulement le harnais sous tes vêtements. Sans quoi, il faudra que je te punisse.

Mes doigts glissent sur l'écran de mon cellulaire. Ils n'ont aucune prise. Je suis trop nerveuse.

Je vais vraiment le faire.

Je vais lui désobéir intentionnellement.

Lui demander de me punir.

J'ai complètement perdu la tête.

Je suis en train de tout risquer pour du sexe.

Je l'épouse pour le sexe.

Certes, il y a d'autres facteurs, mais soyons honnêtes, j'ai dit oui parce que j'ai envie de coucher avec lui.

Et voilà que je me retrouve devant son immeuble de luxe, à six heures moins dix, à patienter.

Le quartier de la finance grouille de monde. C'est l'heure de pointe, bien entendu.

Des hommes et des femmes en costume courent pour attraper leurs trains, discutent dans la rue, achètent à manger à un vendeur de rue.

Dans une heure, cet endroit sera désert.

D'ailleurs, ça se ralentit, mais ça reste alerte, vivant et vibrant. Tout ce que je j'aime dans cette ville.

Même les traders et les banquiers qui ne font rien pour gagner leurs fortunes. Les connards qui ont décidé d'augmenter le prix de notre hypothèque.

Mais je ne suis pas venue pour me plaindre des dérives du capitalisme.

Je m'apprête à épouser un milliardaire. Je m'apprête à rejoindre la crème de la société.

Un texto de Sienna. Elle me taquine sur le fait de sortir tard.

Elle sait qu'elle n'a pas besoin de m'attendre.

Est-ce qu'elle sait ce que je suis en train de faire ?

Que dirait-elle si je le lui disais ?

Sans doute quelque chose d'encourageant. D'encourageant… et de sexuel.

Elle me regarderait différemment. Ne serait-ce que pour dire *bon sang, Indie, je ne savais pas que tu avais ça en toi.*

Et elle considèrerait Ty différemment aussi.

Comme s'il était un pervers dépravé. Ce qui est un compliment, venant de sa part.

Mais il est peut-être un monstre aussi. Je ne sais pas.

Je réfléchis trop. Peu importe ce que Sienna pense de mes désirs. Ça ne la regarde absolument pas.

Et ça…

Mon téléphone vibre à nouveau.

C'est Ty.

Ty : Tu es en retard.

C'est vrai. Il est six heures précises.

Une autre désobéissance que je n'avais pas prévue.

Je peux m'excuser, admettre que je suis nerveuse, demander sa pitié.

Il me l'accordera peut-être.

Mais je ne veux pas de sa pitié.

Je ne veux pas qu'il me montre la moindre pitié.

Je déglutis fort et glisse mon téléphone dans mon jean. Je me demande une autre fois ce que je suis en train de faire. Pour la mesure.

Tu penses avec ton entrejambe, Indigo.

Sienna n'est pas la seule à se comporter comme un homme.

C'est ce que font les hommes. Ils pensent avec leur sexe.

C'est ce que je fais.

Et je m'en contrefiche.

Je me glisse dans l'immeuble et salue du menton l'agent de sécurité. Il me reconnaît et me fait signe d'entrer.

Je me glisse dans l'ascenseur rutilant et glisse ma clé dans la serrure.

Ty habite dans le penthouse. Il faut une clé pour accéder à l'ascenseur. Même s'il donne dans une pièce séparée.

Ça, c'est de la sécurité…

Contre tout ce qui se trouve en dehors de l'appartement.

Pas contre lui ou du désir extrême que je ressens pour lui, ou encore du pouvoir que j'accepte de lui céder.

J'inspire profondément et exhale doucement.

Les portes argentées se referment. Je contemple mon reflet, essayant de projeter de l'assurance.

Je porte un string sous mon jean.

Un soutien-gorge sous mon haut.

Pas de harnais.

Et je suis en retard.

Je ne respecte aucune de ses instructions.

Je ne lui donne pas le choix.

Mes doigts se referment autour de la barre de métal. Et si j'ai tort ? Et si ce n'est pas ce qu'il veut ?

C'est le moment de la révélation. Si je ne le lis pas correctement, si je le pousse trop loin, si j'en demande trop, si je lui demande des choses dont il n'a pas envie…

Si je n'arrive pas à supporter les choses dont il a envie…

L'ascenseur bipe.

Mon cœur martèle dans ma poitrine. Ce n'est pas un jeu. Ce n'est qu'une scène.

J'ai peur.

De sa réaction.

De le perdre.

De perdre tout ça.

Les portes argentées s'ouvrent.

Mes chaussures claquent sur le sol. De simples chaussures à semelles compensées. Pas celles, bas de gamme, que j'avais achetées pour le boulot. C'est une marque de luxe que Paloma a choisie.

Elles coûtent plus cher que le reste de ma tenue.

Plus cher que tout ce que j'ai acheté avant.

Les claquements résonnent dans le couloir étroit. J'ai l'impression que mes douze enjambées sont en fait un millier.

Les battements de mon cœur résonnent entre mes oreilles.

Pom-pom.

Pom-pom.

Pom-pom.

J'y suis. Je m'arrête devant sa porte.

Nous y sommes. Je n'aurai plus l'occasion de me défiler.

Je me triture les méninges pour retrouver un brin de raison. Assez pour me convaincre de faire demi-tour, de remonter dans l'ascenseur et de rentrer en métro jusqu'à mon appartement.

Mais je n'ai plus de raison.

Mon corps en a trop envie.

Ça fait trop longtemps que je n'ai pas cédé à mes désirs. Je ne peux pas m'arrêter en aussi bon chemin.

Je frappe à la porte.

Ty me fait attendre. Dix secondes. Vingt. Trente.

Une minute.

Deux.

Enfin, il ouvre la porte.

Il se tient là, grand, fier et fort.

Un ange dans la douce lumière bleue.

Un diable dans un costume de marque.

Un fou ou un monstre, peut-être.

Mon monstre.

— Tu es en retard.

Sa voix est dure et tranchante.

— Je sais.

Il soutient mon regard et s'immobilise. Il me donne

l'opportunité de m'expliquer, de me justifier, d'implorer sa pitié.

Je ne le fais pas.

Il poursuit.

— Viens. Ferme la porte derrière toi.

Je m'avance et ouvre la porte.

Le claquement résonne dans la pièce large et ouverte.

C'est le même appartement que la dernière fois.

Le même canapé en cuir souple. La même porte vitrée. La même longue table.

Le même couloir qui mène à sa chambre.

Il va à la cuisine et remplit deux verres d'eau. Il m'en amène un.

Je l'accepte, et mes doigts frôlent les siens.

Mon corps prend feu. Je suis terriblement excitée.

J'ai terriblement besoin de lui.

Rien que le son de sa voix suffirait à me faire jouir.

Je ne sais pas si c'est possible, mais pour l'instant, j'en ai l'impression.

— Bois, dit-il.

— C'est de l'eau ?

— Oui. Tu vas avoir besoin de toute ton énergie.

Oh… J'avale une longue gorgée, puis une autre, et encore une autre.

Il me regarde finir le verre et le reprend. Il place les deux, le mien, vide, et le sien, qu'il a bu à moitié, sur le comptoir de la cuisine.

— Tu sais pourquoi tu es ici ? demande-t-il.

— Nous sommes fiancés.

— Certes, dit-il avec un petit ricanement, sortant un instant de son rôle. Pourquoi es-tu là ce soir ?

— Pour que tu puisses me culbuter ?

— Pour que je puisse faire de toi ce que je veux, corrige-t-il.

Mon corps gémit. Ce soir, il va finir par me prendre. J'ai besoin de l'avoir en moi et je n'ai jamais rien désiré de plus.

Il doit bien le savoir.

Il referme la distance entre nous, passe son bras autour de ma taille et m'embrasse doucement et lentement.

— Ça peut être tendre.

Il fait courir ses doigts sur la ceinture de mon jean. Son autre main se pose sur mes cheveux. Il m'embrasse alors rapidement et fort, puis me lâche avec un soupir.

— Ou bien ça peut être brusque.

Il prend mes fesses dans sa paume et m'attire contre lui pour me faire sentir son érection.

— Ou alors ça ne sera rien.

— Mais…

— Tu es à moi ; je fais de toi ce que je veux.

Mince.

Va dans la chambre. Tout de suite.

— Sans quoi ?

— Je ne coucherai pas avec toi.

Sa voix est dure, rauque.

Il est sérieux.

Quoi qu'il puisse se passer d'autre entre nous, il est sérieux.

— Quelle chambre ? demandé-je.

— La nôtre.

— La nôtre ?

— Tu sais de laquelle je parle, Indigo, dit-il alors que sa voix descend d'une octave. Vas-y. Tout de suite. Ou bien je ne vais pas te culbuter.

Notre chambre.

Ça retient la moindre parcelle de mon attention.

Il la considère comme la nôtre.

Seigneur, j'ai envie de quelque chose qui soit à nous !

Même si ce n'est qu'un endroit pour baiser. Particulièrement si c'est notre endroit pour baiser.

C'est là qu'on a du sens.

Du sens parfait.

Je me tourne et descends le couloir.

La porte de sa chambre est ouverte.

Le plancher est nu, les murs sans décorations, les draps bordés.

Rien n'a changé, à part les menottes en cuir sur le lit.

Je n'arrive plus à respirer. J'essaye de conserver un semblant de pensée consciente.

C'est…

Je le mets au défi de me punir. Je ne sais pas à quoi cela va ressembler.

Je m'en fiche.

Il sait ce que je veux.

Il me donnera ce que je veux.

J'essaye d'inspirer profondément. J'essaye de garder les pieds sur terre.

Ses pas se rapprochent.

De plus en plus.

Il entre dans la pièce et retire sa veste de costume avant de la poser sur la commode.

Puis il retire sa cravate et la pose au-dessus de sa veste.

Son regard se pose sur le miroir. Le placard qui court le long du mur. Comme tant d'autres.

Comme le mien.

Ce n'est pas uniquement une surface où regarder si l'on est bien habillé.

Une façon de regarder.

Il se tourne vers moi, fait un autre pas dans ma direction, afin qu'il ne reste que cinq pas entre nous.

Ce sont cinq pas de trop, mais je ne vais pas risquer de le mettre au défi.

— Tu as suivi mes instructions ?

Il me regarde dans les yeux, en attente, me proposant de prendre l'initiative.

Nous y sommes.

C'était déjà en marche, mais nous y sommes vraiment.

C'est l'allumette qui enflammera l'endroit tout entier.

— Non, me forcé-je à dire.

— Non ?

Il se rapproche jusqu'à ce qu'un seul pas nous sépare.

— Non, répété-je plus fermement, plus sûrement.

— Tu veux bien élaborer ? dit-il en s'avançant vers moi.

Je recule, mais il se rapproche.

Je fais un autre pas en arrière.

Puis un autre.

Puis je bute contre le lit et suis contrainte de le regarder.

— Non.

Ses pupilles se dilatent. Sa posture change. Toute trace de douceur disparaît de sa personne.

Il me pousse sur le lit.

Fort.

Comme s'il le faisait exprès.

Le matelas est assez moelleux pour absorber l'impact. Mais je rebondis quand même avant de retomber dessus.

Il m'y plaque, son genou contre ma cuisse.

— Ne bouge pas.

— Sinon ?

Il retient son souffle. Ce jeu lui plaît autant qu'à moi. Il veut que je lui résiste.

— Tu ne sais pas à quel point je peux me montrer brutal.

Je secoue la tête.

— Ne bouge pas, répète-t-il plus fermement, plus fort.

Je le regarde retrousser ses manches. La gauche, puis la droite.

La lumière éclaire ses bras musclés, faisant briller sa peau sombre, ses tatouages.

La rose géométrique.

L'ouroboros.

La citation en latin.

Vincit qui se vincit.

Il se conquiert qui se conquiert lui-même.

Ça lui correspond à la perfection.

Il retire sa jambe et me décoche un regard qui me défie de lui désobéir. Cela étant, je reste en place tandis qu'il se déplace vers la commode, récupère sa cravate et la jette sur le lit.

— Assieds-toi, ordonne-t-il.

Je m'exécute, et il prend place à côté de moi.

Il pose la main sur ma joue et m'attire dans un baiser brusque et rapide.

Ses dents raclent ma lèvre inférieure.

Son autre main se pose sur ma cuisse.

Il presse sa paume contre moi par-dessus mon jean.

Oh ! La pression suffit pour m'envoyer en l'air. Je suis déjà tellement proche, tellement à cran.

— Ty, dis-je dans un grognement en me retirant.

Il réagit en me frottant par-dessus mon jean, de plus en plus fort.

Assez fort pour que ce soit douloureux.

Ça m'excite si rapidement !

De plus en plus proche…

Puis il retire sa main.

Ce manque me fait arquer les hanches.

— Je t'en prie.

— Non.

Quelque part, ça m'excite encore davantage.

Il s'immobilise et me dévisage des pieds à la tête, savourant chaque parcelle de ma peau, du sommet de ma tête à la pointe de mes bottes, avant de reculer.

Il pose la main sur ma hanche, sur mon jean, le long de la ceinture, de l'ourlet de mon haut.

Puis dessous.

Ses doigts parcourent les contours de mon soutien-gorge.

Mes paupières se referment.

Il me caresse les seins par-dessus mon soutien-gorge et fait courir ses pouces contre mes mamelons, pressant le tissu transparent dans ma peau tendre.

C'est trop de friction.

Et pas assez.

J'ai besoin de ses mains nues.

— Je t'en prie, dis-je dans un grognement.

— Non.

Sa voix est rauque, rude, plus rude que je l'aie jamais entendue.

Il fait courir son pouce contre moi sans s'arrêter.

Jusqu'à ce que j'aie tellement besoin de lui que je pourrais crier.

Puis il se retire, m'ôte mon haut, me laisse assise sur le lit vêtue de mon jean et d'un soutien-gorge noir.

Il contemple le tissu transparent avec autant d'admiration que de colère.

Puis, sans prévenir, il me fait basculer sur ses genoux.

Mon ventre presse contre ses cuisses, ma tête se retrouve dans les draps, mes fesses en l'air.

C'est parfait pour recevoir la fessée.

Il presse une main contre mon dos, poussant mon ventre contre ses cuisses et son pelvis.

Contre son érection.

— Ty…

Il réitère le mouvement.

— Tu as envie que je te prenne.

Je murmure un oui.

— Là.

Il fait courir ses doigts sur mon jean, pressant le tissu contre mon sexe.

Je hoche la tête contre le matelas.

— Là.

Il fait courir sa main le long de la couture, jusqu'à ce que ses doigts se retrouvent sur mes fesses.

Ce n'est pas une question, mais je réponds quand même « oui ».

— Là.

Il glisse son pouce entre mes lèvres.

Je suce son doigt. Ce n'est pas assez. Je veux davantage de lui. Tout de lui.

— Tu as envie que je te baise, dit-il avant de retirer son pouce.

Un soupir me tombe des lèvres.

— Mais tu me testes.

— Oui.

— Tu me fais cet effet-là, dit-il en pressant sa paume contre mon dos afin que mon ventre se retrouve à nouveau pressé contre son érection. Puis tu oses me défier de ne pas te donner satisfaction.

— Oui.

— Tu sais ce que ça me fait ?

— Non.

— À quel point ça me rend fou ?

Je secoue la tête.

Il défait le bouton de mon jean, le fait descendre sur mes hanches.

Mes fesses.

Mes cuisses.

Il le laisse-là, m'entravant les jambes.

— Tu sais à quel point je peux me montrer rude ?

— Non.

Clac.

Sans prévenir, il abat à nouveau sa main sur mes fesses.

Il me donne la fessée fort.

Puis une autre.

Et encore une autre.

— Méchante fille.

Il ronronne ces paroles avec approbation et réprobation à la fois.

Puis il me redonne la fessée.

Encore une fois.

Mes paupières se referment.

Mon cœur passe la vitesse supérieure.

Je ne ressens que la douleur, le plaisir et le désir intense de prendre ce qu'il a envie de me donner.

Il me redonne la fessée.

Encore.

Et encore.

Et encore.

— Ça fait dix, dit-il en abattant à nouveau sa main sur mes fesses. Tu en veux dix de plus ? Ou bien tu as retenu la leçon ?

— Je ne sais pas ce que vous voulez dire, Monsieur.

Clac.

Il frappe plus fort cette fois ; assez fort pour me tirer un petit cri.

Mais il ne s'arrête pas. Il ne me parle pas. Il ne me taquine pas.

Sa paume s'abat sur mes fesses sans discontinuer.

Jusqu'à ce que ça me fasse plus de mal que de bien.

Mais cette douleur est parfaite.

Il s'arrête.

Ça fait dix ? Je ne sais pas.

Sa main se pose sur mon poignet, puis je sens le cuir souple de la menotte.

Il attache mon poignet gauche, puis le droit.

Il me fait passer les mains derrière le dos, les relie avec une chaîne courte.

Il fait descendre mon string sur mes cuisses.

Retire mon jean et ma culotte.

Puis il pose la main sur ma cheville, et voilà qu'il entrave mes jambes avec sa cravate.

Il se redresse et presse sa paume dans mon dos, maintenant mon ventre contre sa verge en érection, me défiant d'en demander davantage.

Me défiant d'implorer sa pitié.

Clac.

Il frappe à nouveau.

Cette fois, c'est l'autre fesse.

Encore et encore.

Jusqu'à ce que je ne ressente que la brûlure de la douleur.

Puis il pose la main sur mon sexe. Un contact doux.

La pénétration brusque de ses doigts.

— Tu mouilles, gronde-t-il.

— Oui.

— Tu aimes me mettre au défi.

— Oui.

— Tu veux être punie.

— Oui, dis-je dans un souffle.

— Ce n'est pas comme ça que tu obtiendras ce que tu veux.

— C'est-à-dire, Monsieur ?

Il presse à nouveau la main sur mon dos, plaquant mon ventre contre sa verge.

Mince. Non. Tout sauf ça.

— S'il te plaît…

— S'il te plaît ?

— Je vous en prie, prenez-moi. Je vous en prie, Monsieur.

Il me pénètre à nouveau de ses doigts.

— Pourquoi ?

— Pourquoi ?

Que veut-il dire par « pourquoi » ?

— Oui, dit-il en me pénétrant frénétiquement de ses doigts. Pourquoi devrais-je récompenser ta désobéissance ?

J'essaye de trouver une réponse, mais la pression de sa main me dépasse.

Il m'étire de plus en plus.

Encore et encore.

Il me pousse de plus en plus près.

Son pouce trouve mon clitoris.

Encore trois cercles, et je jouis.

Je grogne son nom alors que le plaisir se répand dans mon torse. Mon monde tout entier devient blanc. Il n'existe que la magnifique lumière éblouissante du plaisir et la brûlure parfaite et aiguë de la douleur.

—Je vous en prie.

Je n'ai rien d'autre.

— Tu crois que c'est toi qui commandes, ici ?

— Non, Monsieur.

— Tu crois que je vais céder parce que tu me supplies ? demande-t-il.

— Non, Monsieur.

— Alors pourquoi continues-tu de demander ?

— Parce que je ne sais pas quoi faire d'autre.

Un grognement s'échappe de ses lèvres. Une fois encore, il abat sa main sur mes fesses.

—Je n'ai aucune pitié.

—Je sais.

— Souviens-t'en, la prochaine fois.

— Oui, murmuré-je.

Il me donne à nouveau la fessée. Assez fort pour que mon corps tout entier brûle.

Puis il tire sur la chaîne qui retient mes poignets.

Il se redresse, m'entraînant avec lui.

Pendant une seconde, ses yeux se posent sur le miroir.

Les miens le suivent.

Je suis nue, hormis le soutien-gorge noir, les menottes à mes poignets, la cravate qui retient mes chevilles.

Et il est derrière moi, dans son costume, une main sur mes poignets.

Me maîtrisant complètement.

Il pose une main sur ma gorge.

Un grognement s'échappe de mes lèvres.

— Ty, je t'en prie. Je t'en prie. Tu sais ce que ça me fait.

Sa prise se resserre.

— Je t'en prie.

Ses yeux croisent les miens dans le miroir.

Il me tient en place pendant un long moment.

Puis il me pousse sur le lit.

Je tourne la tête, mais ma joue s'abat quand même sur les draps. Le matelas amortit l'impact, mais pas assez.

Ça fait mal.

D'une façon qui fait se contracter mon intimité.

Comment puis-je avoir à nouveau besoin de jouir aussi rapidement ?

Comment puis-je être tout à la fois satisfaite et dans le besoin ?

Comment puis-je désirer que cela soit plus rude ?

Je suis tellement vide, tellement consciente de mon besoin d'être comblée par lui.

Et je ne sais pas s'il va me faire attendre pour toujours

ou bien me prendre immédiatement, ou bien quelque chose entre les deux.

C'est une belle et horrible torture, comme si je le regardais se branler.

Il presse une main sur ma hanche, me plaquant au lit.

Il est derrière moi. Juste derrière moi. Sa verge contre mon sexe. Seul son pantalon nous sépare.

Son lit est exactement à la bonne hauteur.

Comme s'il avait prévu la chose…

Bien sûr qu'il a prévu la chose.

Il me garde en attente.

Enfin, il déboutonne son pantalon et me regarde dans les yeux dans le miroir pendant qu'il me pénètre.

Pas de préservatif.

Rien entre nous.

Uniquement sa chair contre la mienne.

C'est tellement bon. Comme s'il était à moi. Comme si nous n'étions qu'un.

Comme toutes les métaphores mielleuses de toutes les chansons pop.

Mon corps s'étire pour l'accueillir.

J'en ai besoin, même si ça fait mal.

Ou plutôt parce que ça fait mal.

— Tu es à moi, dit-il en me tenant plaquée sur le matelas. C'est moi qui décide de ce dont tu as besoin.

— Oui, dis-je dans un souffle.

— Je vais faire ce que je veux de toi.

Hum. Il m'excite tellement !

Je n'en reviens pas qu'il me reste encore un peu d'énergie, et pourtant si.

Il me garde plaquée au lit alors qu'il me pénètre, encore et encore.

Il me pousse plus près du but à chacune de ses pénétrations régulières et profondes.

Encore.

Encore.

Et encore.

Puis il tire sur la chaîne qui retient mes poignets et me fait chavirer.

Je grogne son nom alors que je jouis.

Mon sexe palpite. Le plaisir se déverse sur moi. La lumière parfaitement blanche et belle de la béatitude.

Et cette douce impression de soumission.

Savoir que je suis à lui.

Savoir que je suis ligotée.

Savoir qu'il peut me faire mal, me soumettre, me détruire.

J'aime ça, même si je sais que c'est mal.

Mes orteils s'enfoncent dans le sol.

Mes doigts s'enfoncent dans mes paumes.

Puis il jouit à son tour en grognant tandis qu'il se déverse en moi, ne cessant de donner des coups de boutoir pendant son orgasme.

Sa verge palpite quand il jouit.

C'est parfait.

C'est tout.

Une fois qu'il a fini, il se retire et se débarrasse de ses vêtements et du reste des miens.

Puis il est sur le lit et défait mes entraves avant de me prendre dans ses bras.

Il m'étreint alors comme s'il n'allait jamais me lâcher.

Chapitre Trente-Cinq

INDIGO

Il fait courir ses doigts dans mes cheveux pendant que je reprends ma respiration.

C'est l'autre Ty. Celui qui est doux, tendre, prévenant.

Il me murmure de revenir à la réalité, me demande si je vais bien.

Je parviens seulement à hocher la tête.

« Bien » n'est pas le mot qui convient.

Je me sens fantastiquement bien.

Une fois que je suis redescendue, je vais dans la chambre principale.

Je referme la porte. C'est mon espace.

Une nouvelle robe de chambre violette est suspendue à côté de la douche.

Exactement comme celle de mon fantasme. Exactement comme je la lui avais décrite.

Une fois que je me suis lavée et séchée, je me glisse dans la robe de chambre, m'abreuvant de la sensation de cet espace.

De notre espace.

Le perçoit-il comme tel également ?

Entre l'immense douche, le mur blanc dénudé, le solide comptoir, le large miroir…

Il y a beaucoup d'espaces pour me prendre. Beaucoup de façons de me titiller ou de me donner du plaisir.

Notre espace pour baiser.

Je passe mes doigts dans mes cheveux, applique une nouvelle couche de rouge à lèvres, essuie mon eye-liner que la sueur a fait couler.

Ce n'est pas suffisant. J'ai toujours l'air d'avoir été culbutée récemment. Je n'ai pas une coupe de cheveux qui résiste au sexe.

Mais j'aime voir la satisfaction dans mon reflet.

Est-ce que ça le rend fou aussi ? De voir ce qu'il a fait à mes cheveux, à mes lèvres, à mes poignets, à mon cou ?

Pas de suçon aujourd'hui.

Il a fait attention pour cette fois.

Ou peut-être que ça ne convenait pas au scénario. Je ne sais pas.

Je m'en fiche. Tout ce que je sais est que j'en veux davantage.

Puis-je vraiment lui demander d'être plus dur, plus brusque, plus brutal ?

J'inspire profondément et me déplace dans la chambre.

Mes vêtements sont bien rangés. Mes chaussures se trouvent au pied du lit.

Le reste est plié.

Mon jean.

Mon haut.

Mon soutien-gorge.

Un écrin est posé sur mon string noir.

Ty entre dans la chambre.

— J'ai pensé que tu voudrais ajouter ceci à ta tenue.

Il porte son pantalon et sa chemise. Sa cravate est

toujours sur le lit. Sa veste est toujours posée sur la commode. Ses manches sont toujours roulées jusqu'aux coudes.

Un côté de lui que je suis la seule à connaître.

Il traverse la pièce pour venir me rejoindre et s'empare de l'écrin.

Puis il met un genou en terre.

— Indigo Simms, acceptes-tu de m'épouser ?

Il ouvre le couvercle.

La bague est ravissante. Audacieuse. Intense. Comme moi.

— Ty…

Ma gorge se noue, et j'ai la bouche pâteuse.

Il a un genou en terre et me regarde comme si je tenais son cœur entre les mains.

Comme s'il allait mourir si je n'acceptais pas de passer le reste de ma vie avec lui.

Il ne fait pas semblant.

Peut-être ne m'aime-t-il pas. Peut-être ne m'aimera-t-il jamais.

Mais il a besoin de moi.

Et c'est quelque chose. C'est tellement proche de tout.

— Je porte une robe de chambre, laissé-je échapper.

— Je sais, sourit-il.

— Suis-je censée aller raconter que tu m'as surprise après m'avoir fait monter au septième ciel ?

— Sinon, comment aurais-je été certain que tu dises oui ?

Un rire s'échappe de mes lèvres.

C'est tellement beau et parfait de le voir agenouillé, entouré par la douce lumière bleue du crépuscule, à me regarder comme si j'étais la seule chose dont il avait besoin.

C'est le cas.

Ici.

Peut-être pas ailleurs, mais ici.

— Oui, murmuré-je. Bien entendu.

Il glisse l'anneau à mon doigt, puis se redresse pour me prendre dans ses bras.

Je pose les mains sur son cou. Je la sens, la pression de la bague entre nous. Le métal contre notre peau.

Cette fois, il m'étend doucement sur le lit.

Il défait la ceinture de ma robe de chambre.

Puis il se glisse entre mes jambes et me lèche jusqu'à ce que je jouisse.

Une fois que j'ai enfilé mes chaussures et une robe violet foncé, je prends des photos de la bague.

Des photos normales. Avec mon téléphone. Comme si on était un couple normal, excité à l'idée de poster la nouvelle sur nos réseaux sociaux.

Il pose avec moi pour une douzaine de selfies.

Puis il en prend quelques-unes de moi, devant la fenêtre, pour qu'on ait de la lumière naturelle.

C'est tellement normal de demander à mon fiancé de prendre des photos de moi.

Il sait mieux prendre des photos que Noah. En tant que mec, il est doué pour prendre des photos avec un téléphone, mais c'est quand même un mec.

Je dois lui dire comment tenir le téléphone, comment trouver son bon profil et la lumière.

C'est tellement étrange de devoir lui expliquer, de le voir recevoir des instructions.

De regarder une photo de nous deux, tout sourire devant la bague qui orne ma main.

— Tu pourrais l'envoyer à ta sœur, dit-il.

— Tu crois ?

— C'est ta sœur.

J'ai envie de le lui dire, de lui en parler tout de suite, mais…

— Elle révise pour ses examens de fin d'année.

— C'est bon si tu veux le garder pour toi pendant un moment.

C'est ça ? Je veux le garder pour moi ?

Ou bien est-ce que j'ai peur de ce qu'elle dira ?

Je n'ai pas à lui mentir. Pas vraiment.

Elle risque de poser des questions quand je lui dirai *il m'a fait sa demande après une soirée de passion*, mais elle m'interrogera plutôt sur le sexe.

— Mardi, dis-je. Après son dernier examen.

— Ça veut dire que tu vas rester ici jusqu'à mardi ?

— Que me proposes-tu ?

Il sourit.

— Ne me mets pas au défi de repousser davantage le dîner.

— Ne me mets pas au défi de te tenter.

Il me prend dans ses bras et m'attire dans un doux baiser.

Mes lèvres s'écartent.

Sa langue se glisse dans ma bouche.

Mon corps fond contre le sien.

Oui. Je peux rester ici jusqu'à mardi. Je peux rester ici pour toujours.

Je me retire avec un soupir.

— Ce week-end, peut-être. J'ai besoin qu'elle s'habitue à l'idée de ne pas m'avoir tout le temps dans les pattes.

— Indie, ça me peine de devoir t'en informer, mais elle a hâte de ne plus t'avoir dans les pattes.

— Ah oui ?

Il hoche la tête et prend mon manteau, me précédant hors de l'appartement.

— C'est une fille de dix-huit ans qui a toujours eu sa sœur pour la maintenir dans le droit chemin.

C'est vrai.

— Elle veut inviter un garçon dans sa chambre, boire de l'alcool bon marché, jouer de la musique trop fort.

— Tu ne m'encourages pas à rester.

— Tu devras bien la laisser faire un jour.

— Je sais, dis-je en pinçant les lèvres. J'ignore simplement comment.

ON DÎNE DANS UN RESTAURANT TRANQUILLE.

Pas de photographes pour capturer notre moment.

Pas de paparazzi.

Personne ne nous regarde ; pas vraiment. Pas plus que d'ordinaire.

Il plaisante en me disant que c'est parce que je fais tourner les têtes.

C'est peut-être vrai.

C'est peut-être nous.

Je ne sais pas et je m'en fiche. J'ai simplement envie de le regarder dans les yeux et de parler de notre famille toute la soirée.

C'est parfait.

Et c'est à moi.

On retourne chez lui. Il me prend contre le mur. On s'endort dans son lit.

Notre lit.

Je rentre alors que Sienna est déjà partie pour l'école.

Elle m'a laissé un mot sur la table.

Bravo, tu t'es envoyée en l'air ! Je resterai à la bibliothèque jusqu'à dix heures, alors tu es libre de poursuivre les festivités à la maison.

Je t'aime.

Je déteste les Sciences Po.

Sienna.

Je serre le mot contre ma poitrine. Je l'aime tellement ! J'ai tellement besoin qu'elle aille bien.

Et c'est le cas.

Elle est intelligente, audacieuse, drôle et forte.

Elle aura certainement un avenir extraordinaire.

Elle n'a plus besoin de moi. Pas comme elle le faisait quand on était enfants. Quand Maman est morte de chagrin et que j'ai dû recoller les morceaux.

Quand je devais aller faire les courses, préparer nos dîners, m'assurer qu'elle étudie, arrive à l'école à l'heure et puisse jouer au football.

C'est ce qui l'aurait sortie d'affaires : une bourse.

Si Ty n'était pas intervenu…

Elle aurait pu refuser d'aller à l'Université de New York et demander à une école disposée à couvrir ses frais de l'accepter, même si elle avait raté le délai d'inscription.

Elle aurait déménagé en Floride, en Californie ou à Boston.

C'est ce qui aurait peut-être été le mieux pour elle.

Mais pas pour moi.

Je colle son mot sur le réfrigérateur, vais dans ma chambre, prends ma guitare.

Je suis contrainte de retirer la bague. Elle est trop lourde. Je n'ai plus pratiqué depuis trop longtemps.

Mais quand je ferme les yeux et presse mes doigts sur les cordes, je refais des gammes.

Des progressions d'accords.

Des chansons.

Je ne chante pas. Je n'en suis pas encore là.

Mais je parviens à faire au moins ça.

Au bout de quelques chansons, tout me revient. Mon père qui rit alors qu'il baisse le volume de *You Oughta Know.*

Il sourit en invitant ma mère à danser.

Ils dansent dans le salon sur du Marvin Gaye en pouffant comme des adolescents.

Nous trois, Maman, Sienna et moi, au mariage de ma cousine. Ma mère qui fond en larmes quand on joue leur chanson de mariage.

As Time Goes By.

La chanson de *Casablanca*.

On n'a plus pu regarder le film après sa mort.

Je repose ma guitare, me prépare une tasse de thé, commence à regarder ce classique.

Il est toujours aussi familier. Un endroit familier qui ne sera plus jamais pareil.

C'est peut-être la vie. On grandit. On quitte la maison de ses parents. On trouve la sienne.

Mais ça fait mal.

Ça fait vraiment mal.

Alors je garde ma bague de fiançailles dans mon tiroir.

Et je ne dis rien à Sienna quand elle rentre.

Parce qu'elle a des examens. Parce que je ne peux pas la distraire.

Parce que je n'ai pas encore envie de dire au revoir au foyer qu'on s'est construit.

Chapitre Trente-Six

TY

Toute la journée, je pense à Indigo.

Ses grognements à mes oreilles, le goût de ses lèvres, la sensation de ses ongles contre mon dos.

Le doux spectacle de son sourire qui illumine ses yeux d'un bleu profond.

C'est réel.

J'ai envie de l'épouser. Qu'est-ce que ça fait si mes intentions ne sont pas entièrement romantiques ?

Je répète ce mantra encore et encore alors que je vais dîner.

C'est suffisamment réel.

Je la désire.

Je pense à elle.

J'ai besoin d'elle.

Ce soir, j'oublie les autres détails. Ils n'existent plus.

Nous sommes deux adultes qui se désirent mutuellement.

Ce n'est pas plus compliqué que ça.

Mes épaules se détendent alors que j'entre dans le restaurant. C'est un endroit familier. Un des préférés d'Ian à cause de la sélection fantastique de gins et de boissons fortes.

Ce soir, j'ai besoin d'en prendre un.

Je m'arrête au bar et commande un bourbon sec. Je l'emmène au restaurant.

Ils sont déjà là.

Ian, dans son costume noir et une cravate fuchsia.

Eve, vêtue d'une robe noire décolleté et de bottines militaires, ses cheveux bleus tombant en ligne droite sur ses épaules, son maquillage sombre et dramatique.

Ils sont assis l'un à côté de l'autre, occupés à rire en buvant.

Sans doute des gin-tonics.

C'est une autre raison pour laquelle ce restaurant lui plaît. Sa sélection de Fever Tree. Et son accord avec le management.

Ils servent sa petite amie sans lui demander sa carte d'identité.

C'est obligé, puisqu'elle a dix-neuf ans et que l'âge légal pour boire aux États-Unis est de vingt et un.

C'est ridicule. Pourquoi quelqu'un peut-il aller faire la guerre, mais ne peut pas boire d'alcool ? Mais c'est la loi…

Je paie le barman et me tourne vers eux.

Une petite partition nous sépare. Ils peuvent me voir, mais ils ne me regardent pas. Ils sont trop accaparés l'un par l'autre.

— Elle va être jalouse, dit Ian en faisant courir ses doigts sur le menton de sa copine. Tu es intimidante.

— Effectivement, rit-elle.

— Tu te sous-estimes.

Il trace les contours du tatouage qu'elle a au bras droit, la citation de *La Servante Écarlate.*

Elle est obsédée par cette histoire.

C'est tout ce qu'il a su d'elle pendant longtemps.

Qu'elle avait les cheveux bleus et qu'une citation de *La Servante Écarlate* ornait son corps en permanence.

Il est obsédé par ces deux éléments.

— C'est mon intellect ? dit-elle en se rapprochant de lui.

Il hoche la tête, referme sa main sur son cou et l'attire pour un doux baiser.

C'est de l'affection à l'état pur.

D'ordinaire, j'aurais levé les yeux au ciel, mais je n'ai pas une seule goutte d'irritation dans mon corps.

Non. Il y a quelque chose d'autre dans mon ventre.

De la jalousie.

Pas parce que j'ai envie d'elle.

Ou parce que je ne veux pas qu'elle retienne l'attention de mon frère.

Mais parce qu'ils rendent la chose facile.

Je sais que ça n'a pas été facile. J'ai suffisamment entendu Ian raconter sa version… et même Eve.

Mais là, à les voir se regarder dans les yeux, flirter en buvant…

Ils sont l'image même de l'amour.

De cet amour passionné et beau.

Ils sont fous l'un de l'autre. Et ils sont à l'aise, comme on peut seulement l'être quand on baisse la garde.

Quand on laisse quelqu'un nous connaître.

Nous aimer.

La personne qu'on est vraiment.

Ça me tiraille le cœur. Pas parce que j'ai connu ça.

Mais parce que je ne l'ai pas connu.

J'ai aimé Rory, et c'était réciproque, mais je n'ai jamais vraiment baissé la garde.

J'étais trop occupé à essayer de m'intégrer dans son monde parfait.

De me convaincre que je voulais les mêmes choses qu'elle.

— Tu crois qu'il va parler de Rory ? demande-t-elle.

— Qu'est-ce qu'il dirait ?

— Je ne sais pas. Parfois… je le sens quand tu penses à ton ex-femme. Pas exactement à elle, mais…

— Mon impossibilité à faire confiance.

— Tu y es presque.

— Mes coups de téléphone à trois heures du matin ne t'énervent-ils pas ?

— Seulement si je suis trop fatiguée pour…

Elle achève sa phrase dans un murmure que je n'entends pas, mais à en juger par sa rougeur, elle parle de sexe.

Il murmure. Lui rend ses taquineries. La fait rougir davantage.

C'est coquin et adorable tout à la fois.

Une fois encore, la jalousie me tord le ventre.

Ça a l'air tellement facile.

Est-ce que ça l'est vraiment ?

Elle s'écarte juste assez pour terminer son verre.

— Tu crois que c'était pareil pour lui ?

— Avec Rory ?

Elle acquiesce.

— Elle ne couchait pas avec quelqu'un d'autre.

— Tout n'est donc qu'une question de sexe ?

— Tu as déjà rencontré un homme ?

— Non, rit-elle. C'est la première fois. Je suis Eve.

— Ian.

Ils se serrent la main.

— Dis-m'en plus. Ce que ça fait d'être un homme.

Il se penche pour murmurer à son oreille, et elle rougit à nouveau.

— Tu es obsédé.

— Absolument.

Elle sourit d'une façon qui hurle *je t'aime*.

— Tu crois que ça lui rend la chose plus facile ?

— Je ne sais pas. De certaines façons, peut-être. C'est plus facile de refaire confiance. Le plus dur est de ne pas avoir quelque chose à reprocher à l'autre.

— Ne pas savoir ce qu'il s'est passé.

— On ne sait jamais vraiment. Même lorsque j'ai écouté Laura expliquer ce qu'il s'est passé. Pourquoi elle s'est sentie seule. Pourquoi elle m'a trompé. Elle m'a tout expliqué, étape par étape. J'ai pensé que ça aurait été plus facile si je comprenais, mais j'avais tort.

— Tu as compris ?

— Intellectuellement, oui. Mais comment aurais-je pu réellement comprendre ?

— Tu n'en parles pas, dit-elle.

— Tu as lu toutes mes pensées à ce sujet.

Elle le serre fort contre elle.

— Tu étais mal en point.

— Je suis toujours mal en point.

Elle secoue la tête tandis que lui hoche le menton.

Ils s'embrassent.

Puis ils se murmurent quelque chose à l'oreille, perdus dans quelque chose qui n'appartient qu'à eux.

Je suis un intrus. Je devrais détourner les yeux.

Mais j'en suis incapable.

C'est trop déroutant de voir que mon frère a retrouvé l'amour.

De le voir faire à nouveau confiance.

De le voir heureux.

Il était bel et bien mal en point. Misérable. En colère. Prêt à détruire tout ce qui lui rappelait son mariage qui se désagrégeait. Y compris lui-même.

Et aujourd'hui, il sourit. Il parle de son ex-femme d'une voix calme et compréhensive.

Ils parlent de moi, oui, mais il en parle quand même comme si c'était derrière lui.

Il n'est plus le même homme brisé.

Il va bien.

Plus que bien.

Il est au septième ciel.

— N'y a-t-il vraiment que les hommes qui rapportent toujours tout au sexe ? rit-elle.

— Je suis le seul que tu aies jamais rencontré, alors tu devras me croire sur parole.

— Penses-tu réellement que Ty…

— Il n'est pas aussi coincé qu'il le laisse entendre.

— Il n'a pas l'air coincé, dit-elle.

— Exactement.

— Oh, dit-elle alors que ses yeux verts s'illuminent et que ses joues rougissent. Vraiment ?

Il confirme d'un hochement de tête.

— Des détails ?

— Je ne devrais pas.

— Des détails qu'il accepte que je sache ?

— Il te les livrera.

Elle presse les mains ensemble, comme pour l'implorer.

Et il lui murmure quelque chose de coquin à l'oreille.

Ce n'est pas un de mes secrets. C'est un point sur lequel je peux lui faire confiance.

Il n'ébruite pas mes secrets.

Je termine mon verre et le laisse ici.

Puis j'entre dans le restaurant.

Eve me repère la première et rougit à la seconde où elle m'aperçoit. Puis elle me salue de la main, essayant de dissimuler son expression embarrassée d'avoir été surprise.

— Bonjour, Ty ! dit-elle en se redressant pour prendre dans ses bras. Tu es super beau.

— Il sait qu'on parlait de lui, dit Ian.

— En bien, rit-elle. Je le promets.

— Tu t'interrogeais sur ma vie sexuelle ? dis-je en m'écartant d'elle.

— Ça fait une éternité, dit-elle. Ça soulève des questions.

— Trois semaines, c'est une éternité, pour toi ? demandé-je.

Elle hoche la tête et s'assied.

— Si tu habites à cinq pâtés de maisons ? Oui. Je suis forcée de me demander comment tu passes ton temps.

— Il ne te dira rien, sauf si tu le fais boire, dit Ian en se redressant et en me prenant dans ses bras. Tu en as entendu beaucoup ?

— Suffisamment, dis-je.

— Connard curieux !

— J'ai eu un bon professeur.

Il sourit de fierté, cette fierté fraternelle que je vois si rarement.

Ça me réchauffe de partout.

Ça annihile toute la négativité qui s'attarde dans mon ventre.

Il me fait signe de m'asseoir et hèle alors le serveur.

— Du bourbon ?

— Un Manhattan.

— Bien sûr, sourit Ian.

— Quoi, bien sûr ? demande Eve.

— Cet été-là, vous n'avez bu que ça, dit Ian. J'ai pensé qu'il faisait comme les locaux.

— Des Manhattan à Manhattan ? dit Eve en me regardant. Ce n'est pas ce qu'il voulait dire.

— Des White Claw à Long Island, dis-je.

— Que boit-on à Manhattan ? rit-elle.

— Des cocktails artisanaux qui ont le goût de l'aromathérapie, dis-je.

Elle rit plus fort.

— Oh, mon Dieu, c'est vrai !

— Il y a beaucoup de lavande, concède Ian.

— Tu aimes la lavande, dit-elle.

— Ça se marie bien au gin. Je suis un homme avisé.

Il attend que le serveur se présente et commande une autre tournée.

— Et un pour ta copine ? demande-t-il.

J'acquiesce.

Il le communique au serveur et attend que celui-ci s'en aille.

— Tu as quelque chose à nous dire ?

— Que veux-tu que je te dise ? demandé-je.

— Ce que vous faites ensemble, dit Eve.

— Ils baisent, dit Ian en haussant un sourcil.

Il me défie de m'expliquer, mais comme je garde le silence, il continue.

— Qu'est-ce qu'ils peuvent faire d'autre ? Jouer au Scrabble.

— Tu as choisi le Scrabble exprès, dit-elle.

— Bien sûr, dit-il en traçant les contours de son tatouage.

Bien sûr. Dans le livre, le commandant invite la protagoniste dans son bureau pour une soirée illicite. Elle croit qu'il veut du sexe, mais il veut simplement jouer au Scrabble.

Dans un monde où les femmes n'ont pas le droit de lire, ça semble plus excitant que le sexe.

C'était parfait d'en parler. Ian connaît bien sa copine.

Ils vont parfaitement bien ensemble.

— La copine de Ty n'aimera pas que je parle sans discontinuer de Margaret Atwood toute la soirée, dit Eve en se tournant vers moi. Ou peut-être que si ? Est-ce qu'elle est ma nouvelle meilleure amie ?

— Ty est snob, dit Ian. Ça lui irait bien.

Je ne sais pas si elle a lu *La Servante Écarlate*. C'est un classique, alors c'est possible. Mais Indie est plus amatrice de films que de livres.

— Elle est musicienne.

Les yeux d'Eve s'illuminent.

— Vraiment ? Qu'est-ce qu'elle joue ?

— Et est-ce qu'elle aime Green Day ? la taquine-t-il.

— De la guitare, dis-je. Elle écrit des chansons.

— Elle est douée ? demande Eve.

— Fantastique, dis-je.

— Et vous deux… c'est vrai ? Que vous avez eu une aventure il y a quelques années ? demande-t-elle.

— C'est vrai, dis-je.

— Ils ont baisé tout l'été, dit-il. Ils n'ont rien fait d'autre.

Eve sourit.

— C'était sérieux, à l'époque ?

— Non, dis-je. C'était seulement censé durer un été.

C'est la seule raison pour laquelle j'ai pu me lâcher, lui demander ce que je voulais, lui offrir ce qu'elle voulait.

Parce que je pensais que je ne la reverrais plus jamais.

Parce que je ne pensais pas devoir être contraint de me regarder en face.

— Mais…

Eve me fait signe de poursuivre.

Alors je continue ; je lui raconte une version de l'histoire. La façon dont Indigo m'a manqué après notre séparation. Comment j'ai pensé au temps qu'on a passé ensemble.

Ou bien à la façon dont je la prenais.

Parfois même lorsque j'étais avec Rory. Parce qu'on ne désirait pas les mêmes choses.

Et je sais qu'Eve le sait.

J'ai été saoul en sa compagnie assez souvent pour lui en avoir parlé.

Je lui ai dit que je pensais à Indigo alors que j'étais déjà engagé dans ma relation.

Et comment je l'ai retrouvée quand je suis revenu à New York. Je n'avais pas l'intention d'avoir des sentiments pour elle, mais c'est pourtant le cas.

Ou presque.

Ou bien c'est peut-être entièrement vrai.

Je n'en suis pas certain.

Eve est suspendue à mes lèvres. Jusqu'à ce qu'un mouvement à l'entrée attire mon attention.

Indigo s'avance dans le restaurant dans une combinaison bleu marine.

Ses cheveux forment une ligne parfaite.

Ses yeux bleus sont soulignés par du charbon.

Ses lèvres sont pourpres.

Elle a l'air dramatique, audacieuse, terriblement sexy.

Et ça lui va bien.

C'est sa façon à elle de bien s'habiller pour impressionner ma famille.

Comme si c'était un dîner normal.

Et que nous étions vraiment amoureux.

Chapitre Trente-Sept

TY

— C'est toujours bon de te voir, Ian, dit Indigo en tendant la main.

Mon frère la lui serre.

— C'est gentil de mentir comme ça.

Elle rit.

— Et comment le saurais-tu ?

— Cette soirée vous a forcé à enfiler des vêtements, tous les deux, dit-il.

Elle rougit.

— Malheureusement, oui, dit-elle en se tournant vers sa copine. Tu dois être Eve. J'ai beaucoup entendu parler de toi.

— De mes cheveux ? dit Eve en se redressant.

— Principalement, dit Indigo en souriant. Ils sont super.

— Les tiens aussi, dit Eve en la prenant dans ses bras.

Indigo accepte.

C'est étrange de voir la copine de mon frère étreindre ma fiancée.

Le spectre d'une possibilité.

J'ai rencontré Rory après son divorce. Quand il avait déjà renoncé à l'amour. Il avait essayé de me soutenir, mais il ne pouvait pas dissimuler ses doutes.

J'avais terriblement envie de son approbation.

Comme lorsque j'étais enfant.

Ça m'a tué de ne pas pouvoir l'avoir.

Et maintenant…

J'ai toujours besoin de sa fierté. Il a pratiquement été mon père.

Et à présent que notre père est parti, il est tout ce que j'ai.

— Elle refuse de l'admettre, dit Ian, mais elle est jalouse.

— Non ! dit Eve en posant la main sur son avant-bras. Bon, peut-être un peu.

— Moi aussi, dit Indigo.

— Est-ce qu'il ne peut y avoir qu'une seule femme à la fois avec une coiffure fantastique ? demande Ian.

— Non, mais c'est notre truc à nous, dit Indigo. Et soudain, quelqu'un d'autre a ton truc. Alors que te reste-t-il ? C'est un peu menaçant.

— Un peu, dit Eve. Mais les femmes se soutiennent. Même sous peine d'avoir une coiffure moins belle.

Indigo sourit. C'est détendu, facile.

Ils l'apprécient déjà. Elle le sait bien, mais elle ne les regarde pas.

Elle me regarde, moi.

— Salut, toi.

Elle fait le tour de la table, passe les bras autour de ma taille, me regarde dans les yeux.

— Tu es magnifique.

— Encore ? demandé-je.

— Toujours, confirme-t-elle.

Sa main glisse sous ma veste de costume. Ses doigts se

replient sur mes côtes, pressant le tissu de ma chemise contre ma peau. Je pose la main à l'arrière de sa tête et l'attire en un baiser doux et lent.

Un baiser adéquat pour accueillir une fiancée.

Puis ses lèvres s'écartent, et j'oublie toutes les convenances.

J'oublie que nous nous trouvons dans un restaurant exclusif devant mon frère et sa copine.

Je l'embrasse comme si on était seuls, dans notre appartement, prêts à nous ébattre sur le canapé.

Elle fond contre moi, me rendant mon baiser comme si elle avait terriblement envie d'être prise.

Elle pose la main gauche sur ma poitrine.

Eve en reste bouche bée.

Ian aussi.

— Bon sang ! dit Eve. C'est un gros joyau !

— Félicitations, dit Ian.

Mais quand je me tourne pour regarder mon frère, je décèle le doute dans son regard.

Ça me ramène à ce moment, quand je lui avais dit que j'allais demander Rory en mariage. Quand je lui ai montré la bague de notre mère et expliqué mon plan.

C'était simple, classique. C'est ce qu'elle aurait aimé. Pendant un dîner dans son restaurant favori.

Ian avait essayé de m'encourager, de me féliciter.

Non, il l'avait fait.

Mais son cœur n'y était pas.

Il n'y croyait pas.

Et maintenant…

Ses yeux sont toujours emplis du même doute, mais quelque part, c'est différent.

Forcément… il est toujours sensible sur la question du mariage, mais à présent, il croit en l'amour.

Il veut passer le reste de sa vie avec elle.

Je me dis que c'est seulement cela, qu'il doute de lui, de ses intentions, de ses désirs concernant l'avenir.

Mais je n'y crois pas.

— C'est une façon d'annoncer la nouvelle !

Le ricanement d'Ian fait disparaître l'appréhension de son regard.

— Oh, oui, dit Indigo en se tournant vers eux pour brandir sa main gauche. C'est ce qu'on fait dans cette situation ? On montre la bague ?

— Généralement, mais je ne suis pas certain que tu aies le public qui convienne, dit Ian.

— Elle est belle, répond Eve d'une voix diplomatique sans mentionner sa haine pour l'industrie des diamants. Elle te va bien. On se commande du champagne ? demande-t-elle en se tournant vers Ian.

— Maintenant ou après dîner ? acquiesce-t-il.

— Je meurs de faim, dit Indigo en me pressant la main quand elle s'assied. Après dîner.

Je m'installe à côté d'elle.

Nous sommes en face de mon frère et de sa petite amie. Un dîner de famille normal. Un rendez-vous normal pour deux couples.

— Alors… comment cela s'est-il passé ?

Eve jette un bref regard à la carte et hoche la tête quand Ian désigne une entrée.

Il commande généralement pour elle.

Il essaye de prendre soin d'elle.

Mais pas devant les autres. Généralement pas.

— Euh, rougit Indigo. C'était juste après…

Le serveur nous interrompt pour nous apporter nos boissons.

— Vous voulez commander ?

J'acquiesce et commande pour elle.

Ian le remarque et me décoche un regard que je n'arrive pas à déchiffrer.

Ça pourrait être une taquinerie du genre *tu marches sur mes platebandes*.

Ou bien ça pourrait être une accusation : *c'est vraiment des conneries, Ty. Tu penses que tu arrives à me convaincre avec ça ?*

Je ne suis généralement pas aussi nerveux.

Mais c'est l'endroit où il faut absolument que notre ruse fonctionne. Le reste du monde croira que nous sommes amoureux quand ils verront les photographies du mariage.

Mais Ian me connaît.

Ian tient à moi.

Il veut que je sois heureux, pas que je mente ou fasse des conneries.

— Après avoir baisé ? achève-t-il.

Indigo rougit.

— Oui. Je me débarbouillais dans la douche. J'en suis sortie. Mes vêtements étaient posés sur le lit, et l'écrin était dessus.

— Il avait fait le lit ? demande Eve.

— Comment le sais-tu ? rit-elle.

— Ian est pareil. Il fait le lit tous les jours, dit Eve. Je croyais que c'était son entraînement militaire.

— Ça l'était, dit Ian. Et celui de notre père.

— Il vérifiait tous les jours quand on était petits, dis-je. Quand il était à la maison.

Sous la table, elle m'offre sa main, et je la prends.

— Et elle a dit oui, parce que je venais de la faire jouir.

Indigo s'embrase.

— J'ai dit oui parce que je voulais passer le reste de ma vie avec toi.

— Mais ça y contribue, dis-je.

— Un plan à toute épreuve, sourit Eve.

— Il a toujours été le plus intelligent des deux, dit Ian.

Indigo se tourne vers moi.

— Je n'ai pas dit que je voulais passer la moindre minute habillée.

Ils éclatent de rire, et je la serre contre moi pour l'embrasser tendrement.

Elle pose une main à l'arrière de ma tête et maintient ma bouche contre la sienne, m'embrassant comme si sa vie en dépendait.

Est-ce vrai ou bien un mensonge ?

Pour le moment, peu m'importe.

J'ai besoin d'elle.

C'est réel.

Rien n'est aussi réel.

Une fois qu'on reprend notre souffle, je me tourne vers mon frère et sa copine.

Elle lève son verre pour porter un toast.

— Au reste de votre vie ensemble !

— Que ça dure toujours ! l'imite Ian.

Indigo prend son verre, et moi de même.

Nos verres s'entrechoquent au milieu de la table.

— Maintenant, dit Eve en se calant contre le dossier de son siège, racontez-moi comment ça s'est passé. Comment vous vous êtes revus. Racontez-moi tout.

— « Tout » est assez exhaustif ! dit Indigo.

— Alors seulement les parties cochonnes, propose Ian.

— Je ne vais pas me gêner, dit Indigo.

Il hausse un sourcil comme pour la mettre au défi.

— C'est pour ça que tu as accepté, n'est-ce pas ? demandé-je. De me revoir après trois ans. C'est parce que tu avais envie de moi.

— C'est pour ça que tu m'as appelée, dit-elle en me regardant dans les yeux avec une honnêteté qui se veut réciproque. N'est-ce pas ?

— Je voulais savoir si tu allais bien, dis-je.

— Et tu voulais coucher avec moi, dit-elle.

— Et je voulais coucher avec toi.

— Moi aussi, sourit-elle en trinquant son verre contre le mien avant de se tourner vers ma famille. Ça cerne la situation ?

Ils échangent un regard ébahi.

Mais Eve se reprend instantanément. Elle interroge Indigo sur sa vie, ses intérêts, sa famille.

Elles sont exactement sur la même longueur d'onde.

Elles sont toutes les deux dévouées à leurs sœurs cadettes,

Elles connaissent toutes les deux la douleur de devoir servir des connards saouls.

Elles s'échangent des infos sur les meilleurs tatoueurs de la ville, les meilleures salles de concert.

Puis elles parlent de musique. D'abord, de ce qu'elles aiment toutes les deux. Puis de ce qu'elles n'aiment pas. De l'état de la musique contemporaine. D'une pop star à la coiffure extraordinaire.

Elles discutent pendant tout le dîner jusqu'à ce qu'Eve s'esquive pour aller aux toilettes. Comme dans un vieux film, Indigo lui emboîte le pas.

Je reste seul avec mon frère.

Ses yeux parcourent le restaurant avant de se poser sur moi.

— C'est rapide.

— Je sais.

— Elle est enceinte ?

— Elle a bu trois verres.

— Je devais te poser la question.

— Tu n'en as pas besoin, dis-je. Tu peux te retenir, parfois, tu sais.

— Tu crois ? ricane-t-il. Je ne le savais pas. Tu es heureux ? demande-t-il en baissant la voix.

— Oui.

— Tu en es certain ?

Je hoche la tête.

— Alors je suis heureux pour toi, Ty. Tu le mérites.

Ma poitrine se réchauffe.

— Merci.

— C'est uniquement pour le sexe ? demande-t-il d'une voix taquine.

— Bien sûr. Je dois lui mettre le grappin dessus avant qu'elle ne se lasse de moi, dis-je.

Il sourit, mais avec une certaine tristesse.

Comme s'il pensait que j'étais sincère.

C'est peut-être le cas.

C'est pour ça que je l'ai appelée.

C'est pour ça qu'elle est venue.

C'est pour ça qu'elle est là.

Le sexe et l'argent.

Il existe de pires raisons de se marier.

Mais je n'arrive pas à oublier cette expression dans ses yeux.

Un frère inquiet. Inquiet non parce qu'il ne me croit pas, mais parce qu'il le fait.

Chapitre Trente-Huit

TY

Après le gâteau au chocolat et le champagne, on raccompagne Eve et Ian chez eux, ils ne résident qu'à quelques pâtés de maisons. Puis on prend la direction de mon appart.

— Préviens-moi la prochaine fois qu'on doit marcher.

Indigo glisse sa pochette dans la poche avant de ma veste de costume.

— Les New-Yorkais ne marchent-ils pas partout ?

— Généralement, si, mais ce ne sont pas des souliers de marche, dit-elle en tapant le bout pointu de ses escarpins contre mes chaussures de ville.

— On est dans le quartier de la finance.

— Et ?

— Je vois des femmes porter des chaussures comme ça tous les jours.

— Si tu voulais une femme qui porte des escarpins de luxe, tu aurais dû en demander une en mariage.

Elle sourit, taquine, pompette. Ou alors carrément saoule.

— Je vais te porter.

— Comment ?

Elle glisse sa main autour de ma taille et désigne la rue tranquille.

Je marche à sa hauteur.

— Dans mes bras. Comme une mariée pour franchir le seuil.

— Pendant dix pâtés de maisons ?

— Tu ne m'en crois pas capable ?

— Ça fait loin, dit-elle.

— Tu préférerais que je te porte sur mon dos ?

Ça lui arrache un rire.

— Ce n'est pas ton genre !

— Oh que si !

Elle secoue la tête d'un air incrédule, mais je la contredis d'un hochement du menton.

— Vraiment ?

— Vraiment.

— Très bien, dit-elle avant de s'arrêter pour se tourner vers moi. Allons-y.

— Tu veux que je te porte sur mon dos ?

— Hum, sourit-elle. Tant que ça ne t'épuise pas.

— Pardon ?

— Je ne voudrais pas que tu sois trop fatigué pour me prendre correctement.

— C'est un défi ?

Elle hausse les épaules, faisant son innocente.

— Tu me taquines exprès.

— Tu aimes quand je te taquine exprès, dit-elle en pressant sa main sur ma poitrine. Tu es un vieux mec. Tu as peut-être des problèmes de dos.

— Je suis un vieux mec.

Elle hoche la tête.

— Je vais te faire basculer par-dessus mon épaule.

— Comme un homme des cavernes ? demande-t-elle avec une étincelle dans les yeux.

— Oui, mais pas ici.

Elle fait la moue.

— Viens, dis-je en lui tournant le dos et en me penchant assez pour l'aider à grimper. Mets les mains ici, dis-je en tapotant mon épaule.

— D'accord.

Elle glisse les bras autour de ma poitrine.

Je cale mes bras sous ses cuisses.

— À trois.

— Un, deux, trois. Oh, mon Dieu !

Elle pousse un petit glapissement quand je me redresse.

— Tu pensais que je n'en serais pas capable ?

— Je vais devoir rester comme ça sur dix pâtés de maisons ?

— Ou bien admettre que ce n'était que de la gueule.

— Ce n'est pas vrai, dit-elle en enfonçant les doigts dans ma chemise. Mais je m'inquiète pour mes chaussures.

— Comment ça ?

— Si elles tombent… Elles coûtent cher. Sept cents dollars ne sont probablement rien pour toi, mais je n'aime pas gâcher.

— Elles ne te plaisent pas ?

— Si.

— Tu n'aimes pas posséder quelque chose d'aussi cher ?

— C'est un peu excessif.

— Tu veux peut-être les perdre, dis-je.

— Non, dit-elle en refermant les doigts sur ma poitrine. Je passerais toute la nuit à me dire que ça me prendrait normalement trois services pour pouvoir me les payer.

— Tu n'as pas à porter des chaussures qui valent sept cents dollars.

— Ah non ?

— Porte les chaussures que tu veux. Si Paloma insiste trop, je lui dirai de te lâcher la grappe.

— Tu l'appelleras dans ton bureau pour lui dire « Paloma, lâchez-lui la grappe avec les chaussures trop chères ».

— Et si je t'appelais dans mon bureau ? Pour te dire de tout enlever sauf tes chaussures de marque ?

— On peut faire ça tout de suite ?

- Non.

— Pourquoi ? demande-t-elle d'une voix geignarde.

— Parce que tu es saoule.

— Et alors ? Regarde.

Elle lève les jambes et plie les chevilles.

— Je garde les chaussures.

— Pour que tu puisses les garder aux pieds quand je te prendrai ?

— *Quand* tu me prendras ?

— *Quand* ne veut pas dire ce soir.

Elle soupire.

— Tu es méchant.

— Méchant ?

— Oui, méchant. Tu me taquines avec ce que je désire, mais tu le places hors de ma portée.

Je ne peux m'empêcher d'éclater de rire.

— Je ne t'ai jamais entendue utiliser le mot méchant.

— Si je dis coquin, ça a l'air bon.

— Et ce n'est pas bon ?

Elle s'éclaircit la gorge.

— Tu aimes bien la méchanceté, ajouté-je.

— Ça ne change pas les faits, dit-elle en posant sa tête contre la mienne. Mais je… c'est plutôt agréable.

C'est vrai. C'est étrange de porter ma fiancée sur mon dos dans une rue sombre, en plein milieu de la nuit, mais c'est bon de m'occuper d'elle. C'est tout.

— Et le dîner. C'était… Ça m'a vraiment plu de rencontrer ta famille.

— Tu leur as plu.

— Je n'en suis pas certaine. Tu as vu le regard qu'Eve m'a décoché quand j'ai dit que j'aimais Billie Eilish ?

— Je ne sais absolument pas qui c'est.

— C'est celle qui fait le dernier James Bond, rit-elle.

— La blonde voluptueuse ?

— Non. L'adolescente avec la racine des cheveux teinte en vert. C'est pour ça qu'elle ne l'aime pas ? Elle est jalouse de ses cheveux ?

— Tu l'es ?

Elle fait courir ses doigts dans ses cheveux.

— Non. Ça me plaît vraiment. Les cheveux d'Eve sont vraiment mieux. Mieux que les miens aussi.

— Pourquoi ne te les teindrais-tu pas en bleu ?

— Vraiment ? demande-t-elle. Tu approuverais ?

— Je ne vais pas commencer à te dire quoi faire de tes cheveux.

— Et si je veux les raser ?

— Ça me manquerait de tirer dessus quand je jouis dans ta bouche.

Elle laisse échapper un léger gémissement.

— Ty…

— Oui ?

— Tu essayes de me distraire.

— Qu'est-ce que tu dis toujours ? Non, je réponds honnêtement.

— Tu me crois quand je dis ça ?

— Tu le dis, et tu essayes de m'énerver.

Elle me serre entre ses cuisses.

— Et ça marche ? demande-t-elle.

— Tu sais bien que oui.

Elle pousse un cri de victoire.

— Je vais peut-être les teindre. Peut-être. En bleu foncé ou violet profond.

— Bleu nuit ?

— Indigo avec des cheveux indigo, rit-elle. Ça ne serait absolument pas horripilant.

— Ça t'irait bien.

— Ma coiffure serait-elle enfin plus cool que celle d'Eve ?

— Je ne passe pas mon temps à me demander si ta coiffure est cool ou pas, dis-je.

— Ce n'est pas grave d'arriver seconde de temps en temps. Elle l'assortit même à ses lacets. Tu as remarqué ? demande-t-elle.

— Et elle va bien avec la cravate d'Ian.

Elle en reste légèrement bouche bée.

— C'est vrai.

— Ils font toujours ça.

— Et en plein été ? Elle ne porte pas de sandales ?

— Parfois.

— Et il porte toujours une cravate ?

— Bébé, tu veux vraiment parler de la garde-robe de mon frère ?

Elle hoche la tête contre mon épaule.

— Ça me plaît que tu les connaisses. Que tu saches comment ils sont ensemble. Ils semblent heureux.

— Ils le sont.

— Tu n'approuves pas ?

— Pourquoi dis-tu ça ?

— Le ton de ta voix.

— Pas au début, dis-je.

— C'était le fait qu'il sorte avec une ado ?

— Oui.

— Il y a autre chose.

— Oui.

Elle attend que je développe, mais je n'en fais rien.

— Tu ne vas pas m'en parler.

— Demande à Ian. Il te dira tout ce que tu veux savoir.

— Tu te ranges du côté de ton frère, dit-elle en tirant sur ma chemise. Méchant.

— Tu prendrais mon parti contre Sienna ?

— Non. J'admire la loyauté, dit-elle d'une voix plus douce. Je sais que je suis loyale aussi.

La loyauté. Je n'y avais jamais songé comme ça, mais elle a raison.

— Je pense qu'au fond, tu es terriblement loyal. Je me souviens de notre été. Tu m'avais dit que tu étais là pour aider ton frère après son divorce.

— C'était vrai.

— Tu es venu passer un été tout entier.

— J'ai passé la plupart du temps au lit avec toi.

— Oui, et même si tu voulais continuer à coucher avec moi, tu as repoussé toutes les questions que je t'avais posées à son sujet. Sur ce qu'il s'était passé.

Je n'y avais pas pensé. C'était un réflexe.

— Puis plus tard… tu n'as pas voulu me revoir quand tu es venu à New York.

Ce n'était pas juste envers elle. Mais elle a raison. C'était par loyauté envers Rory. Parce que je ne me faisais pas confiance en présence d'Indigo.

Je ne pensais pas exactement que j'allais coucher avec elle.

J'ai assez de self-control pour garder mon pantalon.

Mais je savais au fond de moi qu'elle éveillerait la partie de moi que j'essayais de renier.

Si je l'avais vue, je me serais souvenu de l'excitation de

l'attacher à mon lit, de lui ordonner de se mettre à genoux, de la renverser sur la table.

— Ça me met en rogne, dit-elle. Mais c'est gentil. Vraiment gentil, pour être honnête. Tu ferais ça pour moi ?

— Faire quoi pour toi ?

— Ne pas la voir ? Si tu allais à Londres ?

— Si tu me le demandais.

Ses cuisses se contractent.

— Mais je n'aurais pas à le faire. Je me fais confiance en sa présence.

— Mais tu ne te fais pas confiance en ma présence ? Même à l'époque ?

— En effet.

— Pourquoi ?

— Tu sais pourquoi.

Je m'arrête à un feu rouge et attends qu'une voiture traverse la rue.

Indie me tapote la poitrine.

— On est presque arrivés.

— Et ?

— Repose-moi.

— C'est un ordre ?

— Je te le demande poliment.

— Tu penses vraiment que la politesse va t'aider ?

— Non. Mais je ne veux pas être trop fatiguée pour te baiser correctement.

Je la repose.

Elle se redresse et me prend la main.

— Tu vas me dire pourquoi ?

— Tu sais pourquoi.

— Tu vas me le dire quand même ?

Elle fait courir son pouce dans l'espace entre mon pouce et mon index.

— S'il te plaît ?

— Je ne devrais pas te récompenser quand tu m'implores.

— Tu devrais. Ça te plaît.

C'est vrai.

— Si tu me récompenses, je le ferai encore plus. C'est de la psychologie de base.

Elle presse les mains ensemble et souffle *je t'en prie*.

— C'est le côté de moi qui ressort quand je suis avec toi. J'ai essayé de le tenir enfermé pendant très longtemps. J'ai essayé de me dire qu'il n'existait pas. Que je ne souhaitais pas toutes ces choses. Mais c'était un mensonge. Et je savais que si je te revoyais, je m'en rendrais compte. Je savais que si je te revoyais, j'aurais terriblement envie de coucher avec toi.

— Et c'était le cas ?

— Oui. Mais j'essayais quand même d'enterrer ces désirs.

— Tu le fais toujours ?

C'est une bonne question. Elle me la pose seulement parce que l'alcool a aboli ses inhibitions.

Les miennes sont faibles.

Mais elles sont toujours là.

Je lui avais promis d'être honnête avec elle. Si ça comptait. Même si ça devait la blesser.

Ça signifiait être honnête avec moi-même.

— Je ne peux pas, dis-je. Pas quand tu es là. C'est impossible.

Ses yeux croisent les miens.

— D'autres fois… mais pas quand je suis en ta présence.

— Je comprends ce que tu veux dire, répond-elle en s'arrêtant devant mon bâtiment. La dernière fois, je suis restée là dehors pendant vingt minutes. J'avais peur. De trop pousser. De te perdre. Du désir que j'en avais.

Et voilà qu'elle recommence à tirer sur ma corde sensible sans même chercher à le faire.

— Ça me fait encore peur de voir à quel point j'en ressens encore le désir, que j'en désire encore plus.

Elle s'humecte les lèvres du bout de la langue.

— Quand tu as dit que je ne savais pas à quel point tu pouvais te montrer brutal, tu étais sincère ? Ou bien ça faisait partie de la scène ?

— J'étais sincère.

Elle inspire profondément.

— Et si j'avais envie de le découvrir ?

— C'est ce que tu veux ?

Elle hoche la tête.

— Quoi, exactement ?

— Ce que tu voulais dire, dit-elle en faisant courir ses doigts sur ma cravate. Tout ce que tu voudras faire de moi.

Chapitre Trente-Neuf

TY

Tout ce que tu voudras faire de moi.

Mes pensées s'éparpillent aux quatre vents.

Ma raison s'évapore.

Indigo se tient près de moi, devant mon appartement, notre appartement, me demandant les choses que j'ai enfoncées au plus profond de moi.

Me demandant de regarder au fond d'elle pour y trouver les choses qu'elle y a profondément dissimulées.

Les choses qu'elle ose à peine admettre désirer.

— Allons parler en haut, dis-je.

Elle jette un œil à l'agent de sécurité à l'intérieur. Puis elle hoche la tête et me suit dans l'immeuble.

Il la complimente sur sa tenue et nous demande nos projets pour le week-end.

Elle le remercie et lui adresse un clin d'œil en lui disant qu'on va s'organiser pour rester occupés.

Puis elle me suit dans l'ascenseur.

Il est trop petit. Il n'y a pas la place de faire toutes les choses que j'ai envie de lui faire.

Sa main frôle la mienne.

— Il ne peut pas nous entendre, n'est-ce pas ?

Elle désigne la caméra au plafond.

— Non.

— Mais il peut regarder ?

— Oui.

— Si je te demandais…

— Pas ici. Tu serais trop embarrassée de le revoir demain.

Son rire est léger.

— Probablement.

— Probablement ?

Elle hoche la tête.

— Et si on redescendait pour lui dire ce qu'on va faire ?

— Il sait qu'on va coucher ensemble.

— Vraiment ?

Elle se mordille les lèvres.

— Tu vas encore dire que je suis trop saoule ?

— Qu'est-ce qui te fait croire que je dirai autre chose ?

Elle passe l'index sur le décolleté de sa combinaison. Elle s'arrête sur son sein. Écarte assez le tissu pour révéler le harnais de cuir dont les lanières barrent son torse.

Assez pour me montrer qu'elle ne porte pas de soutien-gorge.

Le sang se précipite vers ma verge.

— Tu peux le dire, dit-elle. Toi aussi, tu peux toujours dire non. Ça ne signifie pas que je te rendrai la chose facile.

— Tu m'appâtes.

— En ne portant qu'un harnais sous ma tenue ?

Mince.

— Rien d'autre ?

— J'ai retiré ma culotte dans la salle de bains, rit-elle. Ça ne me fait pas paraître moins saoule, non ?

L'ascenseur s'arrête à notre étage. Je presse ma paume au creux de ses reins et la guide dans le couloir.

Ses doigts se referment sur mes épaules alors que je déverrouille la porte.

Elle est impatiente.

Et défiante.

En partie parce qu'elle a bu.

Ce n'est pas une bonne idée de faire ça quand elle est sous l'effet de l'alcool. Particulièrement si elle me demande de repousser ses limites.

— Assieds-toi.

Je désigne le canapé d'un geste.

Elle entre dans la maison et retire ses chaussures puis se penche pour les ramasser.

— Au cas où.

Je nous verse deux verres d'eau et les apporte tous les deux au canapé.

Elle en prend un et le boit avidement.

— Merci.

— Bois-le en entier.

J'avale une longue gorgée et pose mon verre sur la table basse. Je reste debout.

Elle me regarde avec du besoin dans ses yeux d'un bleu profond.

— Que voulais-tu dire ? Quand tu as dit ça ?

Je déglutis fort.

— Que j'étais capable de te faire du mal.

— Comment ?

— Avec ma ceinture, une cravache, un fouet.

Ses pupilles se dilatent.

— Mes mains.

— Comme la dernière fois ?

— Plus fort. Plus brutal.

— Tu en as envie ?

— Oui.

Je m'attends à ce qu'elle fasse un mouvement de recul et me considère avec dégoût, mais elle ne le fait pas.

Elle s'embrase de désir, inspire légèrement, se force à exhaler.

— Quoi exactement ? demande-t-elle. Que souhaites-tu exactement ?

— Tout.

— Ce n'est pas une vraie réponse.

Elle a raison.

Je sais ce qu'elle est en train de demander.

Et je lui dois la vérité.

— Je pense au son que tu fais quand je te mords. Quand c'est trop dur et que tu n'es pas certaine de pouvoir en tolérer davantage. Je réfléchis à des façons de te faire franchir cette limite. Pour que tu tolères davantage de douleur. Plus de contrôle. Plus de force.

— Tu as envie de me mordre ?

— Je te mords déjà.

— Alors quoi ?

— J'ai envie de te surprendre, de te faire mal. De te jeter contre le mur, de t'arracher ta culotte, de te baiser même si tu me demandes de ne pas le faire.

— Tu veux que je te dise non ?

— Oui.

— Oh.

Elle écarquille des yeux surpris.

— Tu y penses ? À me forcer ?

— Avec ta permission.

J'inspire légèrement. Comment puis-je lui demander cela ? Comment puis-je lui demander d'admettre qu'elle en a envie ?

Mais comment puis-je faire autre chose ?

J'exhale entre mes dents.

— Est-ce ce que tu veux ?

— Peut-être. Je ne sais pas, dit-elle en inspirant profondément. Je… l'idée me plaît, ajoute-t-elle en se redressant pour poser la main sur mon poignet. Je ne peux pas te montrer facilement dans cette tenue, mais je… Puis-je la retirer ?

— Je ne vais pas jouer tout de suite, Indie. Pas avant que tu aies dessaoulé. Pas pour quelque chose d'aussi important.

— Je comprends, dit-elle en se retournant vers moi pour désigner la fermeture Éclair. Ça veut dire que tu ne veux pas coucher avec moi ?

— Pas nécessairement.

Elle retient son souffle.

— Comment veux-tu me prendre, tout de suite ?

Il y a vingt minutes, je voulais quelque chose de doux et de tendre. Je voulais sentir la moindre parcelle de sa peau nue contre la mienne.

Mais à présent qu'elle me demande de trouver mes désirs les plus profonds…

Ma verge essaye de prendre le contrôle.

— J'ai envie de te renverser sur le canapé, de t'attacher avec ma ceinture, de te prendre jusqu'à ce que tu implores ma pitié.

Elle pousse un léger gémissement.

— Mais je ne le ferai pas.

— Et si je t'implore ?

— Non. Pas avant que tu ne sois sobre.

— Mais peut-être doucement ? Ou lentement ?

— Peut-être.

Je pose les doigts sur sa fermeture et la descends le long de son dos. Puis je caresse son échine en remontant. Je presse mes lèvres sur sa nuque.

—J'ai envie d'avoir l'impression que tu es à moi.

—Je le suis.

Je descends les manches sur ses épaules et le long de ses bras. Jusqu'à sa taille.

Je me penche afin de pousser sa combinaison sur ses chevilles.

Elle ne porte que le harnais en cuir.

Une bande de tissu entre ses seins et autour de sa cage thoracique. Un petit crochet à l'endroit où les lignes se croisent.

Une devant.

Une derrière.

Elle attend que je me positionne derrière elle pour retirer sa combinaison d'un coup de pied. Puis elle se retourne vers moi et referme les doigts autour de mon poignet. Enfin, elle lève les yeux vers moi.

— Puis-je, Monsieur ?

— Oui.

Elle prend ma main, la glisse entre ses jambes afin que je sente à quel point elle mouille.

— Indie…

—Je sais ce que je demande.

Ses paupières se referment un moment, puis elle les rouvre et me regarde dans les yeux.

—Je sais que c'est ce qui a détruit tes fiançailles. Même si tu refuses de l'admettre.

—Je…

— C'était peut-être plus compliqué que cela. Il y avait peut-être d'autres choses. Mais je sais… que tu ne pouvais pas accepter cette partie de toi. Et tu as essayé de te dire qu'elle n'existait pas. Tu as essayé de rester avec une gentille fille qui voulait des choses gentilles.

—Je l'aimais.

— Ça t'a tout de même détruit, dit-elle en déglutissant fort. Je sais qu'en te demandant ça… c'est peut-être moi qui te pousse dans tes retranchements.

— Indie…

— Mais il faut que je le fasse, dit-elle en me lâchant le poignet. Je ne suis pas une gentille fille. Je ne veux pas des choses normales. Et je ne veux pas d'un homme doux. Pas ici.

Je pose ma main sur sa hanche.

— Je t'en prie, Ty. Ce n'est pas obligé d'être tout de suite. Si tu veux simplement le faire quand je serai sobre, c'est bon. Et j'accepte ces conditions, sourit-elle. Mais la prochaine fois, préviens-moi avant que je commence à boire.

Un rire s'échappe de mes lèvres.

— Tu aurais refusé de boire ?

— Peut-être. J'étais nerveuse à l'idée de rencontrer ton frère. C'est ton idole.

Comment parvient-elle à dire ces choses que je parviens à peine à admettre d'un ton aussi évident ?

— Tu es la seule qui vois cette partie de moi. Quoi qu'il puisse se passer d'autre entre nous, tu es la seule qui comprenne.

Elle place sa paume sur ma poitrine et presse les doigts sur le tissu de ma chemise.

— Tu es la seule en qui j'ai confiance.

— Tu m'offres ton corps en toute confiance ?

— Oui.

— Complètement ?

— Complètement.

J'ai la tête qui tourne. C'est tout ce dont j'ai envie. C'est peut-être la seule chose dont j'ai envie.

— Je t'en prie. Ça n'est pas forcé d'être aujourd'hui, mais je t'en prie, je te donnerai cette partie de moi. Laisse-moi avoir cette partie de toi. Tout entière.

— Indie…

— C'est un oui ? dit-elle en me regardant dans les yeux. Le feras-tu ? Me promettras-tu de me dire les choses que tu désires ? Même si elles te font peur ?

Chapitre Quarante

TY

— Oui.

C'est lourd dans ma poitrine, mais ça flotte à la seconde où je prononce ces mots.

— Tout ? dit-elle en me regardant toujours dans les yeux. Toujours ?

— J'essayerai.

Elle tend la main.

— Moi aussi.

— Ça prendra toujours une demi-bouteille de bourbon ?

— Seulement parfois, sourit-elle.

Je m'approche d'elle pour lui serrer la main.

C'est un contact simple qui n'est rien comparé au fait d'ouvrir sa combinaison. Mais ça attise tout de même le feu.

J'ai besoin de la toucher.

J'ai besoin de la prendre.

J'ai besoin d'être le centre de son univers.

— Demain, dis-je. On jouera la scène demain.

Elle fait la moue.

— Tu préférerais qu'on ne le fasse pas ?

— Tu n'oserais pas.

— Ne me pousse pas.

Ses yeux s'embrasent de défi et de besoin.

Cette combinaison parfaite fait palpiter ma verge.

— Demain. C'est compris ?

Elle hoche la tête.

— Gentille fille.

Ses lèvres s'écartent sur un soupir, et sa poitrine se hausse quand elle inspire.

C'est son petit nom favori. Celui qui la fait haleter le plus vite.

C'est cruel de le lui adresser si je ne vais pas la prendre. Mais elle avait raison. Je suis méchant.

Et c'est la meilleure sorte de torture.

— Je ne vais pas te prévenir, dis-je.

— Tu me surprendras.

— Oui.

Sa rougeur s'accentue.

— Tu me prendras de force ?

— Si je te le dis, ce ne sera plus une surprise.

— Oui, mais je… je veux savoir ce que tu attends de moi.

— Que tu utilises ton mot de sécurité si c'est trop.

— C'est tout ?

Non, c'est bien plus compliqué, mais c'est mon rôle de m'en inquiéter.

— Je vais peut-être te mettre un bâillon.

— Oh.

— Si je le fais et que c'est trop, choisis quelque chose tout de suite, pour que je sois capable de le reconnaître.

— Hum, d'accord.

Elle pince les lèvres et regarde au loin. Elle redevient

l'Indigo que je n'ai plus vue depuis plusieurs années ; celle qui est perdue dans ses chansons.

Elle fredonne une note.

Elle se transforme en la mélodie de *When Doves Cry*.

C'est bizarre de voir ma fiancée seulement vêtue d'un harnais se tenir dans le salon, à fredonner une chanson de Prince.

C'est bizarre et parfait.

— Ai-je besoin de savoir autre chose ?

Elle place sa main sur ma poitrine.

— Non.

Il y a beaucoup de choses qu'elle ferait mieux de savoir, mais elle a besoin de cette surprise.

— Et nous avons fini de… préparer.

— Vas-tu me demander de te prendre ?

— Peut-être, dit-elle avec un sourire timide. Ça va t'aider si je me mets à genoux pour t'implorer ?

— Non.

— Je devrais quand même peut-être le faire.

— Peut-être.

Elle me rend mon regard, me défiant de poursuivre. Comme je ne le fais pas, elle se met à genoux, les paumes jointes.

— Je t'en prie, Ty, prends-moi.

Mon corps vibre, sans la moindre réserve.

— Pourquoi ?

— Parce que je suis ta fiancée. Et tu es le genre d'hommes qui saura satisfaire son épouse.

Son épouse. Ça me permet de regagner un peu de clarté.

Mes pensées sont toutes embrouillées.

C'est la seule chose qui ait du sens.

Le seul endroit où notre relation a du sens.

Un mariage pour les convenances et du sexe fantastique. Ce sont de bien meilleures raisons que la plupart des autres.

— Je t'en prie, dit-elle en faisant courir ses doigts sur ma ceinture. Si tu ne me prends pas, alors laisse-moi te sucer.

— Ça a fonctionné la dernière fois ?

— Non. Mais je n'étais pas là. Pour faire ça, dit-elle en coinçant deux doigts dans les passants de ma ceinture. Ça fonctionnera peut-être mieux avec la démonstration.

Bon sang, elle est adorable ! C'est terrible qu'elle se montre aussi adorable alors qu'elle me demande de me sucer.

Je lui tends la main.

Elle me regarde avec des yeux incrédules.

— Fais-moi confiance.

— Te faire confiance ?

— T'ai-je déjà fait défaut ?

— Non, pas sur ce point-là.

— Alors, fais-moi confiance, dis-je.

Elle prend ma main.

Je la fais se redresser, puis je passe les bras autour de sa taille pour la soulever.

Elle pousse un cri quand je la fais basculer sur mon épaule.

— Ty, rit-elle. Tu es fou.

— Je l'admets volontiers.

Je la porte jusque dans la chambre et l'allonge sur le lit.

Elle me regarde avec un sourire béat tandis que j'attache les liens de sous le lit au crochet entre ses seins.

Puis je lui écarte les cuisses, et son sourire se transforme en grognement.

Elle veut de la brutalité. Je devrais peut-être le lui accorder. Même si elle a bien trop bu.

Mais j'en ai envie.

Je grimpe entre ses jambes, pose ma bouche sur son sexe, l'excite jusqu'à ce qu'elle grogne mon nom.

Jusqu'à ce qu'elle jouisse sur mon visage.

Je plaque ses cuisses sur le lit, la maintenant en place alors que je reste avec elle durant tout son orgasme.

Puis un deuxième.

Ses jambes faiblissent, et son corps tout entier se détend.

Elle s'enfonce sur le matelas et me regarde avec des yeux embrumés. Elle est satisfaite, mais toujours désireuse.

Elle est tellement belle comme ça.

Je me débarrasse de mon costume et place mon corps sur le sien.

Elle grogne alors que je la pénètre avec des coups de reins réguliers.

J'ai le contrôle. Elle est ligotée. Mais ce n'est ni rude, ni dur, ni rapide.

Ce sont toutes les molécules de son corps contre toutes les molécules du mien.

Je ne pourrais pas être plus doux et tendre.

C'est le contraste dont elle aura besoin pour demain.

L'intimité dont j'ai immédiatement besoin.

Pas vraiment de l'amour.

Mais je ne saurais m'en approcher davantage.

Dans la matinée, nous nous habillons. Je prépare le petit déjeuner et le thé. Insiste pour qu'on aille se promener.

C'est une belle journée. Chaude et lumineuse, avec assez de brise pour refroidir l'atmosphère.

Mais je n'en reste pas moins brûlant.

Je l'observe de près, attendant qu'elle oublie notre plan.

J'attends qu'elle se perde dans le moment, afin de pouvoir la surprendre.

Elle sourit en s'émerveillant devant l'eau bleue et profonde. Je ne le ferai pas ici. Elle le sait. Elle sait qu'elle peut se détendre.

Alors j'attends que nous soyons rentrés.

Je lui dis que j'ai besoin de passer un coup de téléphone.

Elle me regarde d'un air incrédule, mais quand je vais voir ce qu'elle fait dix minutes plus tard, elle se tient devant la stéréo, perdue dans la voix rauque d'Amy Winehouse.

Elle ferme les paupières.

Puis elle se met à chanter, doucement d'abord.

Puis plus fort, assez pour que la mélodie pénètre mes oreilles, fasse fondre mon cœur.

Sa voix est belle, et elle résonne de douleur.

De tout ce qu'elle a perdu.

De tout ce qu'elle abandonne.

Elle achève sa chanson. Ouvre lentement les paupières. Regarde autour d'elle, surprise, comme si elle s'attendait à ce qu'on la surprenne.

Ne voyant rien, elle passe à la chanson suivante.

J'attends qu'elle soit perdue dans la musique.

Puis je me déplace aussi silencieusement que possible.

Le long du couloir.

Dans la chambre.

Vers elle.

Elle est distraite. Elle ne se rend pas compte de ma présence avant que mes mains se referment sur ses poignets.

Chapitre Quarante-Et-Un

TY

— Ty.

Elle pousse un petit hoquet de surprise quand je lui place les poignets derrière le dos.

Je ne m'adoucis pas comme je le fais d'ordinaire, mais je resserre ma poigne assez fort pour lui faire mal.

Elle pousse un grognement bas.

— Tu penses que tu es en sécurité, ici ? dis-je en enfonçant les ongles dans son avant-bras.

— Non, souffle-t-elle.

— C'est bien.

J'enroule ma ceinture autour de ses poignets.

Je lui tire un petit cri quand je la resserre fort.

— Tu en as envie.

Je presse ma paume contre son sexe par-dessus sa culotte.

Elle est déjà tout humide.

Je ne sais pas si c'est à cause de la ceinture ou de la rudesse de ma voix.

C'est son occasion de dire non, de se débattre, de me pousser à la forcer.

Je me suis montré brutal avec elle, oui. Je lui ai ordonné de m'obéir. Mais ça a toujours été consensuel.

Ce qu'elle désire.

Dans le moment et dans la scène.

C'est ce qu'elle veut aussi, mais ceci est différent. Il y a une couche de jeu de rôle.

C'est dangereux. Pour tous les deux.

Sur les plans physique, pratique, émotionnel.

Indigo laisse échapper un petit grognement.

— Si j'en ai envie ?

Elle est déjà en train de se laisser glisser dans cet endroit parfait où elle se laisse complètement aller.

Nous y sommes. C'est sa dernière chance de changer d'avis, de nier son fantasme, de rejeter la scène.

Elle peut retrouver la sécurité à n'importe quel moment, mais ceci est la limite ultime.

Une fois franchie, on ne peut plus revenir en arrière.

Elle est toujours contre moi, à respirer fort, rouge et dans l'attente.

Tout humide.

C'est ce dont elle a envie.

Je glisse mes doigts dans sa culotte.

Elle grogne quand j'en glisse deux à l'intérieur d'elle.

Elle dégouline. Il n'y a aucune résistance, seule la douceur sucrée de son sexe.

Je laisse ma voix adopter un ton menaçant.

— Tu me tentes avec cette jupe. Tu me demandes de te suivre jusque chez toi. De te forcer à m'accepter. N'est-ce pas ?

— Non.

Elle franchit la limite.

J'enfonce mes doigts en elle.

Elle grogne.

Je passe mes doigts autour de la ceinture et la pousse à genoux.

Elle s'y écroule avec un bruit sourd.

— Mince.

— Ça fait mal, Princesse?

Elle ne répond rien.

— Je t'ai posé une question. Est-ce que ça fait mal ?

— Oui.

— Tu penses que tu es trop bien pour avoir mal ?

— Non.

— Tu penses que tu es trop bien pour moi. Avec ta jolie robe et tes chaussures de marque, dis-je en refermant le poing sur ses cheveux. Les filles comme toi sont trop bien pour des hommes comme moi.

Elle inspire profondément.

— S'il vous plaît.

— S'il vous plaît quoi ?

— Oui. S'il vous plaît. Je suis une gentille fille. J'aime les jolies choses, dit-elle d'une voix douce et impatiente. J'aime les hommes gentils.

C'est exactement le contraire de ce qu'elle m'a dit hier soir.

Elle me met au défi.

Elle me demande de la pousser davantage.

Plus fort.

Mince. C'est moi qui suis dépassé, dans cette histoire.

Je lui tire les cheveux jusqu'à ce qu'elle grogne. Le grognement que je connais. Celui qui est tout à la fois douleur et plaisir. Celui qui en demande plus des deux côtés.

— Une gentille fille mouille quand un inconnu lui attache les poignets ? demandé-je.

Sa poitrine tangue.

— Je vous en prie, j'aime les hommes gentils. Je vous en prie.

— C'est un homme gentil qui t'a acheté ces jolis vêtements ?

— Oui.

— Tu as envie de le revoir ?

Elle prend une inspiration sifflante.

Je descends la robe sur ses épaules.

La droite, puis la gauche.

Elle tombe sur sa poitrine, révélant ses seins, se rassemblant sur sa taille.

Je tiens sa tête contre ma verge alors que je place ma main sur son sein. Je fais rouler son mamelon entre mon pouce et mon index.

Elle pousse un léger grognement.

— Tu n'as pas l'air d'être une gentille fille.

Elle secoue la tête.

— Tu n'aimes pas les jolies choses, dis-je en lui pinçant un mamelon jusqu'à lui tirer un petit gémissement. Tu ne me convaincs pas à faire semblant de la sorte.

Je la libère, et elle retombe sur ses talons.

Je fais le tour pour me retrouver en face d'elle.

Indigo lève les yeux vers moi, avec un feu et un besoin au fond de ses prunelles d'un bleu profond.

Elle en a besoin.

Et j'ai besoin de le lui donner.

Même si ça me fait terriblement peur.

— Je ne pense pas que tu aimes les hommes gentils, dis-je en déboutonnant mon jean. Mais si tu veux revoir ton homme gentil, tu feras exactement ce que je te dirai de faire. C'est compris ?

— Oui.

Elle s'empourpre davantage et me regarde avec de

grands yeux alors que je descends ma fermeture Éclair et referme ma main autour de ma verge.

Je pose une main à l'arrière de sa tête pour la maintenir en place.

— Ouvre la bouche.

Elle s'exécute.

— Et prends mon sexe comme une gentille fille.

Je le pousse dans sa bouche.

Assez fort pour qu'elle grogne contre.

C'est tellement bon !

Pendant une seconde, mon corps menace de prendre le dessus, d'oublier tout ce qu'*elle* désire, de l'utiliser pour sa satisfaction.

Mais c'est ce dont elle a envie.

Même si je suis cupide et que j'en veux plus.

Je referme le poing dans ses cheveux, puis je me recule et lui donne un coup de reins.

D'abord doucement.

Pour qu'elle s'y habitue.

Puis plus fort.

Plus fort.

Jusqu'à ce qu'elle s'étouffe.

Je lui accorde une seconde pour reprendre son souffle, puis je baise sa jolie bouche.

Elle détend sa gorge, presse sa langue à plat contre la base de ma verge.

Elle grogne alors qu'elle m'accepte encore et encore.

Je lui tire les cheveux, retirant sa bouche de moi.

Elle se lèche les lèvres et lève vers moi des yeux fiers et défiants.

— Tu grognes alors que je suis rude et violent.

Je pose ma main sur sa joue et fais courir mon pouce sur ses lèvres.

— C'est comme ça que tu aimes, n'est-ce pas ? Parce

que tu n'es pas une gentille fille, et tu n'aimes pas les jolies choses.

Je lui donne une autre chance de changer le cours des choses. De dire oui. De poser son mot de sécurité.

Elle ne le fait pas et secoue la tête.

— Non.

— Les filles gentilles ne mentent pas à propos de leurs désirs, dis-je en venant me positionner derrière elle. Tu as envie que je te prenne.

Elle secoue la tête.

— Dommage, parce que je vais quand même le faire.

Je tombe à terre derrière elle et la pousse le visage contre terre.

Son front frappe le plancher, suffisamment fort pour que ce soit douloureux, mais pas assez pour laisser une marque.

Je porte ma main sur son sexe. Elle mouille toujours.

Je passe mon doigt sur son clitoris.

Elle grogne. Elle touche au but.

Déjà…

J'écarte sa culotte, puis je lui fais ouvrir les jambes avec mes genoux alors que j'abaisse mon corps contre le sien.

— Mince…

Elle se tourne vers la droite et me regarde, m'implorant de ses yeux bleus magnifiques.

— Je vous en prie.

— Je vous en prie ? dis-je en pressant ma paume sur son épaule. Je vous en prie quoi ?

— Je vous en prie, répète-t-elle plus doucement.

Je ne sais pas exactement ce qu'elle me demande. Si j'insiste trop… ou pas assez.

J'étudie son expression. La rougeur de ses joues, le mouvement de sa poitrine, la douceur de son front.

— Tu penses pouvoir implorer ma pitié, Princesse ? demandé-je. Je n'ai aucune pitié.

Ses pupilles se dilatent.

— Nous savons tous les deux ce que tu me demandes. Ça !

Je la pénètre, juste assez pour la titiller.

Elle grogne alors que ma verge frôle son intimité.

— Tu m'implores de te baiser. Parce que tu n'es pas une gentille fille. Et tu n'aimes pas les hommes gentils. N'est-ce pas ?

— Non.

— Alors pourquoi halètes-tu, Princesse ?

Elle prend une inspiration sifflante.

— Tu aimes les hommes comme moi. Les hommes qui sont capables de te faire du mal.

Elle secoue la tête contre le plancher.

— Non ? Alors je vais devoir te montrer.

Elle halète alors que je la pénètre.

Aucune douceur, cette fois. Pas de préliminaires.

Je la baise fort et rapidement.

Ses paupières se referment.

Ses lèvres s'écartent.

Son expression se fait plus douce, plus béate.

C'est l'espace où elle a besoin d'être. Là où elle oublie tout hormis mes ordres.

Elle ne se demande pas si c'est trop. Si j'insiste trop. Si je franchis une limite sur laquelle je ne peux pas revenir.

Elle est là.

Perdue dans le désir qu'elle ressent pour tout ça.

Bon Dieu !

Ma dernière inhibition se désagrège.

J'oublie complètement la limite.

Je la plaque au sol et enfonce mes ongles dans ses épaules alors que je la pénètre.

Son expression s'adoucit.

Elle grogne sans discontinuer.

Son sexe se contracte autour de moi.

Elle y est presque.

Puis je glisse ma main entre ses jambes et fais courir mon pouce contre son clitoris.

— Jouis sur mon sexe comme une gentille fille.

Elle marmonne un juron à mi-voix.

Puis elle bascule.

Elle grogne librement alors qu'elle jouit.

Je l'accompagne à travers son orgasme, puis je lui offre un moment de soulagement avant de poser à nouveau mon pouce sur son clitoris.

Les cercles parfaits dont elle a besoin.

Elle jouit rapidement, cette fois.

Assez fort pour que son grognement soit aussi douloureux que plaisant.

Son intimité palpite autour de moi, me faisant basculer.

Je pose mes lèvres sur son cou, grognant contre sa peau alors que je jouis, poursuivant ma besogne jusqu'à ce que j'aie déversé ma dernière goutte.

Quand j'ai fini, je me retire. Je défais ses liens, arrange mes vêtements.

Puis les siens.

Puis je la fais s'asseoir sur mes genoux, lui caressant les cheveux alors qu'elle revient à la réalité.

Quand elle est assez lucide, je l'aide à se remettre debout et la porte dans ma chambre.

Je la tiens contre moi jusqu'à ce que sa respiration redevienne normale. Puis je fais couler un bain et l'aide à y grimper. Je la savonne, lui lave les cheveux.

Elle braque un regard embué vers moi.

Elle est nerveuse.

Timide.

— Tu me rejoins ? demande-t-elle.

Cette fois, je hoche la tête, me déshabille, me glisse avec elle dans le petit espace.

L'étreins comme si je n'allais jamais la lâcher.

Chapitre Quarante-Deux

INDIGO

Je reste ici, dans ses bras, pendant des heures.

Silencieuse, immobile, complètement contentée.

Il me serre fort, fait courir ses doigts à travers mes cheveux, caresse ma joue.

Puis il m'aide à m'habiller, s'assure que je mange.

Je passe la nuit dans son appartement, dans notre appartement, dans ses bras. Quand je me réveille, l'appartement est silencieux, et ça sent le café.

J'ai toujours une impression de sécurité. Comme si j'étais à la maison. Une nouvelle maison qui est entièrement à nous.

Quand je retrouve Sienna au lycée, je lui dis qu'on est fiancés.

Elle glapit que c'est super d'avoir réussi à me faire épouser, me propose d'aller acheter des robes avec moi, me demande si Cam vient à notre fête de fiançailles.

Puis elle se met à parler de football.

Ma sœur.

Elle n'est absolument pas intéressée par les menus détails du mariage.

Cela étant, elle s'arrête dans ma chambre avant d'aller dormir et insiste pour que je l'emmène avec moi pour aller essayer des robes.

— Honnêtement, Indie. Tu n'as absolument pas de style. Ça ne sert à rien que tu sois aussi grande et mince !

Chapitre Quarante-Trois

INDIGO

— Ce n'est pas super « boss bitch », dit Sienna en étudiant un fourreau de dentelles. C'est joli, mais ça ne te correspond pas.

— Je ne suis pas jolie ?

— Ne fais pas semblant d'être insultée. Tu sais que tu n'es pas « jolie ».

— Vraiment ?

Elle me fait taire d'un regard et avale une longue gorgée de thé glacé.

— Comment appelles-tu ça, d'ordinaire ? Une fille artistique ?

— Généralement.

— Je peux dire ça au lieu de « boss bitch ». Si ça te plaît plus.

Je ne peux me retenir de rire.

— Boss bitch me convient. Mais j'aimerais bien être une babe.

Sienna avale une autre gorgée.

— C'est ce que tu veux dire avec cette robe ? Boss babe.

— Je pense, oui.

— Alors c'est d'accord, dit-elle en brandissant une jolie robe de princesse. C'est ton mariage. Seigneur ! Je n'arrive pas à croire que c'est ton mariage.

— Je sais.

C'est officiel aujourd'hui. J'ai choisi une salle. On a convenu d'une date.

On l'annoncera durant notre fête de fiançailles la semaine prochaine, mais je l'ai déjà dit à Sienna, et il en a déjà parlé à sa famille.

C'est dans onze semaines.

Dans onze semaines, j'épouserai Ty.

C'est fou.

— Sans vouloir te vexer, Indie, pourquoi l'épouses-tu ? demande Sienna.

— Quelle partie de ta question est censée ne pas me vexer ?

— La question tout entière.

Un rire s'échappe de mes lèvres. Ma sœur, la reine du tact !

— Que veux-tu que je te dise ?

— La vérité.

Une réponse conviendrait. *Parce que je l'aime.*

Mais est-ce que je l'aime ?

Je n'en suis pas certaine. Je ne sais pas ce que ça signifie. Mais je sais ce que Sienna a envie d'entendre.

— Pour le sexe.

— Vraiment ? rit-elle.

— Vraiment.

C'est la vérité. L'argent compte. Beaucoup. Mais j'ai dit oui parce que j'ai envie de coucher avec lui. Je suis restée parce que j'ai envie de le baiser. Je suis encore là parce que j'ai envie de le baiser.

Elle accroche la robe à un cintre, puis tombe à genoux afin d'étudier la jupe de tulle.

— C'est si bon que ça ?

— Oui.

— Des détails ?

— Dans tes rêves.

— Je t'en prie.

Elle essaye de presser les paumes, mais son thé glacé lui bloque le mouvement.

— Tu me dois un détail. Au moins un.

— Il me donne ce dont j'ai besoin.

— C'est une généralisation, pas un détail.

Qu'ai-je envie de lui dire ?

Rien.

Je ne veux pas partager ça avec elle. Ni avec personne.

— Il est..., commencé-je en me mordant la lèvre. Nous voulons les mêmes choses.

— C'est-à-dire...

— Ça ne te concerne pas.

Elle me regarde, attendant que je cède. Comme je ne le fais pas, elle adopte son visage strict.

C'est sa tentative de ressembler à une boss bitch. Et elle a l'air d'être prête à passer à l'acte, mais elle reste douce.

— Vous aimez tous les deux quand c'est brut ? demande-t-elle.

— Sans commentaire.

— Admets-le.

— Peut-être.

— Sûrement.

— D'accord. Oui. On aime tous les deux quand c'est brut.

— Quelle sorte ? demande-t-elle avec un regard pétillant. Il t'attache ? Il te donne la fessée ? Il t'insulte ?

— Un des trois. C'est tout ce que je peux te dire.

Elle fait semblant de faire la moue et prend mon thé glacé. Puis elle se dirige vers l'estrade en plein milieu de la pièce.

Cet endroit est très minimaliste, pour une boutique de mariage, mais il reste entièrement décoré en bleu pâle et en dentelle blanche.

C'est mieux que de la dentelle rose et blanche, mais ça reste traditionnel.

Le choix de Paloma, bien entendu. Parce que la propriétaire nous laissera tranquilles jusqu'à ce que nous ayons besoin d'aide.

Et parce qu'elle a une sélection de robes qui me feront ressembler à une rock star.

— Tu gardes mon thé en otage ? demandé-je.

— Oui.

— Il n'est pas si bon que ça, dis-je en m'asseyant à côté d'elle. Je ne te dirai rien.

— Et si je te fais boire ?

— Tu peux toujours essayer si tu penses que ça va marcher.

— C'est exactement ce qu'il a dit.

Je ris.

— Il est intelligent.

— Ouais. S'il t'épouse, c'est qu'il l'est, manifestement.

— Merci.

— C'est vraiment à cause du sexe ?

Elle avale son thé et secoue le mien pour me demander *tu n'en veux pas ?*

— Enfin, je comprends. Il est beau, riche, un bon coup… et footballeur. Il faut épouser un type comme ça avant qu'il ne soit trop tard.

— Trop tard ?

— C'est un mec.

— Ce qui signifie…

— Ils se lassent vite. C'est ce qu'on raconte.

Elle avale sa dernière gorgée et regarde sa tasse vide.

— Et il a couché avec beaucoup de femmes avant que vous ne repreniez contact.

— C'est vrai.

— Tu as peur que ça lui manque ?

— Non.

Je ne m'inquiète jamais de ça.

— Parce que les autres femmes ne peuvent pas lui donner ce qu'il désire ?

— Parce qu'il est loyal.

— Et ce que je viens de dire.

— Bien sûr. Et ce que tu as dit.

Elle pousse un glapissement en croisant les jambes. Elle a sa tenue habituelle de garçon manqué, un short en jean, un débardeur gris, une queue-de-cheval, mais elle est tout de même à sa place dans cette boutique de mariage féminine.

— Il est sexy, riche, doué au lit et footballeur. J'approuve.

— J'apprécie.

- Et puisque vous avez déjà décidé d'une date… on devrait choisir une robe.

— Pour que tu puisses t'acheter un autre café ?

— Oui.

Elle se redresse et se dirige vers le deuxième portant. Celui des robes que Paloma vient de sélectionner pour moi.

— Et c'est mon devoir de sœur de t'aider.

— Vraiment ?

Elle hoche la tête.

— Et je… j'ai plutôt envie de te voir dans une robe.

— Vraiment ?

— Je sais, c'est bizarre, dit-elle en passant ses doigts sur un fourreau de soie. J'ai l'envie soudaine de porter du rose.

Elle rougit, embarrassée par le fait d'endosser la moindre féminité.

— Essaye simplement la robe, d'accord ?

— Celle-ci ? fait-elle en la désignant du menton. D'accord.

Je me redresse et vais me placer près d'elle.

— Et celle-ci aussi.

Elle décroche une autre robe qui présente un décolleté plongeant.

— Et celle-ci.

Et une troisième, la plus féminine qu'ait choisie Paloma.

Elle est en mousseline et digne d'une déesse.

Je la serre fort contre moi, puis je rassemble les robes et me dirige vers la cabine.

La propriétaire frappe à la porte. Elle m'aide à enfiler la première robe et une paire d'escarpins argentés.

J'inspire profondément et me dirige dans la pièce principale.

— Oh, mon Dieu ! dit Sienna en essuyant une larme. Indie…

Elle s'essuie les yeux du revers de la main et essaye d'adopter son air revêche.

— Tu ressembles tellement à une mariée.

Elle s'écarte du podium et me regarde monter les marches, puis me tourner vers le miroir.

Elle a raison.

Une mousseline blanche éclatante avec un décolleté plongeant, une longue robe, une profonde échancrure qui remonte sur la cuisse.

Mon maquillage est assez simple et mes cheveux sont

un peu décoiffés, mais je ressemble quand même à une mariée.

Je cligne des yeux pour chasser une larme.

— Ça te plaît ?

La voix de Sienna est douce, tendre, ne lui ressemblant pas du tout.

— Elle me plaît. Elle est sexy et presque décontractée. Mais j'ai aussi envie de voir les autres.

— Vraiment.

— Tu es prête à te marier, rit-elle en regardant les accessoires. Tu penses porter un voile ?

— C'est trop vieillot.

— Une tiare ?

— Non, comme ça.

Mes yeux se posent sur mon reflet, la ligne droite de mes cheveux, l'ombre argentée qui souligne mon regard, le rouge à lèvres pourpre.

— Tu penses que ça suffit ?

— Ce n'est pas boss babe, mais c'est joli.

— Et je ne suis pas jolie.

Elle fait un signe pour dire *ne fais pas semblant d'être insultée.*

— Tu es frappante, tu as besoin de quelque chose de plus dramatique. Essaye les autres.

Elle m'aide à descendre du podium.

Je retourne dans la cabine, laisse la propriétaire m'aider à retirer cette robe et enfiler la suivante.

Elle est en soie ivoire, sans bretelles, un décolleté carré, un corsage droit, une jupe façon sirène.

C'est difficile de marcher dans la jupe trop serrée, mais je parviens à me rendre jusqu'au podium.

Sienna lève les yeux vers moi.

— Elle est bien.

— Bien ? C'est un mot que tu utilises ?

— Je sais, dit-elle en pinçant les lèvres. Mais c'est bien d'être « bien ». Jolie. Simple. Bien.

Elle a raison. C'est une jolie robe, mais elle est juste bien.

Et je ne veux pas de quelque chose qui soit bien.

Pas chez mon fiancé, pas pendant le sexe et pas dans mes affaires.

Je peux accepter ce fait.

Ty en est-il capable ?

— Essaye la suivante, dit Sienna. Celle qui est très décolletée. Ça plaira mieux à ton fiancé.

— C'est notre élément décisif ?

— C'est toi qui as dit que tu te mariais pour le sexe.

C'est vrai.

C'est ce qui fait sens entre nous.

C'est le reste qui est compliqué.

Je ne veux pas penser à l'amour alors que j'enfile la robe suivante, sors dans la pièce principale et grimpe sur l'estrade.

Ça me frappe à la seconde où j'aperçois mon reflet.

C'est celle-là.

La robe.

Je vais épouser Ty dans cette robe.

— Oh, mon Dieu ! dit Sienna en pressant ma main. C'est la bonne.

— Je crois aussi.

— Oh, mon Dieu ! répète-t-elle en se séchant les yeux de sa main libre. Indie… tu as l'air… tellement hot pour quelqu'un d'aussi plat.

Un rire s'échappe de mes lèvres.

— C'est le secret des décolletés plongeants ? dit-elle en me pressant la main. Ça doit être ça. Ça te va vraiment bien.

— Merci.

— Tu as l'air…

— Pas jolie ?

— Mieux que jolie, dit-elle en lâchant la main. Éblouissante.

La robe est parfaite. Une mousseline ivoire avec des bretelles épaisses, un décolleté plongeant en V, un dos nu et une jupe large.

— Comme un ange qui est venu tout casser.

Elle a raison. La robe est tout aussi sexy que dramatique et éthérée.

Et j'imagine la brise qui souffle dans la jupe.

Ty qui se tend en face de moi. Glissant un anneau à mon doigt. M'attirant en un baiser de rêve.

— C'est parfait, murmuré-je.

Elle hoche la tête.

— C'est celle-là que tu veux ?

— Oui, je pense.

— Et l'autre, pour la réception ?

— Si on a le temps.

— Je vais demander.

Elle va transmettre le message à la propriétaire.

Pendant tout ce temps, je contemple mon reflet.

C'est la bonne.

C'est la robe que je porterai quand j'épouserai Ty.

En cet instant, c'est évident.

J'ai envie de tout. De tout.

Est-ce que je peux tout avoir ?

Seigneur ! J'ai vraiment envie de tout avoir.

Chapitre Quarante-Quatre

INDIGO

Je rends la chose officielle.

Je commande la robe.

J'offre à déjeuner à Sienna pour célébrer ça.

Puis je textote la nouvelle à Ty.

Il me répond avec la promesse de m'occuper de tout le reste. Il sait que je suis très occupée avec la cérémonie de remise de diplômes de Sienna.

Tout ce que j'ai à faire est de me présenter à notre fête de fiançailles.

Alors je laisse ses examens occuper toute ma semaine.

Je savoure le temps que je passe avec ma sœur.

Je prépare le petit déjeuner tous les matins, je retrouve Ty à son bureau pour déjeuner, je raccompagne Sienna à la maison. Je l'aide à étudier le soir.

Pendant la journée, je comble mon temps libre avec des films et de la musique.

Des gammes et des chansons. Pas de paroles. Je ne suis pas encore capable de chanter, mais je peux jouer. Toute seule, sans personne pour voir toute la situation me submerger, je peux jouer.

C'est ce que je fais. Quand je ne suis ni avec ma sœur ni avec mon fiancé, c'est tout ce que je fais.

Elle réussit brillamment ses examens.

On fête ça avec de la glace, de la téléréalité, des visites dans ses coffee-shops préférés de la ville.

Bien vite, le jour de sa remise de diplômes arrive. Elle porte une robe pourpre, je suis dans une robe d'été assortie. Nous allons à son lycée à pied.

Et Ty est avec moi à la cérémonie.

Il me tient la main alors que je regarde ma sœur traverser la scène, accepter son diplôme et m'adresser un regard qui dit *oh non, faites qu'elle ne pleure pas.*

Ça ne m'aide pas.

Je pleure comme un bébé.

Puis je l'embarrasse durant le déjeuner en racontant des histoires, nous sommes seuls tous les trois. Puis je la laisse partir avec ses amis, aller à une fête.

Ty me raccompagne à la maison.

— On a l'appartement pour nous pendant quelques heures.

C'est vrai.

— Et tu as la robe que j'ai fait envoyer chez toi.

— Oui, dis-je.

— Ce n'était pas une question, rit-il.

— Certes.

Je rougis. La journée est déjà chaude, mais peu m'importe un peu plus de feu.

— On peut le faire comme la dernière fois ?

— Plus tard, dit-il en m'étreignant fermement. Tes murs sont trop fins.

Même si c'est un bon argument, je fais la moue.

— Tu préférerais que je dise jamais ?

— C'est du bluff.

Il sourit.

— Alors, dis non.

Je n'en fais rien.

— Donne-moi dix minutes pour me doucher, puis surprends-moi.

Il hoche la tête et me donne un autre baiser.

Il attend pendant que je me douche, oublie les complications qui nous entourent, enfile ma robe.

Puis il passe la porte ouverte, me plaque contre le mur et me prend.

Exactement comme dans mon fantasme.

Exactement comme je le veux.

Exactement comme je le veux… mais j'en veux encore plus.

J'ai beau être contentée, j'en veux davantage.

J'ai beau en souhaiter beaucoup, je sais qu'il va m'en donner davantage.

Il reste toute la soirée. Il prépare à dîner. Il regarde *Casablanca* avec moi. Il accepte de rester dormir.

Quand on arrive dans ma chambre, il regarde tout avec des yeux écarquillés. Il étudie les posters (toutes de musiciennes solo) et les pages de magazines collées au mur. Les paroles que j'ai gribouillées sur un carnet.

La guitare dans un coin.

— Tu joues en ce moment ? demande-t-il.

— Comment tu le sais ?

— Une intuition, dit-il en passant les bras autour de ma taille et pressant ses lèvres contre mon cou. Beaucoup ?

— Relativement.

— Tu veux bien jouer pour moi ?

— Là, tout de suite ?

Il hoche la tête contre mon épaule.

J'ai des papillons dans le ventre. Jouer pour moi-même est une chose, mais pour Ty ?

C'est terrifiant.

— S'il te plaît, dit-il. J'ai envie de t'entendre jouer.

S'il te plaît.

C'est tellement rare, sur ses lèvres.

Ça me fait vibrer d'une façon entièrement différente.

Ce n'est pas simplement que j'ai envie de le satisfaire, même si c'est le cas.

C'est le fait de savoir qu'il en a assez envie pour me supplier.

— Redis-le.

Je me tourne vers lui, fais courir mes doigts sur sa mâchoire.

Son sourire est doux, nerveux.

— S'il te plaît. J'ai envie de t'entendre jouer.

— D'accord.

Je peux le faire. Je suis terrifiée, mais je ne vais pas laisser la peur l'emporter.

— Donne-moi une minute. Je dois accorder ma guitare.

Il hoche la tête et se dirige vers le salon.

J'inspire profondément, je ferme les yeux, j'invoque toute mon assurance.

Mes mains tremblent.

Mon cœur bat la chamade.

Mais j'en suis capable.

Je vais le faire.

D'une manière ou d'une autre, j'arrive à récupérer ma guitare. D'une manière ou d'une autre, je presse mes doigts sur les barres.

Je joue une gamme.

Quelques accords.

Une chanson facile que m'avait enseignée mon père.

Petit à petit, je me glisse dans la musique. Dans cet état parfait où je suis une extension de l'instrument. Où je ne pense pas.

Je me contente d'être.

Je termine la chanson.

J'en commence une des miennes.

La première ligne.

La première note.

Le refrain.

Le couplet.

Une chanson sur la mort de mon père.

Puis une autre. Sur Ty. Même si je ne l'admets pas.

Je me suis toujours dit que c'était à propos de solitude. De ma difficulté à gérer les études et le travail. De l'impossibilité que j'avais de trouver quelqu'un qui me comprenne.

Mais c'était à propos de lui.

À propos du désir qu'il avait trouvé en moi. Le besoin qu'il avait comblé. Le trou qu'il avait laissé quand il était retourné à Londres.

Ça raconte que je suis amoureuse de lui.

Ça fait trois ans que je suis amoureuse de lui.

Mais je ne l'ai pas encore admis.

Quand je finis, j'ouvre lentement des paupières.

Il est là. Dans l'encadrement de la porte, à me contempler avec une attention entière.

C'est de l'amour ? Je ne sais pas.

Peut-être pas.

Mais c'est quelque chose. C'est beaucoup.

Et j'en ai envie. De tout. De tout ce qu'il est prêt à me donner.

Il attend que je repose ma guitare, puis traverse la pièce pour me prendre dans ses bras.

Je l'embrasse comme pour lui dire *je t'aime.*

Il me donne mon baiser comme pour me conquérir.

Ce n'est pas *je t'aime aussi*, mais ça y ressemble.

Ça y ressemble vraiment beaucoup.

Chapitre Quarante-Cinq

TY

Même avec la fenêtre ouverte et le ventilateur à fond, l'atmosphère de l'appartement est confinée.

Je me réveille couvert de sueur, collant et ayant désespérément envie de rester au lit.

J'ai envie qu'elle soit là, dans cet endroit qui est à elle, dans ce monde qui est à elle.

Mais nous sommes en semaine, et je ne peux pas me permettre de rater un autre jour de travail.

Alors je me glisse dans la salle de bains, je prends une douche, je m'habille.

Je tombe sur Sienna dans le salon.

Elle pianote sur son bras du bout des doigts.

— Tu as passé la nuit ici ?

— Je vais avoir des problèmes ?

Elle bâille tout en étirant les bras au-dessus de sa tête.

— Tu l'as fait jouir ?

— Qu'est-ce que tu crois ?

— Je crois que c'est une non-réponse un peu balourde.

Ça me fait ricaner.

— Je ne crois pas qu'elle veuille que je t'en parle.

— Ding, ding, ding. Réponse craignos numéro deux.

— Ce n'est pas si facile de me tendre la perche.

— Ou bien tu es peut-être un amant égoïste et tu ne veux pas l'admettre.

Je ne peux m'empêcher de ricaner. Elle ressemble tellement à Indie, mais est tellement différente aussi.

— Peut-être.

Elle insiste.

- Tu l'as fait jouir combien de fois ?

— Tu penses vraiment que je vais te le dire ?

Elle hoche la tête pour dire *ouais, probablement pas*.

— Tu prépares le petit déjeuner ou bien… Indie est une horrible cuisinière, dit-elle en désignant la cuisine d'un geste.

— J'ai entendu la rumeur.

— Tu n'as pas subi ses créations ?

— J'aime cuisiner.

— Hum. Et un autre point positif.

J'arque un soupir.

— Dans la liste des raisons pour t'épouser. Riche, sexy, athlétique, bon coup et bon cuisinier. Enfin, cuisinier. J'attends de juger de la qualité.

— C'est dans l'ordre ? demandé-je.

— Non, dit-elle avec un geste décontracté. Bon au lit, sexy, athlétique.

— Et on se fiche du reste ?

Elle acquiesce pour dire *oui, en gros*.

— Pourquoi l'épouses-tu ? Tu vas me dire que ce n'est pas à cause du sexe ?

— Non.

Je jette un coup d'œil dans le frigo. Il y a assez de

choses pour préparer un petit déjeuner. Je prends des œufs, du beurre, du pain.

— Tu les aimes au plat, toi aussi ?

Elle émet ce petit hum qui signifie oui.

Je lui fais signe de s'asseoir.

Elle secoue la tête.

— Tu bois du café, non ?

— Oui.

— Je vais en préparer. C'est bien trop tôt. Où vas-tu, de toute façon ?

— Où penses-tu que j'aille en costume ?

Je retrousse les manches sur mes coudes.

Sienna me décoche le même regard implorant.

— Tu peux aller n'importe où. Tu portes toujours un costume. Comme si tu cherchais à dire quelque chose.

— Quoi donc ?

— Que tu es riche et sexy. On a compris. Tu n'as pas besoin de continuer à essayer d'en convaincre les gens.

Cette fois, je ris plus fort.

— De quoi essayerais-je de convaincre si je portais un jean ?

Elle remplit la bouilloire électrique et la règle sur Presse française.

— Que tu es sexy et tu as les pieds sur terre, je dirais.

— Et je ne les ai pas ?

Elle fait un geste dubitatif. Puis elle se hisse sur la pointe des pieds afin de prendre le café sur l'étagère du haut.

Je la saisis et la lui tends.

— Tu es grand. Les gens grands sont les pires, dit-elle.

— Tu n'es pas particulièrement petite.

— Oui, mais Indie fait quand même sept bons centimètres de plus que moi, et toi…, poursuit-elle en levant les yeux vers moi. Tu es ridiculement grand.

— Je suis ridicule ?

— Oui. Garde un peu de centimètres pour les autres.

— Et comment pourrais-je t'en donner ?

Elle affiche son expression boudeuse.

— C'est bon, garde ta taille. Mais tu n'as toujours pas répondu à ma question.

— Quelle question ?

— Pourquoi tu veux l'épouser ?

— Pour le sexe, bien sûr.

— Tu l'aimes ?

Ça me prend par surprise. Ce n'est pas le genre de choses auxquelles je m'imaginais que Sienna pouvait penser. L'amour semble très éloigné de ses zones d'intérêt.

— J'ai envie de passer ma vie avec elle, dis-je. J'ai envie de prendre soin d'elle.

Elle dépose une cuillerée de café à moudre dans la presse.

— Elle en a besoin.

— Je sais.

— Et je te tuerai si tu lui fais du mal.

— J'apprécie.

Elle remplit la carafe d'eau fumante.

— Mais… je pense que tu fais du très bon travail. Et je suis d'accord… pour qu'elle t'épouse, pour qu'elle poursuive sa vie.

— Tu devrais le lui dire

— Je le ferai, dit-elle. Mais je veux que tu le saches aussi. Je te fais confiance, Ty. Je sais que tu sauras prendre soin d'elle. Ne gâche pas ça. Promets-moi de ne pas tout gâcher.

Ce n'est pas une promesse que je suis en mesure de lui faire, mais je la fais quand même.

— Je promets.

Sienna reprend son attitude habituelle. Elle parle de football et du désir qu'elle ressent pour mon cousin. Même si je vois qu'elle exagère, elle me demande ce qu'il fait, où il est, s'il assistera à notre fête de fiançailles ce week-end.

Elle pousse un glapissement quand je lui dis oui.

Je n'arrive pas à déceler un enthousiasme de façade, mais je me retiens d'objecter. Alors je lui demande de promettre qu'elle prendra soin d'Indie pendant tous les préparatifs de la fête.

Pas pour les détails pratiques, Paloma a déjà réservé le coiffeur, la maquilleuse, les retouches, mais pour le côté émotionnel.

J'ai envie que Sienna soit là avec elle avant qu'on affronte le monde.

Je m'en vais quand elle dit *oui, bien sûr, ne sois pas stupide. Tu penses vraiment que j'ai besoin que tu me dises d'être là pour ma sœur ?*

Quand j'arrive au travail, je reçois un texto d'Indie.

Indigo : Tu aurais dû rester.

Et il y a une photo d'elle au lit, couverte de draps soyeux, les lèvres ouvertes sur un soupir.

Ty : J'ai du travail.

Indigo : Alors tu aurais dû me réveiller.

Ty : Ta sœur aurait entendu.

Indigo : Je sais rester discrète.

Ty : Je n'ai pas envie que tu sois discrète.

Elle me taquine avec une autre photo.

La même, sauf que les draps sont sur sa taille.

Indigo : Ce soir alors, chez toi. Tes murs sont épais.

C'est vrai.

Et j'ai envie de la prendre.

J'ai envie de lui donner tout ce dont elle a envie.

Mais pas encore.

J'ai besoin de la faire attendre.

Ty : Vendredi.

Indigo : Tu veux me faire attendre jusqu'à la soirée avant la fête ?

Ty : Oui.

J'ai envie que ce soit elle qui clôture la soirée, envie de sentir qu'elle est à moi avant d'aller annoncer la chose au monde.

Indigo : Tu vas faire la scène ?

Ty : Peut-être.

Indigo : Peut-être ?

Ty : J'ai envie de te surprendre.

Indigo : Et si je ne veux pas de surprise ?

Ty : Tu en veux.

Indigo : Bon, d'accord. Mais je n'aime pas les peut-être. Ça peut vouloir dire non.

Ty : Tu me fais confiance ?

Indigo : Oui.

Ty : Alors continue. Je te donnerai ce dont tu as besoin.

Indigo : Tu promets ?

Ty : Tu as besoin que je le fasse ?

Indigo : Non. Mais fais-le quand même.

Ty : Je promets.

Chapitre Quarante-Six

INDIGO

Pendant deux jours, je pense à Ty.

À chaque fois que je ferme les yeux, je vois sa main sur ma cuisse, je sens le goût de ses lèvres, je perçois ses ongles contre mon dos.

Toute la nuit.

Pendant un jogging avec Sienna, durant le petit déjeuner, quand je prends ma douche, alors que je bois un thé.

Pendant que j'enfile une culotte en coton, une robe d'été diaphane, des sandales noires.

Il fait chaud et humide, mais l'atmosphère n'est rien comparée à la chaleur en moi. Même quand je suis dans la station de métro brûlante.

Puis dans la voiture trop climatisée.

Même lorsque je me retrouve devant l'immeuble de Ty, notre immeuble.

Cette fois, je ne me demande pas ce que je suis en train de faire ou bien si je suis folle de le désirer autant. Si je le pousse trop loin.

Je lui fais confiance.

Il sait ce que je veux et il est déterminé à me le donner.

J'entre dans l'immeuble et salue l'agent de sécurité du menton. Je reprends mon souffle dans l'ascenseur.

Une douzaine de pas jusqu'à sa porte.

Elle est ouverte.

Les lumières sont éteintes. La pièce est plongée dans le noir. Je ne le vois pas. Je ne me rends compte de sa présence que lorsqu'il me plaque contre le mur.

— Ty.

Ma gorge se noue, et ses doigts se referment autour de mon poignet.

— Tu veux que je te fasse mal ?

Il me demande comment je veux faire la scène.

Je peux dire oui. Admettre que je savoure la sensation de ses dents sur mon cou et de sa main sur mes fesses.

Ou bien je peux dire non. Jouer à ce jeu. Admettre que je veux qu'il me force.

— Je t'ai posé une question.

Il enroule un tissu rêche autour de mes poignets et serre fort. Puis il attache mes bras derrière mon dos.

— Tu veux que je te fasse mal ?

— Non.

Je consens à la scène, parce que je lui fais confiance, entièrement confiance.

Assez pour lui demander de me faire du mal.

Assez pour lui demander de me forcer.

Assez pour admettre que j'en ai envie.

— Alors fais ce que je te demande.

Sa voix est rude, dénuée de la moindre tendresse. Ce n'est pas le Ty prévenant que je connais.

C'est l'autre personne.

Cet homme brutal dont j'ai envie.

— Qu'est-ce que tu veux ? demandé-je.

Il me pousse contre le mur.

— J'ai envie de regarder.

Mince…

Mon sexe se contracte. Je suis déjà tout humide et tellement excitée !

Sans prévenir, il descend brusquement ma robe sur mes épaules, puis le long de ma poitrine, jusqu'à ma taille.

Le tissu se rassemble autour de mes poignets, et il les retient contre mon dos, m'entravant encore davantage.

Il incline des hanches afin que sa verge se retrouve contre mes fesses.

— Tu en es capable, Princesse ? demande-t-il en glissant sa main sous ma jupe pour refermer ses doigts autour de ma cuisse. Tu peux faire un show pour moi ?

Mince…

Il fait descendre ma culotte sur mes fesses et la laisse tomber sur mes chevilles.

Puis il enfonce ses ongles dans ma cuisse.

Fort.

Suffisamment pour que cela soit douloureux.

Peut-être assez pour me faire saigner

C'est trop, mais j'en désire davantage.

J'en désire toujours davantage.

— Je t'ai posé une question, grogne-t-il.

— Je t'en prie.

— Je t'en prie quoi ?

— Ne me fais pas de mal.

— Alors fais ce que je te dis.

Il passe les bras autour de moi et me soulève, mon corps tout entier, pour me faire passer sur son épaule.

Comme quelques jours plus tôt, mais sans complicité ni tendresse.

Comme s'il allait m'emporter quelque part où personne ne saurait me retrouver.

Ses doigts s'enfoncent dans les cuisses alors qu'il se déplace le long du couloir.

Vers la chambre.

Notre chambre.

Il me jette sur le lit.

J'atterris sur les poignets, sur du métal dur. Une boucle. J'ignore s'il s'agit de sa ceinture ou bien de menottes.

Ça pince.

Mais ça ne fait que m'exciter davantage.

Je lève les yeux vers lui.

Il porte un jean et un t-shirt.

Pas de costume, de cravate ou de chaussures.

Aucun signe de l'homme propre sur lui qui gère un bureau.

Il ne reste plus que l'amant sauvage que je connais ici.

Beau. Fort. Brutal.

Et là, dans un coin de la pièce, près du miroir…

Une caméra braquée vers le lit.

Bon sang !

— Tu vas nous filmer ? je parviens à peine à dire.

— J'ai envie de regarder, dit-il en se débarrassant de son t-shirt. Maintenant. Plus tard. Quand j'aurai envie de te voir te faire prendre.

— Uniquement toi ?

— Pourquoi, Princesse ? Tu es timide ?

Il se dirige vers le lit et tombe à genoux.

— Tu ne veux pas que les gens sachent que tu aimes quand ça fait mal ?

— Je…

Il referme les doigts sur mes cuisses, m'attire jusqu'au bord du lit.

Seigneur, oui !

Il sait que j'ai envie de regarder, alors il nous enregistre. Pour nous.

Je manque sortir de mon personnage, lui dire à quel point j'ai besoin de lui, à quel point je l'apprécie.

Mais je ne le fais pas.

Je reste ici, dans ce moment où il me menace, m'expose.

— Tu quoi ? gronde-t-il.

— Je ne veux pas.

J'ai besoin de plus. C'est tellement bon, mais j'en veux quand même plus.

— Je ne veux pas que quelqu'un voie.

— Alors pourquoi mouilles-tu ?

Il glisse deux doigts à l'intérieur de moi.

Mes yeux se referment. Mon corps reprend le dessus.

Il est doué pour ça. Trop doué.

Ça me terrifie.

Ça me terrifie de voir à quel point il m'excite.

Mon manque de scrupules.

Sa main trouve mon cou.

— Tu aimes être exposée.

Mes paupières s'ouvrent, et je dirige mes yeux vers le miroir. C'est tellement beau de regarder Ty qui se tient entre mes jambes, enfonçant ses doigts en moi.

Mince !

Il me pénètre de ses doigts, encore et encore.

Puis il s'agenouille entre mes jambes, pose ses lèvres sur ma cuisse.

Il me mord. Pas de taquinerie, pas de préliminaire.

Il me mord fort.

Je glapis.

Seigneur !

Il le refait, mais cette fois c'est plus haut, plus près.

Encore.

Et encore.

Presque.

Mes cuisses tremblent contre ses lèvres.

Puis il pose sa bouche sur moi et me lèche fort et rapidement. C'est complètement dénué de tendresse.

Ça m'excite de plus en plus.

Puis ses ongles raclent mes cuisses alors que je jouis.

Il m'accompagne pendant tout mon orgasme, puis il appuie les dents sur ma cuisse. Au même endroit.

Il me mord à nouveau, et je laisse échapper un grognement.

Il fait glisser ses dents le long de ma cuisse.

— Tu aimes qu'on te regarde.

— Non.

— Tu veux que des gens comme moi regardent, des hommes qui te feront du mal.

Je secoue la tête.

Il se redresse et me tourne sur le ventre. Il presse sa paume dans l'espace entre mes omoplates, me plaquant au lit.

— Admets-le.

Je m'exécute.

J'aime qu'on me regarde, j'aime avoir mal, j'aime tout dans cette situation.

— Oui, dis-je dans un souffle.

Je m'attends à ce qu'il sorte de son personnage, qu'il en reste bouche bée, qu'il montre une certaine surprise, mais il n'en fait rien.

Il se lâche, s'abandonne à cette scène.

Ty me plaque plus fort et place son genou à l'arrière de ma cuisse. Il me tient en place alors qu'il ouvre la fermeture de son jean et me met en position.

Il ôte son genou et le remplace par ses mains sur mes hanches.

Il m'attire sur lui.

Puis il me pénètre tellement fort et rapidement que je pousse un grognement.

Je veux me raccrocher à quelque chose, mais je suis ligotée.

Il me plaque contre le matelas et me pénètre avec des coups de reins réguliers.

Trop fort.

Trop rapidement.

Trop profond.

Mais j'en veux encore plus.

Je laisse mes paupières se refermer pendant une seconde, puis je me force à les ouvrir.

J'absorbe chaque seconde de cette sensation.

La caméra dans le coin.

Le mordant de ses ongles sur mes hanches.

La senteur capiteuse de son shampooing.

Son grognement rude.

La douce pression de sa verge à l'intérieur de moi.

Encore et encore.

Jusqu'à ce que j'y sois.

Je gémis en jouissant sur sa verge, palpitant si fort et rapidement que je parviens à peine à respirer.

Ça le fait basculer.

Il me griffe les fesses pendant qu'il jouit. Il ne cesse de s'activer durant tout son orgasme, poussant des grognements profonds alors qu'il se déverse jusqu'à la dernière goutte.

Une fois qu'il a fini, il se retire et s'assied à côté de moi. Puis il défait les liens qui retiennent mes poignets.

Il m'aide à retirer ma robe.

Il me prend dans ses bras et m'étreint comme s'il n'allait jamais me lâcher.

Il est à moi.

Là, il est à moi.

Je suis la seule à avoir cette partie de lui.

Quoi qu'il puisse se passer d'autre, j'ai ça.

Chapitre Quarante-Sept

INDIGO

Pendant un long moment, je reste allongée dans ses bras. Il m'aide à me laver et à m'habiller. Il prépare à dîner. Il reste assis avec moi sur le balcon.

Nous parlons de tout et de rien en regardant la lune qui se reflète sur l'Hudson.

On reste dans cet endroit beau et parfait pendant des heures.

Avant d'aller au lit, il retire la cassette de la caméra, la place dans un paquet cadeau violet qu'il glisse dans mon sac à main.

Elle est à moi.

Cet enregistrement qui pourrait le détruire, détruire la réputation qu'il me paie pour réparer, est à moi.

Il sait que j'en prendrai soin.

Il me fait confiance.

Je m'endors dans ses bras et, quand je me réveille, ça sent le café et le thé, et il m'a laissé un mot me disant qu'il me retrouverait à la fête de fiançailles.

C'est plus facile que ce à quoi je m'attendais, d'endosser ce rôle.

D'écouter Sienna babiller alors qu'on s'habille, qu'on se fait coiffer et maquiller, qu'on prend une voiture vers la fête.

De la regarder parcourir la pièce avec enthousiasme, à discuter de football avec tous ceux qui voudraient bien l'écouter.

Je prends la main de Ty. Je souris à ses collègues. Je ris lorsque Cam et Ian le taquinent en parlant de mon enterrement de vie de jeune fille.

Ils vont me réserver des chippendales et filmer toute la soirée, pour rendre Ty jaloux.

Ils sont invités, n'est-ce pas ?

Je ris, je bois du champagne, je circule.

La mariée rougissante.

Puis l'atmosphère de la pièce change.

Je comprends avant même de la voir.

Rory. Portant des perles et un fourreau de luxe. Un sourire adorable, des cheveux longs, des doigts aux ongles manucurés enroulés autour du cœur de Ty.

Chapitre Quarante-Huit

INDIGO

— C'est une bague ravissante, poursuit le collège de Ty en regardant l'anneau d'argent qui pare ma main gauche. Moderne.

— Je suis un homme moderne, dit Ty d'une voix qui reste forte, même si ses yeux s'égarent dans *sa* direction.

C'est rapide, une seconde, peut-être, mais je ressens toujours une certaine tension entre eux.

Je suis la seule qui ait ce côté de lui.

Je répète ce mantra, encore et encore.

Mais la tension reste dans mes épaules.

Son collègue éclate de rire.

— Vous partagez l'addition ?

— On fait chacun notre tour, dit Ty. Je paie pour la pizza. Elle paie pour le dîner au Cirque.

Il taquine. Je suis censée rire, mais j'en suis incapable.

Son attention est braquée sur elle. Cette partie de lui qui veut être un homme gentil qui aime les jolies choses…

Elle est avec elle.

Cette partie de lui sera toujours avec elle.

Ty presse sa paume au creux de mes reins.

— Laisse-moi aller te chercher à manger.

— Ça va.

J'arrache mon regard de Rory et de son fourreau noir parfait.

— Je me rappelle quand je me suis marié, dit son collègue. Ma femme refusait de manger trop lourd. Elle a failli se laisser mourir de faim pour pouvoir rentrer dans sa robe.

C'est ridicule, mais ça remplit la tête de Ty d'idées.

Je la vois dans ses yeux. Cette autre partie de lui. Celle qui a besoin de prendre soin de moi.

Il salue son collègue du menton.

— Si tu veux bien nous excuser…

J'ouvre la bouche pour protester, mais son collègue est déjà en train de s'éloigner. Ty m'entraîne déjà vers la table des amuse-bouche.

Il remplit une assiette de crostinis. L'un est à la crevette et à la mangue, l'autre au fromage de chèvre et à la framboise, le troisième à la mozzarella et au basilic.

— Ça va, dis-je.

— À quand remonte ton dernier repas ? répond-il en me forçant à prendre l'assiette.

— Au petit déjeuner.

— Indigo…

Ses yeux s'égarent vers elle. Vers Rory. Elle discute avec Ian.

Et il nous regarde en faisant semblant de nous éviter du regard.

— Si tu n'en as pas envie, je peux trouver autre chose, dit-il.

Je cède. Je prends le crostini du milieu et le fourre dans ma bouche.

C'est super bon ! Le pain est fondant, la framboise acidulée, le fromage de chèvre crémeux.

Je réprime un gémissement.

J'ai faim. Non, je suis affamée.

Il le sait, il le sait toujours, mais il ne me critique pas à ce sujet. Il se contente de remplir une autre assiette de toasts au fromage de chèvre et à la framboise et fait l'échange.

Il termine ses amuse-gueules.

Je termine mon second en une seule bouchée et le troisième en deux.

— Tiens.

Il prend une carafe et remplit un verre d'eau.

Je le bois.

— Tu savais qu'elle allait venir ?

— Non, dit-il.

— Et Ian ?

— Il me l'aurait dit.

À moins qu'elle lui ait fait jurer de garder le secret.

Ils sont tous les deux capables de garder des secrets comme si leurs vies en dependaient.

Rory prend congé d'Ian et se tourne vers nous avec un sourire. Il traverse la pièce.

Je termine mon verre et le pose sur la table, essuie mes mains sur ma robe.

Il glisse un bras autour de ma taille et me tient comme s'il attendait sa meilleure amie et pas son ex.

Rory s'arrête devant nous.

— Bonjour, dit-elle en me souriant. Vous devez être Indigo.

— Oui, dis-je.

Elle me tend la main.

— Je suis Rory.

— Je sais, dis-je en lui serrant la main. Ravie de vous rencontrer.

— Moi de même, dit-elle avec un sourire doux et sincère. J'ai beaucoup entendu parler de vous.

— Vraiment ? demandé-je. Par qui ?

Elle éclate de rire.

— Par des amis qui gardent l'œil sur Ty pour moi, dit-elle en jetant un bref regard à ma main gauche. Votre robe est magnifique.

— Merci.

C'est une conversation normale pour une fête de fiançailles. Et cette robe est fantastique. Mon premier choix n'était pas disponible, mais celle-ci est mieux.

Dos nu et en soie, elle tombe jusqu'à mi-cuisse. Avec son haut col carré, elle est tout à la fois sexy, classe et dramatique.

— Elle est magnifique, n'est-ce pas ?

Ty se tourne vers moi et me dévisage des pieds à la tête. Pas comme s'il me jaugeait. Pas comme s'il pensait à ce qu'il voulait faire de moi.

Comme s'il m'aimait tellement qu'il aimait me regarder.

Ai-je cette partie de lui ?

— C'est vrai, dit Rory, rompant le moment. Vous êtes magnifique, Indigo.

— Ce n'est rien comparé à lui, dis-je.

Pendant un moment, il sourit d'un air décontracté et authentique. Puis il la regarde et fronce les sourcils.

— Il porte bien le costume, non ? dit Rory.

— C'est vrai.

Je me rapproche par réflexe.

— Ça ne vous dérange pas si je vous accapare pendant un moment, Indigo ? demande-t-elle.

— Bien sûr que non.

Il dépose un baiser sur ma joue et se penche assez près pour murmurer :

— Tu en es certaine ?

Je hoche la tête.

Sa main s'attarde sur ma taille.

Ses lèvres s'attardent sur mon cou.

Il reste tout près, comme s'il voulait en dire davantage, comme s'il allait murmurer *je t'aime.*

Mais il ne le fait pas.

Il me lâche.

— Prends soin d'elle.

— Promis.

Elle attend qu'il parte.

Ty va trouver son frère, essaye de rire de quelque chose, mais ne parvient pas à projeter une image détachée.

— Ils nous observent, n'est-ce pas ? dit-elle en les regardant.

— Qu'est-ce qu'ils pourraient faire d'autre ? demandé-je.

Elle acquiesce et désigne le jardin rooftop au-dehors.

— Puis-je vous offrir un verre ?

— C'est open-bar.

Elle part d'un rire léger et musical.

— Alors Ty peut-il vous offrir à boire ?

— Un Manhattan, merci. Je vous retrouve dehors.

Elle hoche la tête et va au bar.

Je sors sur le patio tranquille. La nuit est belle, l'air est chaud. La brise est légère. Le ciel bleu clair est illuminé par les gratte-ciel et les lanternes en papier.

La ville de nuit.

Le paradis.

Rory me retrouve près de la balustrade.

— Vous semblez dans votre élément.

— Je le suis.

— C'est vrai, n'est-ce pas ?

Je ne sais pas ce qu'elle me demande, alors je ne

réponds pas et j'accepte mon verre en la remerciant. Puis je me tourne vers l'Empire State Building.

Ses lumières sont bleues, aujourd'hui. Ce cobalt brillant. Pas notre bleu. Pas des teintes de nos bleus. Mais quelque part, il est quand même à nous.

Rory porte son verre de vin à ses lèvres.

— Vous devez trouver ça étrange.

— Vous aussi.

J'avale une longue gorgée, laissant le mélange de bourbon, de vermouth et de bitters réchauffer mes lèvres et ma gorge. Il fait presque trop chaud pour un Manhattan, mais j'ai besoin de boire pour me donner du courage.

— Je vous promets que mes intentions sont honorables, dit-elle alors que ses doigts se referment autour de la tige de son verre. Je ne suis pas là pour le voler.

— Ce n'est pas la promesse la plus encourageante que j'ai entendue.

— Si j'étais vous, je m'inquièterais, dit-elle en avalant une autre gorgée. Je m'inquiétais à votre sujet.

— Je sais.

Ses yeux se remplissent de surprise.

— Il vous l'a dit ?

— J'ai deviné. Quand on s'est séparés, il a promis qu'on resterait en contact. Quelques mois plus tard, il m'a envoyé un message pour me dire qu'il ne pourrait pas me voir, parce qu'il ne se faisait pas confiance.

— Non ?

— Vous pouvez le lui demander.

Sa gorge tremble quand elle déglutit.

— Il ne vous a pas vue ?

— Pas après que vous…

Mes yeux se posent brièvement sur ma bague de fiançailles.

— Des mois après votre rupture.

Elle hoche la tête.

— Je suis désolée. J'ai conscience que ça sonne faux. Je n'essaye pas de vous accuser de quoi que ce soit, Indigo. Vous ne me paraissez pas être le genre de personnes à coucher avec un homme déjà pris.

— Je ne l'ai pas fait.

J'aimerais m'en croire incapable, mais si Ty était venu me trouver et avait admis qu'il était avec quelqu'un d'autre, s'il m'avait dit qu'il me désirait quand même…

Il ne l'aurait pas fait.

Mais s'il l'avait fait, je ne suis pas sûre que j'aurais refusé.

Je ne sais pas si je m'en serai privée.

J'ai tellement besoin de lui.

— Vous devez me trouver horrible, dis-je.

Pas de la façon dont elle le pense.

— Je suis à votre fête de fiançailles, à vous demander si vous aviez couché avec votre fiancé alors qu'il était encore avec moi.

— Vous m'avez posé la question poliment, dis-je. J'ai à peine remarqué.

Elle sourit.

— Vous mentez.

— Un peu.

— Je vous en prie, vous pouvez m'ignorer, ou me demander de partir.

— Vous n'avez pas besoin de faire de détours, dis-je en finissant mon verre et le posant sur la table derrière nous. Vous m'avez déjà demandé s'il vous avait trompée avec moi.

— Je n'avais pas l'intention de vous accuser.

— Je sais.

— Je ne suis pas venue chercher des réponses.

Et pourtant si. Mais je le comprends et je comprends également qu'elle ne soit pas capable de l'admettre.

— J'ai envie qu'il soit heureux.

— Espériez-vous qu'il vous ait trompée ?

Les mots m'échappent. C'est déplacé, mais elle vient de me demander si j'avais couché avec lui. Nous ne parlions pas exactement de la pluie et du beau temps.

— J'étais certaine qu'il l'avait fait.

— Ce n'est pas dans sa nature.

— Non, mais les gens ont tendance à réagir quand ils se sentent pris au piège.

C'est comme ça qu'elle voyait la chose ? Et lui aussi ? Il était pris au piège parce qu'il ne pouvait pas admettre ses désirs.

Ou bien il perdait la femme qu'il aimait ou alors il niait cette partie de lui-même.

Il n'était peut-être pas entièrement pris au piège, mais il était coincé.

— Les choses étaient différentes quand il revenait de New York, poursuit-elle. À chaque fois qu'il revenait de New York. Mais particulièrement il y a deux ans. J'étais certaine qu'il vous avait vue. Je ne savais pas s'il avait couché avec vous, mais j'étais certaine qu'il vous avait vue, certaine que ça avait changé quelque chose.

— Changé quoi ?

— Ce qu'il désirait, dit-elle en terminant son verre. Je sais que ça ne me regarde pas, mais je dois vous poser la question. Comment était-il avec vous ?

— Comment était-il ?

— Vous savez ce que je vous demande.

Certes.

— Que voulez-vous que je vous dise ?

— La vérité, dit-elle.

— Vous avez raison, ça ne vous regarde pas.

— Je sais.

Même si j'ai envie de lui dire d'aller se faire voir pour avoir osé me poser la question, je me retiens. Je sais ce que ça fait de perdre Ty. On a toutes les deux perdu différentes parties de lui, mais on l'a toutes les deux perdu.

— Il est brutal.

— Oui.

— C'était son idée ?

— Oui. Mais je… je lui en demande davantage. Je le pousse tout autant qu'il me pousse.

Elle fait courir son doigt sur la tige de son verre.

— En a-t-il toujours eu envie ?

— Il faudra que vous le lui demandiez.

— Bien sûr, acquiesce-t-elle. Je suis désolée. Je devrais partir…

— C'est pour ça que vous êtes partie ? Parce que vous n'en aviez pas envie ?

— Non. Ty… Il l'a suggéré une fois. J'ai essayé. J'avais envie d'être aventureuse. Ouverte. Je me suis dit que je l'étais, mais ce n'était pas le cas. Je… Je ne l'ai pas très bien pris.

Il y a quelque chose, une histoire, mais c'est évident qu'elle ne veut pas m'en parler.

— Il s'est comporté comme si c'était un caprice, dit-elle. Je savais qu'il nous manquait quelque chose. Mais… il m'a convaincue que ce n'était pas ça.

— Et vous avez pensé que ça l'était ?

— Je ne sais pas. Il était différent après. Il dissimulait une partie de lui. Pendant longtemps, j'ai cherché. Enfin, j'ai réalisé que je ne le trouverais pas. Je ne pourrais pas le posséder en entier.

— Et vous avez pensé qu'il trouvait peut-être ce qu'il désirait ailleurs, et que c'était pour cela qu'il gardait une certaine réserve envers vous.

— Oui, mais vous avez raison. Il ne l'aurait pas fait. Ce n'est pas dans sa nature. C'est simplement… Comment dit-on ? Parfois, l'explication la plus simple est la meilleure.

Et c'est la plus simple.

Il n'a pas obtenu ce qu'il voulait, alors il l'a trouvé ailleurs, puis il l'a ignorée.

S'il s'agissait d'un autre homme, j'aurais cru en cette histoire. J'aurais été certaine qu'il mentait sur sa fidélité.

Mais ce n'est pas un autre homme.

C'est Ty.

Il est entièrement loyal.

Il serait resté, quelles qu'aient été les circonstances.

— Je suis vraiment désolée de m'imposer, dit-elle en tendant la main. Je suis venue vous présenter mes félicitations.

— Vous avez traversé l'Atlantique pour me présenter vos félicitations ?

— J'ai toujours voulu voir New York.

— C'est la plus belle ville du monde.

Elle regarde l'Empire State Building.

— Je vois l'intérêt. Et je… j'ai vraiment envie que vous soyez heureux. Tous les deux. L'êtes-vous ?

— Oui.

Elle soupire de tout son corps.

— Il vous aime. J'ai envie qu'il connaisse ça. Vraiment, Indigo, j'espère que vous resterez ensemble pour toujours.

Je lui serre la main.

— Soyez bonne avec lui.

Elle me lâche la main et se tourne vers la pièce principale.

Vers Ty, qui se tient au bar et nous regarde.

Il attend et lui dit au revoir quand elle passe devant lui.

Il traverse la pièce pour venir me retrouver.

— Ça va ?

Il me prend dans ses bras et me serre fort. Il m'étreint comme s'il n'allait jamais me lâcher.

Il ne le fera pas.

Cette promesse que nous nous apprêtons à faire…

Il est sincère.

C'est pour toujours.

Et j'en ai terriblement envie… d'être à lui pour toujours.

Mais je me suis menti à moi-même.

J'ai besoin de tout ça.

Pas simplement de son corps. Pas simplement de sa loyauté.

Son amour.

— Je dois te demander quelque chose, dis-je.

Il presse ses lèvres contre mon cou.

— Ça peut attendre ?

— Non.

Il me fait tourner sur moi-même et pose une main sur ma joue.

— Qu'est-ce qui ne va pas, bébé ?

— Rien. J'ai simplement besoin de le dire.

— Tu me fais peur.

— Laisse-moi te poser la question.

Il hoche la tête.

Alors je le fais, je lui demande la chose que je n'ai pas le droit de demander, cette chose qu'on a accepté de ne pas avoir dans notre vie.

— Es-tu amoureux de moi ?

Chapitre Quarante-Neuf

TY

Es-tu amoureux de moi ?

Mes pensées s'entrechoquent.

Ma gorge se dessèche.

Ma langue se colle à mon palais.

C'est une question ridicule, injuste, déplacée.

— Nous avions convenu de…

— Je sais de quoi nous avions convenu, dit-elle sans détourner le regard de moi. Je sais ce que tu as promis. Tu n'as pas besoin de me rappeler notre accord.

— Indigo…

Les mots remontent dans ma gorge. *Je t'en prie, demande-moi quelque chose d'autre. Tout. Je te promets tout, tout ce que tu veux. Tant que ce n'est pas ça.*

— Qu'est-ce qu'elle a dit ?

— Rory ne m'a rien dit de particulier, dit-elle en déglutissant fort. Pas comme tu le penses.

— Alors qu'est-ce ?

— Elle m'a simplement rappelé quelque chose.

— Quoi ?

— Ta loyauté.

Ma loyauté ?

— Ma loyauté est-elle un problème ?

— Non, dit-elle d'une voix plus douce. Si. C'est… Je t'en prie, Ty, poursuit-elle alors que ses doigts effleurent les miens. Réponds-moi. Es-tu amoureux de moi ?

— Je ne sais pas.

— Tu ne sais pas ?

— Je ne sais pas. Je suis désolé. Je t'ai dit…

— Je sais ce que tu m'as dit, dit-elle.

J'essaye de trouver des paroles de réconfort, une promesse à lui faire. Une façon de la convaincre de rester.

— Tu l'aimes ?

— Je l'aimerai toujours.

— Tu es amoureux d'elle ?

— Non.

— Mais tu veux toujours être un homme gentil qui aime les jolies choses ?

Une partie de moi, oui. Mais l'autre partie luttera toujours contre la noirceur de mes désirs.

— Je… je suis désolée, Ty.

Elle cligne des paupières pour retenir une larme sur ses cils.

— Je suis désolée. Je ne peux pas le faire si tu ne m'aimes pas.

Elle baisse les yeux vers sa main gauche.

Son annulaire.

Elle caresse sa bague de fiançailles avec son index.

— Je…

Non. Pas ça ! Tout sauf ça.

— Je suis désolée.

Elle retire l'anneau de son doigt et le presse dans la paume de ma main.

— Je sais qu'on a passé un accord. Je sais que tu peux me détruire. Mais je ne peux pas faire ça. Je t'aime. Je suis amoureuse de toi. Et je ne peux pas le faire si tu ne m'aimes pas aussi.

— Indigo…

— Je suis désolée, Ty. Je t'aime.

Elle sèche une larme et m'attrape par le col de ma veste pour me donner un baiser fort et rapide.

— Je suis désolée.

Puis elle me lâche et s'en va.

Et la lumière disparaît à nouveau de ma vie.

Chapitre Cinquante

INDIGO

Cam se tient devant l'ascenseur comme s'il le gardait.

— Ça va ?

Je n'ai vraiment pas envie d'en discuter pour le moment.

— J'ai besoin de prendre l'air.

— Et si je t'accompagnais dehors ?

Il appuie sur le bouton.

— D'accord.

L'ascenseur bipe. Les portes argentées s'écartent. Cam me fait signe de passer en premier.

J'entre dans le petit espace.

Il me suit.

Je n'ai pas envie de sa présence. Il a l'air gentil, mais je n'ai pas envie de sa présence.

Je n'ai envie de personne.

J'ai envie d'être à la maison, seule… toute seule.

Loin de la douleur sur le visage de Ty. Comme s'il souhaitait m'aimer, mais qu'il en était incapable.

C'est ce qu'il a ressenti quand Rory est partie ? Pas

étonnant qu'il ait couché avec la moitié des femmes de la ville.

C'est terrible.

Enfin, les portes se referment.

Cam s'adosse à la barre.

— Je m'assurerai que Sienna rentre bien.

— Ne couche pas avec elle. Je t'en prie.

Il pousse un petit rire.

— Pas ce soir.

Je crois que je vais devoir me contenter de cette promesse.

Si c'est vraiment fini, si je me sépare vraiment de lui, elle ne va plus jamais le revoir.

Il n'est pas un risque.

Il ne va pas lui briser le cœur.

Si je tourne le dos à tout ça…

Suis-je vraiment en train d'y tourner le dos ?

Je caresse mon annulaire et prends une inspiration sifflante. Je prie pour que l'ascenseur se déplace plus rapidement.

Il n'en fait rien.

Et Cam se tient toujours là, grand, large et imposant, à la façon de tous les hommes Hunt.

La même posture que Ty.

Des traits plus jeunes, des épaules plus larges, des yeux plus arrondis.

Il est encore jeune là où Ty est adulte. Cela dit, il a trois ans de moins que lui. Ou bien est-ce quatre ? Deux ?

Peu importe.

Si je m'en vais, ça ne fait rien.

Un sanglot me remonte dans la gorge. Je le ravale, ferme les paupières, force mes larmes à patienter.

— Indigo, dit Cam d'une voix calme. Je suis désolé.

Je secoue la tête et m'essuie les yeux du revers de la main.

— Ça va.

— Tu n'as pas besoin d'essayer de me convaincre.

D'accord…

— Je ne dirai rien à Ty.

— Tu es très discret.

— Vraiment ?

— Tous les Hunt le sont. Vous savez garder des secrets comme si votre carrière en dépendait.

— C'est le cas, dit-il.

Un rire brise mon sanglot.

— Tu bosses pour leur boîte ?

— Bien sûr, acquiesce-t-il.

— Alors tu sais que j'étais sincère.

C'est juste.

— Je, euh…

Enfin, l'ascenseur arrive au rez-de-chaussée, et les portes s'ouvrent. Des luminaires brillants en or m'éblouissent.

— Je ne l'ai jamais appréciée. Rory, dit-il.

— Moi non plus.

Il éclate de rire.

— Non, j'imagine que non.

Il me tend le bras.

Je secoue la tête.

— Fais-moi plaisir.

D'accord. Je lui prends le bras. Instantanément, je reprends mon équilibre.

C'est à cause des chaussures ; les talons sont trop hauts.

Ils ne font que huit centimètres, mais c'est plus que je peux en supporter.

Je voulais être à la hauteur de Ty, mais je crois que ça ne compte plus, à présent.

Même si je suis plus grande que Cam avec ces chaussures, sa présence me rapetisse.

Comme celle de Ty.

Comme s'il savait qu'il était la personne la plus puissante de la pièce.

Il m'accompagne à travers le vestibule, ouvre la porte, m'aide à sortir.

L'air chaud me frappe en plein visage. Je n'ai été dans l'air conditionné qu'une minute, peut-être deux, mais ça reste un contraste marqué.

Cam tire son téléphone et pianote sur l'écran plusieurs fois.

— Quand je les ai vus ensemble, je n'ai rien ressenti. Je n'ai rien ressenti avant de le voir avec toi.

— Quoi ?

Mais qu'est-ce qu'il veut donc dire ?

— Ty est resté seul pendant très longtemps. Son père était actif dans l'armée. Puis Ian. Puis il a rencontré Rory, vu sa famille, la stabilité de sa fortune ancestrale ; il a vu un endroit où il pourrait s'intégrer. Il avait tellement envie de croire qu'il saurait s'intégrer à ce monde qu'il a fini par se convaincre que c'était le cas. Il a cru que c'était de l'amour. Mais ça ne l'était pas.

— Tu n'es pas censé être un Casanova qui ne se préoccupe pas des sentiments ?

— Devrais-je te proposer qu'on couche ensemble pour te distraire de ta douleur ?

— Peut-être.

— Tu ne dirais pas oui.

— Tu peux quand même me le proposer, dis-je.

— Tu n'as d'yeux que pour lui, ricane-t-il.

— Je…

— Je sais lire une situation.

— Tu pourrais quand même proposer. Pour me faire me sentir mieux.

— Tu veux coucher avec moi ?

— Non.

— Ça fait mal.

— Désolée.

Mon pouce caresse mon annulaire dénudé.

— Je… tu as raison. J'ai seulement envie de lui.

— Il a seulement envie de toi, dit-il en regardant mon doigt. Il va le comprendre, si tu lui donnes un peu de temps.

Je ne possède pas le même optimisme. Ty ne va pas comprendre.

Mais je n'arrive pas à me forcer à le dire à haute voix.

Il me laisse rentrer seule.

Je me glisse dans le lit, écoute *Back to Black*, pleure dans mes draps en coton.

À la deuxième écoute, Sienna grimpe dans le lit avec moi.

— Désolée d'avoir mis aussi longtemps. Je me suis tapé Cam.

Un rire interrompt mes sanglots.

— Ce n'est pas drôle.

— Un petit peu drôle.

— Très peu, dis-je.

— Mais un peu quand même.

Je hoche la tête contre les draps.

Chapitre Cinquante-Et-Un

TY

Le sommeil me fuit.

Enfin, j'abandonne et vais m'installer sur le canapé. J'essaye de me distraire en regardant des classiques à la chaîne.

Mais ça ne fait que me faire penser à elle davantage.

Allongée là, complètement satisfaite, recroquevillée contre mon corps.

Riant à une comédie déjantée.

Pleurant devant la fin de *Casablanca.*

Courbée sur le canapé, m'implorant de la prendre.

Puis à la fête.

Plaquant l'anneau dans ma paume.

Murmurant une excuse.

Ces mêmes mots terribles, avec un changement important.

Je suis désolée, Ty.

Je ne peux pas le faire.

Je t'aime, Ty.

Je suis amoureuse de toi.

Ça fait encore plus mal de savoir que c'est moi qui lui fais du tort.

De savoir que c'est moi qui ne peux pas lui donner ce dont elle a besoin.

Peu après l'aube, je me douche, m'habille, prépare un café et le petit déjeuner.

J'enclenche son album favori.

Cette ode à la tristesse et à l'autodestruction est parfaite. Ou bien elle devrait l'être.

Mais elle remplit ma tête de souvenirs d'Indigo.

Ses yeux qui se ferment quand elle se perd dans une chanson.

Sa voix de velours qui s'échappe de ses lèvres.

Son corps qui ondule au rythme de la musique.

Elle me manque déjà terriblement.

Je ne peux pas tenir sans elle.

Je ne peux rien faire sans elle.

J'écoute la musique d'Indie toute la journée.

Plusieurs fois par heure, je prends le téléphone. Je pense à l'appeler, à la prier de revenir, d'être à moi, de m'aimer.

De rester, même si je ne suis pas certain de l'aimer.

Je pense à jouer la meilleure carte que j'ai…

À lui envoyer une photo coquine. À lui ordonner de se pencher. À lui promettre de la faire jouir.

Mais je ne peux pas.

Je sais ce qu'on ressent quand on veut que quelqu'un nous aime. Quand on le désire plus que tout.

Je ne peux pas lui demander de vivre avec.

Je ne peux pas appeler si je ne l'aime pas.

À moins de savoir ce que ça signifie de l'aimer.

Chapitre Cinquante-Deux

TY

— Tu as une sale tête, dit Ian en jetant son short de jogging sur le lit. Allez. Bouge ton cul. Je ne vais pas regarder ça.

— Je ne me rappelle pas t'avoir donné une clé.

Ça le fait rire.

— Tu crois que j'ai besoin d'une clé ?

— Je croyais que tu voulais t'améliorer !

— Avec ma copine, pas avec toi.

— Va te faire voir.

Je me tourne de l'autre côté. Pas vers la fenêtre, mais vers le côté du lit où elle dormait.

Il fait froid sans elle.

Le monde entier est froid sans elle.

— La dernière fois que tu es allé à Londres, dit-il en s'installant au bord du lit, tu m'as demandé d'arroser tes plantes.

— J'ai des plantes ?

— Sur le balcon, ricane-t-il.

— Et tu les avais arrosées ?

— Bien sûr.

— Tu viens d'inventer cette histoire.

Il secoue la tête.

— Je peux te montrer les plantes.

— Non.

— Alors lève ton cul. On va courir.

— Je cours plus vite que toi.

— Que de la gueule.

Il se redresse et fait claquer les talons de ses baskets.

— Où est ta copine ? dis-je.

— Lève ton cul.

Il sort dans le couloir et laisse la porte grand ouverte.

Mon frère s'attend-il vraiment à ce que j'aille courir ? Maintenant ?

C'est ridicule.

Mais il a raison. Je suis en train de me morfondre.

Je me lève, vais pisser, me débarbouille et m'habille.

Ian est dans la cuisine avec un gage de paix.

Un thermos orné de l'image touristique d'un Empire State Building bleu foncé. Il est rempli d'un thé English Breakfast trop laiteux et trop sucré.

— J'ai l'air si mal en point que ça ? demandé-je.

Il hoche la tête tout en avalant une gorgée de thé, celui que préfère Indigo.

L'odeur est familière. Ça me fait penser à elle.

Tout me fait penser à elle.

— Dix minutes, dit-il en désignant le thermos. Puis on ira courir.

— On doit vraiment aller courir ?

— Tu cours tous les jours.

— Et ?

— Et ? rit-il. Tu as plus de discipline que ça.

— T'ai-je reproché de t'être plongé dans l'alcool après ton divorce ?

— Oui.

Connard.

— Et tu as déjà utilisé l'excuse de l'alcool l'année dernière.

Ce n'est pas pareil. Après le départ de Rory, je n'arrêtais pas de me saouler avec Ian. Eve et lui avaient à peine commencé à se voir. Il croyait encore que ça allait se terminer comme tous les autres contrats qu'il avait signés.

Il ne parvenait pas à l'admettre.

Il ne parvenait pas à admettre qu'il était amoureux d'elle.

Puis il a eu une révélation et a passé l'année qui vient de s'écouler à construire de l'amour, de la confiance, de la dévotion.

C'est pour ça qu'il me critique sur ce point à présent, mais je ne suis pas d'humeur à débattre.

— Va courir, répète-t-il. Ou bien j'appelle Maman.

— Non.

Il désigne la porte pour me dire *alors vas-y*.

— Je vais boire ce foutu thé d'abord.

— Ce n'est pas une punition, sourit-il.

— On n'est pas d'accord là-dessus.

Ian secoue la tête. Ce n'est pas un air que je lui vois souvent. *Mon frère, tu es ridicule !*

Je n'ai jamais été ridicule.

J'ai été discipliné, déterminé, pratique.

J'ai agi. Je me suis occupé de notre mère. Je me suis occupé de moi.

J'ai fondé cette satanée société avec lui.

J'ai gardé tous nos secrets.

Je m'empare du thermos, même si le logo touristique gnangnan me fait penser à Indigo. Elle aime cette ville. Particulièrement l'Empire State Building iconique.

— C'est si mauvais que ça ? demande Ian.

En soi, le thé est correct. Chaud et corsé, avec assez de

lait et de miel pour en faire un dessert plus qu'une boisson. Mais la sensation de confort, de savoir que j'ai besoin d'être réconforté…

C'est étrange.

— Terrible, dis-je.

— Alors prépare-toi du café, ricane-t-il. Mais il ne te reste que huit minutes.

— Tu me chronomètres ?

— Peut-être bien.

— Connard.

Il hausse les épaules pour montrer qu'il s'en fiche.

Je bois avidement. J'ai beau ne pas le montrer, j'ai besoin de ce réconfort.

On reste assis en silence pendant quelques minutes.

Puis il prend la parole.

— Cam m'a dit qu'elle est partie en coup de vent.

— Tu n'as rien vu ?

— Non, dit-il d'une voix douce. Vous avez ça en commun, tous les deux : vous savez vous éclipser.

— Qu'est-ce que Cam t'a raconté d'autre ?

— Que tu es un idiot qui ne voit pas ce qui se trouve sous le bout de son nez.

Peut-être.

— Et qu'il va coucher avec sa sœur.

— Vraiment ?

— Comment savoir si Cam plaisante ? ricane-t-il. Et ça serait si terrible que ça ? Tu aurais une excuse pour la voir.

— Je ne peux pas la voir.

— Pourquoi pas.

— Elle est amoureuse de moi.

— J'admets que ça fait longtemps pour moi, mais n'est-ce pas le concept ? Tu rencontres quelqu'un, tu tombes amoureux, tu te maries ?

Si, bien sûr.

— Elle ne le fera pas si je ne suis pas amoureux d'elle.

Ses yeux se remplissent de surprise.

— Et tu ne l'es pas ?

— Non.

— Tu en es certain ?

— Non.

Son visage se plisse de confusion.

— Pourquoi a-t-elle accepté de t'épouser ?

— Je suis un super coup.

— J'en suis sûr, Ty, mais on sait tous les deux que le cerveau des femmes n'est pas situé entre leurs jambes.

— Peut-être que si, dis-je. Elles nous auraient peut-être menti.

Il y réfléchit.

— Peut-être.

— C'est ce que tu dis à propos d'Eve.

— Je taquine. Je sais que ce n'est pas vrai. Et toi ?

— De quoi ?

— Tu sais pourquoi elle a accepté de t'épouser ?

Je pourrais mentir. Je devrais peut-être le faire, mais je n'en fais rien.

— Je l'ai payée pour le faire.

Il n'arrive pas à dissimuler sa surprise.

— Ma réputation… j'en avais assez que les gens me prennent pour un Casanova.

— Et que Maman et moi nous inquiétions ?

— Oui.

— Mais c'est elle, dit-il. C'est la fille du musée ?

Je confirme du menton.

— Celle qui t'a retourné le cerveau.

— Oui.

Il secoue la tête.

— Tu es un imbécile, Ty.

Probablement.

— Tu es amoureux d'elle. Tout le monde peut le voir. Tout le monde sauf toi.

— Je ne pense pas qu'elle soit intéressée par l'opinion des autres.

— Tu l'as vraiment payée ?

Je hoche la tête.

— Et tu ne m'as rien dit ?

— Pour quelle raison crois-tu que je l'aie payée, Ian ?

— Mince !

Il se laisse glisser de son siège et fait les cent pas entre le frigidaire et nous.

— Ça m'échappe parfois ; j'oublie que tu étais très jeune quand je suis parti.

— Tu n'es pas parti. Tu as rejoint l'armée.

— Je suis quand même parti, dit-il en me regardant. J'aurais dû rester plus près, trouver un boulot de vendeur de chaussures.

— Tu ne parviendrais jamais à vendre une godasse même si ta vie en dépendait.

Il rit doucement.

— Peut-être. Mais je sais comment c'était pour moi, de grandir alors que Papa était toujours parti. D'avoir l'impression que je devais garder le contrôle sur tout. J'ai fait pareil. J'ai compris pourquoi il s'est enrôlé, pourquoi il est resté dans l'armée, mais je détestais quand même qu'il nous fasse subir ça.

— Je ne te déteste pas.

— J'avais quand même l'impression qu'il m'avait abandonné, qu'il avait abandonné notre famille.

Et c'est le cas. Ce n'est peut-être pas une accusation juste. Il devait bien gagner sa croûte. Il devait faire quelque chose pour s'occuper de nous.

Mais est-ce qu'il devait faire précisément ça ?

Et Ian aussi ?

— Je suis désolé, Ty, dit-il. Ce n'est pas juste envers toi. C'était quelque chose que je devais faire. Mais ce n'était pas juste envers toi.

Mes épaules se détendent, ma poitrine se décontracte. La tension que j'ai accumulée au cours des vingt dernières années s'estompe.

— J'aurais dû rester, dit-il. J'aurais dû être là. Être ton frère aîné.

— Tu me manquais.

— Je sais.

— J'avais besoin de toi.

— Je sais, dit-il en me regardant dans les yeux. Je t'ai fait défaut et j'en suis désolé. Je ne le referai plus. Promis.

— Tu as déménagé ici.

J'ai l'impression d'avoir douze ans, comme un enfant qui supplie son frère de rester.

— J'ai cru que tu resterais, mais tu as traversé un océan.

— J'essayais de te rendre visite.

— Une fois par trimestre.

— Je suis désolé, répète-t-il, toujours aussi doucement. J'aurais dû te parler. J'aurais dû te prendre entre quatre yeux pour te l'expliquer. Je vais le faire maintenant. Je vais rester ici, annonce-t-il en s'asseyant au comptoir.

— À cause d'Eve ?

— Oui. Et parce que j'ai envie d'être quelque part où je me sente chez moi, et c'est le cas pour New York.

— Londres est une meilleure ville.

— Bien sûr. Mais essaye d'en convaincre ces New-Yorkais.

Il fait un signe de la main pour dire *ils sont ridicules*.

— Indie est pareille. Elle aime tout dans cette ville.

— Elle n'a pas vu Londres. Elle a une excuse.

— Mais pas Eve.

— Personne n'est parfait, dit-il avec un hochement de tête critique.

— Est-ce qu'il existe un autre point que tu n'aimes pas chez elle ?

— Non, rit-il. Et même ça… j'aime à quel point elle adore sa ville.

— Tu es dégoûtant.

— Je sais, sourit-il. Après mon divorce, j'ai cru que je ne serais plus jamais heureux. Mais voilà… je suis fou amoureux d'elle. Tu n'y es peut-être pas, Ty. Tu n'es peut-être pas prêt à baisser la garde, mais tu peux y arriver. Tu as la discipline pour le faire.

— J'ai assez de discipline pour tomber amoureux ?

Il acquiesce.

— Tu es vraiment ridicule, lui assené-je.

— Tu t'es déjà regardé dans le miroir ?

— Je sais que je suis ridicule.

— Non. Tu t'es déjà regardé dans le miroir quand tu parles d'elle ? Tes yeux s'illuminent. Tu souris comme si tu t'apprêtais à rencontrer la Reine. Tu es différent. Heureux.

— Je suis heureux ?

— Elle te rend heureux. Et si ce n'est pas de l'amour, alors qu'est-ce que c'est ?

Je laisse Ian me forcer à faire un jogging.

Je le rejoins même pour bruncher avec Eve.

Elle passe toute la conversation à expliquer comment je peux réparer la situation, comment je peux arranger les choses.

J'ai deux femmes qui menacent de bousiller ma vie si je ne trouve pas de solution.

Et j'ai absolument confiance en elles. Elles sont toutes les deux parfaitement capables de me détruire.

Je pars et passe l'après-midi à ressasser les paroles de mon frère.

Il a raison.

Elle me rend heureux.

Est-ce de l'amour ?

Je ne sais pas.

Mais je suis prêt à essayer de comprendre.

Chapitre Cinquante-Trois

INDIGO

Je suis allongée dans mon lit, à moitié endormie, à écouter *Back to Black* en boucle, quand un coup à la porte me réveille.

Puis une voix familière.

Ty.

Il est loin. Je n'arrive pas à discerner ce qu'il dit, mais je reconnais sa voix.

Je me traîne hors du lit et presse mon oreille contre la porte.

— C'est un appel coquin ? demande Sienna.

— Je crois que généralement, ça se passe par téléphone.

— Bon. Alors c'est un dernier coup. Et ne me dis pas que vous n'avez pas rompu. Ça fait trente-six heures qu'elle pleure, dit Sienna.

— Tu veux qu'on couche une dernière fois avant de rompre ?

— Hum… J'accepterais.

— Tu accepterais ?

— Oui, dit-elle en prenant une voix sérieuse. Tu as quelque chose de mieux à proposer ?

— Qu'est-ce qui serait mieux ?

— Du sexe pour se remettre ensemble ? Ou bien un ami à toi qui aime bien les footballeuses américaines ?

— Pour Indie ?

— Non, pour moi. Il faut suivre, Ty.

— Qu'est-ce que tu préfères ? rit-il.

— Les deux, manifestement.

— Tu veux que je te promette de coucher avec ta sœur pour me remettre avec elle et de te trouver un ami sexy.

— Ce n'est pas raisonnable ?

— Tu n'as pas déjà dit que tu voulais te taper mon cousin ?

— Je pense que j'étais parfaitement claire, dit-elle.

— Je confirme.

— Alors ne proteste pas. Cam pourra être cet ami sexy. Ou un autre ami sexy. Je suis ouverte à la négociation.

— C'est exactement ce que je pensais de toi.

— Merci, dit-elle. Et tu peux garder ça entre toi et moi. Indie… elle n'a pas vraiment envie que tu me présentes à tes amis.

— Tu n'as que dix-huit ans.

— Tu as trente ans. Indie en a vingt-deux. Et tu l'as rencontrée il y a trois ans.

Elle le tient.

Elle *me* tient.

Mais il se contente de rire.

— Je ne te présenterai pas à mes amis de l'université.

— Quel hypocrite !

— Je m'en fiche.

— Dans ce cas, je suis quasiment certain qu'Indie dort et qu'elle n'a pas envie de te parler, dit-elle en haussant la voix. Même si tu es super beau en jean. Je ne savais même pas que tu avais des jeans. C'est vrai que tu ne portes rien dessous ? dit-elle en baissant à nouveau la voix.

— Qu'est-ce qui te fait penser ça ?

— Eh bien, j'ai demandé à Indie si tu portes des caleçons ou des slips. Tu sais, entre deux questions sur la taille de ton sexe.

— Bien sûr.

— Elle a rougi et a dit que ça ne me regardait absolument pas. Mais à la façon dont elle a dit ça… on aurait dit que la réponse n'était ni l'un ni l'autre.

— Et des caleçons moulants ?

— Tu pourrais me le dire. Ça pourrait l'aider.

— Te raconter ce que je porte sous mon pantalon m'aiderait à reconquérir ta sœur ?

Elle fait un geste de surprise.

— Tu es venu la reconquérir ?

Il ne dit rien.

— Ça place la balle dans mon camp. J'ai ce que tu veux. À présent, il faut que tu amènes des potes sexy.

— On y revient déjà ? ricane-t-il.

— Je crois que ton absence de réponse est parlante, fait-elle semblant de murmurer. En plus, Indie… elle essaye de la jouer cool. Tu sais comment elle est. Mais je vois bien la façon dont elle se frotte les poignets. Et tu sais… j'ai peut-être lu ses sextos plusieurs fois.

— C'est une atteinte à ma vie privée.

— Une erreur innocente, dit-elle. J'ai pensé que c'était mon téléphone. On a le même modèle.

— Tu crois que je vais gober ça ?

— Oui, rit-elle. Et, euh… respect.

— Respect ? demande-t-il.

— Pour ton ambition et tout ça.

Oh, mon Dieu ! J'ouvre la porte.

Ils me dévisagent tous les deux.

— Désolée. Elle… arrête de lire mes textos, dis-je en décochant un regard autoritaire à ma sœur. Tu as une coque de téléphone différente. Tu le sais bien.

Elle hausse les épaules d'un geste désolé.

— Il était hors de sa coque. Mais je vais essayer. Tu acceptes qu'il soit là ? demande-t-elle en me regardant dans les yeux.

— C'est bon, dis-je.

— Ça ne vous fait rien que je reste dans l'appart ? demande-t-elle. Ou bien vous voulez avoir de l'espace pour vous réconcilier ?

Mon regard accroche celui de Ty. Je lis de l'espoir dans ses yeux bruns magnifiques. De l'excuse.

Ou alors c'est moi qui m'imagine des choses.

— Hum… je ne sais pas, dit Sienna. Je n'entends pas la promesse qu'il va y avoir du sexe, ou la menace que ça n'arrivera pas si je reste.

— C'est bon, dis-je. Tu peux y aller.

— Ai-je proposé de partir ? dit-elle en faisant semblant de se gratter la tête. Je ne me rappelle pas avoir proposé de partir.

— Fiche le camp, dis-je. Ou bien je ne te raconterai rien plus tard.

— Des détails plus tard ? dit-elle avec un geste de victoire. D'accord, au revoir, Ty. Souviens-toi de ce que j'ai dit.

— Toujours, dit-il.

Elle me décoche un regard qui signifie *ça va pour toi ?* Quand je hoche la tête, elle enfile ses chaussures, prend son sac et s'en va.

La porte se referme derrière elle.

Et nous sommes seuls.

Nous deux. Dans mon espace. Dans ma vie.

Ce n'est pas la première fois, mais ça semble différent,

chargé.

— Je t'ai apporté quelque chose.

Il fait un pas vers moi et tire l'écrin de son jean. Il le pose sur la table.

— C'est ce que je pense ? demandé-je.

— Oui. Je veux que tu l'aies, quoi que tu décides.

— Quoi que je décide ?

Il hoche la tête.

Je replie les mains sur ma poitrine. Il fait chaud, ici, mais j'ai quand même besoin de chaleur, de confort.

— Sienna a raison. Tu es sexy en jean.

— Tu m'avais déjà vu en porter.

— J'apprécie quand même, dis-je en déglutissant fort. Et je pense que la réponse appropriée est merci.

— Et pourquoi pas *et si je l'enlevais et te sautais dessus* ?

Mon corps gémit. Oui. Cent fois oui. Oui de toutes les façons possibles.

Peu lui importe qu'il m'ait brisé le cœur, qu'il ne m'aimera jamais, qu'il soit parfaitement possible qu'il ait passé la nuit avec Rory.

Mon corps ne pense qu'à la sensation de sa peau contre la mienne.

— Si je dis oui ? demandé-je.

— Si c'était ça ou rien, acquiesce-t-il. Mais je ne suis pas là pour coucher avec toi.

Je déglutis fort.

— Je suis venu te parler, dit-il en faisant un autre pas vers moi. Pour te dire quelque chose. Je t'aime, dit-il en me regardant dans les yeux.

Seigneur ! Ça me coupe le souffle.

— Il existe tant de façons de l'expliquer, mais une seule a du sens pour moi. Tu me rends heureux.

— Je te rends heureux ?

— Si ce n'est pas de l'amour, alors qu'est-ce que c'est ?

Il a raison.

Parfois, on a l'impression que c'est compliqué, mais c'est simple. Je lui fais confiance ; j'ai besoin de lui ; j'ai envie de lui.

Et il me rend heureux.

C'est de l'amour.

— Je suis désolé d'avoir mis aussi longtemps à le voir. J'avais peur. Peur de m'ouvrir à la possibilité de te perdre.

Il prend ma main et fait courir son pouce dans l'espace entre mon pouce et mon index.

— Je ne suis pas aussi courageux que tu le penses.

— Il faut avoir peur pour avoir du courage. Sans quoi, on est simplement inconsidéré.

— Mais je ne le suis pas. Je n'ai pas fait face à ma peur. Je l'ai laissée me consumer, dit-il d'une voix toujours douce. Je me suis dit que c'était la seule façon de rester en sécurité. Si je n'aimais personne, personne ne pouvait me quitter. Je me suis convaincu que j'en étais incapable. Je l'étais peut-être. Mais ça a changé. Je ne m'en étais simplement pas rendu compte.

— Quand cela a-t-il changé ?

— Je ne sais pas. Je ne suis toujours pas certain de savoir ce que ça signifie d'aimer quelqu'un. Je ne suis plus doué pour ça. Je ne l'ai peut-être jamais été.

— Si, dis-je en secouant la tête.

— C'est pour ça que tu as pleuré ?

Je hoche la tête.

— Indie… Je suis désolé. Je suis désolé de ne pas l'avoir vu. Je suis désolé de t'avoir fait du mal. Je ferais n'importe quoi pour ne plus jamais t'en faire, poursuit-il en prenant ma joue dans la paume de sa main. Mais je sais que ça arrivera. Je ne suis pas doué pour ça. J'ai besoin que tu sois patiente avec moi.

Je hoche la tête contre sa main.

— J'ai… j'ai toujours envie de t'épouser.

— Je sais.

— Mais on peut attendre. Si c'est ce que tu veux, on peut attendre pour toujours, dit-il en faisant courir son pouce contre ma tempe. Je t'aime et je veux être ce dont tu as besoin. Tout ce dont tu as besoin.

— Je t'aime aussi, dis-je en l'embrassant avant qu'il ne puisse répondre.

Il me rend un baiser doux et lent.

De l'amour sous forme physique.

Puis c'est plus fort.

Plus brusque.

Tous mes désirs secrets. Le Ty que je suis la seule à avoir.

Je n'ai pas besoin de demander.

Il me prend dans ses bras et me porte jusqu'au lit.

Il me baise jusqu'à ce que je grogne son nom.

Chapitre Cinquante-Quatre

INDIGO

Le crépuscule vient de passer. Le moment est presque venu.

Où est l'assistante ?

Où est Sienna ?

Je me redresse et prends une inspiration sifflante. Puis je me cale sur mes talons.

Ils font sept centimètres, pour que je me retrouve à la même hauteur que Ty.

Ce sont sept centimètres de trop aujourd'hui. J'ai besoin d'être en équilibre. J'ai besoin d'avoir les pieds sur terre.

La porte s'ouvre, et Sienna file à l'intérieur. Elle court, même. Elle porte des ballerines argentées sages et une robe violette courte.

Un garçon manqué forcé de se pomponner pour l'occasion, faisant un compromis avec un vêtement bien coupé à la jupe évasée. Elle est belle comme seule Sienna peut l'être.

Elle pourrait être ma demoiselle d'honneur. C'est ce

que toute personne normale aurait fait : demander à sa sœur d'être sa demoiselle d'honneur.

Au lieu de ça, je lui demande de m'accompagner jusqu'à l'autel. Ça m'avait paru approprié et je le pense toujours.

— Tes chaussures ? demande Sienna.

— Quoi ?

— Tu titubes.

Bien sûr que je titube. Je me marie ce soir.

Ty m'avait proposé d'attendre jusqu'au printemps. L'été prochain. Une fois que j'aurais passé mes examens.

Bon, je ne suis pas encore inscrite. J'envoie des candidatures aux universités de la ville, mais je ne sais pas si je souhaite reprendre mes études.

Je sais que j'ai besoin de musique dans ma vie, mais je ne suis pas certaine que l'université soit le moyen d'y arriver. Je ne suis pas certaine de ce que je veux accomplir.

Après un été à m'entraîner, je suis capable de jouer plusieurs chansons sans pleurer. Parfois, je joue même quand Ty et Sienna peuvent m'entendre.

J'ai recommencé à écrire des chansons.

Mais je ne suis pas prête à jouer pour des étrangers. Pas encore.

Dans quelques mois, mais pas tout de suite.

— Tu as bu ? demande Sienna en désignant la flûte de champagne posée sur la commode. Tu ne serais pas la première mariée à le faire.

— Non. C'est les nerfs.

— Pourquoi ? Tu es magnifique.

— Merci.

Entre mes cheveux parfaitement droits, mon maquillage appliqué à la perfection (dramatique d'une façon qui dit *je t'aimerai pour toujours*) et ma robe volumineuse en mousseline, je me sens super belle.

La robe est sexy. Pas assez pour être embarrassée par la présence de la mère de Ty, mais quand même…

Ça fait une semaine qu'elle est là. Ty est aux petits soins avec elle, comme il l'est avec moi, même si elle ne veut rien savoir ; elle insiste pour dire qu'elle peut prendre soin d'elle.

J'ai cinquante ans, pas quatre-vingts, Tyler.

Elle l'appelle toujours Tyler.

Il redevient le gamin qu'il était quand il avait quinze ans.

Ce garçon gentil et timide qui veut seulement prendre soin de sa famille.

Il y a tellement d'amour dans son cœur. C'est difficile de croire qu'il n'a jamais ressenti autre chose.

— Alors pourquoi es-tu nerveuse ? demande Sienna en jetant un œil au miroir et en se lissant les cheveux.

Elle arbore un simple chignon tressé qu'elle pourrait techniquement porter pour aller courir, mais il reste quand même trop apprêté pour elle.

— Tu es jolie.

— Évidemment, dit-elle en tournant pour faire valser sa jupe. Je dois être belle pour Cam.

— Pas maintenant.

— Tu es nerveuse. C'est le bon moment pour te distraire.

Bien vu.

— Pourquoi es-tu nerveuse ? demande-t-elle en se rapprochant. Le sexe est toujours bon, n'est-ce pas ?

— Oui.

Je me réchauffe en repensant à la nuit dernière. On a dormi dans des chambres séparées, alors j'ai pu m'éclipser sans le voir ce matin, mais avant…

Mon Dieu ! Je sens encore sa main autour de ma gorge, j'entends sa voix dans mes oreilles, je goûte ses lèvres.

— Si tu dois fantasmer, fais-le à haute voix, me taquine Sienna. Si c'est tellement bon, et qu'il est riche et attirant… pourquoi es-tu nerveuse ?

— Pourquoi suis-je nerveuse à l'idée de m'engager auprès de quelqu'un pour le reste de ma vie ?

— Le sexe est bon. Que veux-tu savoir d'autre ?

Un rire m'échappe.

— Tu apprécies les détails qui comptent.

— Et il t'aime, sourit-elle. C'est dégoûtant à quel point vous vous aimez, pour être honnête.

Je veux bien la croire.

J'essaye de trouver quelque chose pour la taquiner en retour, mais la porte qui s'ouvre m'interrompt. L'organisatrice, une femme vêtue d'une combinaison bleu pâle, me fait signe de m'approcher.

— C'est à vous, sourit-elle. Vous êtes prête, Mademoiselle Simms ?

Mademoiselle. C'est la dernière fois que je suis une Mademoiselle.

— Je suis folle ? murmuré-je à Sienna.

— J'ai besoin de tout te réexpliquer ?

— Dis-moi que non.

— Tous les gens amoureux sont un peu fous, dit-elle en m'offrant son bras. Mais non. Tu agis bien en épousant un mec riche. C'est pratique.

Pratique. Ce n'est pas ainsi que j'aurais décrit ma relation avec Ty, mais elle a raison.

Il aime prendre soin de moi.

J'aime la façon dont il prend soin de moi.

Le sexe est fantastique.

Et il… il est honnête avec moi. Il est lui-même avec moi, et je peux être moi-même avec lui, admettre mes secrets les plus sombres et mes désirs les plus illicites, et je sais qu'il ne me jugera pas.

Bon sang, la plupart du temps, il trouve le moyen de les combler.

Il n'invitera personne à regarder. Mais il me fera jouir sur le balcon d'un restaurant cinq étoiles. Il exigera que je nous regarde pendant que je jouis sur son sexe.

Et il prendra des photos.

De moi. De nous.

Mes joues s'embrasent, et Sienna éclate de rire.

— Combien d'heures avant de vous retrouver seuls ?

Le soleil s'est couché voilà une heure. J'ai envie de me marier sous les lueurs de la ville. Notre réception sera relativement courte, mais nous ne serons pas seuls avant minuit au moins.

C'est trop long.

J'en ai envie tout de suite.

Je veux tout, tout de suite.

— Mademoiselle Simms ? redemande l'organisatrice. Vous avez besoin d'une minute ?

— Non, je suis prête.

Je saisis le bras de Sienna et la serre fort alors que nous suivons l'organisatrice.

On tourne à l'angle du couloir.

Vers le long tapis bleu.

Et il se tient là, à l'autel.

Ty, avec un costume noir et une cravate violette, un large sourire, les yeux braqués sur moi.

— Il est super hot, murmure Sienna. Tu fais vraiment le bon choix.

Mon rire flotte. Tout flotte.

Elle m'accompagne jusqu'à l'autel puis me prend dans ses bras.

— Je t'aime, me murmure-t-elle à l'oreille.

— Je t'aime aussi.

Elle m'embrasse sur la joue, me lâche et va s'asseoir à côté de la mère de Ty.

Puis je prends les mains de Ty, et le reste du monde disparaît.

Sienna a raison. Il est terriblement beau.

Et la joie sur son visage…

C'est la meilleure chose que j'aie jamais vue.

Ma nervosité se dissipe, mais je flotte toujours.

L'officiant récite un poème, nous fait prononcer nos vœux et sort les alliances.

Je dis oui.

Il glisse l'anneau à mon doigt.

Puis c'est mon anneau sur sa main gauche, et ses mains sur ma taille.

Il m'embrasse de toute sa force.

Puis j'ai l'impression de voler, même si mes pieds touchent toujours le sol.

C'est l'effet qu'il me fait. Il m'aide à voler sans risquer de retomber.

Épilogue

INDIGO

L'eau chaude masse mes épaules douloureuses. J'incline la tête, laissant l'eau dissoudre la tension de mon cou. Le côté gauche, puis le droit.

Je me tourne, ajuste la position du pommeau de douche. Généralement, je m'en sers pour des usages plus déplacés. Pas pour me masser le dos.

Je ne pense pas que ce soit très différent.

Certes, je me sers du pommeau détachable pour apaiser la tension dans mes muscles. Mais je le fais parce que j'ai besoin d'être prête pour mon époux.

Je ferme les yeux, me délectant de l'air chaud et moite, du clapotement de la douche, de la musique qui joue doucement dans la chambre à coucher.

Notre chambre à coucher.

Ça suffit pour couvrir le son de ses pas.

Il est censé me surprendre. C'est notre plan pour aujourd'hui.

Si ça ne tenait qu'à moi, il aurait toute la journée. L'ascenseur dans l'immeuble. Son bureau. Les toilettes au resto pour déjeuner.

Mais je ne suis pas aussi agile qu'avant.

Je pose la main sur mon ventre. J'entame mon dernier trimestre. Les horribles nausées matinales sont oubliées, et j'ai mal au dos, les pieds douloureux… et une envie sexuelle démesurée.

Je ne croyais pas mes copines. Je comprenais les hormones et je savais que les miennes s'emballeraient. Mais je ne pensais pas qu'il serait possible de désirer Ty davantage.

De penser encore plus à ses mains, ses lèvres et sa verge.

Mais je le fais.

Je ne sais pas comment je parviens à faire autre chose.

Je ferme les yeux et laisse mes pensées revenir au week-end précédent. À sa main entre mes jambes. À sa voix à mes oreilles. À sa cravate autour de mes poignets.

Celle, rose fluo, qu'il avait achetée pour contrarier Ian.

Celle qu'il portait la nuit où Amy a été conçue.

Bon, il la portait, puis c'est moi qui l'avais portée. Exactement comme le week-end dernier.

Heureusement, les enfants ne demandent pas quand ou comment ils ont été conçus.

Ian demande.

Cam demande.

Sienna…

Et bon, je le lui ai peut-être dit l'autre soir, quand j'avais vraiment, vraiment envie de boire une gorgée de son thé.

Je ne suis pas totalement sevrée de la caféine, mais je commence à m'habituer à l'idée de boire une tasse de thé par jour. J'ai hâte de pouvoir avaler une théière entière de Yunnan Hong Cha.

De passer une soirée à boire des Manhattans sur le patio.

De rencontrer ma fille.

Amy est une petite peste. Je le sens déjà.

La grossesse a été difficile. Assez pour que Ty se montre incroyablement prévenant avec moi. Assez pour qu'il parle de se faire faire une vasectomie.

Il ne peut pas courir le risque de me perdre. Amy ne peut pas courir le risque de perdre sa mère.

C'est une nouvelle carte qu'il joue.

Ça marche à chaque fois.

Bien sûr, je peux la jouer aussi. Et elle marche mieux sur lui.

Il a deux personnes à protéger. Je n'en ai qu'une.

Mais je n'arrive pas à croire à quel point j'ai besoin de la protéger ! À quel point je l'aime déjà !

Quand j'étais petite, je n'ai jamais joué à la poupée ou rêvé de devenir mère. Je ne détestais pas les enfants, mais je ne les aimais pas vraiment beaucoup non plus.

Puis Papa est mort, Maman est tombée en dépression, et j'ai endossé la responsabilité de Sienna. C'est un rôle que j'ai adoré, j'aurais fait n'importe quoi pour ma sœur, mais j'en ai également senti le poids.

Ça m'a dérobé ma liberté, ma chance d'être une adolescente insouciante.

Je savais que Ty souhaitait devenir père. Je savais qu'il serait un père génial. Mais je ne savais pas si j'étais prête à reprendre ce rôle.

Pendant notre première année de mariage, on n'a pas souvent parlé d'avoir des enfants. De temps en temps, je voyais un gamin mignon qui portait un t-shirt de Prince et j'abordais le sujet, je lui demandais s'il voulait toujours devenir père.

Il disait toujours peut-être, un jour, quand j'aurais une carrière établie, quand j'aurais terminé mes études, quand je saurais ce que je veux.

Quand j'ai été acceptée à Julliard, on a pris le temps d'en discuter. Je savais que je voulais avoir quatre ans pour consommer de la musique sans distractions. Je savais que j'aurais besoin d'avoir cette période de temps pour moi. Le temps que je n'avais pas eu quand j'étais plus jeune.

Il voulait aussi que je l'aie.

Il voulait me donner la vie que je n'avais jamais eue. D'abord, j'ai pensé que c'était une question de stabilité, de sécurité, de confort.

Vivre dans son magnifique appartement sans avoir à songer l'argent. Manger dans les meilleurs restaurants de la ville.

Passer du temps avec Sienna sans que l'hypothèque pèse sur ma tête.

Voyager partout dans le monde.

Baiser sur la table du salon, le canapé, le piano, le balcon.

Il avait raison. J'avais besoin de prendre ce temps-là. Des années qui n'appartenaient qu'à moi.

Ma voix m'est revenue l'été de notre mariage, mais il a fallu deux ans de pratique délibérée pour me sentir vraiment à l'aise.

Puis encore deux pour enregistrer un album, trouver mon style, découvrir où je voulais me positionner dans le monde de la musique.

Certaines personnes pensent que les années d'étude sont les meilleures de la vie. Je comprends pourquoi. Je n'ai pas connu la transition vers l'âge adulte comme les autres étudiants de dix-huit ans.

Mais pouvoir prendre neuf mois pour travailler mon métier, suivis de trois mois de voyages avec mon mari, pendant quatre années d'affilée…

C'était exactement la liberté dont j'avais besoin. L'occasion de prendre de l'espace, de découvrir ce que je désirais exactement, de souffler.

J'avais besoin de cet espace pour sentir que j'avais le choix. De regretter de ne plus pouvoir prendre soin de Sienna. De regretter d'aimer quelqu'un de la sorte.

Malgré tout, j'ai pris une année. J'ai passé une année à m'activer, à promouvoir ma musique, à faire des enregistrements en tant qu'accompagnatrice, à passer du temps avec ma sœur, mes amis, mon mari.

Puis j'ai redemandé à Ty.

Je lui ai demandé s'il était prêt à devenir père.

Il l'était, mais il n'était pas prêt à ce que je fasse passer quelqu'un d'autre en premier.

J'ai essayé de le lui expliquer. Après quatre années d'études et avoir vu ce qu'était la vie de musicienne à plein-temps, j'avais un nouveau rêve.

Je ne voulais pas que ma vie entière tourne autour d'activités intermittentes.

Je ne voulais pas dépendre toute ma vie des goûts des autres.

Je voulais jouer de la musique, ma musique, mais je ne voulais pas des obligations qui viennent d'une carrière de superstar. Ou même de star modérément connue.

Il y avait trop d'obligations.

Je voulais être indépendante. Faire de la musique comme je l'entendais. Vivre ma vie selon mes propres règles.

Alors on a négocié.

Une autre année.

Si je ressentais la même chose après deux années à bâtir ma carrière, il accepterait.

J'ai insisté pour qu'on reste ici, à Manhattan.

Pas de grande maison à Long Island.

Pas de quartier exclusif à Jersey.

Pas de connexions à Los Angeles pour m'aider dans ma carrière.

Il a immédiatement accepté. Lui aussi voulait rester à Manhattan. J'aurais dû insister davantage, exiger autre chose.

Mais ça ne me faisait rien d'attendre.

J'en avais envie. Vraiment. Mais j'avais aussi peur.

J'ai peur.

Ça change tout. Et je ne veux pas être comme ces femmes qui se font passer en dernier.

La plupart des femmes que je connais sont plus jeunes. Elles bâtissent encore leurs carrières. Elles ne commencent pas à penser au mariage ou aux enfants.

Certaines sont plus vieilles. D'autres ont des familles. Beaucoup d'entre elles ont sacrifié leur mariage, leur carrière ou leur bien-être pour leurs enfants. Elles pensaient faire le bon choix. Et c'était peut-être le cas.

Mais ce n'est pas ce que je veux pour ma famille. Je ne veux pas que ma fille grandisse en pensant que les femmes doivent être des martyres.

J'ai envie qu'elle voie que je sais me battre pour moi, pour mes besoins, mes désirs.

Pas ceux que Ty s'apprête à combler… enfin, pas encore.

Peut-être qu'un jour, quand elle sera plus vieille et que j'oublierai de baisser le volume de *You Oughta Know* et qu'elle me demandera ce que ça veut dire de baiser avec quelqu'un…

Je ne lui dirai pas ce que son père et moi faisons. Mais je prendrai le temps de lui expliquer le sexe, de m'assurer qu'elle n'ait pas honte de ses désirs.

Même s'ils sont particulièrement étranges.

J'ai envie d'être un exemple pour elle.

Mais c'est difficile. Ça me fait peur. Je comprends

maintenant ce que ma mère a ressenti. Pourquoi le chagrin l'a submergée. S'il arrivait quelque chose à Ty…

Je ne sais pas si j'en serais capable ; je veux dire, de rester présente auprès d'Amy.

Ça me fait mal d'y penser.

J'aime tellement Ty !

On a tous les deux perdu nos parents. On sait tous les deux à quel point c'est terrifiant. On a tous les deux peur.

Mais c'est ce qu'il y a le mieux dans le fait d'avoir des enfants. Le monde est aussi terrifiant que beau.

J'essaye de me centrer sur cette dernière qualité, pour montrer à Amy comment vivre sans peur.

C'est difficile, mais j'essaye.

Je veux qu'elle le voie, qu'elle perçoive le monde comme un grand et magnifique terrain de jeu qu'elle saura conquérir.

Je ferme les yeux et fais courir mes doigts à travers mes cheveux. Ils sont courts, à présent. Une coupe à la garçonne.

J'ai besoin de les faire rafraîchir toutes les six semaines, comme mon ancienne coupe, mais je n'ai pas besoin de me coiffer. C'était ça ou un carré de maman, et je ne veux pas franchir le pas.

Pas encore, du moins.

Je me shampooine, mets du baume, me rince.

Je me sèche avec une serviette, enfile ma robe de chambre violette, vais dans la chambre.

Les lumières sont éteintes, la porte est fermée.

Et mon mari se tient devant le lit, dans son costume, une lueur autoritaire brillant dans ses yeux.

Il n'attend pas et se dirige vers moi, me faisant reculer dos au mur.

Il ne se colle pas brusquement à moi comme il le fait d'ordinaire. Je devrai attendre encore quelques mois pour ça. La brusquerie est hors de question… comme le sont la plupart de nos positions favorites.

Mais Ty est créatif. Il sait gérer les restrictions pour s'assurer de me satisfaire.

Il désigne le miroir de l'autre côté du lit.

— Regarde.

— Regarde ?

Il hoche la tête alors qu'il fait descendre la robe de chambre sur mes épaules et glisse sa main entre mes jambes.

— Regarde-toi jouir.

Mince, je suis déjà très près. La friction de son index suffit à me faire planer.

Puis il pose sa main sur ma gorge, sans pression, seulement le soupçon d'une menace.

Mais voir sa main sur mon cou est suffisant.

Je le regarde m'exciter.

Il m'excite fort, rapidement.

Encore quelques va-et-vient de ses doigts, et je bascule. Je gémis alors que je jouis sur sa main.

Le plaisir inonde mes sens. Mes jambes faiblissent, et ma respiration s'alourdit.

Mais il ne me lâche pas alors qu'il m'accompagne dans mon orgasme.

Mince.

Je me délecte de la perfection de ce moment.

Son corps dur qui me sécurise. Son shampooing musqué. Sa respiration régulière qui se mélange aux rythmes lents de la musique.

Je l'aime tellement.

J'ai tellement besoin de lui.

J'ouvre les paupières afin de croiser son regard.

Il exprime une autorité intense. Il sait que je suis là où il souhaite que je sois. Il fera tout ce qu'il veut de moi.

— Assieds-toi sur le lit, ordonne-t-il.

Je m'exécute.

Puis il s'installe à côté de moi, fait passer mes mains derrière mon dos.

Puis il défait sa cravate pour l'enrouler autour de mes poignets. Il me fait allonger sur le côté pour que je me retrouve face au miroir.

— Ne bouge pas, dit-il en se glissant hors du lit.

— Ou alors…

— Ou alors je ne te prendrai pas.

Oh non !

— Je t'en prie.

— Ne bouge pas, répète-t-il. C'est compris ?

Je hoche la tête contre le coussin.

— Gentille fille.

Ça me fait me contracter. Je n'ai pas besoin de plus. Quelques paroles coquines, et me voilà prête à jouir.

Ty reste immobile pendant une minute. Deux, même. Il me fait attendre.

Puis il se déshabille doucement.

Je le regarde alors qu'il se débarrasse de sa chemise, sa ceinture, son pantalon.

Mon mari est tellement beau ! Grand et puissant, ses épaules sculptées couvertes de tatouages.

Son torse bien défini est couvert de tatouages.

Ils m'appartiennent. Ironiquement, Ty est pudique. Il n'est pas le genre de mec qui court sans t-shirt. Même lorsqu'il fait trente degrés et que l'air est moite.

Il réserve ça pour moi.

La rose généreuse en violet profond.

Les paroles de sa chanson préférée.

La citation en latin.

Et nos cedamus amori

Cédons à l'amour.

C'est tellement romantique.

Et tellement excitant.

Il vient s'allonger derrière moi sur le lit et tire sur le nœud qui retient mon poignet.

— Tu es patiente, aujourd'hui.

Je hoche la tête contre l'oreiller.

Il glisse deux doigts en moi.

— Obéissante.

C'est tellement bon !

— Oui, Monsieur.

— Parce que tu veux que je te baise ?

— Oui, Monsieur.

— Gentille fille.

Il enfonce les doigts en moi, encore et encore.

Ça m'excite de plus en plus. Jusqu'à ce que je frôle l'orgasme.

Mais alors il se retire, pose ses mains sur mes hanches, me maintient en place alors qu'il me pénètre.

Je suis immobilisée.

Il n'est ni brutal ni insistant. Il est doux. Et il s'accommode de mon ventre arrondi. Mais je ne dépends quand même que de son bon vouloir… et ça me plaît.

Ty pose une main sur ma gorge alors qu'il me pénètre.

— Jouis pour moi, bébé.

Ça me fait basculer, et je grogne son nom quand je jouis. Mon sexe se contracte, l'attirant plus près, plus profond.

Il garde une main sur ma gorge et glisse l'autre entre mes jambes, me frottant jusqu'à ce que je jouisse à nouveau.

Cette fois, il jouit avec moi.

Mon monde devient blanc, cette parfaite lumière éblouissante et douce. Du plaisir à l'état brut. Une extase pure et entière.

Il se déverse entièrement avant de se détacher de moi. Il défait la cravate, me débarbouille.

Reste allongé avec moi.

Ty passe les doigts à travers mes cheveux.

— C'est trop ?

— Pas assez.

— Tu es insatiable, rit-il.

— Toujours.

Il presse ses lèvres contre mon cou alors qu'il pose la main sur mon ventre.

— Il nous reste deux mois, dis-je.

Il hoche la tête.

— Tu penses que ça va tout changer ?

— Bien entendu.

— Mais tu me prendras toujours comme ça après sa naissance.

— Non, répond-il avec un nouveau baiser. Je te prendrai comme tu le désires.

— Que veux-tu dire ?

— Tu sais ce que je veux dire, Indie.

— Dis-le quand même.

— Plus fort, plus brutal. Assez brutal pour laisser des ecchymoses.

Hum. Oui.

— Tu promets ?

— Toujours.

Remerciements

Je remercie avant tout mon mari pour son soutien quand je suis plongée dans mon écriture, et pour être mon soleil en général. Mon chéri, tu es mieux que tous les bad boys de la terre entière !

Deuxièmement, je remercie mon père qui a insisté pour que j'intègre la meilleure école de cinéma du pays, quoi qu'il en coûte. Je n'aimerais pas autant les films, l'écriture ou la narration sans tous nos après-midi passés à la librairie ou nos weekends au cinéma. Tu m'as toujours encouragée à suivre mes rêves, et ça compte énormément pour moi.

Et un gros merci à tous mes bêta-lecteurs. Merci également à mes chroniqueurs qui m'ont aidée à me faire connaître un peu partout dans le monde.

À tous mes amis écrivains qui me soutiennent quand j'ai envie d'arrêter, me tiennent la main et me disent quand mes idées sont mauvaises ou géniales, je vous remercie.

Merci également à mon éditrice Marla, à mon assistante Gemma, ainsi qu'à Hang Le pour la couverture. Un grand merci à Valentin Translation pour avoir parfaitement traduit mes livres en français.

Et comme toujours, mes plus sincères remerciements vont à mes lecteurs. Merci d'avoir lu *Désirs indécents*. L'histoire de Ty arrive bientôt. Et maintenant, découvrez Shep dans *Alliance indécente*, Nick dans *Accord indécent* et Blake dans *Contrat indécent* si vous êtes en mal de milliardaires torrides !

Du même auteur

Inscrivez-vous à la liste de diffusion

Français

Dirty Rich

Contrat indécent - Blake

Accord indécent - Nick

Alliance indécente - Shep

Désirs indécents - Ian

Mariage indécent -Ty

Secret indécent - Cam

Anglais

Inked Hearts

Tempting - Brendon

Hooking Up - Walker

Pretend You're Mine - Ryan

Hating You, Loving You - Dean

Breaking the Rules - Hunter

Losing It - Wes

Accidental Husband - Griffin

The Baby Bargain - Chase